像羊那样叫唤

丁庆中 著

时代出版传媒股份有限公司
北京时代华文书局

青村在六月里已经湿漉漉的了，朝阳把泥土色的大街照得通红，杂乱的大街上摆满了玉米秸垛和麦秸垛，还有猪圈和粪堆。刚刚一场夜雨，泥泞的大街上一片片水汪，上头布满了车印、脚印和各种动物的印迹。赵吉庆他爹赶着牛车，在泥泞的大街上慢腾腾地往前走着。他那身黑色的新衣裳就像影子般地晃动着，跟他剃得亮光光的头和刮完胡须的那张脸形成明显的对照。他的脚有力地踩着大地，就像车辕里的牛一样健壮。带着腐烂的气息和水腥味儿的大街上，车轮和牛蹄子溅起了泥水。牛的脚步恰好跟老人的脚步相吻合，这时赵金柱他爹从胡同口出来，他喊了声："大哥，哪儿去啊，穿这么新的衣裳？"

"啊——到那边儿。"赵吉庆他爹用鞭子指了指，飘着紫色的像绸缎似的云彩的天空。"哪边啊？"赵金柱他爹追问了句。"那边儿。"赵吉庆他爹在空中甩了一个响鞭，他转过头来笑着说。赵金柱他爹跑了两步，跟着牛车，把嘴凑过去，跟赵吉庆他爹扯了几句。那头牛一步一步不紧不慢地往前走，牛车发出叽里咕噜的声音，就像村庄的嘟哝声。"听说了吗，西南角儿上发财了，真他娘的人走时气马走膘啊。"赵金柱他爹神秘地说。"不是说那片宅子上闹鬼吗？"赵吉庆说。"都这么说，可是谁见了哩。"

"我就见到了，村里人差不多都知道了。那天我睡不着觉，半夜醒来，围着村子逛了一圈，看到一个白色的影子从坑塘上一闪，就到了张家，还吓出一身冷汗呢，今天还头疼呢。"

“都是他娘的大皇上闹的，今年的雨水很大，来得又早又急又快，坑塘里的路就露着一小窄条，再下场雨就把路没了，我们吃水可怎么办啊。”

“说的也是。”赵金柱他爹说罢，就在泥泞的大街上站住了。赵吉庆他爹赶着牛车继续往前走。赵吉庆他爹把牛赶到坑塘边，望着白茫茫的坑塘，他心里想，这哪是个大坑塘，简直就是湖泊。在坑塘南边，有两座土房子，青砖包角。两座房子都有一个高高的基座，房子周围长满了各种树木，杜树上开满了白色的像绒球似的杜花，许多蜂在杜树四周飞舞着，并发出嗡嗡声。牛车稀哩咣当地往前走着，发出吱吱嘎嘎的声音。牛车上一把锨，一把镰刀，还有一根绳子。牛车好像没有终点，没有目的地，就这么走。

在村子西南角的坑塘边上，张全行(大皇上)他爹张老奇站在他的房角那儿，好像在等着赵吉庆他爹，他穿了一身皱巴巴的黑色的新衣裳。

赵吉庆他爹一见他，嘿嘿笑着说：“你个老不死的东西，你还活着呢。”张老奇的手扶着那棵开满杜花的杜树，也嘿嘿笑着说：“老天爷，阎王把我忘啦。”在张家的房西是一块草地，草地上是两只大山羊和一只小山羊，两只大山羊冲张老奇叫了几声，便垂下头去啃草。张老奇也穿了一身跟赵吉庆他爹一样的新的黑棉布衣，也剃了头，刮了胡须，两个人往坑塘边一走，两个人亮光光的头使坑塘格外生色。赵吉庆他爹笑着划拉一下头，张老奇笑着也划拉一下头。赵吉庆他爹一扭身，看到那个有树篱笆的院子，有一个年轻的女人在院子里喂鸡，这是张家老二娶了半年多的媳妇。赵吉庆他爹凑近张老奇，使了个眼色，他低声说：“让吃饱吧？”张老奇说：“你这是说的嘛话呢，昨晚上还撑得睡不着觉呢。”赵吉庆他爹打了一下牛，那牛还是按着自己的速度往前走着，他说：“不行了，肚囊儿老了，吃点东西就像铁似的不好消化。”

张老奇走下高高的地基，他跟着牛车，一同绕过树篱，向西去了。两个人好像早就约好了似的。他们一边走一边聊着，他们离村子已经很远了，他们的头还一眨一眨的两个小白点闪耀着，直到消失。

两个老汉赶着牛车走了，三天多没有回来，村长赵吉庆派出去三十多个壮汉去找，沿着那条道一直向西，他们没有找到。第四天，牛车回来了，那头牛迈着去时的步履，它用一种哀愁的目光望着田野，当它踏进这块土地，发出低沉的悠长的，绞人心肺般的吼声。张老奇抱着鞭子坐在车上，随着牛车晃动着身子。他那身黑的新衣裳已经沾满了泥土，他的头发奓着，花白胡子也已经长了。

牛车在大街上站住了，一些人围了过来，嘁嘁嚓嚓地说话，还问了张老奇一些问题。张老奇好像根本听不到这些声音，也看不到这些人，他用自己的姿势坐着。赵吉庆他爹僵直地倒在牛车上，他好像在车上睡着了，其实他在前天夜里已经死了。全村的人都跑去看，当他们发现赵吉庆他爹已经死了，都躲得远远的。张老奇一直坐在牛车上一动不动。赵吉庆闻讯赶来。赵吉庆伸手在他爹身上摸了一把，他带着哭腔的声音叫了声爹，他爹再也不会回答。他哭着，举着拳头，朝张老奇冲去。张老奇依然坐在牛车上，就像牛车上一个车把什么的。他僵直地坐着，一动也不动了。他在那里已经坐了很久，屁股都硌疼了。赵吉庆上去就给张老奇两拳头。张老奇依然一动不动地坐着，赵吉庆以为他也死了，把手缩了回来。赵吉庆的拳头向天举着，他喊："老天爷，这是怎么啦！"张老奇发出鬼魂般的声音："你打吧，你打吧。"赵吉庆打着哆嗦，向后退了两步，他说："你还活着。"张老奇说："啊——我活着。"

赵吉庆听到他的声音，又打了个哆嗦，他的拳头又举了举，然后无力地落下，他说："你说清楚了，我爹是怎么死的。"张老奇喃喃地说：他跟赵吉庆他爹往西走，不知走了多远的路，在一条河前停下。那条河真大，还没有见过那么宽的河哩，河里的水晃晃荡荡的，简直有些吓人。牛在草滩上一边吃草一边吼叫，他跟赵吉庆他爹聊天，聊着聊着，赵吉庆他爹说：真累，从没有这么累过，我睡一会儿。他就倒下了，他睡到第二天，我见他还没醒，就叫他，他没应，就摇他，他的身子已经僵了。张老奇就把赵吉庆他爹扔到牛车上，赶着牛车往回走。赵吉庆说："你留下守灵吧。"

一些人开始在大街上搭灵棚。张老奇就留下来守灵，尸体在大街上，没有抬回家，张老奇坐在牛车上，那头牛也没有解下来。就是赵吉庆叫张老奇回家，他也没有一点儿力量动一动了。张老奇坐在车上，他的嘴在动着，听不清他在说什么，他好像自语，又好像对死者说话。在一边守灵的赵吉庆听到他嘴里的声音，直起鸡皮疙瘩。赵吉庆说："你别出声。"张老奇用他的声音不紧不慢地说着，赵吉庆打了个寒战。一阵阵尸臭不知是从赵吉庆他爹身上发出的，还是从张老奇身上发出的。

张老奇的二儿子二生——一个黑瘦的男人，他听到了这个消息，跑到车前，让张老奇回家，张老奇说："你别管我。"赵吉庆一把拽住了二生，他说："你也留下来守灵吧。"二生说："我凭嘛？"赵吉庆说："你爹害死了我爹。"二生去拽张老奇，他说："爹，你回家，我看他能怎么着。"二生一拽，张老奇僵直的身子一侧歪，要不是二生抱住，张老奇就摔到车下了。二生抱着张老奇，赵吉庆拽住了他，他说："你给我站住。"二生说："你别把我惹急了，再出条人命。"赵吉庆说："出条就出条，反正我也不想活了。"赵吉庆说着，一拳重重地打在二生身上。二生把张老奇放到地上，他的脸已经青了，他的嘴张着，露出了两排参差不齐的牙齿，他举起了拳头，他叫着："让我揍死你啊！"

赵吉庆的灰脸对着二生，他的嘴紧闭着。两个人对峙着，片刻后，赵丙仁他爹和赵金柱他爹劝了他们几句，两个人就顺坡下驴了。二生抱着张老奇回家，赵吉庆一边操持他爹的丧事，一边让人去叫张老奇的大儿子张全行，一边向派出所报了案。赵金柱他爹，赵丙仁他爹，赵厚生他爹都在街前站着看热闹。赵厚生他爹说："本来两家有仇，这回仇口就更大了。"赵金柱他爹说："知道吧，算起来，他们还是一个娘的兄弟呢。"

赵丙仁他爹说："也许张老奇就为了报他爹那个仇，把赵吉庆他爹弄死了。张老奇他爹到台湾去了，赵吉庆他爷爷就霸占了张老奇他娘。"赵厚生他爹说："赵吉庆还盼着他爹死呢，瞧他装的，好像多孝顺似的。"赵丙仁他爹说："他们两个一同赶着牛车出去，说了些什么呢？"赵金柱他爹说："西南角上娶的两房媳妇一个赛一个地漂亮，把村里的媳妇都压下去了。"赵丙仁他爹说："对啊，这都是该着的。"赵金柱他爹说："这回可乱套了。"说罢，赵金柱他爹捂着脸，哼哼着装着伤心悲痛的样子往赵吉庆家吊纸去了。赵丙仁他爹在后头跟着，嘿嘿笑着说："你看你装的这块洋料。"赵金柱他爹也嘿嘿笑了，他回头说："让我踢你啊，你跟我闹。"张老奇回到家，给儿媳妇要了些吃的，就倒在炕上睡了。村里人谁都想知道，赵吉庆他爹临死那几天，他跟张老奇聊了些什么。有些人问起张老奇，他回答说："忘了，就像做了个乱糟糟的梦，梦醒了，什么也就忘了。"

事情没有完，赵吉庆他爹的尸体在村子里停了四天，整个村子散发着臭气。先是县里来的法医，然后是市里的，赵吉庆他爹的腹部剖开，还割出了一截肠子。村子里弄得苍蝇满天飞，尸体在腐烂。村里人都说赵吉庆他爹死了死了，还被赵吉庆折腾得够呛。还有一些人说，要是让赵吉庆抓住一点儿把柄，他恨的那股子劲儿，瞧他那些咬牙切齿的劲儿，像要把张老奇嚼个粉碎似的。

尸体验过两次，都说是得心肌梗塞死的。村里人都这么说："赵吉庆绝对不能轻饶过张家。"可是事情已经过去了，村子里人等了几年，也没什么动静，就把这件事忘了。

就在赵吉庆他爹和张老奇赶着那辆牛车向西边走的时候，二生（张全生，老二）家喂完了鸡，她站在院子里。她穿一件枣红色的上衣，一件白不唧的没颜拉色的裤子，她站在那里，她的脸上冒热气，渗出了许多细小的汗珠儿，头发有些乱，她已经干了半天活儿了。大皇上（张全行，老大）家牵着她新买的小山羊从二生家路过，便牵着进了二生的门，一进门，见二生家坐在灶前烧火，就坐在门槛上，两个人就聊开了。两个人就这样你递一言我接一语地，无休止地聊下去。大皇上家说早就想买一只羊喂着，大皇上不让买，大皇上到城里去跑生意去了，她就偷着买了这只羊。大皇上家带着浓重的四川口音说："你看看这羊白的，你摸摸这羊毛，这么柔软，你说说怎么长的呢。"

二生家笑着说："就是这物，就这么长的。"大皇上家穿着一件白上衣，一件米色丝裤，她的头发已经梳过了，脸上头一层细密的雀斑，脸上出了不少的汗，还在冒着热气，她说："我看见你那只黑羊，我就心痒痒。"二生家惊讶地望着大皇上家，她脸上充满红晕，她说："那不是羊。"大皇上家指指二生家篱笆前那个黑色的活物说："你看那不是羊啊，在那吃草呢，还瞒得了我。"二生家咯咯大笑着，她笑得上气不接下气，她捂着肚子说："我岔气儿了。哪里是羊啊，那是头小叫驴。"大皇上家认真地说："明明是只羊，还骗我，你说它是头小叫驴。"二生家一下子蹿了起来，站在那儿笑得更凶了，她弯下腰，直起腰，再弯下，她的脚还在地上跺着，她说："那真是头驴，你再看看。"大皇上家严肃地说："毛驴怎么跟羊似的。"二生家还在咯咯笑着，她用拇指把流到脸上的泪水抹掉，她说："你个傻屄，你再看看跟羊似的吗。"她说着，低下头去把驴蹄子上的一块塑料纸拽掉，她的脸蹭在毛茸茸的驴皮上。那头小驴驹子弯过头来看她一眼，然后一跳，便撒着欢逃掉了。

大皇上家说："你听到了吗，我是听到了，那只狗叫到大半夜，越来越近，后来就在南边的大道上消失了，你应该比我听得清楚，你的房子就挨着大道，你隔着窗子能看到树篱笆外边是什么人？二生家说：“没有啊。”大皇上家说：“你没有看到，你真的没看到吗？你睡得真死，我可是听到了。我还披上衣裳，出了门，我听到脚步声挺大，就像牛走路一样，渐渐远了，接着，我听到村那边的哭声，我就去了，我摸到村子里，哭声是从东北角那个房子里传来的。天真冷，冻得我打哆嗦，要不我肯定能看个仔细。”二生家笑着说：“你真够好事儿的，你不害怕吗？”大皇上家扶着二生家的门向屋里瞧。二生家就躲开身子让她瞧。大皇上家望着二生家笑了，她懒散地站着。她那是满是皱褶的衬衣上还挂着几根麦秸，她的脸上还有隐隐的一道黑灰。

二生家暗暗地想，瞧这个人这个脏劲，不像她才进村的那会儿，穿干净衣裳，脸上涂抹的香兮兮的。大皇上家自从来到村子里，成天家像睡不醒的似的。她跟二生家说着话，还在打瞌睡呢。她给村里要了块地，那块地还是二生给她耩上的呢，她来了心气儿，才下回地。地里的草都长疯了，她也不去锄一锄。

大皇上家已经有半年多没有施脂抹粉了，她脸上的雀斑都露了出来，还有一块黑记，这女人可是粉红色的脸。二生家往灶里填了把柴。她想，跟这样的女人说话要防着点，这个长舌妇，她那张嘴已经惹了不少是非，她进村才一年多，比在村子里呆好几年的是非都多。

大皇上家就是想知道，她就觉得憋得慌，她就想知道，她一夜都没睡好。所以一大早她就到井边去挑水。她想要是出什么事儿肯定有人告诉她，结果没有人对她说。她就问二生家：“都说夜里没有哭声，这就怪了。我怎么听到了呢，还是一个女人在哭呢。”

大皇上家说着咯咯笑了，她擤了鼻涕，往鞋子上抹了把。她那双棕色条绒鞋，她第一次进村子时穿的那双，已经旧了。那可是双好鞋子。她穿上那双鞋，村子里的女人都羡慕得用手去摸，这是在哪儿买的啊。在重庆买的，哎呀这么远，怪不得这么好呢。粗条绒，多高贵啊。还不到一年，衣裳旧了，小脸蛋儿看着小了，身上也脏了，就跟村子里的女人一样了吧。这个村子不出息女人，哪个女人到这里来都变。大皇上家过了会儿说："你听，是哭声吧。""这是风。"二生家说。

这怎么会是风呢。大皇上家支楞着耳朵细听了听，她说，怎么风像哭呢。你听听，是有哭声。我从进这个村子，就听到这个村子老是有哭声。大皇上家说罢向门外走去，手里领着她的羊。"别走了，嫂子，在这儿吃吧。"二生家说。

"不啦。"

"我得赶紧做饭，要是二生回来，看锅还没热乎气，还不踹我两脚。"二生家咯咯笑着说。大皇上家又在大门那儿停下来，跟二生家一个门里一个门外地聊着。她们就这样聊着，就像赵吉庆他爹跟张老奇赶着牛车一样，信马由缰地，走一站算一站，说一句算一句。二生家和大皇上家就一直这样说着，直到张老奇回家，给她要吃的。她把一碗玉米粥在锅里热了热，又拿了两个馒头。张老奇就坐在门槛子上，用手捂着碗，好像怕那些鸡抢吃他的似的。二生家看见，公公的眼里汪着泪水，他说："谁知道好好的，他就死了呢。"二生家说："你跟他吵架啦，爹？"张老奇嘟哝着说："跟他说话，好好的，他说困，就睡了，他就死了。"

二生家说："你跟着他去干吗呢？"张老奇抬起头，依然嘟哝着说，看上去他受了很大的委屈，他说："真是活见鬼了，不知不觉地就跟他走上了那条路。"二生家没再搭话，就到院子里去了。张老奇的咳嗽声和喝粥的声音几乎传遍了整个村子，二生家纳闷，他是怎样把这滚烫的粥喝进肚子里去的，他的嗓子和肚子就不怕烫吗？她在院子里把青草摊开，她要把青草晾干，青草气息弥漫着整个院子。公公喝粥的声音和咳嗽声伴着她劳动，已经有半年多了。

二生家和她大伯子大皇上的两处房子坐落在村西南，跟村子隔着一个大坑塘。二生家的房子没有院墙，用树枝扎的篱笆，这些树枝都活了，长成了一堵树墙。二生家的树篱笆有榆树、柳树、枣树、杜树和槐树。在这个有树篱的院子里，圈住了二生家、一头猪、一头驴、三只羊、十一只鸡。树篱外边有许多眼睛向里头张望，村里人对这个院子充满了好奇。

在树篱之中有三间北房，挂一间耳屋，在耳屋里养了一头牛。牛蹄子在地上踩动着，震荡着住在这个院子里的五口人。北房里住着二生一家，两间西房，西房里住着张老奇老两口。二生家在黑暗中，望着窗外的星说："你听他们那屋里，老是有动静。"

二生说："这就是说他们还活着哩。"

那边屋里头的张老奇老两口在嘁嘁嚓嚓说话："二生家这么俊，看着带着股子妖精气，就怕二生拢不住她。她还没有孩子，女人有了孩子就能过本分日子。她看上去是怀上了。她娘家就是穷些，像个正经人家。这个我也说不准，我看见她白天跟一个男人说话，我一过去，那个影子就走了。""我也看见过她隔着篱笆跟人家老爷儿们说话，真够稀罕的，一个娘儿们家跟一个老爷儿们说话，我就怕闹出笑话。"

村子是这样的，记忆是琐碎的，就像庄稼和草一样长起，然后成熟和枯死。再发芽。再长大。再枯死。就这样重复着。直到有一天，二生家就像树一样，在这块地上扎了根，这条根越长越粗，直到难以撼动，她便稳下神来过自己的日子。二生家先是养了几只鸡，又养了一头猪，又养了两只羊，接着又养了一头牛和一头驴。

一个温柔的夜晚，一股子香气从树篱笆那边飘来，与另一股子牛的气味儿合并在一起，组成了一种特有的乡村气息，把人熏得迷迷糊糊，倒在大炕上就睡着了。二生和二生家在炕上，他们坐在炕上，他们的窗子镶了小块玻璃，上有半截帘子，二生家坐在炕上，跟二生说话。二生家听到窗外有喘气的声音，她摆手示意让二生过来，她对着二生的耳朵悄悄说："窗外有人。"二生转身向窗外瞧去，在窗外被照亮的树篱上，有一个人在上头。二生便悄悄地出了门，接着她听到二生嘶哑的变调的声音和追赶声。二生看到一个人影，像猫似的从树上下来，跑走了。二生回来了，他气喘吁吁地坐在炕上，二生家问："你看清是谁了吗？"

二生说："看着像赵三祥，我砸了他一砖头，不知砸到了没有。"二生家说："这个贼羔子，跑到这里来讨便宜呢。"说着两个人脱掉身上的衣裳睡觉。他们没有盖被子，他的脚蹬在她的腿上，她的腿搭在他的胸上，他的手勾着她，她的手搂着他。然后在炕上翻腾着，晃动着，他们赤着身子在炕上折射出一道白光。这个寂静的夜，几只蚊子落在他们身上，叮着他们，喝他们的血，他们没有察觉到。直到他们安静下来躺着，一边用手抹着身上的汗水，一边搔着被蚊子叮过的肉皮。在昆虫的飞行声中，在西房两个老人的鼾声中，在牛蹄子的挪动声中，二生把自己的种子播进了二生家的体内。

树篱笆有两个大的缝隙，一个窄缝有十五厘米宽，鸡从这个缝隙里过，但钻不过狗。另一个很大，就像个洞，既能钻得进猪狗，又能钻得进人。房子的南边是一条东西大道。房子的后边是二生家大伯子的房子，房子后边是一个大坑塘，大坑里已经长出了芦苇，二生家的房子和她大伯的房子都用上了这种芦苇。二生家男人名叫张全生，小名叫二生，三十六岁，二生家二十三岁。二生家大伯子名叫张全行，小名叫大皇上，四十二岁，大皇上家二十一岁。张全生还有个弟弟三荣，叫张全荣，十三岁。张全荣是张老奇在十三年前那个夏天早晨拾粪，在一个草坡上看到的。当时孩子在草坡上，睁着眼睛看着面前的一只蝗虫，他身上已经爬满了蚂蚁。张老奇把孩子身上的蚂蚁拍掉，抱回了家。张全荣长大了，跟张老奇挤在西屋，每天早晨二生家看到张全荣背着书包，就像她的小黑驴一样跑出大门。

二生家站在院子里，叫住了张全荣，她说："喂，给我说，识了什么字呀？"

张全荣想了半天，他说："等我回来给你说。"

二生家蹲下去，把张全荣的鞋带系上，拍拍他的头说："走吧。"他就跑了，一边甩着书包，让书包围着自己旋转着，发出呼呼的声音，他就这样跑着上学去了。

越过秋天，冬天来临时，是另一种情景。坑塘被冰封住，铁灰的景色笼罩着大地上的这个村子。二生家腆着肚子走到院子里，西屋的老女人发出了惊喜的感叹："她真有了，你瞧，她的肚子大了，一看就是个小子。"

两位老人嘁嘁嚓嚓的说话，在窗户后边，用他们的老眼盯着二生家。二生家听到了，她的脸上带着一层浅浅的健壮的红晕，嘴角上带着笑容，她把身子靠在猪圈上，给那头长着癞皮的小猪舀食呢。

早饭，桌子放在北房的堂屋里。张老奇坐在对门的座上，张老奇家坐在西间屋门那里，二生坐在屋门那里，二生家坐在灶台边，她随时准备着给人盛饭。三荣张全荣坐在门槛上，一边玩一边吃。三荣从不拿着吃饭当回事儿，他一顿饭喝碗粥就足够了。菠菜粥，馍馍，菜包子，咸菜。二生家的小叔子，那个黑瘦的像一根干树枝似的小男孩，二生家一直想，像他这样的怎么能活下去呢。张老奇家说："三儿，多吃点儿，多长点儿肉。"张全荣说："不吃，饱了。"张老奇张开只有三颗半牙的嘴，把一块菠菜根拿出来，他拿在手里看了半天，他说："哼，赵家那一家子，锅里吃锅里拉的玩意儿们。"张老奇家告诉她的小儿子："要是碰到赵家那些人，要躲远一些。"二生家这种话听多了，耳朵里都磨出了茧子。这个冬天，二生家给三荣做了一身外套，棉衣是婆婆做的。她嫁到这个村子，发生了不少事儿——

那时候赵吉庆他爹还活着，整天赶着牛车在树篱笆前走过，他粗壮的吆喝声在四野和村子里回荡着，还有牛的叫声。那个冬天，二生家大伯子去到外边跑生意去了，他已经四十多岁了，还没有成家，他跑生意回家后跟弟弟一家在一起吃饭。吃过饭，他就到自己的房子里去，他就像一条狗那样懂规矩。大皇上毫不吝啬地把赚来的钱，大把大把地给了弟弟张全生，给弟弟把喜事办了。

二生家大伯子的房子后边，一条斜斜歪歪的窄窄的小土路在坑塘间，把坑塘分开，通往村子里。这条小路已经很久了，张老奇小时候就通过这条小路，到村子里去。这条小路最起码有七十年了。这条小路上有一口井，给这条路带来了繁忙，每天早晨天刚亮，便听到叮叮当当的水桶声。二生家在水桶声中断定，天已经亮了，她撩了被子起炕。

那天寒风很紧，天很冷。二生家在炕上给男人二生做一件棉衣。二生家听到坑塘那边人声喧闹，二生家跑出屋子，在树篱笆那儿站着往坑塘那个方向看，坑塘的冰上站满了人，他们正在割芦苇，这种热闹场面每年一次。虽然人们现在富裕了，他们还是在抢割这种廉价的东西，争得脸红脖子粗。村长赵吉庆给村里的人家都分了块，但还是出现你多割我一把，我多割你一镰刀，为此翻脸的事。二生家听到了争吵的声音，这种喧闹声打破了这个院子的宁静。接着她听到一声尖叫，接着人们静了下来。是村长的妮子赵宝红掉到冰里去了。二生家打开门，向坑塘跑去想看个究竟。二生家站在坑塘边上，隔着芦苇，看到在冰上有个冰洞，在冰洞上露出一个头，一双冻红的小手扒着冰。人们都观望着，片刻后，二生家看到一个影子一闪，冲到冰那儿去，就跳下去了。还没等看到是谁，那个人已经跳到冰里，往外托村长的妮子宝红。二生家看清了那个人，是她的男人二生，二生家叫了一声，她往冰上跑，这时两个人抱住了她。二生家暗暗地骂："这个傻种，你不知道跟他赵家有仇吗。"

二生家看到二生把宝红托出冰洞，他自己艰难地从冰洞上爬出来。他爬上冰，冰就破了，那冰洞越来越大。村长赵吉庆扔过一根井绳，二生把井绳捆在宝红的腰上，宝红被拉到坑塘边。二生往前缓缓爬着。二生家看着二生的身子在哆嗦着，等到再次把井绳扔过去，他的手往前伸了伸，他翘着的头一下子枕到冰上。这时村长赵吉庆跑去，赵吉庆还没跑到二生面前，冰嘎巴一声裂开一块。二生家的胳膊被几只大手抓着，二生家在挣揣着，这几把手就像绳索一样捆着她。大块的冰在水里浮着，大块的冰破碎了。赵吉庆游到二生面前，他抓着井绳。同时又丢过去十多根井绳，赵吉庆用井绳拴到二生的腰上，然后自己拽着一根井绳，两人都被拽到坑塘边。

二生被背回家，放到炕上。二生家摸了摸，二生的棉衣冻成了冰。她以为他已经死了，想大哭一场。她憋着，不让自己哭。她感到很恐惧。二生过了二十多分钟，才睁开眼睛。二生睁开眼睛，二生家说："二生，你没死啊。"

就在这时，张老奇和张老奇家哆嗦着身子走到二生跟前。张老奇在炕根儿那儿跺脚，他瞅着二生那发紫的嘴唇，叹了口气。张老奇家摸着二生的手，她把脸贴到二生的脸上，把手伸到他冰冷的肚皮上，她说："你个傻私孩子啊，你真是个傻私孩子，你图个嘛！"二生说："爹，那可是一条人命啊！"张老奇在张老奇家耳朵边悄悄地说："别说话了，二生从小就命大，要是这个能把张家跟赵家的仇化解了，那就好了。"张老奇家转过脸来，她说："我宁愿让这仇记一万辈子，也不愿让二生受这苦。"二生家眼睛里流着泪，用带着哭腔的声调说："求求你们，别再说了。"

二生家跪在那里，想给二生把衣裳脱掉。她为二生脱掉衣裳，便看到了二生紫色的身子。她给他盖上了那床又重又硬的，里面全都是老棉花套子的被子。很久，二生慢慢睁开了眼睛，像做梦似的又闭上，然后又睁开。二生家把手伸进二生的被子里，在他身上揉着，直到第二天早晨，二生再一次睁开眼睛。二生家说：“你好些了吧。”二生说：“我没事儿。”二生家说：“你受这份儿罪，图个嘛。”

二生睁开了眼睛，他对二生家说：“别说是个人，就是条狗，我也得救啊。这阵子赵吉庆真够倒霉的，他媳妇一病就是几年不起炕，他的妮子又掉进了水里。也许他赵家这辈子干的孬事儿太多了，这是报应。”二生家说：“你还是管管自个吧，别管那么多了。”二生先是翘起了头，他说：“浑身骨头疼。”二生家说：“你这病，恐怕这辈子是落下了。”

几天后，二生家到坑塘边担水。坑塘上没有一个人，坑塘上寒风刺骨。阳光下，冰面很平静，像水晶似的装饰着整个坑塘。在坑塘上还丢着女人的鞋子，还有一只死狗，狗尸又像一块狗皮，它一半在冰层下面，一半在冰上面。枯芦苇间，狂风旋转着，尖叫着，在逼近她。她从井里提上水，担上便往家跑，就像被狂风追赶着。阳光照在冰面上，闪着白光。

就在二生家担水进家门的这一刻，她远远地看到路那头有个影子，她担着水在那里眺望着，那个影子渐渐近了，就变成了两个人，这两个人一前一后，一男一女，一高一矮，矮个的是女人，在那个高个男人的影子里闪来闪去。当她看清前边走的男人是大伯子大皇上，她肩上的那担水滑落到地上，水桶嘭的一声，然后水哗的一声洒在地上，她嘴里说：“这家伙，出去两个多月，他在外边干了什么。”她把剩余的水担回家，把水倒在缸里，她跑到屋来，她说：“二生，哥回来了，领着一个女人，那张脸很白，真够俊的。”二生说：“女人？你说俊就真俊哩，还没有说哪个比你俊哩。”二生家说：“看上去要比哥小二十岁呢。”二生从炕上爬起来，他说：“你都看清了？”二生家说：“个子不高，看上去还像个孩子。”二生笑着说：“老天爷，大哥终于想开了。”

二生跑到了西房，把这件事儿告诉了张老奇和张老奇家。听到张老奇家惊喜的叫声，然后看到他们跑出屋子，出了大门，到后院去了。

藏蓝色的天空上星星密匝匝的，那些好像被冰封的星星，一动不动地摆在那儿。一股一股的寒风吹来了。睡在炕上，能看到冰冻的嘎叭声，这声音听起来让人的骨头都凉透了。还夹杂着没有割掉的干芦苇发出的沙沙声。夜里，二生家去喂牛。真静啊，所有的人都睡了。牛还在醒着，当她点上灯，她看到牛不适应灯光，眨眯着大圆眼睛。

牛圈里一股股干草味儿和牛粪味儿也凉得令人发痛。二生家把草筛好，倾进牛槽。起风了，冬天的风就像淡淡的影子，它的手爪却那样尖利，直抓着人的心灵，并划出一道道伤痕。二生家听到风声大作，大风刮进了牛圈，二生家看到一缕亮光照亮了屋子，那亮光就像猫一样跳动，在牛身上滑过，门外的风一声尖叫，然后像一头黑驴似的跳跃着，向牛圈里奔来。二生家的肚子开始疼痛，她开始感知自己体内的变化。她疼得一下子跪在那儿，然后坐下，当她坐下，她感到一阵剧烈的疼痛。她这时意识到，用什么样的方式生孩子也不妥当。她趴在干草上，她坐着，她蹲着，她跪着，她把所有的方式用了个遍。她冲着门外呼喊，她的声音随寒风飘逝，张全生没有回应她，婆婆没有回应她。回应她的只有风，还有黑黢黢的寒夜，回应她的是那只牛在黑暗中的眼睛。她的下边在流着热乎乎的液汁，不久，她感到液汁僵住了，把她跟干草僵在一起。她就像风那样呼喊着，她的声音就像风那样尖利。

二生家坐在干草堆上，就在此时，她感到下面有什么东西掉了出来。她伸手往棉裤里摸了把，滑出溜的像鱼，上头一层黏液。她的棉裤里充满了液汁，这种液汁在降温。二生家把婴儿抓出裤子，把它塞进自己的棉袄里，紧紧贴着胸膛。婴儿大哭了几声，婴儿像猫一样哭声消失，随之整个牛圈沉寂下来。

二生家拖着沉重的裤子往屋里跑。她跑进屋，铺上褥子，拽过一床棉被盖上。她找了几块铺衬，把婴儿身上擦干净，把他放进被窝，并用身子暖他。她打开了灯，看到了那肉乎乎的小东西的眼睛紧闭着，她看到了胎衣跟婴儿连接的部分，便哆嗦着在针线笸箩里，找了剪子剪断，然后找了一块白色的土布，非常小心地包好。

风刮进了屋子，二生家把孩子紧紧搂在怀里，她在战栗。她感到很疲惫，她觉得要睡很久。她睡睡醒醒，醒醒睡睡。不久，在她胸间的婴儿的身子热了，就像一团小火球，她的腿却一直很凉，就像块冰。

这时，二生家在窗子那儿看到一个影子，一只手伸了过来，敲击了两下，她婆婆用低低的声音问："生家，生家！"二生家说："娘，你睡吧，怪冷的。"她婆婆用祈求般的声音低低地问："生家，你是生了吗？"二生家用无力的声音说："生啦生啦。"她婆婆用急切的声音追问了一句："小子妮子？"二生家这时才记了起来，便向婴儿的裆里摸了一把，然后她对窗子说："是个小子。"只听外边惊喜地大叫了起来："我的娘哎，真是谢天谢地。"接着她婆婆就像那头驴一样，向西屋跑去，给老头子送信去了。二生家的下身还在疼，肚子咕咕直叫，她饿了。她说："二生，我饿了。"二生说："我也饿了。"她说："我想吃很多东西。"二生说："我也是。"二生家说："你个废物，你一点儿不知道疼人，你赶紧给我熬一碗米粥，我还要吃十个鸡蛋。"

二生穿上了衣裳，哼哼唧唧地到灶间去烧火，不久，满屋子便蹿满了愤懑的呛嗓子的烟。二生把熬得生生愣愣的粥端到她面前，还有煮的十个鸡蛋。二生家喝了两碗粥，吃了七个鸡蛋，就再也吃不下了。她说："剩下的你吃了吧。"

不知夜有多深了，二生家听到坑塘那边传来的声音："我操你闺女——"这声音好像从冰层下发出的，又像冰断裂的声音。二生家一动不动地在炕上躺着，她在想着孩子的将来。朦朦胧胧的，好像睡着了，又好像没睡，她感到怀里的孩子在一点点长大。她睁开眼睛，看到外边亮了，她听到好像昆虫在抓窗子上的玻璃，她望过去，下雪了。她爬起来看了一眼，见外边已经下了一层白亮的雪，是雪光把屋子照亮了。

第二天早晨，大皇上家来了，她看到新生的婴儿，用她的四川口音说："你瞧，他在闭着眼睡呢，多让人喜的小家伙儿呀。"

二生家说："下雪啦。"过了片刻她又说："已经不下了，我做了个梦，我梦到了一只高大的羊，这只羊用两条后腿站立着，我去摸它雪白的毛。就在这时我醒了，窗外正下雪。这场雪真大，都没了脚脖子。"

二生家向窗外的树篱笆南边望去，她眼前便是一个透亮的雪国，平坦得一眼望不到尽头。树篱笆上的枝头也压上了雪，一群麻雀唧唧叫着落在枝上，一团团雪在往下飘落。

过了两年，张家和赵家的仇表面上淡了些，一切都平静下来，都在过自己的日子。

赵吉庆的侄子赵三祥走到树篱笆那儿，朝里头望了一眼，然后向房西一看，他看到了在房西边割草的二生家，便走了过来，他站在那儿说："呵，在这里割呢，我给你割啊。"二生家转过脸去看了赵三祥一眼。赵三祥三十多岁，小眼睛，长脸，厚唇，大鼻子，瘦瘦的个子有1.7米。披着一件西装，里头一件油渍发黑的白衬衣，穿了一双皱巴巴的旧皮鞋，皮鞋上一层泥点子，没有穿袜子。二生家把镰刀放到地上，把沾到手上的土拍了拍，用她长得薄薄的俏嘴唇说："我长着两只手，用得着你呀。"

赵三祥蹲下，顺手划拉了一下小山羊，他说："割这破草干吗，坐下来跟我说说话。"

二生家抬起头，她绷起脸说："跟一个爷儿们家，有什么话可说。"赵三祥说："一个爷儿们才有话可说哩。"他说着，去瞅她那张带着笑容的脸。二生家忍不住哧哧笑了起来，跺跺脚，弯着眉说："你走开，你挡着我割草了。"赵三祥说："这儿又不是你的地儿，我就愿意站在这里。"二生家背过身去，往另一个方向割，他就绕到另外一个方向站着。她站了起来，用一种冷冰冰的口气说："你别这么闹，你别忘了，赵家跟张家的仇。"赵三祥笑着说："赵家跟张家有什么仇？我怎么不知道啊。"二生家蹲下来割草，她说："让我割着你啊。"

赵三祥说："我就是一棵草，你把我割了喂你的羊。"二生家觉得又可气又可笑，就捂着脸蛋儿咯咯大笑了起来，她一笑，他也嘿嘿笑了，他们站在一棵柳树下。她闻到了从他嘴里喷出的酒气，她说："你喝了不少酒吧。"赵三祥说："我哪喝酒了，我没喝。"

春天又来了，二生家院子四周的田野气息越来越浓了。坑塘里的芦苇已经没了脚踝，墨绿色的麦地上空飘着白云，远处的麦地里，零星的人在走动着，再远处是灰色的树林和房屋。平坦的地上就像一块绿色的绸缎，还浮动着水一般的波纹。在她北边的杨树下拴着她的两只白色的山羊。她割着草，就能听到她孩子的哭声，她听到这声音，嘴角上流露出甜甜的微笑。

赵三祥说："你走神儿呢，想什么呢？"二生家说："我没想什么。"赵三祥说："你瞒不了我，你肯定在想哩。"二生家把头发一甩说："你老是来我这里干吗，该干吗干吗去。"赵三祥说："谁叫你长得这么好，我就是想看你一眼，我不看你一眼，我什么都干不下去。"二生家板起了脸，皱着眉说："你在胡说些什么，没真格儿的。"赵三祥依然嘿嘿笑着说："怎么没真格的呢，你说，你说。"二生家说："你成天胡思乱想呢。"赵三祥嘿嘿说："我还不知道呢，这叫胡思乱想啊，我还以为是正事儿呢，我就拿着这个当正事儿干。"二生家绷着脸说："去呗去呗去呗去呗，你越说越离谱儿了。"二生家站在一棵柳树下，她低着头，抠着手指上的泥。赵三祥站在离她两米远的草地上，眼睛不眨地看着她，他说："你要跟着我，我整天供着你。"二生家说："你别没皮没脸，到哪辈子我也不会跟着你。"赵三祥说："那我就没指望啦。"二生家说："你要是爬到柳树上，给我把那根棍子弄下来，我兴许还能考虑考虑。"赵三祥说："你说的是真的？"二生家笑着说："真的。"赵三祥说："你要那个干吗？"二生家说："当打枣竿子用。"

这是一棵很高的杨树，直径足有一米，赵三祥从二生家手里拿过镰刀，就往树上爬，他就像猴子似的从这个树杈到那个树杈上，二生家向上望着，他已经爬很高了，再往上看，在枝杈间耀眼的太阳晃得睁不开眼。二生家不得不换一个方向，在阳光下向树上看。赵三祥还在往上爬，他的身影越来越小，使二生家眼晕。赵三祥每爬到一个高度，就在树上大喊大叫，还发出大笑声。突然，赵三祥抓着的树杈咔吧一声断了，树枝飞落下来。跟着赵三祥也往下坠落。他的身子砸断了那些零乱的树枝，一些鸟在树上，就像爆炸似的惊飞了。二生家惊叫着，脸都吓白了。

赵三祥突然抓住了另一个树杈，他的身子一纵，就站到了那个树杈上，他坐了下来，歇了片刻，然后再一次向上爬，他爬到乌鸦巢那儿，三只乌鸦像老女人的呼喊声一样叫着，在杨树四周飞来飞去。赵三祥伸手在乌鸦巢里抓出两个鸟蛋，放进裤兜儿里，然后把手向那个朝上长的枝抓去，他抓到了那根枝，举起镰刀，咬着牙，狠狠地十几镰刀，就把树枝剁了下来，把那个树枝扔给她，他喊了声："躲开！"树枝向她飞来，带着风，发出呼呼的声音，落到地上，把那块地砸出了树枝的轮廓，摔落了一片片残叶。树枝在树上看着小，砍下来直径足有15厘米，有5米多长。

二生家看着赵三祥，有些眼晕，吓得心怦怦直跳，她说："行啦行啦，你快下来吧。"赵三祥然后从一个树杈越到另一个树杈上，再从另一个枝杈跳向另一个枝杈，然后往下一跳，就跳到了二生家面前。二生家觉得开玩笑有些过头了，她的脸红了，一阵阵冒火。赵三祥抹了把汗，冲她笑着说："你看见了吗，你就是要星星，我都能给你摘下来。"二生家说："哪有星星啊。"赵三祥说："在上头，星星是黑色的，能摸着，硬硬的。"二生家哧哧笑着说："放狗屁。"赵三祥说："我给你把树枝砍下来了，你说怎么感谢我啊？"二生家说："我让你吃黄瓜。"赵三祥说："我差一点儿没把小命儿丢了，破黄瓜就把我打发了。"二生家说："那你还要怎么着？"赵三祥说："你跟我相好吧。"二生家说："放屁，谁跟你相好。"赵三祥说："好啊，你在糊弄着我玩儿，我饶不了你。”说着赵三祥从裤兜儿里掏出鸟蛋给二生家，二生家说不要，赵三祥就往她手里硬塞，二生家一躲，鸟蛋掉到地上，摔破了，流出了蛋清。赵三祥说：“怪你。”二生家说：“怪你，谁让你掏乌鸦蛋呀。”

赵三祥凑上去，一把抱住二生家，二生家在赵三祥怀里，哧哧笑着说：“别闹，你看来人啦。”赵三祥说：“来人我也不怕。”赵三祥说着把二生家的上衣扣子捋开，她鼓鼓的乳房露了出来。赵三祥上去一抓，乳汁便喷了出来，喷到他的脸上，赵三祥眨眯着眼睛，然后闭上眼，嘿嘿笑着，伸手把脸上的乳汁抹了把。二生家趁机逃身，她咯咯笑着绕到树那边，她说：“赵三祥，我不理你了，你要流氓。”他们像捉迷藏似的围着这棵大杨树转来转去地追逐着，咯咯的大笑声，是二生家的嗓子，哈哈的大笑声，是赵三祥的嗓子。

这时，孩子哭了，二生家说：“别闹了，我去看看孩子，你给我看着羊点儿。”她往房子那儿跑了几步，又回过头对他说：“你可别给我惹祸。”说着，她那张兴奋的脸在他眼前消失，接着，她的影子一闪，就进门去了。

赵三祥蹲下，他拔了几根草逗羊，那只羊往前走几步，想把他手中的草吃掉，赵三祥一把抱住羊头，把那只羊拽过去，把山羊摁在地上，坐在上头，那只羊发出一声声惨叫。有两次，他从羊身上滑了下来，他再一次骑上，并用拳头打羊的背部。赵三祥抓住羊的嘴，羊的声音憋在嗓子里，发出呜呜噜噜的声音。折腾了片刻，他累得呼哧呼哧直喘粗气，他的心咚咚直跳。当羊在他身下挣踹时，他觉得很刺激。他就是愿意干这种带有刺激性的事儿。他把羊放了，那只受惊的羊向上跳了老高，它蹿了蹿，被绳子束缚着，东挣西挣，它围着那儿转圈，一边大声叫唤着，眼睛里带着惊恐。

傍晚来了，暮霭般的声音随着烟雾从村子里飘了过来，在坑塘的水面静止不动地飘着。还夹杂着狗的叫声、牛的叫声和女人的叫声。青村的人开始烧晚饭了，烟熏味开始在大地上弥漫着。羊已经吃饱了，赵三祥的肚子咕咕叫呢。赵三祥看到水里自己的影子，划拉了一把蓬乱的头发，整了整衣领，他等着二生家再一次出现。这时从坑塘里传来哗啦一声，赵三祥举眼看去，见坑塘里的涟漪在滑向坑塘边。赵三祥暗暗地笑着想：这是一条大鱼，像小猪一样的大鱼。二生家出了大门，跳下高高的崖子，她把羊牵在手里，用力拽着那个树枝，准备回家。赵三祥叫住了她："喂！你不能这么走。"二生家心里紧张，心扑扑地跳着，她用不自然的脸孔对着赵三祥，尖涩的声音说："你有事儿啊。"赵三祥说："我给你砍了树枝，还看了半天羊，你怎么感激我啊？"二生家说："用你啊。"赵三祥凑过来，一把搂住了她的脖子，她说："你别闹，我要喊人了。"她的声音并不大。赵三祥说："你喊吧，我不怕你喊。"他说着，搂着她，在她臀部那儿，像动物一样一动一动地猥亵着。二生家回手推他，像惊逃的鸡似的叫了一嗓子："你别发坏！"赵三祥说："这叫发坏啊，比二生呢？"

这时，张老奇家的咳嗽声从门里传来，他不得不把她放掉。她牵着羊往家走，张老奇家出了院门，她说："晚上给我熬点小米粥吧。"二生家随便回答了一声。她进家门时，回头看了一眼，见赵三祥还站在草地上看她。

青村两座工厂都是橡胶厂，一个是大皇上六年前建造的，一家是三年前赵吉庆贷款建成的。大皇上的工厂本来是一处废弃的老宅子，后来产业发了，就在村东的碱地里，建起了一个大厂房和一个大院墙。赵吉庆的工厂用了三百万块，他借助于政府对他的扶植，也在村东盖起了一家橡胶厂。几年后，赵吉庆的橡胶厂看上去比大皇上的还要大。

张老奇和张老奇家站在柳树下，就能闻到在东边橡胶厂飘过来的带着汽油的橡胶味儿。张老奇家说:“这种熏鼻子的味儿让人觉都睡不好。”

张老奇说:“这味真够神的,自从有了这味儿,行行就发财了。”

张全行自从领来一个神秘的四川小女人,他就跟那个女人整天呆在家里守在一起,在村子的这条短短的大街上很难见到他。村里人没有几个人知道这个女人的名字,都叫她张全行家,也叫她大皇上家。大皇上家一米五四,又瘦又少相,像个十五六岁的小孩子。人们不信她的岁数,还说大皇上拐卖幼女。有一天,人们在那盘炕上发现了大皇上家的身份证,上头的岁数跟她说的一样。人们叫她大皇上家,那女人愉快地答应着。到后来,大皇上家透露,她家在一座小城里,她被人拐卖到一个村子,她偷着跑出来,在火车上碰见了大皇上,就跟大皇上来了。她还问大皇上在什么地方。大皇上说:“在北京南边。”她问:“能看见天安门了吗?”大皇上说:“晴天的时候能看见。”她到了村子里往北看,她没有看到天安门,一打听,才知道村子离北京还有五六百里地呢。这一点,大皇上骗了她。除此之外,她觉得自己找到了一个天下难找的好主儿。大皇上人品好,又会做生意。

张老奇家听到这些,她坐在炕上,在窗子那儿悄悄地说:“我说这么小的妮子怎么会跟着行行,已经不是妮子了,从她走路,从她的脸上就能看得出。被拐卖过,说不定经着过多少男人呢。”张老奇说:“行行说上个人儿就不错了,谁知道他能把她留住了吧。”张老奇家说:“行行要是在别的家里,就要快做爷爷了。在你家,国民党特务,还有你,黑四类,别的光没沾上,这个光倒是沾上了。”张老奇说:“还不是赵家捣鼓的。”张老奇家说:“赵吉庆他爹究竟是怎么死的?”张老奇说:“你知道这么多干吗。”

天气不错,太阳照在大皇上家乱糟糟的院子里。院子的西边是一些木头和树枝,南边是几棵榆树和几棵槐树,在槐树下,那只羊吃着一片片落下的榆钱儿。大皇上家把潮湿的带着霉味的被褥晾到晾衣绳上,她蹲在那只羊前看羊。她摸着羊的一条条肋骨。羊瞅着她，并往她的怀里拱了拱，她就把羊抱了起来。羊看着她，冲她一声声叫着。她猜羊这么叫，肯定表达一种难以言表的心情，就像人一样。

大皇上家说话叽哩嘟噜的，二生家最初听不清楚她说的字，但能判断出她说的什么。后来就能听清楚了，就习惯了。二生家在前院，就能听到大皇上家跟羊的说笑声。她的笑带着一种荒蛮和狂气，甚至放肆，她的笑声使她有些心乱。

大皇上家来村子之前，村里从没有这种笑声。村里人在猜疑着她，她是什么样的人。自从这个女人进了大皇上的门，大皇上叫瓦工垒起了灶，稳了锅。这个院子，破天荒地有了脂粉的气味儿，从而在灶筒里冒出了断断续续像愁云似的，使村里人疑惑不解的炊烟。大皇上家对二生家说，她娘家娘住在城里，她读过高中。二生家想：她分明是在骗人，她要是城里人，能到这小村子里来吗？不过她还真有些像城里的妮子，过了些日子，这个城里妮子就变成了乡下人，在这个村子里，什么人也能变了。看上去大皇上家的腰也不细了，眼睛也不亮了，还带着眼屎出门，衣裳也不干净了，头发奓着。

二生家心里想：还装城里人吗，这回露馅儿了吧，城里人哪有这样的呢。再说她比大皇上小二十来岁，不是买来的，不是拐来的，就是连哄带骗来的。二生家成天想这事儿，也想不出个头儿啊肚儿的。

二生家想，假如一个房间的气味儿已经改变，那么这个家也是否改变了呢？大皇上家的气味儿在渗透，就像坑塘里的水一样，在渗透房子下面的地基，房子的墙根已经被碱透了。二生家已经很久没到大伯子大皇上家去了。在夜晚，她听到那边房子里飞出一些声音，就像牛圈里的声音一样，还有女人在黑暗里的大笑声。二生家不知道，女人在黑夜里笑意味着什么，她从没有在黑夜里笑过，她从她嫂子进门的那天起，她就听到了这种笑声，这种笑就像陶片刮着她的皮肤一样，使她浑身刺痒。

嗡嗡楞楞——纺线的声音。唧唧咯咯——婆媳聊天的声音。嘎嘎哒哒——鸡吵架的声音。呼呼噜噜——老母猪的声音。

张老奇到春天还没有把身上的棉裤脱掉，他穿着露出棉花的棉裤到大皇上家，他懒洋洋地在墙根那儿，眯眯洋洋地打着瞌睡。大皇上家来到这个村子，只到过他们那两间破旧的小西房里两次。每次大皇上家站着，她只呆了五分钟。对于大皇上家来说那是多么漫长的五分钟啊，大皇上家觉得已经感染上那种令人恶心的带着臊气味儿的腐朽气。大皇上家屏住呼吸，屋里头那种臭气憋得她脸都红了。张老奇家仰脸笑着，拍拍她的土炕，她说："坐呀，快坐这儿，歇会儿呗。"

土炕的尘埃便飞了起来，大皇上家向后躲了躲，她说："我还有事呢，有空儿我再来。"

张老奇这天走到大皇上的院子里，他探头探脑地站在那儿。大皇上家看着院子进了个人，她见是公公，就走出院子，叫了声爹。张老奇没有进屋，他坐在门台上，低着头，沉了半天，也没说话。大皇上家站着，她觉得有些别扭，又不敢慢待了公公，就给他拿了个苹果，然后一声不响地站在那儿。过了很久，张老奇说："老大家，我跟你娘商量了回，想到你这边来吃顿饭。这个四川小女人嘻嘻笑了，她说："好啊，来吧。"张老奇说："可是我跟你娘不爱吃辣椒。"她说："吃什么你说一声，我给你做。"

从这一天，张老奇和张老奇家在二生家吃一天，在大皇上家吃一天。有一天，张老奇说大皇上家在菜里放了辣椒。大皇上家说没放，张老奇在碗里还吃出了一个橡胶圈，他把筷子一摔，他说："老大家，你要是不愿意让我们在你家吃，你明着说，你干吗使这种小心眼儿。"大皇上家说："怎么啦爹？"张老奇说："你早就知道了，还明知故问。"大皇上家说："我每天侍候你，这样还落不下好，你让我怎么着呢？”张老奇家说：“你不是个善茬儿。”

大皇上家听罢放下碗，跑到屋里去哭泣去了。张老奇想，看着这么小的人，魂儿还真不小，惹不起哩。饭没吃饱，就拔腿回了他的西房里。从这一天，他害肚子，直到半月后死在那间糊着窗纸，一刮风呼嗒呼嗒响的小屋子里。

老头子临死前，躺在冰冷的带着潮气的炕上，把三个儿子，两个儿媳和一个孙子叫进屋，他用断断续续的声音对他们说：“你们都听着，别忘了这些，就是四十年前，赵家霸占了你奶奶。你奶奶还在赵家坟地里埋着。你们要是有种就好好过，记着这些。”大皇上说：“爹，知道了爹。”张老奇说：“我对你们说，赵吉庆他爹是我害死的，我跟他在一起说话，我就是气他，他是气死的。”大皇上点点头，他的眼睛看着别处。大皇上家带着哭腔儿说：“爹，我对不住你爹。”大皇上回头踹了大皇上家一脚，低声说：“你个臭婊子娘儿们，别说了。”大皇上家带着哭腔儿又说：“爹，我真对不住你。”大皇上一把把她推到外屋，她就摔倒在地上，她坐在地上，半天没有起来。屋子里很静，早晨的阳光透过窗纸上的洞照进屋子。张老奇吃力地呼吸，他的呼吸声很大，就像刮风。然后他把手伸向炕头那个小柜子，他的手指着，就在这时，他咽气了。张老奇闭上了眼睛。

张家的人在哭，几天后，他们的哭声被一阵狂风卷走了。接着跟从前一样，张家嘻嘻哈哈又哭又叫地过日子。只是那个穿着一件黑中式服，剃着光头，脸上长满白胡茬的老头子再也看不到了。

大皇上扛着一个麻袋从东边的路上走了过来，他正遇见赵丙仁，赵丙仁说：“你这是从厂子里来呀？”大皇上说：“这不是吗，这袋子橡胶件，明天我要进城发货去，用户催哩。”赵丙仁用他驴一般的声音说：“让王广去交吧。”大皇上说：“我进城还有点事儿。”赵丙仁凑近了说：“行行哥，到你家去吧，我有话对你说。”说着赵丙仁伸出手，接过大皇上肩上的麻袋，扛着往大皇上家一边走一边说：“皇上哥，你的心就是太软了，让我拾掇拾掇他们吧。”大皇上的心咚咚地跳了起来，他猜测着，他说：“你别胡闹，闹出乱子。”赵丙仁说：“哼，要是这个不拾掇拾掇他们还了得，现在不是过去了，我们不受他们的。赵三祥那小子老是往这里凑合，有人看见那天在篱笆外边拽二嫂的手，二嫂的脸都臊红了。”大皇上说：“我知道，可是不都好好的，再说我们不能老记着仇。”赵丙仁说：“那个坏种！跟赵吉庆一样坏。”大皇上打开那扇就要散架的门，先让赵丙仁进门，赵丙仁进了门，就站在院子里，跟大皇上嘀嘀咕咕老半天。大皇上说：“这么说事儿还不小呢。”赵丙仁说：“说得也是呢，他每天都到前院里去。”说罢赵丙仁说有事儿，就走了。大皇上轻轻扶着把门关上。他听到那羊叫，看了一眼大皇上家，她笑着说：“个头这么小，这么瘦，喂了六七个月了，也不见长。”大皇上往屋里走去，他说：“不长才是宝贝呢。”大皇上家说：“怎么这羊这么娇贵，整天拿个奶奶似的喂着，还是不长。”

二生家这时进了门，她走到大皇上家面前看羊，大皇上家正蹲在羊面前还跟羊说话呢。二生家往羊前一凑，那只羊就转过头冲着她叫。大皇上家一见二生家，她惊叫着说：“瞧你的脸滋润的，我还没见过你这么好的人儿呢。”二生家说：“你别这么说，让我怪不好意思的。”二生家说着走到羊前，那只羊就瞅着她。二生家又说：“你干吗啦？”大皇上家笑笑说：“我跟羊说话呢。”二生家咯咯笑了，她说：“你跟羊说的哪门子话？”大皇上家也嘻嘻笑着说：“我跟羊说话，羊好像听懂了我的话，它还在冲我叫。”二生家说：“你看这羊瘦的，我给你喂几天吧。”二生家说罢就牵着羊回家，喂了几天，羊的毛有亮色了，叫声清亮了，羊也显得有精神了，乱蹿乱蹦。大皇上家来一看，她说：“你真能，你是怎么喂的？”二生家说：

“我也没怎么管它，它就长成这样了。”大皇上家说：“你给我说，你肯定有招，你怎么喂的？”二生家说：“这个有嘛招啊，我就扔给它一把草，就干我的活去了。”大皇上家说：“我不信。”二生家说：“你牵去喂喂。”

大皇上家就牵回家，喂了几天，果然见效。半月后，二生家听到从后院里传来哭声，她想也许是大皇上打老婆了，就想去劝劝。她一进大门，见大皇上家坐在地上，怀里搂着一团白色的东西哭，再细看，是那只羊。二生家说：“嫂子，怎么啦？”大皇上家说：“我的羊死了，我没有养羊的命。”二生家说：“不是喂的好好的，怎么死了呢。”大皇上家说：“我按你说的，扔给它一把草就不管了。羊早晨还吃了几片树叶，到晌午再看，已经僵在那儿了，闭着眼，身子已经凉了。你瞧我的命有多苦。”二生家说：“不就是只羊吗。”大皇上家说：“你看这是只嘛羊啊，你看这毛皮，它还没有长出犄角呢。”大皇上家的羊死了，二生家的驴却长大了。二生家的驴一长大，大皇上家对二生家说：“我迟早也要喂一头像样的毛驴。”二生家冲她笑了笑。大皇上家说她已经有了足够的钱买驴，她还说在等二生家的驴将了驴驹子。二生家笑着说她的驴是一头公驴，不会将驴，大皇上家就咯咯笑起来没完。

二生家的驴长大了，有三个人来买她的驴。二生家想把驴卖出去，她等着钱用。她又不想把驴卖出去，她怕失去这头驴。所以没有买驴的来，她心慌意乱，有买驴的来，她也心慌意乱。第一个是串乡的买驴人，他是个矮个子，戴着一顶解放帽，他给二生家一千七百块钱，二生家说她的驴不卖。买驴人在这里磨叨了大半天，二生家也没把驴卖给他。第二个买驴人是村里的屠夫赵吉瑞，他是村长赵吉庆的堂弟，二生家没有卖给他。二生家看见过赵吉瑞的院子里堆着睁着眼睛的驴头。赵吉瑞杀驴是为了剥驴那张皮，他把驴皮卖给驴皮贩子，驴皮贩子再卖给熬驴皮胶的人。第三个买驴人是一个五十多岁模样的，长着一副驴脸的瘦高个子，那个人来到二生家的驴前，夸了她的驴皮颜色，还夸了她的驴尾巴，他要给二生家一千四百块。二生家在心里算计，她喂了多少草料，用了多少工。她算完了，对买驴人说："最起码两千。"买驴人说："一千五。"她说："两千。"他说："一千六，再不能多给。"她拧着说："两千。"他说："你想不想卖啊？"她说："想卖呀。"他说："你说卖两千，就是不想卖。"她说："你买驴干吗？"他说："让它拉车。"她说："我看出来了，你要不是拉车，多少钱我也不卖给你呢。"他说："没你这样卖驴的，再好的驴，也没有两千这个价。"她说："我的驴就有。"

买驴人无奈，一步三回头地走了。二生家想叫住他，把驴卖给他。把一头驴买到手不容易，把一头驴卖掉也是操心费力的事儿。二生家把驴牵到集上去过。她去卖驴，她把驴从镇东头牵到镇西头，再从镇西头牵到镇东头。她牵着自己的驴感到很自豪，这是头很肥的驴，驴的黑皮毛光亮。二生家在集上走了两个来回，许多人看她，也看她的驴。这是一个奇特的情景，一个漂亮女人牵着一头肥叫驴在人群里走，这情景很罕见。她在集上挤着，但是没有人买她的驴，她只好牵着驴，沿着一条渠回家，这头驴在她身后叫了几声，欢快地踢蹬着后蹄，跳跃着在她身后一边撒欢一边走着。她走过一块草地时，看着草不错，就站下，让驴吃草，她坐在渠沿上。

就在这时大皇上家骑着一辆自行车赶了上来，她先看到在草地上吃草的驴，她想这头驴怎么这么面熟，就上前去抚摸驴的脊背，驴尥了一蹶子，大皇上家说："这驴怎么不识好歹。"她这话一出口，坐在渠沿上的二生家就笑了，大皇上家看到坐在渠沿上的二生家，就凑了过去。大皇上家说："你坐在这里干吗？"二生家说："歇歇儿。"大皇上家说："你跑这么远到这里来干吗？"二生家说："赶集去了。"大皇上家说："我也赶集去了，怎么没看见你？"二生家说："没看见我是你没长眼睛。"大皇上家说："你赶集买嘛啊？”二生家说：“卖驴。”大皇上家到二生家面前，她要跟二生家学习养驴技术。二生家说养驴没技术。两个人在一起探讨着。太阳泛着一抹殷红，照着草地。大皇上家说：“我买你家的驴吧。”二生家说：“我不卖给你。”大皇上家说：“你不是来卖驴吗，你卖给谁不是卖啊？”二生家说她改变主意了，这驴她牵回家养着。说着两个人往家走，大皇上家推着自行车，二生家牵着她的驴。大皇上家说：“我骑自行车，你骑驴。”二生家说：“我的驴不能骑。”大皇上家说：“你骑骑试试。”二生家又说：“我不敢骑。”大皇上家说：“你也没骑过，你怎么知道你的驴不能骑？”二生家说：“在村子里没骑驴的。”大皇上家说：“那你扶着，我骑骑试试。”二生家说：“别摔着你。”

大皇上家说没事儿，她把自行车放倒，求了半天，二生家答应让她骑驴，她就去骑二生家的驴。二生家扶着，大皇上家就爬了上去，大皇上家说：“你松开吧。”二生家就把缰绳递给大皇上家。大皇上家骑着驴，回头间，大皇上家就从驴上摔下来了，大皇上家在驴下咯咯笑着。二生家说：“我说不行吧不行吧，你偏骑，这回摔疼你了吧。”

大皇上家说：“我没骑好，这回不算，我再试试。”大皇上家说罢，就又爬到驴背上，那驴就乖乖地往前走。她骑在驴背上，就像腾云驾雾一样，她发出的咯咯大笑声在田野里飞荡，震的玉米叶子都抖动着。两个人都感到了田野里充满浓浓热腾腾的草叶气息，她们沉醉在这种气息的幸福之中。

二生家骑着自行车，大皇上家骑着驴进了村子。在进村子之前，二生家说：“嫂子，下来吧，别让人看见笑话。”大皇上家说：“骑个驴子有嘛笑话的。”大皇上家骑着驴子进村，有三个人看见，一个是崔四，一个是丁三，还有一个是村长赵吉庆。

接着村里就传开了，大皇上家那个四川来的野女人骑驴了，她是骑着驴进村的。村里人传遍了这件事，二生下地去了，大皇上家进了二生家的门。二生家看到树篱外有许多人影。二生家知道，这些人都在看她的驴，也看大皇上家。二生家知道，大皇上家骑驴，是一件稀奇古怪的事儿，可让村里人开了眼。二生家决心卖掉这头驴，就是再贱也要卖掉。二生家想划拉一下买驴的茬儿，刚要往外走，这时她大伯子大皇上进了院子。大皇上进了院子，跟二生家打了招呼，就看那头驴，大皇上看着看着就笑了。大皇上说："二生没在家啊。"二生家说："没在家。"大皇上说："我想买你这头驴。"二生家说："哥，我哪能卖给你啊，我就送给你吧，哥。"大皇上说："那我可牵走啦。"二生家说："牵呗。"大皇上就牵着驴回家，大皇上家跟在后头。

二生从地里回来，就问那头驴，二生家说给大伯子了。二生说要把驴要回来。二生家说："给人家的驴，怎么能要回来，再说哥这些年对我们不薄，给的那些钱值多少驴钱啊。"二生听了，就坐在炕上，怎么合计也不上算，蹬了鞋子到北院大皇上的院里去，二生家在后边拽二生，不让他去，二生说："我去看看还不行吗。"

二生叫了几声，就推那扇门，那扇门哗啦被推倒了，成了一堆碎木头。二生站在那儿，他想怎么样再把这些木板组合成一扇门。他蹲下，拾起一块门板看了片刻。大皇上家那张笑脸在他面前出现了，她说："你在干吗呢？"他带着委屈的口气说："我把门弄坏了。"她说："这门早就该坏了，快进屋吧。"二生站了起来，望着他这个矮小得才到他胸口这儿的嫂子，他说："我找我哥。"她说："他进城里去了。"二生说："刚你跟谁说话呢？"大皇上家脸上泛着两片红晕，她说："我那是跟驴说话。"二生疑惑不解地说："跟驴怎么说话呢？"

大皇上家用她充满青春且泛着红晕的脸对着他，却什么都没说。大皇上家到村子里已经两年多了，她还没有心思长一条根，她还不知道怎样长这条根。但她像一棵草，她能长出花骨朵，她也能开放。她的花是用她的情感开的，是用她的泪水，是用她的微笑。一个女人，只要想在村子里呆下去，她迟早会扎根的，那只是早一天晚一天的事儿。

大皇上在扒房子，扒房的声音就像闹地震，房倒的声音震得二生家的房子晃荡晃荡的。坑塘里的鱼恐惧地蹿上水面，在阳光下闪了一下，便沉向水底。男人们在大声吵闹着，赵丙仁跑前跑后，指挥着扒房子的人。大皇上扒旧房盖新房是迟早的事儿，村里人都知道。大皇上和二生用镐头用力刨着墙，嘴里发出吭哧声，嘴一歪一歪的。大皇上家笑着说："看你们都成土人儿了，还不快歇会儿，喝口水。"二生没吭声，还在那里用尽全身力气刨着，灰尘在院子里飞扬着。没有风，一团团尘埃在阳光下滚动着。

在前边的院子里，二生家在炕头上，逗着孩子玩，窗外的树篱笆的叶子泛着墨绿。二生家听到门被打开了，她看到一缕白光。这时赵三祥走了进来，她刚想喊一声，想像吓唬一只鸡那样把他吓跑，她看到了赵三祥后头那个影子，赵吉庆在后头跟了进来。二生家看见赵吉庆的身影，赶紧从炕上下来，她一见村长赵吉庆，便提上鞋子。她站在那儿，把身子贴到门框上，看着赵吉庆逆光中那张脸。仰着对赵吉庆笑着，她撩开门帘，让赵吉庆进屋，她说："村长，你怎么有空来了，你坐哪儿。"赵三祥像见了老熟人那样笑着，跟她打招呼："呵，你在哄孩子呢。"二生家给赵吉庆扫扫炕，让他坐，他没有坐。屋子里一股子奶腥味儿。二生家说："你别老站着，你坐下吧，我给你倒碗水喝。"赵吉庆说："日子混得不错啊。"二生家说："不错嘛，你看看这个家穷的。你有事儿呀？"赵三祥说："来看看你啊，二生呢？”二生家说：“你没看见他，他就在房后头扒房子呢。”赵吉庆看了一眼屋顶，又看了一眼二生家，他说：“这房子也该扒了。”二生家说：“说的是，可是哪有钱啊。”

赵吉庆在二生家身上看了一眼，二生家穿一件白上衣(没穿内衣)，前襟上遗留着一团团奶渍，刚流出的奶滴弄湿了胸襟。她穿一件黄底黑点的裙子，她两条腿露在外边。她没有弯下腰把鞋提上，趿拉着鞋，她没穿袜子。赵吉庆冲她笑着，他看看屋顶想想，又看看二生家，她站在那儿，一双眼睛对着他，还在笑哩，他想：这屋子真脏，破破烂烂的，一看就是张家，多漂亮的女人到了张家就变成这样子。张老奇家就这样腻腻歪歪地混了一辈子。已经有许多年没闻这种腥味儿了，真好闻，这种味儿是怎么来的呢。她是个很难看到的俊人儿，她脸上的神情是轻佻了些。赵吉庆坐在二生家对面，他把茶端起来，他看了一眼二生家那微垂着的头。孩子已经睡了，一看就是张家的种儿。

赵吉庆穿一件浅灰衬衣，一件蓝裤，一双皮凉鞋，一双白袜子。他的头发很干净，平头，稀疏的头发能看到灰亮的头皮，胡须剃光了，四周泛着青色。赵吉庆接过水，喝了一小口，水很烫，一股子笼锅水味儿，他把水放到那个缺边少沿的桌子上。她没有给赵三祥倒，她看了一眼赵三祥。赵三祥坐在门框那儿，他的脚蹬着门框。赵吉庆说：“你已经两年没交提留了吧。”二生家说：“不是已经交过了吗？”赵三祥说：“那是前年的。”二生家说：“有多少？”赵三祥拿出计算器，按了几个键，又摁了几个键，他说：“三百四十三块五毛七。”二生家说：“这么多啊，我上哪弄这些钱去啊？”

赵吉庆那张脸往二生家脸前凑了凑，他看清了，她的左眼眉上边有一块黑痣。其余的地方就滋润多了，细嫩而带着粉色的光彩。就像青村的土地，总是有洼地，碱地，比起肥沃的好地显得微乎其微。赵吉庆笑着说：“这点儿小钱儿，还算钱吗，跟你大伯子要去啊。”二生家说：“我不能老是给人家要啊。”赵吉庆往前凑了凑，他用温和的语气说：“你别寻思你说没钱，我就没法子。”

二生家没吭声。赵吉庆看了一眼赵三祥，赵三祥咧嘴笑了，他转身出了院子，到门台那儿坐下。赵吉庆凑到二生家的脸上说：“拿钱来吧。”二生家低着头说：“没钱。”赵吉庆就去抓孩子那只又嫩又小的手，并把脸靠近她，他嘴里又是烟味儿又是蒜味儿，他的笑声从他那钻出鼻毛的鼻孔里发出。赵吉庆笑着说：“我不多说了，我跟二生说。你才来村子里不久，不懂村子里的规矩。”二生家有些不好意思，她的脸上泛起了红晕，更好看了，就像一朵淡红色的牵牛花，她问：“什么规矩啊？”赵吉庆说：“给你说你也不懂。等二生回来，你问他吧。”二生家心里没底气，她干脆说：“别以为你当个干部，就什么都能干。”

赵吉庆叹了口气，正儿八经地说：“嘛干部，别人不知道，你这么聪明还不知道啊，像我整天人不人鬼不鬼的，又遇上一个病老婆，我这辈子算倒了血霉了。”二生家说：“你家嫂子的病还不见好吗？”赵吉庆说：“还好呢，就那口气，咽是早一天晚一天的。棺材和衣裳我都给她做好了，她这也是一辈子人啊。”二生家说：“你对嫂子好，村里人都夸你呢。”赵吉庆说：“这个有嘛法呢，这些年，这个累赘，我的家要垮也垮在她身上。”二生家说：“你的厂子不是赚了不少钱吗？”赵吉庆说：“赚了钱也不够给她看病的，真他娘的，哼！别想那个了。”二生家给赵吉庆碗里添了些水，她说：“村长，二生老是闲不住，他这人，一不干活就腰酸腿疼，他就是受累的命儿。拼死拼活地干了半年六个月，都是给你们干的。”赵吉庆说：“要是我的，我早发财了，还不是给党干的。”二生家又给赵吉庆倒了些水，又擦脸上的汗，冲他笑了笑。赵吉庆说：“你热吗？”二生家说：“这不，刚干了一会儿活，刚撂下家什儿，你就来了。”赵吉庆说：“你干什么活儿去了？”二生家说：“锄那块玉米地呀。”

赵吉庆说着，把烟把儿在鞋底上捻灭，他看着屋子四周，然后俯下身看了一眼孩子，他笑了笑，他的笑近似于冷笑，他又看了二生家一眼，低下头。赵吉庆带着他令人难解的嘲笑凑近二生家，他很利索地把手伸到她的脸上，摸了一把，并发出嘿嘿的怪笑声。她伸手去抓他的手，她抓到的竟是一只柔软得像女人一般的手，他嘿嘿地笑着说："你的手粗糙，你的脸蛋儿还挺软和，鼓溜溜的。"二生家带着愤怒地说："你还是村长呢，你别闹。看孩子醒了，别吓着孩子啊。"

孩子醒了，他睁开眼睛，看了看屋子里的人，一声不响地翻过身来，已经八个多月，在炕上乱爬着，跟猫一起玩，还转过脸冲二生家和赵吉庆笑。赵吉庆皮笑肉不笑地说："这孩子真不错，真是好小子，起名儿了吗？"二生家说："起了，叫小牛子。"赵吉庆说："一看就跟个小牛犊子一样，大皇上要盖新房了，他赚了钱。不错，听说要盖村里最好的房子。我让他到村里选个地儿，可是他偏偏要在这里盖。就你们孤零零两处宅子。你嫂子可不是好料，就像个小妖精似的，瞧她怪里怪气的。大皇上正儿八经的人，怎么弄来这么个女人。"赵三祥咳嗽了声，外边是二生跟赵三祥的说话声。赵吉庆笑着往外走，他低声说："晚上给我留着门啊。"二生家哧地笑了，她说："去你的吧，还不让二生把你打出去。"二生就像个土人似的进门，如果不动，就像块土坯似的。他站在猪圈那儿，拍去身上的土。树篱笆在摇动着，赵吉庆走过去，卡腰站在树篱笆前的猪圈旁，他在猪圈旁叫二生，二生看了二生家一眼。二生走到赵吉庆跟前，赵吉庆还夸了二生的猪一句，他还说："你哥盖房，还真卖力气。"他又说："有点事儿，我跟你说说。"

二生跟赵吉庆在树篱笆下，跟那三只羊在一起，赵吉庆在抚弄山羊，山羊叫了一声。他们蹲着，嘀嘀咕咕说了好半天。二生家往锅里添水，看了一眼他们，她在堂屋里冲着院子里喊："村长，在这儿吃吧，我还有一条咸鲅鱼，还有一块腊肉，我给你包饺子吃。”赵吉庆大声说：“你别虚让啦，放着你的鲅鱼吧，我还有事儿，等下回吧。”赵吉庆在猪圈边看着猪圈里的猪跟二生聊着，二生家一句也没听清楚。接着两个人就吵了起来，吵架的声音被房后的扒房墙倒的声音淹没了。赵吉庆说：“不是你想怎么着就怎么着，该怎么着就怎么着。”二生说：“你昧着良心说话，你弄得嘛事儿谁还不知道啊。”赵吉庆说：“你再说一遍。”二生说：“你不能昧着良心说话。”赵吉庆往二生面前凑了凑，他打了二生两个嘴巴。二生家叫着跑出院子，她说：“好啊，打人啦，还真打啊！”二生家的叫喊声提醒了二生，二生冲上去，横在那儿，他说：“你再打，你打啊，你不打你不是人作的。”赵吉庆愣了片刻，他说：“二生，行，你行，你有种。”二生说：“你不能老这样，你老是欺负我，你以为我是好欺负的吗！”赵吉庆说：“谁欺负你。”二生说：“从我爷爷那辈起，到现在是第三辈儿了。”赵吉庆说：“你小子，还跟我记仇啊。”二生把牙咬得咯吱响，他说：“我就是记仇，我就是恨你。”赵三祥拦在中间，他说：“说着说着就发火，二生，都说你的脾气不好，你该改改啦。”二生说：“你个杂种离我远一些，你别惹急了我，让我捅了你。”赵吉庆说：“先别说这个，你家欠村里的提留，你该交了吧。”二生说：“交你娘个蛋。”他说着，抄起一根扁担，抡起扁担来打赵吉庆，扁担钩子一甩，正打到赵吉庆的裆里，疼得他捂着裆啊啊大叫，跪在了那儿。赵三祥跳了起来，他叫道：“好哇，好哇，要是我叔有个好歹，我饶不了你。”二生说：“你就来吧，你个畜类。”

赵三祥抓住二生的衣领，上去就给二生一拳。二生用足了力气，给赵三祥一拳，把赵三祥打了个侧楞个子。二生笨手笨脚地跟赵三祥厮打起来，你踢我一脚，我打你一拳，谁也没占到便宜。二生那身蛮力都用上了，把赵三祥打趴下了。二生去打赵吉庆，赵三祥死抱着二生不放，他对赵吉庆说：“叔，你快走吧，你快走。”赵吉庆没有走，他还在往前凑，他说:“你让他再打打我试试。”二生家抱着孩子,已经不哭了,她说:“怎么好好的,说着说着就打架呢。”二生没鼻子没脸地冲着她大叫:“你个臭娘儿们,没你的事儿,给我滚开!”二生家急得要哭,她说:“这是怎么了这是。”

赵吉庆给二生两个嘴巴,赵三祥抱着二生。二生一用力,把赵三祥一甩,赵三祥掉进了猪圈里。猪圈里全都是泥水,赵三祥弄了一身泥水,他往上爬着。二生又把赵吉庆摔倒在地,踹了两脚,赵吉庆捂着肚子在地上哎哟哎哟地直叫,他说:“二生,你打我,你没好下场,会有人给我出气的。”二生又打了一拳,赵吉庆说:“二生,你个杂种,你想要我的命啊。”二生说:“我不要你的命,我要让你尝尝我的厉害。”二生还要打,被二生家拦住了,她说:“二生,你别惹祸,算了吧。”她拽住了二生。张老奇家趔趔趄趄地出了屋门,她举着一根烧火棍,走到赵吉庆身边,一下下抽在赵吉庆身上,她嘴里发出吭哧声,还一边骂着:“你个私孩子,私孩子,私孩子……”

后边的山墙倒了,震的地直动。赵吉庆躲闪着张老奇家的烧火棍,他爬了起来,划拉着头往外跑。赵三祥从猪圈里爬上来,也逃了。二生家说:“你怎么跟村长打架,这个还有你的好吗?”二生说:“滚。”二生家说:“村长这脾气,他饶不了我们。”二生说:“我等着他,他说我欠村里的钱,我已经给了,他老是变着法地要钱。”张老奇家说:“别说不欠,就是欠,也不给他,看他怎么着。”二生家咧着嘴说:“我们这日子可怎么过啊。”二生说:“别说这些了,晚上的饭做多些,再炒点菜。真累啊,哥说喝两盅,你去买酒去。把大哥屋里的炕铺厚些。哥说了,他盖好了房子就给我们盖。”

赵吉庆跟赵三祥出了门,往东拐去,他们站在坑塘边的小树林里,赵吉庆说："真够难的，要对付村子里这些难缠的人，还要管厂子。讨了三天，跟要小钱似的，才讨来三千多块。"

赵三祥说："不能饶了二生这小子。"赵吉庆说："是不能饶他。"赵吉庆说："二生家这么小，就像二生的闺女。"赵三祥说："这小子，找了这么个好媳妇，村里男人都眼红呢。"赵吉庆说："遇见这么家子人，真倒霉。"赵三祥一边走一边跺脚，他身上的黑色的发臭的泥水还在往下落，他说："真他娘的臭，二生就这味儿，这回让我沾上了，熏鼻子，我到坑塘里去洗个澡。"赵吉庆说："你去吧。"

赵吉庆站在小树林里看着赵三祥，他还拍着身上的尘土。赵三祥走到那个斜道上，跑到井边，穿着衣裳跳进坑塘里，他脱下衣裳，让衣裳在水面上漂着，扎了个猛子，把头上的水甩掉，在脸上划拉了一把，他转过头去，对站在柳树下的赵吉庆说："叔，你也洗洗吧，真他娘的痛快。"赵吉庆说："快洗吧，还有事儿呢。"

在二生和大皇上房后，朝阳映照在坑塘里，坑塘里的芦苇已经长出了水面，水四周绿乎乎的，几只白鹅和几只鸭子在水里浮着，在芦苇里还有一声声奇怪的鸟叫。这片坑塘有十几亩大，春天的水很少，显得小一些。夏天雨水灌满了坑塘，显得坑塘很大。坑塘从没有干枯过，坑塘里有许多个泉眼，坑塘里的水少的时候有些苦。张家的房东边是长满芦苇的坑塘，西边是一块低洼的草地，足有六亩多。

赵三祥把衣裳洗了洗，闻了闻，又洗了几把，他嘟哝道："张家的臭味怎么也洗不掉。"他游到岸边，钻进一片小树丛，在里头把衣裳拧干，再穿上。他上了岸，走到赵吉庆身边，他很沮丧地说："叔，走吧。"赵吉庆拍了拍他带着水分的肩膀说："过了这会儿，我给你买一套。"赵三祥说："叔，这是我最好的衣裳了，我舍不得穿。"

大街上只有一棵槐树。两个人走到大街上，一左一右，两个人的影子长短不一，大街上很静，两头猪，一条狗，一群鸡，一个卖香油的敲着小锣迎着他们走了过来。赵三祥对着赵吉庆的耳朵说："我说那娘儿们不错吧。"

赵吉庆脸上出现了得意的笑容，他说："是不错，二生这傻家伙护得真严，还真有把子劲，今天我们算尝到苦头儿了。那个家真够脏的，在外边一看那小土鳖房就知道穷得掉渣儿，进去一看，除了四个旮旯什么都没有。她够贱的，不过她的脾气不错，老是带着笑。"

赵三祥说："叔，她看着有点巴结你，敬你哩。"赵吉庆说："她心里想什么，这个谁知道。"赵三祥说："叔，你要是觉得好，我就想法替你把她搞到手，我有法儿，我真有法儿。"赵吉庆说："别瞎说，可别干那种事儿。"赵三祥说："叔，我说她俊吧叔。"

赵吉庆脸上的笑容抖了抖，就消失了，他的裆里被二生打得还在隐隐作痛。他跟赵三祥到医院里看了医生，他的睾丸给抽肿了，害得他走路拉叉拉叉的，像个哈巴狗。

赵吉庆说："真他娘的倒霉。"赵三祥说："叔，等着的，我会把她弄到手，她很快就来找你。"赵吉庆说："碰一鼻子灰，我早就知道狗娘养的不好惹。"

穿过大街，往东一走，橡胶和汽油味儿很浓，就是大皇上和赵吉庆的橡胶厂。赵吉庆的橡胶厂门前有两排杨树，院里头乱糟糟的，堆着两堆乌黑的废胶件，还有两台报废的轧胶机在杂草丛里探出头来。两个人往里一走，见四个小妮子从院子里跑到车间里去，赵三祥说："叔，你对她们太宽了，你看看，她们一离开我们的眼儿就偷懒儿。"

赵吉庆向车间里走去，车间里有些昏暗，汽油和橡胶味儿刺鼻。一双双手都在忙碌着，手被汽油都泡得失去了光泽，还沾上了黑色的胶。赵吉庆说："在南边那台机子上的是谁？"赵三祥笑着对赵吉庆的耳朵说："赵厚雪，赵厚生的妹妹。”赵吉庆点点头，出了车间，吸了两口气，他说：“她长得不错，就是眼睛小一点。”赵三祥说：“我把她整到你办公室去呀。”

赵吉庆好像没听见，朝办公室去了。赵吉庆进了办公室，坐到椅子上。这里既是橡胶厂办公室又是村部，墙上挂满了奖状和锦旗，有些奖状和锦旗已经旧了，有几张还是赵吉庆他爹那时的奖状呢，那毕竟是村子的荣耀。赵吉庆说：“让她来也行，有个妮子，屋子肯定比现在干净多了。”赵三祥说：“我这就叫她去。”赵吉庆说：“三祥，我可对你说，别给我惹事儿。”赵三祥说：“没事儿叔，她们都喜欢这样，你看看她们那样子，也许正这么想呢。她到厂里来，还是求的我哩。”赵吉庆说：“你已经把好几个妮子搞大了肚子。”赵三祥说：“叔，别听他们说。”赵吉庆说：“你也该到了娶媳妇的年纪了，我托人给你说一个。”赵三祥说：“我就想有个婶子，你要是看上哪个，我给你去说。”赵吉庆说：“你少管我的事儿。”赵三祥说：“叔，你别生气。”

这是个灰雾蒙蒙的傍晚，灶膛里的火就像晚霞一样。二生家往里头塞了把柴，就到后院去了。她走到后山墙那儿，看到有一道裂缝，裂缝像条蛇一样。天已经暗了下来，男人们把墙已经推倒了，他们在废墟上站着，一些人把土和坯块装到推车上，往坑塘边倒。二生家只远远地站着，她看到大皇上家在男人中间，她手里拿着烟，在给人递烟，她还跟男人们打情骂俏，二生家听不到他们说什么，她只听到一阵阵哄笑声。天黑了下来，那些人影在空气里飘着，她只能看到他们的人头。在下边，天黑如墨。二生家觉得那些笑声在飘着，她感到风很凉，带着阴气，她在想这座房子盖成后将是什么样子，而她的房子跟大伯子的房子相比又是什么样子的呢。她听到大皇上走了过来，然后她看到了大伯子那张冷漠的脸，她对他说：“哥，吃饭去啊。”大皇上嗯了声。大皇上家咯咯笑着，在她身后一帮男人，接着男人们散去了。二生家记得，她从进这个村子，还没有这么多男人到这个小岛似的地方来过。男人的浓浓气息在弥漫着，还有那些大笑声和说话声，她的心里暖和和的。

吃饭了，二生跟大皇上在炕上的吃饭桌上对着脸吃。二生家跟大皇上家在堂屋里灶台边对着脸吃。两个小凳子，风箱，灶王爷。塌灰落进了碗里，两个人吃一口，就笑一笑，大皇上家说："真好吃。"二生家说："再来点儿，多吃点儿。"大皇上家说："不吃了，再吃就要撑破肚皮了。"

大皇上家和二生家在灶台上聊的是灶台上的事，大皇上和二生在桌子上聊的是张家的大事儿。大皇上坐在炕上，大皇上说："爹活着的时候对我说过多次，让我保住这块风水宝地。从爷爷那辈，这个家几起几落，爹死的那会儿，他说这个家就要兴盛起来啦。"二生说："从生下来，还没闻见过爷爷的味儿呢。"

大皇上说："他到台湾去了，他走的时候是旅长。他回来过两次，还带着一个连的卫兵呢。爷爷是个知书达理的人，他回来让卫兵抱着红毡，各家各户磕头呢。我们张家这些年经过了这么多苦难，这块地三面环水，一面是大路。村里人也知道，这个村子是龙头凤尾，这两处房子恰好修在龙头上。我们是龙头，早晚有一天，我们兄弟翻身的时候就来了。"

二生笑着说："哥，翻身也全靠你了哥。村长打了我两巴掌，我的脸都肿了，赵吉庆真狠，我们不能放过他。哥，你这些年就是太老实，什么都不吭声，他村长身上也没长鳞，别怕他。"

大皇上说："别聊这个了，都过去了。"二生说："你看，人家跟我们对着干上了。全都是势利小人，都到赵吉庆那里舔腚去了。盖房这么大的事儿，都抽回去了。赵丙仁、王三怪、王广都是你的好朋友，他们也都去了。我也知道跟赵吉庆闹没有好处，你看今天只来了三个壮工，就晾台了。"

第二天，日头越过两棵高高的杨树，照射过来。这时村里头传来轰隆隆的声音，还有男人的叫喊声。赵吉庆家也在扒房子，大皇上不得不把盖房子的事儿撂一撂，大皇上想，赵吉庆家那么个病婆子，还盖什么房子。大皇上家坐在一堆坯头子上发愁，大皇上站在一边。大皇上对大皇上家说："哼，他们想来，我还不用呢，我到外村请人去，两条腿的驴不好找，两条腿的人可有的是。"大皇上家说："你别得罪了村里人。"大皇上说："娘儿们家少管闲事儿。"大皇上说着，向村子里走去。他走到街中央，往赵吉庆那条胡同里走去。赵吉庆那里挺热闹，正在打夯，赵吉庆正在那里比比划划地说着什么，大皇上走过去，赵丙仁和王广还冲他笑了笑。大皇上走到赵吉庆身边，他说："盖房的事我事先跟你商量了，也请了客，你这么干真好意思啊。"赵吉庆说："我怎么干啦？"大皇上说："你挖我的墙脚，把人都拉你这来了。"赵吉庆拉着长声说："你这是说得嘛话啊，你选了个好日，我就不能选个好日吗？我盖房不盖房，还跟你小子商量。"大皇上嘿嘿笑了，他说："别当这么个破官，就不知姓什么了，我见过的多了。"赵吉庆冷笑道："我算什么官，露水官儿，土官官（蛐蛐）。你别他娘的在这里碍手碍脚的了。"大皇上说："你骂人。"赵吉庆说："我骂人，我骂人了吗，我会骂人吗，我长这么大，还不知骂人是怎么回子事儿呢。"大皇上说："好，咱走着瞧，我等着你。"赵吉庆的声音震荡着村子："好啊，等着就等着，我还怵你这个茬儿啊。"大皇上看了一眼在赵吉庆地基上的人，抽抽鼻子往回走。大皇上从这天就憋了一口气，大皇上憋气也只是憋着。

大皇上回来，已经近中午，二生正在房后推土。大皇上已经派人去请外村的建筑队。就在这时，派出所来了两个人，把二生叫走了。直到傍晚，二生还没回来，大皇上去找，才知道二生在乡派出所，他被拘留了。二生的罪过就是打了村长，还要交三千块钱呢。大皇上说："这是怎么了，真是越有事儿就越添事儿。"

二生被押在乡派出所。这是六月的一个上午，玉米已经长出黑绿色的叶子。二生家在玉米间走着，她到镇派出所去看二生。

二生在一间小仓库里，她坐在仓库里的麦秸上，她从布包里掏出热乎乎的大得像碗似的蒸干菜包子，她说："你瞧，我给你带来了好吃的。"二生拿过干菜包，大口吃着。二生家看到二生手上的伤，就哭了，她哭着说："猪将了十三只小猪崽，羊在这个月就要产小羊了，嫂子说要只羊，我已经答应给了。"二生说："你愿意送谁就送谁吧。"二生家一哭，二生就给二生家抹眼泪，还在吃力地咽着嘴里的食物。

二生被拘留，大皇上就托门子走路子，请客送礼，用了六千块钱，把二生从派出所保出来。二生身上有十多处伤，还在往外流脓，二生身子瘦成了一把骨头。二生身上伤口上了些药，吃了碗面，倒在炕上睡了。

接着气息很浓的七月的夏天已经来了，二生的身体养壮了，身上的伤也好了，他的小猪崽长大了，等着二生到镇上去卖。二生觉得跟过去一样，他浑身又有了用不完的劲，他想他的劲只用于种地，他要把地种好。他这天起得很早，他蹲在屋檐下，开始打磨生锈的锄头和镰刀。他还想，这些日子没到地里看一眼，也不知地成什么样子了。接着下了一场雨，猪圈里灌满了水，那些猪在猪圈里趴着。阳光很好，树篱笆上长满了叶子，显得密不透风。大皇上家和二生家在看猪，大皇上家抱着牛子，还给牛子擤鼻涕。

大皇上家用食指指着说："你瞧那头小猪多秀气，那头看上去也挺机灵，那头有些笨头笨脑，那头带白点的也不错，看上去气质有些不凡呢。"二生家说："你想要哪一头？"大皇上家说："就那个带白点的。"二生家说："嫂子，我替你喂着，等你砌好了猪圈，我给你逮过去。"大皇上家说："行行不让砌猪圈，也不让喂猪。"二生说："就别喂了，你就等着吃猪肉吧。"大皇上家说："我不想吃肉，我就想喂猪。"

就在二生家和大皇上家看猪的这天晚上，二生家的母猪把猪圈拱倒了，大母猪领着十一头小猪钻出了树篱笆，跑得无影无踪。二生家一大早就四处找猪。二生家跑遍了村子，也没找着猪。

二生家在村边叫猪，唠唠唠唠唠唠唠唠——二生家一边叫一边跑，她的声音尖涩而带着颤音："看见我家的猪了吗？就是黑母猪，还领着十一只小猪崽儿。"

"唠唠唠唠唠唠——"大皇上家也在叫猪，大皇上家的声音尖细而高，舒展而开放。

二生怀疑那头母猪和小猪崽是赵三祥偷了，赵三祥是为了报复，那个坏种什么都干得出。猪丢了后，二生两口子吵了嘴，两天没有说话。由于心疼那些猪，两个人谁也懒得说话，这样就冷落了张老奇家？这老太婆久久站在院子里，听着北屋的动静。早饭的气息在院子里弥漫，二生家把张老奇家叫来吃饭。张老奇家坐在饭桌前，吃了两口，就把筷子一丢，跑到自己的屋生闷气去了。两个人都愣了半天。二生家说："看你娘那样子，整天撅着个嘴，没个笑模样。"二生说："她就那样。"二生家说："别以为我看不出，她对我就像防贼似的。"二生就到张老奇家的屋子里去劝说。张老奇家盖了床被躺在炕上，二生进去，她紧闭着眼。二生问："娘，你怎么啦？"张老奇家说："怎么啦，我敢怎么啦，瞧那小老婆子整天当啷着脸，让谁看啊。"二生说："不是猪丢了吗，都心疼呢。"张老奇家说："猪丢了就给我脸色啊。"二生说："娘，不是给你脸色，没人敢给你脸色。"张老奇家说："你瞧瞧那小老婆子，越来越不像话啦。我就要死了，我现在死也不算少亡啦，我还不如死了好呢。"二生也用生气的口气说："那我呢，我也死吧，都死吧。"张老奇家说："你说吧，生，我整天算什么，你说那小老婆子拿我当人吗，我也就是一天吃你三顿饭，除了这还有嘛，我数了一遍村子里的老人，哪个都比我强啊。"

二生用气愤的口气说："是啊，都比你强，都比你强！"他说罢，就转身到院子里站着去了。等到午饭，二生家再去叫张老奇家，张老奇家一声不响地撅着大嘴，坐到桌前，吃罢一碗菜和两个馒头，连续打着饱嗝，弯曲着身子到西房里去了。

二生家沿着村边，她不再喊猪，而是四处看，天要黑的时候，她看到远处许多猪的影子。大街上站满了人，二生家从街心穿过，她见到的人都问过："见到我的猪了吗？"人人都冲她摇头，她看到一座青砖包角的房子，她想：要是一头撞到上头死了，什么烦心事儿都没有了。

二生家在坑塘东边的芦苇里遇见赵三祥。赵三祥笑嘻嘻地拦在她前面，他说："喂，干吗去啊？"二生家说："去，你躲开。"赵三祥说："你还在为那天的事儿怪罪我啊？"二生家没好气地说："谁有那个心思，我家的猪没了，我在找猪呢。"赵三祥说："别拿这个当遮掩了，我知道你记恨我。"二生家说："我的猪真丢了，它们淘气，把猪圈拱坏了跑丢了。"赵三祥说："你看看这个，不是你家的猪将了十几只猪崽吧。"二生家说："是啊，大猪小猪都跑丢了。"赵三祥说："快着找吧，这个还了得！"二生家听了赵三祥的话，心扑扑直跳，又往村里找猪去了。

二生家和二生一遍遍找了村里的猪圈，找了所有的人家，没有人看到他家的猪。二生家回到家，就低一声高一声地哭。大皇上家来劝她，她说："你哭嘛？"二生家说："哭我的猪呀。"

大皇上家知道那些猪丢了，眼圈一红，跟二生家一起哭了起来。两妯娌哭了一通后，抹抹眼睛，大皇上家说："丢了就丢了吧，再喂。"二生家抽搭着说："不再喂还有嘛法儿啊，肯定是有人使坏，把猪给昧起来了，能值两千多块呢。"

大皇上家说："也是，那猪长得那个精神劲儿，怎么竟干这种傻事儿，自个儿跑丢了。"

二生家说:“这个谁知道啊。”二生家说着,还要哭。大皇上家又劝了几句,二生家才忍住哭。

十几天后,二生家下地。地里草很深,玉米长得又黄又矮。二生家往地里一走,觉得地里那一股子臭味儿很浓,不知从谁的地里发出的。她想上的什么肥啊这么难闻,现在科学发达了,什么肥料都有。她扒着玉米叶子往前走着,她还看到玉米上有三只螵虫。就在这时,她脚下软软的被什么绊了一下。她的脚已经湿了,她闻着臭味儿更浓了。她在想,怎么弄这里一堆粪呀,她往后看了一眼,她吓了一跳。只一眼,她就看清了,那是那些死猪,那头母猪和十一头小猪,小猪堆在母猪一边。她大叫了一声转身往地外跑,她感到头发都直立了起来。她的脸,她的胳膊被玉米叶子划破了,她一边跑一边叫,她感到那头猪已经活了,那些小猪崽在叫,母猪在拱她的腿。二生家一口气跑到家,就躺在炕上,在她的脑子里,是那些猪的眼睛在看着她,她耳朵里是尖利的猪的惨叫声。她出了一身身虚汗,就病倒了。

二生家病了半个多月，她坐在炕上，望着窗外。二生家说梦到她的猪了，二生家有气无力的。二生带着鼻音说："猪已经死了，别再想了。"二生家说："那些猪，肯定是有人害死的，你说是谁呢？真有这种坏人，他要是偷也行啊，可是他偏偏把猪害死。"二生说："别想这些了。"

就在这个晴朗的天气里，几只鸡迈着缓慢的步履向这边张望，那只羊也扭过头冲这边叫。张老奇家走到院子里，她手持一只碗，她的另一只手在碗里抓了把玉米，她一边叫着，一边把玉米撒向那些鸡。那些鸡快活地咕咕叫着，吃着地上的玉米。从张老奇家的嘴里也发出咕咕的叫声。老人喂罢鸡，又到牛圈里把牛牵到树篱笆前，把牛拴到一棵树上。二生坐在炕边吸烟，他在想着今年的地。二生家听到坑塘那边传来了唢呐声，还伴随着哭声，她翘起头来听了听，她问二生："谁死了？"二生说："吉庆家。"二生家说："是什么时候？"二生说："昨天早晨。"二生家说："她真够可怜的，她可走了，可熬出来了，她真受了不少罪，可怜宝红那妮子，她肯定哭坏了。"二生说："村里人看见宝红哭，都哭了。"二生家说："你快去，随个礼儿。"二生说："他对我们这样，我不去。"二生家说："你心里恨他，表面上别带出来。再说吉庆家这人不错，我们就看吉庆家吧。"二生说："我不会那个。再说这个谁还不知道啊，都明摆着的仇。"二生家说："去吧，你就去吧，再说抬抬棺材还用得着你呢。"二生拿出两块钱，抓在手里，他说："去看看热闹。"二生家暗暗骂了句："这个不通人性的东西。"

二生出了门，二生家咬着牙想，无论如何，她也要活下去。她心里已经有了个谱儿，怎样让病好了，怎样让身体健壮。她闭上眼睛，她的泪水流了出来。

夏天的气息越来越浓了，树篱笆和坑塘边传来植物的气息，还有一股一股飘进屋子里的水腥。鸡羊在叫着，树上的麻雀飞蹿，伸伸筋骨，亮亮嗓子，鲜活而又生动的生命已经活跃了。树篱前的玉米秸垛经过日晒雨淋，呈现出腐败颜色，跟树篱笆上的树叶形成鲜明的对比。二生已经把猪圈砌好，又买了猪崽养着。二生家即使在睡梦中，都能听到猪崽在叫。她听到猪崽叫，就想起自己的小猪崽。半个月后的一个早晨，二生家给孩子穿了衣裳，就取柴烧饭了。二生家坐在灶边，想着怎样才能过有滋有味儿的日子，想着想着，就把她的思绪和玉米秸一起丢到灶里烧掉了。

水股子淡气的，一点滋味儿都没有的日子，一天又一天，是那样的漫长。二生家吃过早饭，到地里去。她背着草筐，草筐里是一把锄头和一把镰刀。她在窄窄的小路上走着，小路两旁是浓密的玉米。二生家走着走着，就走到了小路的尽头，那些杂草把小路吞噬了。

二生家走到自己的地头那儿，她把筐放到地头上，把锄头握在手里，辨认着，从自己地的第一耧，开始耪了起来。已经有十多天没下雨了，玉米地里有些干燥，玉米的叶子都打卷了。她耪完一耧折回来，便从玉米棵中，隐隐地看到地头的小柳树下，一个人影坐在沟沿上，她耪到地头，便看出那个人就是赵吉庆，她再往回耪，赵吉庆叫住了她："喂，别累着身子，过来歇会儿吧。"二生家说："你歇着吧，我还这么多活呢。"赵吉庆钻进玉米地，走到她身边，他说："你把提留拿上吧。"二生家反问："这儿是缴提留的地方啊？"赵吉庆嘿嘿笑了笑，他说："我知道你也是赖着不缴。"二生家说："你说谁赖啊。"

赵吉庆掏出了烟，一口一口地吸着，没有风，他吐出白色的呛人的烟向天空飘去，即刻飞逝了。二生家说："你这要啊还是等明天啊。"赵吉庆说："你说吧。"赵吉庆说着，把玉米叶子上的一只毛虫捏下来，丢到地上，一脚踩死。那只毛虫流出一股子浓浓的液汁，萎缩着死去。二生家说："你还有别的事儿吗？"赵吉庆嘿嘿着极不自然地说："有啊，有啊。"二生家说："那你说吧。"

赵吉庆在那里站着，他诡秘地对她笑着，她的眉毛一挑，转脸去看天上的云。她然后低下头，看到了一棵开了淡红色小花的燕尾草，蹲下拔了，走到田头，放进筐里。她站在沟沿上的柳树下，太阳升了起来，炽热的空气烤着她那张娇嫩的脸膛。赵吉庆走到沟沿上，坐在那里，抬头说："你坐一会儿吧，还不晚。"二生家一动不动地站在那儿，她的手抓住一根柳枝，在手里玩弄着。她的头发被风吹着，她不时地用手指梳理一下她的长发。

她晃荡了一下头说："你赶紧走吧，让人看见了生些是非，你也知道二生可不是好惹的。"赵吉庆说："你说生什么是非哩？"她说："这个你别问我。"

在阳光明亮的柳树下，在玉米地之间，他们的说话声很低。赵吉庆望着她那张泛着红晕的脸颊，黏稠的阳光把她裹着，一层又一层。赵吉庆心里说：要是真像她脸上这样，我就猜透了她，心里就有个谱儿了。

二生家折断一根柳条，把皮剥了，放到嘴里，她便尝到了酸丝丝的柳木气味儿，她说："你整天干什么活呢？"

两个人漫不经心地聊着。他觉得跟二生家坐在一起，心头就有一股子冲动的欲望，他想，她可是一个二十岁的小孩子啊，他已经五十多了，还这么没出息。他又想，也许正是这个，他要的就是这个劲儿，他闻到了田野里青嫩的气息和二生家生过孩子后，身上所散发的乳腥味儿。他望着她，她一直在低垂着头，她一副羞怯怯的样子。二生家的心跳一会儿，又跳了一会儿，她在擦着脸上的汗，回答着他提出的一些问题。他的心也在跳，他说："今天可是个大热天儿啊。"

"是啊，你不呆在家里，地里多热啊，玉米地里一点儿都不透风。"

赵吉庆说："你还是把提留交上吧，早晚也是账啊。"说着赵吉庆站了起来，他把一个纸条塞到二生家的手里，把她的手松开走了。二生家红着脸，坐在沟沿上托着那个纸包坐了老半天，她打开包，里头是六百块钱，还有一个纸条，上头写着：

我七月初七晚上在你家东边的杜树下等你。

二生家看了一遍，她脸上带着愉悦的微笑：这个缺大德的，他是让我养汉哪，想想，那是牛郎织女相会的日子呀。二生家耪完地，她往家走，她的脚老是被什么绊着。

那是些跳荡的日子啊，尤其到夜里，真长啊。她想过，在黑夜里，到一棵杜树下去，一个老爷儿们和一个女人偷偷摸摸去干什么啊。再说她黑了不敢到杜树下去，她觉得坑塘里老是有一些声音，老是有一些影子让她恐惧。她回到家，把这张纸塞到炕席下。她还是老想着夜晚在树下的情景，跟赵吉庆那家伙在一起，好像有什么便宜占呢。再说赵吉庆那张脸一看就带个坏样子，可是说话办事看上去很正经。对，二生，怎么老是把二生忘了呀，二生是她的男人呀，那个土拉巴唧的，满身汗臭的汉子。她不再想了，可老是有一种力量使她拐弯抹角地想到赵吉庆，赵吉庆笑吟吟地在她眼前晃来晃去，时刻在跟着她。她想：真见鬼，那是赵吉庆的魂儿啊。

过了会儿又拿出来看，她觉得像坐在灶前，浑身像在火上烤似的，她觉得这个夏天比任何一个夏天都要热。她在一遍遍想那句话，她似乎听到了赵吉庆那低沉而富有弹性的声音。她把那张纸条拿出来三四次，然后把纸放到柜里，又放到橱子里。最后，她把一床被子的被角拆开，把纸条塞进去，再缝上。她还是隔着被面摸到了那个纸条。她把纸条拆出来，做午饭时，填到灶里烧掉了。她看着那片纸在燃烧时卷曲起来，变成黑色，然后向炕洞里飞去，消失了。

等二生从地里回来，她还在想那个纸片呢。

二生家老是想赵吉庆，老是丢仨忘俩。她想：赵吉庆是打着要提留款的幌子，死皮赖脸地缠她。她想到这儿，脸红了。她等待着七月七这一天，她又害怕这一天到来。她心里犹豫着，那一天假如到了，她是否到杜树下面去。她没心思喂牛羊，也没心思喂鸡，整天抱着牛子在坑塘边站着，望着满坑塘荡漾着变幻的影子。她一抬头就看到了那棵杜树，她站到老杜树下，杜树已经长了毛茸茸的像粟米似的杜梨。眼瞅着就到了，在一个黑夜里，有一个男人在这棵杜树下等她，他等了她很久，他早就站在杜树下了。她在坑塘边站着，老想着这棵杜树，老是觉着有回子事儿，可是细想起来又没什么事儿。她在坑塘边站着，好像她在等一个人，想来想去也想不起等谁。她想，一个女人家，怎么老想一个男人，这么不正经。家里的牛掉膘了，羊瘦了，鸡也不正儿八经地下蛋了，就是小牛子说饿了，她也好像听不见似的。

七月七的夜很黑，天阴着，没有星星。二生家在屋里炕上坐着，她的脸贴着窗子，望着窗外。这时听到一声猫叫，她身上激灵一下子。二生家早已让一家人吃饱饭，把孩子哄睡着了。她偷偷地拿了镜子，在堂屋里梳了几梳子头，又抹了些雪花膏。换了一件白上衣，换了一双新鞋子出了门。她暗暗骂了一句：你个傻家伙，天黑的什么都看不到，穿新衣裳新鞋子干吗呀。二生干了一天活，早已躺在炕上，睡懵懵的了，他还是梦呓般地问了一句："你干吗去啊？"二生家说："我问问丙仁家，明天她说跟我去拾掇棉花杈。"二生家出了门，她觉着下到脸上凉丝丝一滴小雨，她抬头看了一眼天。

二生家绕过树篱笆，向房西去了，她听到芦苇里的蛙鸣，她停下，辨了一下方向。又走了两步，就走到那棵杜树下，她扶着杜树，她感到头有些晕。一股股凉爽的风让她起了身鸡皮疙瘩，她倚着那棵杜树，她感到有些可怕，坑塘那边的泛着灰色的波光，她还听到咕咕冒泡的声音，还有鱼在水面上戏水的声音。她犹豫着，想离开，她想是赵吉庆糊弄了她。她正想离开时，一只手抓住了她，那个声音说："呵，你身上真香啊。"她的心就咚咚跳开了，她用拳头在他身上打了一下，低低的声音说："你吓了我一跳。"赵吉庆嘿嘿笑着说："我等了半天，以为你不来呢，刚还下了几滴小雨哩。"沉了片刻，她说："你说，你叫我到这里来干吗？"赵吉庆说："干吗，我让你看个好好儿。"二生家说："狗屁，什么好好儿呀？"赵吉庆富有弹性地嘿嘿笑着说："一会儿你就知道啦。"

在芦苇丛，金龟子的嗡嗡声和苇叶的轻轻摩擦声。过了片刻，赵吉庆的嗓子里发出不自主的叹息声。二生家用同情的语气说："你还在为宝红她娘伤心吗？"赵吉庆说："是啊，你看看我现在，还没有个女人，多可怜。"二生家温和地说："让我想想给你找个吧。"赵吉庆说："要是找就给我找个你这样的女人吧，别的我真看不上。"二生家哧地笑了，她说："我说正事呢。"

赵吉庆说："我也说正事儿，你说说，除了你让我整天想，吃不下饭，睡不着觉，再没别的事儿了。"赵吉庆说着，就来抱她，她这一团腥气烘烘的气味儿，就扎进了赵吉庆那充满烟气的热烘烘的怀抱里。

赵吉庆说："按说我不该在宝红她娘死这么短的时间，就跟你……"二生家推了推他说："我也觉得你不该这样。"他抱紧了她说："我也这么想啊。”她从兜里掏出那些钱，往他手里塞，她说：“你在地头上给我的这些钱，我不能要。”

赵吉庆的嘴在她的脸上亲了一下，她转过脸，把嘴递给他，她的嘴被他的嘴堵上了。她有点喘不过气，把他推开，喘了口气。

一阵母猫求偶的叫声，从芦苇丛里传来。然后是一阵风，一个响雷，闪电把房屋和坑塘照亮了。也照亮了他们的身影，他们往杜树上靠了靠。二生家想：要是有人，肯定能看得到他们。接着雨点噼里啪拉地下着，急一阵缓一阵的。二生家说：“就要下大雨啦。”赵吉庆说：“没事儿，我听了天气预报，没大雨。”二生家说：“我要回家。”赵吉庆说：“别怕，别怕。”二生家说：“我可不愿意淋得湿乎乎的。”

赵吉庆的话刚落，雨就哗哗倾泻下来，二生家推开赵吉庆，轻轻地咯咯笑着，在雨中往家里跑去。赵吉庆看着她的背影，嘴里忍不住嘿嘿笑着。

夏天的植物在着急拉慌地长着，就是一块铁头都想发芽，树的周身都想生出枝杈，树皮爆裂了。夏天是节外生枝的季节，也是滋生是非的季节。

在雨后的早晨，树篱笆和院子格外鲜艳，初升的太阳照红了院子。二生赤着脚啪哒啪哒进了院子，他把一个化肥袋子放到地上。他身上被雨水打得湿漉漉的，头发紧贴在头皮上。这个夏天，像被泥水地沾住了黏乎到这儿，再也不走了。二生一进门，二生家把一碗饭和一个馒头送到西屋，给张老奇家吃。张老奇家已经有些日子没下炕了。她的腿已经经不住她的身子，终于在一个下午躺倒了。也就是说，她已经老得不行了。但她的一双眼睛经常出现在窗子那儿，二生家时常感受到那一双眼睛。她屏着呼吸走进那间带有臊味儿的屋子，把粥和馒头放下，把炕下的屎盆端到院子里，再把屋子草草收拾了一下，就逃回到了自己的屋子，放下桌子，桌子上摆上饭，等着二生来吃饭。

二生把脚在院子里的泥洼里涮了涮，坐到门槛子上，端着碗喝粥，二生说：“牛子娘，这饭生生楞楞的，一点滋味都没有，这些日子怎么饭有点儿变味了。”二生家说：“饭就是饭，能变嘛味儿啊。”二生说：“我老是尝着变味儿了，我嘴里一点儿味都没有啦。”二生家把勺子往锅里一摔，她说：“那是你犯病了，你的嘴越来越尖馋了，你这么个大老爷儿们，也会挑食了，这里费劲把力地给你烧熟了，你还说变味儿。”二生说：“牛子娘，你的脾气越来越坏了。”二生家说：“放你娘的屁，我成天侍候你，落了一身不是。”

她说着，勺子在锅里一下下敲着，锅被敲漏了，粥滴在灶膛里，二生家跺了两下脚，就坐在锅台上啪嗒啪嗒落泪。二生说：“锅坏了就坏了吧，我再去买口新的。”二生说着，就把那辆锈迹斑驳的自行车推出来，骑上自行车往外走。自行车轮子上带起了泥水，溅到他的后背上。张老奇家在那边传来一阵阵抽风似的叫喊声：“生家，生家！我再喝一碗。”

二生家把小牛子抱到西房，放到张老奇家的炕上，她奔跑着给张老奇家端了碗粥。

二生家把那碗粥蹾在炕沿上，里头的粥晃荡着，洒出了一些。二生家把视线移向一边，从进这个门那一天，她就不想看到婆婆这张脸。

这时，赵三祥进了院子，向二生的屋门里走去。二生家抱起小牛子，转身向自己的房里走去，她一边跑一边喊：“是谁呀？”二生家一进门，见赵三祥嬉皮笑脸地在炕边坐着呢，他回过头来说：“谁呀，快来看看认识吧？”

二生家把乱糟糟的炕收拾好，她满面羞愧，嘴里嘟哝着说：“做衣裳哪，要是不做衣裳屋里还干净。”她揉了揉眼睛，又把头发梳好，给小牛子擦了把脸。牛子还在往怀里扎，想吃奶，二生家盘坐在炕上，解开两个扣子，把奶头塞到小牛子的嘴里。赵三祥说："我是要提留来了。"二生家脸上带着点气地说："提留，又是他娘的提留！"赵三祥说："你别骂街啊。"二生家说："谁骂街啦，除了提留还有别的事儿吗。"赵三祥说："这是今年的。"二生家说："多少？"

赵三祥拿出了一个信封，信封口已经被沾上了。上头没有收信人地址，也没有写信人地址。二生家猜到了，她问了一句："这是什么呀？"

"你看看吧。"

二生家说："去你娘的吧。"说罢，她咬着牙，把那个信封撕得粉碎。赵三祥想夺过去，他说："是什么，你也不看看。"二生家说："你还有好东西。"赵三祥笑了，他凑近小牛子那张脸，他装着摸小牛子的脸蛋，顺手在二生家的奶子上摸着，他说："奶水挺多哩。"二生家说："不嫌害臊，你想吃啊。"赵三祥嘴里流出了口水："你让我吃我就吃。"二生家的脸臊红了，她踹了他一脚说："滚！"

赵三祥嘿嘿笑着。

二生骑着自行车进了院子，他把自行车支到树篱笆上，把锅解下，他往屋里喊："牛子娘，你看锅买回来了，你猜这锅多少钱啊？"赵三祥说："真打锅，没想到他回来的这么快。"

二生家出门迎着二生，二生一见赵三祥，就惊呆了，他说："你还敢登我的门，你个记吃不记打的玩意儿。"二生家语气缓慢地说："他来要提留钱，我正着急呢，我手里哪有这么多钱啊。"

二生看了赵三祥一眼，又看了二生家一眼。张老奇家在西房对着窗子叫道："二生，打赵三祥这个畜类，打你媳妇这个婊子娘儿们。二生，打啊，快打啊，听娘的，快打啊！"

二生这时抄起一根棍子，赵三祥见势不妙，刚想跑，二生拦在那儿，抡起棍子就往赵三祥背上打，一下子把棍子打断了。张老奇家大声喊：“打呀，二生，打这些不要脸的东西！”赵三祥去夺二生的棍子，他说：“你别打，我有话跟你说。”

二生叫喊道：“我打死你个畜生！”二生家用身子挡着赵三祥，她说：“二生，你别打，你别惹祸了。”二生把棍子扔掉，垂立在屋子中央。赵三祥说：“二生，别来不来就动手，以后我们打交道的事儿还多着呢。”二生绕过二生家，他露出了满口牙齿说：“我就是宰了你，也不解恨。”赵三祥说：“你可打了我，你这是犯法。打得我脊梁背疼，我到医院去，你先给我准备一千块钱的药费。”二生说：“我没钱，我打死你我给你抵命去。”

赵三祥不慌不忙地走到那口锅前，他拍拍那口锅，又看了一眼二生，他嘿嘿笑着说：“现在的铁真够孬的，破锅。你瞅着的，到不了一年半载，就要漏了。”赵三祥说罢，就大摇大摆地出门去了。

赵三祥走后，二生坐在门台上生了会儿气，就到麦秸垛抽了些麦秸，又在坑塘边背了一筐土，他和好泥，把旧锅揭下来，他说：“你看灶膛里滴答的全都是粥，你这半天在干什么呢。”二生家说：“不是来了这么个损鸟。”二生说：“你不把他赶出去。”二生家嘟哝着说：“你就会赌气，你就会打架。”

二生把粥用碗一点点搲出来，倒进盆子里，拿了泥板，抹上泥，把锅稳上，他回到屋里，看到了炕根那儿被撕碎的纸片。他把这些纸片划拉到一起，捧起来，放进衣兜，他想抽时间把这些拼到一起，肯定是赵三祥给他媳妇的，这里头肯定有鬼。他心里带着一股子神秘感，带到了田里，用了一天的时间，也没有拼出一个字，但他看到每块纸片上的笔划，他拼不出一个完整的字，二生家纸撕得太碎了。

二生跟二生家吵闹，大皇上家在墙西听了半天。赵三祥到二生家来，大皇上家看见过六次。那是夏末，大皇上的房子刚盖好，还没有干，门窗也没装。大皇上家在二生的西屋里睡午觉。她睡前，看见二生拿着锄头下地去了。她睡着睡着，不知被什么声音惊醒了。她醒来细听，那屋有动静。再听，是男人的声音，就以为二生家来了客，也没往心里去。可那边很长时间没有声音。大皇上家好像做梦，就下了炕，想到二生家那边去看看，她一扒头，一眼便看了个满眼，见赵三祥搂着二生家，二生家挣揣着。大皇上家一时慌了，赶紧回头逃到了西屋。大皇上家在炕边坐着，一直到第三天，等着大皇上回来，她对大皇上说："我要搬家。"

大皇上说："搬什么家，没门没窗子，房子还没有干透。"大皇上家说："我今儿就过去睡。"大皇上说："房子还湿着呢，别睡在里头生病。"大皇上家说："我就是不怕湿，我还在水里睡过觉呢。"大皇上说："对啊，你是南方人，好吧，搬吧。"

大皇上家搬出了二生家。大皇上家没有对大皇上说，二生家发生了什么事儿。从那天起，大皇上家很少到二生家去。二生家的山羊产了崽，二生家去找大皇上家，大皇上家已经修了高高的围墙，大门是朱红色的，上头还有铜钉，大门能开进拖拉机。二生家说："嫂子，羊产崽了，你快去看看吧，大羊给小羊舔毛呢，毛还没干呢。"大皇上家说："我有些不舒服。"二生家说："你不去啦？"大皇上家说："不去了。"二生家说："那小羊我是卖掉呢，还是给你留着呢？"大皇上家说："你还是卖几个钱吧。"二生家觉得讨了个没趣，出了门暗暗骂道："别以为住了这么个破房子，就高人一头，就不知道姓什么了。"大皇上想把张老奇家接到这边来住，张老奇家说："行行，你听娘说，我哪儿也不去，我就在这里盯着她，我就是她的眼中钉肉中刺。"大皇上说："娘，你别瞎想。"

大皇上的房子盖好了，赵吉庆的房子盖坏了，墙都斜歪了，这场雨过后，赵吉庆的新房里都漏了。赵吉庆猜得到，是赵丙仁那小子带着头使的坏。大皇上往前一凑合，就想着把房子盖成这样。赵丙仁的橡胶厂是这些小子盖的，活可不赖啊。

大皇上想盖的是村子里最好的房子，他的房子要在村子里高出一头，再过三十年五十年也不会让村里人比下去。村里人所有盖房子的人家都会这么想，可谁知道将来房子是什么样子的呢。大皇上的后山墙有一个小圆窗子，这个小圆窗子能看到后边的坑塘。那是大皇上家要的，这个小窗子不知道意味着什么。有这个窗子，村里人心里都有这个小洞，当走到这个小窗子前，总想从这个小窗子里看到什么，可谁也不会看到，窗子太小了，又这么高。村子里第一个在北山墙修了窗子的房子，就是在周围的村子里也没有啊。几个十七八岁的坏小子，在夜里搬着梯子往里头看，他们看到大皇上家在堂屋里洗澡，堂屋里黑着灯，只能看到一个白影子在动。东屋的门帘撩开，灯光一闪才能看清大皇上家的身子。梯子上了一个，又上了一个，上到第四个，梯子就朝一边倒去，一声尖叫，把几个毛小子摔疼了。黑夜伸出一只手摁着一个，跑了三个。大皇上说："喂，贼小子，偷看到什么了，不学个好，整天看女人洗澡，好看吧？"

远处芦苇丛里发出抑制不住的大笑声。青村的笑声，草木的笑声，房屋的笑声，庄稼的笑声，坑塘的笑声，田野里的笑声，哈哈大笑，嘻嘻笑，咯咯笑，嘿嘿笑，哼哼笑。

这就是大皇上家的房子——新房，村子里最高的房子，远远地就能看到高高的屋脊。他的房子由于高出了名，四邻八乡都知道大皇上的房子。过路人走过这里，要停下来看一眼大皇上的房子，和那个大坑塘。许多人都知道，那个侉声侉气的矮小的，像精灵般的四川女人，在灶前烧着放了辣椒的菜，她在夏夜脱光了衣裳，像鱼一样到坑塘里洗澡。大皇上家的房子除了后山墙的小窗子，其他跟村里房子没有什么两样。

房子盖好后，大皇上在四十四岁这一年，突然一下子像气吹的一样发胖了，大皇上也说自己就像个猪尿泡，他蹲下都有些费力，上不来气，喘粗气，他摸着自己身上的肉对大皇上家说：“也不知这是些什么。”大皇上家说：“你这一胖挺好看，看着也像个男人了，一看就有福气。”大皇上说：“那我原来那么瘦，混得也不错。”大皇上家说：“其实有福气没福气也不在长相。”大皇上说：“对，还真是。”外边的夜很黑，赵丙仁来了，王广来了，王三怪和赵厚生，后边还有，来这么多人，全都来了，都坐吧，拿出茶来沏上。大皇上说：“我有好烟，你们看看这烟。”

大皇上有大皇上的苦闷，他坐在那里，一声不吭地抽着闷烟，听着他们谈笑。

一场雨过后，玉米地里就像蒸笼一样，叫人透不过气来。天阴的很密，笼罩着玉米地，好像玉米一晃动，就能扫着茸茸毛似的黑云彩。天看上去很黑，二生家没有戴表，她断定如果有太阳，太阳还很高呢。在这样的热天，就是坐在一边，还会不停地出汗呢。二生家用手背抹了把汗，耪几锄地，再抹把汗。她的身子和锄碰的玉米稀里哗啦作响，并摇动着。玉米棵泛着黑绿色，已经长出了红缨穗，还长出了青嫩的苞，朝上的玉米穗上挂着花粉，落了二生家一身。还有最后一耧就要耪完了。赵吉庆那张白脸在田间出现了，他说：“都要下雨了，还耪啊。”

二生家绷着嘲笑的嘴，她有些心跳，她看了他一眼，把头垂下，再看他一眼，再垂下头。赵吉庆很正经的样子，看上去她得到了他的尊重，她也很尊重他。他挺拿她当人。把锄头递给赵吉庆，赵吉庆抓着锄头，一锄锄耪了起来，他耪了几锄说：“你看见了吗，这叫耪地。”为了打破这死寂般的空气，他看了一眼天又说：“操他娘，天真热。”

二生家哧哧笑着，她接过锄头。

“你笑嘛，我耪得不好吗，你看看，耪得不深不浅，你看多平，又没有锄印。”

二生家拿过锄头，俯下身子学着赵吉庆下锄的样子耪了一锄，又耪了一锄。赵吉庆说：“对呀，就是这样子，你这样耪地的样子真好看。”她回头笑了笑。赵吉庆在她身后跟着，他说：“我给你写了封信，你怎么撕了？”

二生家不小心，嚓叭一声蹭断了一棵玉米。二生家蹲下，仔细看着玉米断的地方，她把它扶上，它又倒了。赵吉庆把玉米秸拿过去，啃了一口，在嘴里嚼着，从他的嘴角上溢出白色的水滴。他吮吸声很大。他把吮干的玉米秸渣吐掉，再啃下一口。赵吉庆脱下一只鞋子，放到畦埂上，他坐在那只鞋子上。二生家站在那儿，她用软绵绵的目光看着他。

赵吉庆的胡子没有剃，寸头，尖下巴，浓眉，眼睛并不大，他笑眯眯地看着二生家：她身上的味儿，闻见她的味了，她的味儿在玉米地里弥漫，老远都能闻到。这种味儿已经把他黏在这里了，他一动不动地坐着，他有了好几次走的念头，走吧，走吧，他没有动。

玉米地哗啦一声，两个凉丝丝的雨滴打在二生家的胳膊上。二生家说：“起风了，真凉快。”赵吉庆说：“老天老是跟我们作对，我跟你在一起，它就下雨。下吧，就让它下。”他说着，扶住了她的锄柄，把她搂住，她就倒在他的怀里。二生家说：“我知道你们这种男人，占了人家便宜，还到处白话人家。”赵吉庆说：“你看我是那种人嘛。”二生家说：“这回可好啦，你看风刮得天上的云飞得多快。”

赵吉庆放开她，一脚蹬在畦背上，一脚在畦下，他的手托着下巴在想着什么，他笑着说：“好嘛，我这个人你还不知道，我这个人傻憨，实在，存不住事儿，你也看得出，我心里有你，我老是想你。”二生家说：“有你这样实在的吗，像个猴似的。别老是装正经，其实你是个坏种。”二生家在筐里拿了一根黄瓜，她说：“吃一根黄瓜吧，刚在秧子上摘下的。”赵吉庆接过黄瓜，他说："二生种的。"二生家咬了一口，边吃边说："是二生种的，长得不错，贩子隔两天来一次。卖这些瓜，还不够给你们交提留的呢。"赵吉庆说："今年的提留也免了吧，可不能让别人知道。"二生家说："那就看你的了，你说怎么着就怎么着。"

赵吉庆抱紧她，他的手在她的全身抚摩着，抚摩着。二生家闭上了眼睛，她闻到了他嘴里那股子神秘烟气。

王广家走到地边，她看着有两棵玉米有节奏地一动动地晃悠着。她想：谁家的猪啊，这么讨厌，要把玉米蹭倒了。她喊了声："去去，去去！"那两棵玉米就不动了，王广家就转身离开了那块玉米地。

赵吉庆跟二生家并摆着坐在畦埂上，等待着黑夜的到来。他们的手还抓在了一起，赵吉庆擦了把汗，又看了一眼天。就在这时，起风了。风很大，把玉米刮得倒向一边，赵吉庆已经不如刚才了，他蔫不唧地掏出打火机打了几次，都被风吹灭了，他还固执地一下下打着。

赵吉庆说："二生猜疑我们了吧。"二生家说："那个傻种，他不会猜疑。"赵吉庆说："二生迟早会知道我跟你的事儿。"二生家说："他不会知道。"赵吉庆说："要是他知道了，你怎么办？"二生家没带半点含糊地说："知道就知道！"接下来天黑了，二生家从湿漉漉的畦埂上站了起来，她说："走吧，地也耪完啦，天也黑啦，这一下午的累受的。"赵吉庆嘿嘿笑着说："我们也亲热过啦。"二生家哧哧笑着说："去你的，臭德性。"

第二天更热，大街上的热气在向上升腾。赵吉庆穿着一件挎带背心，站在橡胶厂门口，他在往村里眺望着。片刻后，赵三祥骑着摩托车从村里赶来了，他停在赵吉庆面前，他说："搜了他家，搜出了足有二百多斤胶。"赵吉庆说："你没问，徐桂有偷胶干什么。"赵三祥说："他说想卖给废品收购站。"赵吉庆说："他还偷过多少？"赵三祥说："他说再没了。"

转眼望去，在西边的大街上，赵连城和赵金柱推着徐桂有往这边走。在后边跟着一个中年女人——徐桂有他娘，在哭喊着。徐桂有走到赵吉庆跟前，看了赵吉庆一眼，被赵连城和赵金柱推搡着进了橡胶厂的大门。那个披头散发的女人跑了过来，扑通给赵吉庆跪下了，她磕了三个响头，她说："我求求你，你饶了他吧，他这么小，不懂事儿。"赵吉庆把那女人扶起，他说："嫂子，你回去吧，我能把他怎么着啊，没事儿。"她哭着说："你饶了他吧，是我从小宠坏了他，不会调教，他不懂规矩。"赵吉庆说："我说没事儿就没事儿，你先回去吧。"那女人一步三回头捂着脸哭着走了。赵吉庆往工厂走去，赵三祥在后边跟着。赵三祥说："叔，你说怎么办？"赵吉庆说："你们是怎么管厂子的？我以为有了你们就放心了。怪不得一年多没赚钱，原来是这么回事儿。你的心思都用在那些妮子身上了，你这辈子长不了出息。"赵三祥说："叔，老虎还有打盹儿的时候呢。"赵吉庆说："除了他，还有人偷厂里的东西吗？"赵三祥说："我问问吧。"赵三祥说毕，就向那个废弃的车间里跑去。随后，传来一阵阵凄惨的叫喊声。赵吉庆皱了皱眉，向办公室走去。

赵厚雪在屋子里给赵吉庆洗衣裳，他一进屋，赵厚雪笑了笑，她说："听说把徐桂有抓起来了，他家就爱偷东西，我说他偷了吧，我碰见他夹着一个布袋，我摸了摸像是胶，就对三祥说了，我就知道他偷的胶藏在那间草棚子里。"赵吉庆嘿嘿笑着说："你干得真好，你知道别人还有偷东西的吗？"赵厚雪说："刘月华偷过一个胶轮子，崔致敏偷过一把钳子，别的我就不知道了。"赵吉庆说："等一会儿来，叫赵三祥问问，再没有别的啦？"赵厚雪把手上的肥皂沫甩掉，把脸前的头发撩到身后，她说："没有了。"赵吉庆让赵三祥和赵金柱把徐桂有带来了。赵厚雪抬头看到了徐桂有那双带着仇恨的眼睛，吓了一跳。她转身想逃，赵吉庆把她叫住了。赵吉庆让她把知道的事对赵三祥说，她的下唇抖动着，她说："我不知道，我什么都不知道。”赵吉庆说：“你刚才不是说过了吗？”赵厚雪说：“那是我乱说的。”赵吉庆说：“好啦，就把那两个妮子辞掉吧。”赵厚雪对赵吉庆说：“我求求你，让她们留下来吧。”赵吉庆说：“你该下班了，你回家吧。”赵厚雪犹豫了片刻，走出了办公室。

赵吉庆坐下，他让徐桂有坐在椅子上，徐桂有浑身是伤，他坐不住，赵连城扶着他，他的身子摇晃着。赵吉庆说：“你为什么对我这样？”徐桂有说：“我错了，我知道错了，你还是把我留在厂子里吧。”赵吉庆说：“我对你不薄啊。”徐桂有说：“我错了，我对不住你，我需要钱，就这么干了。”赵吉庆说：“你需要钱对我说一声啊。”徐桂有摇摇晃晃，赵连城一松手，他差一点摔倒在那儿。赵吉庆说：“今天别怪我们，我们也是想调教你一下，这也是为你好。”徐桂有说：“知道，我知道你的用意，我会改好的，我肯定改。”赵吉庆说：“好吧，你们把他送回家吧。”徐桂有说：“你就让我留在厂子里吧，我会好好干。”赵吉庆笑着说：“我也没说辞退你啊。”赵吉庆摆摆手，赵金柱和赵连城架着徐桂有向门外走去，他们慢慢地下楼。赵连城说：“我骑摩托车，你在后头，把他夹在中央。”赵金柱说：“真倒霉，还不弄我一身血。”

这是又一个夏日，坑塘边上漂满了绿色的泡沫状物质，青蛙的卵已经孵出了蝌蚪，在坑塘边跟小鱼一起摆动着游来游去。二生家在坑塘边洗衣裳，小牛子坐在草丛里，揪着嫩草穗。三只山羊，被拴在一棵剥了皮枯死的树上。羊一挣，那棵树就一晃一晃的，就要倒了。在对面的坑塘边的树下，还有几个洗衣的女人，她们叫喊着，跟坑塘这边的二生家说话。她们嚷了半天，也没听清楚说了些什么。她们惊喜的笑声传遍了整个村子。

二生家在坑塘边洗衣裳时，大皇上到二生家去找二生。走在树篱外，见二生拿着镰刀，背着筐下地，他眼睛红红的，显得有些慌张，他眯缝着眼睛越过坑塘，向村子里望去。大皇上说："干活去啊。"二生答应了一声，还在往前走，大皇上又说："我有话跟你说。"二生站下，大皇上走过去，他轻轻地用温和的语气说："家去说吧。"两个人又往家走。

二生家的院子里一股子草叶的腐烂气息，泔水在地上，泛着酸味儿，猪圈里的猪粪味儿。二生家洗罢衣裳，一手端盆，一手领着小牛子进了院子，见二生他们哥儿俩在树篱笆的荫凉里嘀嘀咕咕地说话。二生家笑着说："哥来了，屋坐呗。"大皇上笑笑说："不啦，我跟二生有几句话说。"二生家把衣裳晾到线丝制成的晾衣绳上，他们默默地站在那儿，看着她晾衣裳，衣裳里的水滴到地上。一只白母鸡瞅着水滴，凑上前去啄一啄，一滴水滴在它的鸡冠子上，它赶忙闪开了。二生家回到屋里，大皇上才转过头来，对二生说："听说你告了赵吉庆。"二生肩上的筐还在背着，他时刻准备着下地，他说："你怎么知道的？"大皇上说："村里的人都知道了。"二生说："我再也忍不下去了，要是这样下去，我就要毁了。"大皇上说："你斗得过他啊？"二生低下头，他咧着嘴，一副哭腔地说："你说我怎么办？"大皇上拍拍二生的肩头说："我们好好过日子，我们的日子过好了，就算报复他赵家了，你说对吧二生。"二生说："你说要报仇，这个仇要发霉了，要不是他，你现在已经当爷爷了。他压着你，给你破了多少次媒啊。爹就让他们压得一辈子喘不上气来，现在我觉着还这样，我想改一下。"大皇上说："你根本做不到，这个你别管。"西房里张老奇家一声声地叫着："行行，行行！"大皇上走到张老奇家的窗子那儿，他对着窗子说了声："娘，有事儿啊？"张老奇家说："啊，有事儿！"

大皇上赶紧跑进张老奇家的屋子，坐在那个带有臊气味儿的炕沿上，这时二生也进了屋，张老奇家说："生，你去干活儿去吧，我跟你哥坐会儿。"二生就出了门。张老奇家往大皇上跟前偎了偎，她说："行行，我有话跟你说呢。"张老奇家伤心地叹着气说："行行，我看不下眼儿去了，我真受够了，还不如死了好呢。"她说着，就拿出一块破抹布似的手绢擦眼泪。大皇上说："娘，你又哭。"张老奇家用手拇指肚抹了把泪，鼻音很重地说："娘知道你就是不愿意看见我掉泪，我真是忍不住了。"大皇上说："是生家对不住你啦？"张老奇家说："她对不住我算个嘛呀，我才不在乎她对我怎么着呢，可怜的二生，他受窝囊了。"大皇上往前凑了凑，低声说："娘，我们管不了这个。"张老奇家说："这是说得嘛话呀，儿唉，还不是丢咱的人现咱的眼，这个院子里出了什么事儿，你就没听见吗？"

大皇上没吭声。

张老奇家又往前凑了凑说："别让那小老婆子听见。"她凑近他的耳朵说："我看着二生留不住她，早晚有一天，那小老婆子要走了，眼瞅着她翅膀硬了，就像没王子蜂似的。我就是死，我不放心二生，你说说，行行，我可怎么闭眼啊。”大皇上说：“娘，你身子壮着呢，好好的怎么说这个呢。”张老奇家说：“真没想到，夜里睡不着，老想这个。”大皇上说：“让你到我那边去住，你不就看不见这个了吗。”张老奇家说：“我不去，我就摽着她。”这时，在窗子那里传来二生家一声咳嗽声。张老奇家说：“生家，你屋来一下。”二生家进了屋，冲大皇上笑笑，站在屋子中央，看着张老奇家，她说：“娘，有事儿啊娘？”张老奇家说：“你过来，我给你说个话。”二生家凑近了些，张老奇家把手做成喇叭状，她轻声说：“过来，我给你说。”二生家把耳朵凑过去。张老奇家啪的一声一个耳光，二生家的脸立即出了几个指印，张老奇家说：“你个不要脸的贱货！”二生家说：“我怎么啦，我怎么啦。”二生家捂着脸跑到自己的屋里去了，张老奇家咬着牙说：“这个不要脸的小老婆子，她要是死了才痛快呢。”

这个夏季，二生家跟赵吉庆在一起的时间多了，他们的丑事儿传遍了整个村子。几个娘儿在坑塘边洗着衣裳就聊上了。

二生家和赵吉庆的事在这个夏天已经败露了。事情发生在一天上午。二生下地了，赵吉庆装着到地里去，他扛着一把锄头，腋窝里还夹着一个纸包，他走到树篱笆前，往这边一拐，偷偷摸摸地溜进了这个院子。

二生家正在院子里打袼褙，她听到脚步声，一抬头，笑着对赵吉庆说：“是你啊，村长。”赵吉庆也笑着说：“我到地里去，不知怎么着就拐到你家来了。”二生家使了个眼色，轻轻地说：“你白天就来啦，让那条老狗看见，不咬着你才怪呢。”赵吉庆也笑着轻声说：“我不想来，谁知道转弯抹角地就来了。”

她在脸盆里把沾满玉米粥的手洗了把，就引着他往屋里走。他跟着她进了屋，她拍拍炕上的土说：“坐呗。”赵吉庆从窗子里望着西房说：“那老家伙在窗子那儿呢。”二生家说：“你用不着怕她。”

赵吉庆坐在炕上，点着烟，还没有吸一口，西屋张老奇家在窗子那里直着嗓子喊道：“杂种操的！招贼啦！招贼啦！”她鸡挣命般的声音很瘆人。二生家走到窗子那儿，她便看到了那一双凶狠的眼睛在盯着她。二生家说：“娘，你不饿了对吧，你吃得太饱啦，村长到这里来要提留钱呢。”

张老奇家用愤怒的口气说：“什么提留啊，一看就有鬼，你干的事，以为我不知道，二生怎么找了你这个烂货，呸。”

二生家抓紧拳头，冲着窗子说：“你要是再叫，我给你两下子，你个老不死的。”说罢她就进屋去了。二生家关了门，一见赵吉庆，她嘻嘻地说笑。张老奇家的声音她哪还听得见，她说：“你不该来，这回去你都听到了吧。”赵吉庆说：“真他娘的心烦。”二生家说：“二生在跟我发倔呢，好几天没说话了，这个倔驴，好像他看出什么事儿来了。”赵吉庆笑笑，还有点儿不好意思，他说：“我给你捅了乱子。”二生家也笑着说：“是啊，你给我捅的乱子大啦。”

赵吉庆在炕上坐着，他把腋窝里的纸包放到炕上，他笑眯眯地站在那儿。她的眼睛扫了一眼纸包，又扫了一眼赵吉庆：他的身上很干净，看上去他有些拘谨，他白净的脸上带着一丝愁苦，他的双手握在胸前。她又抬起头，她看他那张脸，然后看他的身子，直到脚尖，她在心里跟二生比较。二生一身的尘土，身上土腥味和汗腥味混在一起，那个土鳖样子。

赵吉庆把那个纸包打开，他说：“我到镇上去，给你买了件子衣裳，你穿上肯定合适。我早就想给你买一件这种颜色的衣裳，我就是喜欢看女人穿这件衣裳。你穿上让我看看，你喜欢这种颜色吗，淡紫色，就像茄子花的颜色，我从小就喜欢这种颜色。现在茄子又长大了，中午宝红给我熬茄子哩，我最爱吃这口。”

张老奇家还在低一声高一声地大叫着：“着火啦，烧死人啦！”

“这衣裳真好，多少钱呀？还是拿回去让宝红穿吧。宝红已经十五岁了吧，到了爱好的岁数。二生从不给我买衣裳，就是买布也是买最次的，你看我身上穿的，这布多次。我到集上去，站在衣裳摊前看，二生嫌我耽误工夫，还骂了我好几句呢，那个不通情理的二生，他跟上你个零头就好啦。”

二生家脱了衣裳，赵吉庆把淡紫色的衬衣给她穿上，她在镜子前照了照，她说：“你看着行吗？”

赵吉庆在二生家软绵绵的肩上捏了捏，他咧着嘴笑着说：“我还怕不合适，这领口，衣长，袖子，好像就是专给你做的。你穿上真好看，真洋气，又添了几分人才。你想要什么衣裳，你就给我说，我给你买，我疼你。”二生家系上所有的扣子，她说：“我知道。村长。你看，少一个扣眼儿，这也是买的减价货吧。”

“不是减价货，你看包装多精致。你要是觉着不好，我给你再换一件。现在真货假货都搞乱了，谁也分不清。”

“不用换，我挖的扣眼比这个还要好。”二生家找来剪子挖扣眼，一针一针缝着。

赵吉庆说：“你还没有到我家去过吧，我家五间大北房还闲着呢，夜里到那儿去玩啊。”

二生家有些为难，她说：“我不去，路这么难走，坑坑洼洼的，再说我就怕夜里过坑塘，坑塘里的芦苇很深，说不定藏着个什么玩意儿呢。我夜里还听到坑塘那边有哭声呢。再说宝红她娘刚死，村长——你这么快就把她忘了吗。我到村子里来得晚，没见过宝红她娘年轻时候。听说宝红她娘像宝红一样，进这村子时可是个美人。我不能去，再说晚上二生都在家，他已经知道我们的事儿，他正在气头儿上。宝红她娘病了六年吧，在炕上躺了两年多。你侍候她挺周到，就凭这一点，你就是个男人。”

赵吉庆说："这些年真不知道怎么过来的，宝红她娘一死，我松口气。那天二生拿棍子打我，我没还手，我是看到你的面子。"赵吉庆说着去抓二生家的手："我的新房子还没有人住过，刚收拾好，我搬进一张床，还有一张桌子和两把椅子，你要是答应去，我来领你，我在杜树下等你。"

二生家穿着衣裳，站在赵吉庆的对面说："我看见过你的房子，后山墙七扭八歪。"

赵吉庆低下了头，他说："一提这个我就堵心。那些畜生，听说是大皇上发的坏，把房子盖成这样，有一多半是他干的。这么一座房子，推倒重盖也不是，再盖一处也不是，还要往里头搬。其实里头一收拾也不错，墙刷得很白，门窗都漆好了。这么说你不想到那儿去，你怕了，我知道你怕了。"

二生家说："你知道呀，我什么都不怕，我可以为你去死，我会。这些天我想得很多，我做了最坏的打算，要是二生跟我离婚，我就跟他离。你让我到你家去，我就去，可你的妮子宝红已经大了，她什么都知道，她会把我骂出来。"

赵吉庆说："那个家我想怎么着就怎么着。再说宝红是个孝顺的妮子。她知道要有个漂亮的后娘了，她心里也许会高兴哩。这些年，我那病婆子也没疼了孩子。"

二生家说："二生要跟我离婚，你说我怎么办？"赵吉庆点点头，他的眼睛里充满自信，他说："我跟你一起过。"二生家说："操他娘，这么说我还怕什么呢。"

二生家眼睛看着赵吉庆，把手从他的手里抽出来，她说："听说你跟好几个女人好呢，以为我不知道。你必须答应我，从现在起，别跟别的女人好了。你的脸红了，说到你根儿上了对吧，村长。村里关于你的闲言碎语真不少啊。瞧，我们女人就这么贱对吧。"

这时从西房里传来张老奇家的叫喊声："生——家！你个血不要脸的娘儿们！赵吉庆，你个狗杂种！"从窗子里望过去，见张老奇家撕破了窗纸，她的双手抓着窗棂子，她的头发散乱着，她那张脸在窗纸间向院子里探着："赵吉庆！我就是死也饶不了你！"

二生到了村南地里，忘了带镰刀，回来取。他往这边一拐，就听到了张老奇家的叫骂声。二生跟到院子里，拿了在窗台上的镰刀，冲进屋子，朝赵吉庆剁去，赵吉庆一躲，镰刀剁在了炕上，把褥子剁了个口子。二生叫了一声："赵吉庆，你个杂种！"他发怒的声音跟他的拳头一起重重地落在赵吉庆的身上。他还要用镰刀去砍，二生家抓着镰刀，就给二生跪下了。二生举起了镰刀，往二生家的头剁去。二生家看着二生手中的镰刀，她说："你杀了我吧，二生，让我死吧，我还不如死了好呢。"

二生看到这种无奈的情景，把镰刀丢到一边，就出了屋子，到门台那儿坐着生气去了。

所有的树木都长了绿叶，杂草也长大了，大地绿乎乎的，好像穿上了盛装。空气中充满了黏稠的沉甸甸的阳光，阳光静静的，一动不动地在身子四周，让人眯眯洋洋的。杜花再一次开遍了枝头，在屋里坐着，都能听到各种蜂的嗡嗡声。那头黄牛在院子里，甜蜜地吃着青草，唾汁从它的嘴里溢了出来，直起脖子，冲着一块乌云吼了一声，然后再低下头，慢慢地吃着青草。牛的吼叫声在牛的耳朵里鸣响。它吃完最后一口青草，趴在地上，望着眼前的三只山羊。麻雀在树篱笆上啼叫，它想吃院里的鸡食。二生把树篱笆的两个洞堵上了玉米秸垛和干草垛。

这是个繁乱的夏日，二生家的心里很乱，她装出一副什么事情都没有发生的样子。二生已经半月多没有给她一个笑脸，他下地，她在门台那儿等着他。他归来，他跟她碰面，好像没有她这个人似的。她还跟平常一样，把饭菜摆到桌子上。二生坐到桌前，一声不吭吃饱，抹嘴一走了之。他吃得很快，不管粥有多烫，不管干粮有多硬。二生家跟小牛子睡在炕上，二生睡在靠着北墙的两个小柜子上。她赤着身子睡在炕上，她想这样的方法逗引二生。她身子赤着，二生看也不看她一眼，就铺了褥子，躺下后就睡了。到了半夜，她终于失去了忍耐性，她黑着灯，走到二生睡的柜子前，她摸到了他的耳朵，她拽着他的耳朵说："你是个木头啊，二生，你还算个人吗！"二生睡睡蒙蒙地被拽了起来，他说："你别闹，怪困的。"二生家说："二生，你要是到炕上来，我就让你来睡。你要是不来，就永远别来。"二生往她的膀子上打了一拳，说道："这是我的家，我想怎么着就怎么着，快给我滚。"

二生家的膀子上发出一阵钻心的疼痛，她捂着回到炕上，她哭泣着嘟哝道："你这家伙，这么残忍。"二生家在这个晚上反复地想了很久，她的心里很矛盾。她咐咐哧哧地哭着，哭一阵想一阵，一直到天亮，窗外下起了雨，稀里哗啦地打在窗子上，惊醒了二生。二生醒后，一动不动地倒在那儿，他听到了二生家风雨般的哭泣声。二生睁开长满眼屎的眼睛，揉了揉，穿好衣裳，就坐在了堂屋里。接着小牛子醒了，小牛子光着屁股到院子里撒尿，然后坐在雨里玩。二生让小牛子进屋，小牛子不听，二生就打了小牛子屁股，小牛子坐在雨地里，又是哭又是闹，弄了一身泥水。

二生家走到二生面前，她哭着说："二生，你原谅我吧，我错了，都怪我，我改了，从现在起，你让我做什么，我就做什么，跟你好好过日子。"二生没有吭气。二生家说："就看在我给你养了小牛子的份儿上，饶了我吧。"二生还是不吭声。二生家指着二生的鼻子说："二生，你不是人，你比我大十多岁，我小，你不让着我点儿。你娶我，你瞒了岁数，我也没怪着你。"二生说："我让着你，你做贼养汉我不能让着你。你就是欠揍，你就是贱皮子，我昨晚没揍你你烧得慌啊是不是。"二生家抹了下眼泪，她盯着二生说："你别说的这么难听，我什么都没干。"二生说："我就差一丁点儿没把你们光着腚提溜到大街上去。"二生家说："你这么说心愧，你看见我们光着屁股了吗，你凭良心说。"

二生一屁股坐在小凳子上，也哭了，他说："我要是个瞎子有多好啊，我要是看不见多好啊，你要是跟别的男人在一起也行啊。我也不知道怎么做，赵吉庆这个畜生，我饶不了他，我要杀了他。他已经毁了我，他毁了我一辈子，他不得好死，这个断子绝孙的赵吉庆，这狗娘养的。"

二生蒙上了被子又睡。二生家不再哭了，她的眼睛望着窗外的细雨，望着被淋湿了的树篱笆。她不知坐了多久，就去抽柴烧饭。这时，从西房里传来张老奇家的声音："生家，你想饿死我啊！生家，你快来啊。"

窗外的小雨做梦般地下着，好像不会有停的那一刻。二生家在堂屋里簸玉米，她要到机磨房去磨糁子。她听到了由远而近的踩着泥路的脚步声，还有一头牛，还有一头驴，一个黑影在树篱笆南边走着。当她听到门响，她想到这个人就是二生。

大皇上的橡胶厂六十多个工人在轧制胶件。1994年，大皇上的橡胶厂里塞满了一些四川人，这些四川人大都是大皇上家的弟弟和亲戚，他们在大皇上这里，学会了管理工厂。大皇上本来想让自己的弟弟二生为他管理工厂。

一天他找到了二生，二生正在烈日下锄地，一见大皇上，二生把锄戳在那儿，一手扶着锄，一手卡着腰。大皇上跟二生先是站着聊了很久。累了，就坐在田埂上，他们谈得最多的还是庄稼，最后大皇上提出了让二生给他管理工厂。二生说："不行，我不懂，再说我一闻到胶味儿就头疼。"其实在村子里，最厌恶橡胶的是二生，他弄不清那些黑漆漆的东西是怎么来的，又是什么属性，他是从骨子里的一种厌恶的惧怕。

接着又聊起了房子，大皇上说："那么把房子盖上吧。"

日子过得很快，这家工厂很快显得破旧了，大皇上不得不把旧厂房扒掉，盖起高大的厂房。在建厂房的日子里，大皇上扒掉了身上的衬衣，便露出了他肥白大胖的身子。他跟建筑工一起运砖和木料，他操起瓦刀，跟建筑工一起砌墙。有一天，村子里人看到高大的厂房，一些拥进去，一些还在厂门外观望。一月后，大皇上发了每人七百块钱的工资，所有的人挤红了眼，想到大皇上的橡胶厂上班。七百块，那可是一千多斤麦子啊。村里人穿行于村子和工厂之间。

在这些年间，赵吉庆的工厂靠贷款发了家，而大皇上的工厂没有贷过一分钱。大皇上还跟原先一样，穿着破旧的衣裳到厂房里，他坐下来，跟工人们一起做几个胶件，或者帮着工人打扫厂房和院子。工人们歇着的时候，他跟工人们说笑。他从不拖欠工人一分钱，奖罚分明，这样带动了工人的积极性，现在国内的许多洗衣机三角带都是他厂子生产的，一些胶件还出口哩。

新厂房是白色的，上头是红色标语。厂房的四周是两米多的红砖围墙。除此之外，围墙内还建起了一排平房，除了两间办公室，其他都当了工人宿舍。大皇上让工人们在围墙空地上种植蔬菜，还种起了榆树、柳树和槐树。他对工人说："这块地上只生长这些树种。"

在这些年间，大皇上和赵吉庆两家工厂开始了暗暗地竞争。是村子里的赵家跟西南角坑塘边的张家竞赛，是两家资本的竞赛，是两家势力的竞赛，是两家仇恨的竞赛。村里人把赵吉庆的工厂看做是公营的，大皇上的工厂是私营的。村里人在两家工厂之间跑来跑去，今天到这家，明天又到了那家。两家工厂明争暗斗，打探着消息。你给工人发二百块奖金，我发二百块钱奖金再加一桶花生油。两家都盼着对方败下阵，拿不到合同。大皇上对推销员说："我六亲不认，合同就是我爹。"这些话青村人听到后都觉得大皇上可笑。在两家工厂里上班的，百分之九十是女工。他们都有一百多个工人，有时多一些，有时少一些。

不久，村里传言，说政府要兼并大皇上的工厂，人们知道大皇上多半的时间住在城里，跟他见面的时间越来越少，而他拿到了干不完的合同。另一种传言是赵吉庆的橡胶厂资不抵债，就要破产了。虽然人们这样喊，该上班上班，该播种的播种，该收获的收获。这年春天，大皇上开回家一辆汽车，那辆汽车就停在他的房西。那是辆银白色的轿车，在阳光下，就像坑塘里跳到岸上的一条大鲫鱼。到夜晚，大皇上把车开进家门。这一刻，村里人才知道，大皇上盖房，为什么修这么宽的门。还有来自两方面的意见，一是这两家工厂污染了村子和空气，带着橡胶和汽油的气体，把草都熏得不长了。这一年，也就是1987年，村里的庄稼减产，村里人都说是橡胶业给村里带来的灾难。大皇上在橡胶厂的院子里种上了大白菜，每棵大白菜足有二三十斤。在村里人眼中，他就像个巫师，他用了一种魔法，让这些大白菜长成这么大。在村里人眼中，这些大白菜是虚无的，就像气体，转眼之间就会消失。

第二件是村里的一些妮子到了橡胶厂都变懒了，学坏了。她们对农活的厌恶，对金钱的崇拜已经达到了极点，改变了村里人那种本分忠厚和善良的本性。在两家橡胶厂的对面，建起了三家酒馆，一些妮子们还到酒馆里去吃饭，这是村里本分人想都不敢想的。另一方面，那就是对橡胶业的感激，如果没有这两家工厂，村子还像其他村那样贫穷。到目前为止，村里没有一个光棍，哪怕有些伤残，哪怕有些痴呆，也都娶进了漂亮的媳妇。人们想起橡胶的起源，这些乌黑的，散发着胶臭的，富有弹性的东西，它是由什么组成的，它本来的样子是什么。就像煤和油起源于树木，铁和铜是从石头中冶炼出的，而橡胶是从哪来的呢？对于此，大皇上懂得那么一小点儿，它是从树上长出的。是怎样的一种树呢，是树的果子，还是树身，树枝和树叶炼出的橡胶呢，村里人的脑瓜儿是荒凉的，从不会有多手之人伸出手，往这片荒凉的土地上撒一把种子。

最初(1978年)，大皇上只偷偷雇了两个工人，一台轧胶机，多半活靠自己干。现在那架轧胶机还摆在他的房东，就要成古物了。后来(1982年)大皇上雇了十三个人，都是女工，村里人都想他会闹出什么乱子，在这些女工中挑一个做媳妇，没想到，他领来一个四川女人。工人接着越来越多，到如今的三百四十多个，除了三十一个男工，其余是女工。大皇上就是想雇女工，女工干活快，又细心，不出次品。就是这样，工人们还要加班加点赶活。轧胶车间里传来咯咯的笑声，打破了村子里压抑着的沉寂。最初正经人家的妮子不会到大皇上的橡胶厂，说他的厂子带着一股子邪气。一些妮子都是自己去的，村里人说她们是自投罗网。没想到这些妮子几年干下来，竟然出落成人，都一个个嫁了好人家。这些妮子一旦到了橡胶厂，说话走路全变了，穿着也跟从前不一样了。她们从橡胶厂出来，身上没有橡胶的臭味儿，还带着一股子香气。她们身穿新奇的衣裳，唧唧咯咯笑着，快活地穿过大街，扭着屁股，她们在村子里好像是异类。一些小子们也许正是看上了妮子这一点儿，一时橡胶厂的妮子成了抢手货。

大皇上的轿车从大街上开过，扬起尘埃，尘埃落在过路人身上。

村里人修了两家厂房，大皇上买来汽车，标志着新时代的到来。这年过春节，大皇上把自己关进办公室，在他面前摆着上千种橡胶件，还有一些书。他想把那些书读完，他只读了半本就瞌睡连天，上下眼皮直打架。他想，他天生不是读书的那块料。赵吉庆的橡胶厂因为没有合同而停产了，赵吉庆已经贷了六百万，赵吉庆的固定资产也就是二三百万。大皇上对自己的和赵吉庆的橡胶厂的是非闭口不谈，赵吉庆的橡胶厂每年都要上地方的电视台和小报，大皇上对此不屑一顾，一些记者们来找大皇上，大皇上把这些记者拒之门外。

二生家提着一大塑料袋东西走出小卖部，她脸上带着喜色。她穿一件淡紫色的衬衣，一双红凉鞋，黑袜子，一件白裙子。她的白裙子在大街上飘着，她的身子像在空中浮着，还有她的笑声，在青村人的心里，久久不能退去。

二生家和二生在玉米地里，玉米叶子上的雨水把他们的身子和头打得湿淋淋的。二生家在玉米地里撒化肥，她一转身，看到赵丙仁家的笑脸从邻地里湿漉漉的玉米叶子间露了出来，赵丙仁家跟她亲热地打招呼："生家，你快撒完啦？"

"还没呢，这不刚撒了几耧。"二生家回应了一句。"这滋味不好受吧，就像受刑罚的似的。"赵丙仁家哧哧笑着说。"可不是，我觉得快要挺不住了。"二生家也笑了。"生家，你的脸色可不好看啊，你病了吗？"赵丙仁家止住笑，用惊讶的语气说。"怎么会呢，我觉得好好的呢。"二生家抹了一把脸上的水珠说。"生家，你到医院里去看看吧，几天不见，你看你脸色黄的，你怎么瘦成这样啦。"赵丙仁家说。

七月的华北平原就是这样的天气，接着还有八月。这种阴雨天气给人们带来了短暂的凉爽，在小雨中，人们往田野里奔跑，去给庄稼施肥。当太阳一出，即刻出现闷热的透不过气来的天气。汗水都憋到体内，挥发不出来，这种压抑的沉闷的日子一点点磨掉了人们的锐气。不忍耐也没有用啊，都这样啊。

二生家再没吭声，她弯下腰，在玉米叶子下面钻来钻去，把化肥撒到玉米的根部，当雨水滴下，这些化肥就会融化渗进泥土。二生家撒着，云压得很低，好像就要擦着玉米了，二生家望了一眼天空，然后俯下身子撒。二生走到前面去了，啪嗒啪嗒地踩着泥地。二生家一次次蹲下，她嘴里发出轻轻的吭哧声。玉米叶子发出清脆的刺耳的断裂声。当二生家撒边上那一楼玉米时，赵丙仁家的头又探了过来："快完了吧，觉得都要泡胀啦。"

"是呀，就你一人来吗？"二生家说。"可不，丙仁跟你大伯子到北京去了，说三天后才回来呢。"赵丙仁家说。

赵丙仁家往二生家这边凑了凑，她说："生家，听我说一句话，别拿什么都当真，什么都是玩玩罢了，你听见了吗？"赵丙仁家说罢，她咯咯的笑声在玉米地里飞溅，震落了玉米叶子上的水滴。二生家惊异地带着些恼怒地说："我拿什么当真啦，你这话是什么意思？"赵丙仁家的笑声一下子打住了，她说："你看看，你婶子，你不当真是什么，不是跟你开个玩笑，你还当真啊。""我什么当真啦？"二生家追问着。"你说你什么当真啦？"赵丙仁家还不自在地笑着，"你知道村子里都说你些什么，我们女人的命真苦。"

赵丙仁家笑着转身走了，她那像老母鸡叫似的笑声在玉米地上空飞来飞去。二生家听着她的笑声，觉着有一把刀子在她的心脏一捅一捅的。她看到二生已经撒到南头，又从南头返了回来，她看到二生那张愚笨的脸越来越清晰了。二生跟她擦肩而过时，他说："你怎么还在这儿磨蹭呢。"

二生家踩着泥路回家，往院子里一走，她想，不安宁的时候到了，怎么混得这么糟。

雨季在持续着，到处湿乎乎的，院子里的泥水里，是鸡和羊的足印。那些鸡在地上漫不经心地走着，它试探地向主人屋子里走去，一步步进了堂屋，登上了锅台，啄啄这个，挠挠那个。那只公山羊，爬到树篱笆上，去啃一个柳树枝，并冲着窗子一声声叫唤着。没有风，炊烟从屋脊上折下来，在村子里，就像屈死的幽灵似的飘着，一股又一股地连绵不断。就是在这个阴雨绵绵的天气里，二生家跟张老奇家吵了一架。起因是从一碗粥开始的，张老奇家说粥是凉的，二生家说粥是刚熬熟的。张老奇家不小心，把碗碰翻了，粥洒了一炕。张老奇家低着头，她的脸冲着窗子，她一直用这种方式坐着。她的手抓着窗棂子，她的眼睛望着夏日潮湿的院子。

张老奇家扒着窗子叫二生家，她进了张老奇家的屋子，站在炕前。张老奇家说："生家，你回来啦。"二生家说："回来啦。"张老奇家说："今年的庄稼长得好吗？"二生家说："还好。"张老奇家说："可好，可好，二生家，你还不坐。"

二生家穿着湿衣裳，坐在冰凉的炕沿上。小牛子在炕上玩一个小碗，她摸了一下小牛子的脸蛋，她转过身对着张老奇家。

张老奇家说："我想跟你说个话。"二生家说："你说吧，娘。"张老奇家用她那苍老的已经撩不开眼皮的眼睛看了二生家一眼，再垂下，她的手摁着炕，往前挪了挪，她说："生家，跟二生好好过日子吧。"二生家说："谁没跟他好好过日子啊。"张老奇家说："你以为我眼睛花了，什么都看不见。我都看见了，我都知道。"二生家本来就有气，她愤怒地大声说："你看见什么啦！"

张老奇家摁着炕，又吃力地往二生家面前挪了挪，她说："你这不要脸的。"

二生家抬起头，一字一板地从她的牙缝里挤出这样一句："你个老不要脸！"

张老奇家冲二生家打去，二生家头一歪，她失了手，打在二生家的脖子上。二生家伸手抓住了她的手，在张老奇家那满是肉的屁股上就是两拳。张老奇家大声叫了起来："好啊，你打我！"二生家愤怒地颤抖着，已经到了不能克制的地步，再一次把手伸出去，在张老奇家的脸上扇了两掴子，张老奇家的声音更大了："好啊，你个婊子养的，你打我！打人啦！

行行，我的行行，我苦命的二生啊。”小牛子也在炕上张开嘴大哭。

二生家转身出了屋子，坐在湿漉漉的门台子上。张老奇家一声高一声低：“你个小贼老婆子，你打我。”二生家走到窗户那儿说：“你再喊，我饿死你。”张老奇家喊：“你饿死我吧，你饿死我吧！”

二生家一直坐在门台上，让雨淋着，直到她的嗓子刺痒，发出一阵阵咳嗽声，她才进屋，把湿漉漉的衣裳脱掉，她便看到自己被雨水泡胀的身子，她就像一粒黄豆。

直到二生回来，张老奇家还在哭喊。二生问明了情况，就抄起一根擀面杖，到了屋里，冲着正在躺着的二生家就是一顿打。二生家就躺在那儿，没有反抗，他怎么打，她一动不动。他打着打着，就吓得住了手。二生没有听到哭声，甚至一声呻吟都没有。二生扔掉棍子，抱着二生家哭着。二生家还是没有反应，他到堂屋里，坐在灶台上，从衣兜里掏出被雨水浸湿了的烟盒，在里头抽出一支被挤扁的香烟，从灶台的前侧的小孔里掏出一盒火柴，他的手哆哆嗦嗦的，划了几次也没划着。

门外的风雨哭泣般的声音在持续着，淋淋啦啦稀稀啦啦哗哗啦啦。不知坐了多久，二生突然觉得有一种可怕的死寂在围绕着这个屋子，他转身向屋里跑去，二生家还在用那个姿势躺着，她的眼睛直直地望着窗外。二生坐在那儿，他说：“你打老人不对。”二生家没吱声。

二生说：“我原先笑话人家不孝顺，这种事儿出在我们家，出在你身上。”二生说着去摸二生家，他摸到的是颤抖的身子，就像杀宰猪羊时，忍受疼痛时发出不自主的抽搐的身子。他说：“算了吧，别发牛了，该做饭了。”二生家眼里的泪水从这个眼流过鼻梁，流到另一个眼睛里，再流到枕头上，她说：“真没想到，你打我这么狠，我跟了一个什么样的男人啊。”

二生抓起了一个茶杯，把它摔在地上，他指着窗外说：“离吧，你离吧，你这就去。”

二生家躺着，一动不动的，甚至连口气都不喘。

青蛙在坑塘里合唱着，一声接一声地连成了一片，此起彼伏。一切都按着计划来的，一切都在重复着，慢腾腾的就像将牛似的。只有等着，就这样一天又一天过去了，直到老，直到咽掉最后一口气。

二生的房子扒了，二生盖起了新房，二生的新房子跟大皇上的房子一样。

二生的房子是在一个傍晚盖成的，就是那个有着火红夕阳的傍晚，房子上的人在屋脊上大声喊着，铺上了最后一块瓦。最后一个人下了梯子，随之院子里的灯照亮了所有人的脸，那些带着泥点子的脸都在笑着。院子里放了几张圆桌，桌子上已经摆满了酒菜，这些爷儿们，把闷在心头的声音发了出来，在叫喊着，哈哈大笑着，这声音震荡着坑塘，震荡着村子，震荡着丛林和田野。赵丙仁说："二生哥，房子好质量啊，在四邻八村找不到啊！"王广说："八百辈子也倒不了！"王三怪说："真不错啊！"二生笑了笑说："好啦，快洗洗手吃饭吧。"

二生和二生家那颗心落下了，大皇上和大皇上家那颗心落下了，还有张老奇家那颗心，还有这些壮汉的心。他们没有把活干砸，这座房子就像他们的人一样，很光棍地坐落于坑塘边的树丛中，挺胸昂首，带着张家的傲气。

这是盖房子最后的情景。

二生盖房子，也跟张老奇家搬进了哥哥大皇上的房子里。在大皇上的房子里，这个家好像得到了稳定，大皇上家和二生家似乎也和解了。在南院里，大皇上给张老奇家盖了两间平顶屋，里头还像原先那样盘了大炕。大皇上背着张老奇家，让她看了看那盘炕，张老奇家要上去坐坐。大皇上说："还没干哩。"

张老奇家说："我就是要坐。"大皇上把张老奇家放到炕上，她在大炕上爬来爬去，她说："操你娘的，盘这么大炕干吗呢，在上头打场啊。"

盛夏来了，夏天的气息。汗水，露珠，雨滴。大皇上的家里水淋淋的，地上很潮湿，树上水淋淋的，每一片树叶湿透了。

大皇上的房间里弥漫着一种香兮兮的气息，二生家和大皇上家在谈笑着，小牛子满院子跑着哇哇大叫。房子盖好后，拉上院墙，盖上门楼，这座房子是按着大皇上的房子克隆出的，没有一处是两样，这一点儿显出大皇上跟二生两兄弟之间的公平。为了庆贺房子的落成，第二天晚上，大皇上让大皇上家做了一桌丰盛的晚餐，他们一家五口要在一块吃顿饭。

窗外的夜已经黑了，院子里的灯亮着。从村子那边传来了一声破碎的声音，大皇上想了半天，也没想出是什么破碎的声音。跟着一声接一声的呼喊的声音，过了片刻，平静下来。

张老奇家坐在正座上，这边是小牛子和二生，那边是大皇上。大皇上家和二生家在忙着烧菜，两个女人唧唧咯咯地说笑着，迈着愉快的步履，在屋子里端着盘子走来走去。在桌上，小牛子已经拿起了筷子，把上到桌子上的菜都尝了个遍。大皇上和二生相对而饮，张老奇家夹了菜，一边流着口水一边吃着。把菜烧完，大皇上家挨着大皇上坐下，二生家挨着二生坐。

两个女人往那儿一坐，大皇上当啷着脸看着桌上的人，他放下了筷子。大皇上家说："是菜太咸了吧？"

在座的都弄不清大皇上在想什么，都瞧着他的脸色。张老奇家和小牛子一边吃一边说笑着。片刻后，大皇上端起酒杯来喝酒，二生也举杯笑脸迎合着。

大皇上家似乎感到要出事儿，她对大皇上说："你少喝点儿。"

"你管我，我想喝多少就喝多少。"大皇上带着酒味的怒气喷到大皇上家的脸上。

"你说话这么粗鲁。"大皇上家嘟哝着说。

"什么，你嫌我粗鲁！"大皇上大声喊，他把酒杯丢在一个装满煮花生米的盘子里。

"你今天是怎么啦？"大皇上家看着大皇上说。

大皇上啪地给大皇上家一掴子，他说："你多什么嘴，我们哥儿俩喝酒，你多什么嘴。你是娘儿们，别拿你当人，你就不知道自己是干什么吃的。"

大皇上家被打蒙了，她捂着脸，傻呆呆地看着大皇上，她说："你封建。"大皇上的声音更大了："我就是封建！像你这种东西，我就不该拿你当人！"二生低声下气地说："哥，你这是怎么啦？"大皇上举起杯，他说："二生，来，跟哥喝酒。"二生和大皇上端着杯把酒喝干，两个人把杯子拿到对方面前比划着。大皇上说："二生，哥有钱，你不要种地了。"二生家强笑着，带着十分巴结大伯子的神情说："他这人，一不干活身上就刺痒。"

大皇上盯看了二生家一眼。二生家把嘴闭上，把没有嚼碎的食物咽进肚子里，她放下筷子，坐在炕上一动也不敢动。

过了片刻，二生家回过味儿来，大皇上这是冲着她来的。二生家说："哥，我有点不舒服，我到那屋歇会儿。"二生说："你哪儿不好受了？"二生家说："胸口这儿，躺一会儿兴许会好。"大皇上把桌子一掀，只听稀里哗啦一声，桌上的酒菜抖了一炕，他大叫道："喝，喝你娘个蛋！走，都走，谁走我也不拦着！"

大皇上家说："不让你多喝不让你多喝，你喝多了就耍，你跟我耍就耍吧，守着弟弟和弟妹也耍。"大皇上踹了大皇上家一脚，他说："你怎么这么多屁话，你给我滚开，别让我看见你！”大皇上家用浓浓的四川话说：“你不就是有几个钱嘛，我不稀罕。你知道我离家远，你赶我，好吧，我走。”大皇上说：“这是你逼我，你别怪我。”大皇上在床上，一把抓过大皇上家的头发就打，二生拦在那儿，大皇上说：“你别管我，她就长着欠揍的肉，揍她一顿就舒坦。”接着是小牛子的哭声，张老奇家也嚷着：“你个大贼羔子，叫我歇歇儿心行吧。”二生搂着大皇上，他说：“嫂子，你快走吧。”二生家抱着小牛子赶紧走了，大皇上家乱蓬蓬的头发，收拾着床上污物。大皇上家啪嗒啪嗒地掉泪，她说：“就是跟我有能耐，你有气就知道往我身上出。”大皇上指着她的鼻子说：“你滚，你滚啊！”大皇上家看了一眼大皇上，她跺着脚喊：“你不是人！”大皇上说：“你个贱货，好啊，好啊！”说着，他往床边一侧歪，肚子里的东西一下子喷了出来，溅了一地。大皇上家到院子里收了些干土压在上头，扫到一起，拿簸箕收走，然后她把桌子拾到一边，床单一抖，放在一边，又放上新床单，再上了酒菜。大皇上家给大皇上擦了把脸，大皇上家说：“我看着你就喝多了。”大皇上一把拽住大皇上家，他说：“你知道吧，我这辈子受的罪多呢。老婆子，还是你啊，我没有看错你。”“我知道，你说了一百遍了。”大皇上抓着大皇上家哭了，他说：“你不知道啊，你还不知道啊。”

大皇上家又去烧菜。不一会儿，菜上来了，大皇上跟二生喝酒，小牛子和张老奇家在炕里头打着瞌睡。

不久，大皇上笑了，他出了一脸汗，酒劲儿下去了，他爬到窗户那儿，去拿窗台上的空调遥控器，他打开空调，空调发出了嗡嗡声，他说：“还没他娘的这么热的天。”

大皇上玩着酒杯，他不再喝酒，跟二生聊着天：这些年的艰难，张家人所受的苦，这个家族的前景。

大皇上说：“别再告赵吉庆了，现在收住，正是个火候，再告就没劲儿了。这不，银行也不贷给他款了，镇上也信不过他。镇长给我谈，让我当村长，我才不当呢，这么个破烂摊子。听说镇子要往我们村里挪。”二生说：“不行，我就要告。”大皇上说：“赵吉庆可不是好东西，别把他惹急了，让他咬你一口。”这时门响了，赵丙仁和王广一前一后进来了，两个人一胖一瘦，一高一矮。赵丙仁说：“在村里就闻见酒香了，喝的什么酒啊？”大皇上说：“看看吧。”赵丙仁说：“五粮液，真是好酒。”大皇上说：“快拿杯子喝酒吧，我的好酒就是给弟兄们喝的。”赵丙仁倒上一杯酒，他先喝了一杯，咂咂嘴，他说：“我还头一回喝这酒，也尝不出好来啊。”大皇上说：“你是他娘的穷命。”赵丙仁说：“要是没你，哥，我能喝得上这酒。”大皇上说：“咱是皇上，嘛酒没喝过啊。”

四个人笑了，相互望了望。

赵丙仁说：“赵吉庆蔫了，他完了。听说赵吉庆把一个女工搞大了肚子，赵三祥说是他干的，那个女工得罪了赵三祥，赵三祥打了那个女工，还把那个女工扒了裤子，打的屁股上青一道紫一道的。那个女工偷了两个胶皮轮子。他们把那个女工关了起来。那女工是赵厚生的妹妹，也不知是不是。另一个女工跑了两回，被逮回来。最后这次惊动了派出所，才让那女工走的。这个女工在告他呢，告状信四处发，就像下雪似的。赵吉庆在四处打点，花了不少钱，就是这样也够戗。”王广说：“你知道什么，现在那个女的还在赵吉庆的办公室呢。”赵丙仁说：“就是你知道，你知道他糟蹋了多少妮子？”大皇上说：“瞎吵吵个什么啊，咱管不了那些，把咱的活干好就行了。”赵丙仁说：“听说镇子要往我们村子里挪，我们村子靠着国道，谁沾光谁吃亏现在还说不准呢。”大皇上说：“我娘说，这条路一修上，就没个心静时候。到后来路上车来车往，吵得她睡不着觉，她就要死在这上头了。”天已经很晚了，桌上的人说话都有气无力了。都困了，还在强打精神。

大皇上家在另一间屋里对二生家说：“就这狗熊脾气，阴一阵晴一阵儿的，一喝酒就闹，就会掀桌子，他这几年能耐见长。”二生家就啪嗒啪嗒掉泪。大皇上家说：“别跟他一样，他不是人。”

二生家说：“我不为这个掉泪，我觉得身子不好受，还有点恶心。”

大皇上家说：“你饿了吧，我给你下碗面。”大皇上家就给二生家下了碗面。二生家觉得肚子饿，她想那碗面怎么往下咽啊。她倒在炕上想睡，那边屋里大皇上大声嚷着。二生家说：“不行，我出去一下。”就爬起来往外跑，她跑到院子里，蹲下干哕。大皇上家在她的身后给她捶背，她说：“你哪儿不好受？”

二生家这一夜没睡，她想了许多事儿，干巴巴地躺了一夜，第二天，她就要搬家。二生家没等房子干透，就搬进新房子。

二生家觉着自己的身体能把病抗过去，谁知二生家的病一日重一日。在夜里，大皇上家能听到前院里她一阵阵咳嗽声。大皇上家说：“都怪你，那天你那个长能。”

大皇上说：“我就是冲着她来的，她爱怎么想怎么想，她还算人吗，你瞧她干了些什么事儿，跟赵吉庆不清不白，还打婆婆。”大皇上家念叨着说：“你看她挺壮实的一个人，才几天啊，就病得没个人样儿了。”

两个人嘟嘟哝哝地说了一夜，就是坑塘里的鱼都能听到他们两个的说话声。

第二天中午，大皇上家去看二生家，端了炖好的鸡。她进了屋，把盆子放在桌子上，就瞧二生家的那张脸。二生家蓬乱着头发，脸还没洗，她有气无力地说：“你来啦。”大皇上家扶住二生家，她说：“别动别动。”就坐在炕边。

二生家在炕上躺着，脸色枯黄，大皇上家就给二生家梳头。大皇上家问二生家医生来过了吗，二生家说来过了。大皇上家问医生说是什么病。

二生家说也没说出是什么病，说吃几天药就好了。说着，大皇上家给二生家把鸡块盛在碗里，给小牛子盛了一碗，她说："让我看你是妇女病，你该到城里去看看，这些蒙古大夫，恐怕看不出什么病来。"二生家说："那又要花钱。"大皇上家说："钱算什么，明天我跟你去进城，让行行开车去。"

第二天，大皇上叫了个司机，开了车，到城里医院看了。西医没检查出病，又叫中医看了。中医说是肾阴虚，脾湿，肝阴气太盛，包了一包袱中药。

大皇上家想，也许是房子太潮了，二生家的身子不适应潮湿的房屋，搬进去身子受了病。她搬家时身体就有些日子不好受，吃了些药，才缓了过来。二生家回来，吃完药，还不见好。这天大皇上家又给她请了个老中医。老中医有八十多岁，鼻子上架了两副眼镜，他给二生家诊完脉，他看看舌头，又看看眼睛，开了药方，他说："吃过后，要是能好就好了，再不好，我就没办法了。"

这天大皇上家去看二生家，一进门，正碰上赵吉庆在屋里坐着，他一见大皇上家，站起来要走。大皇上家想，人已经这样了，就让他们说会儿话，她说："你坐吧。"就躲开了。赵吉庆出门，大皇上家才进屋。见二生家的桌子上摆着一堆红红绿绿的，有水果，有糕点，有奶粉和补品。二生家闷闷地坐着，大皇上家进屋，二生家也没打招呼。

大皇上家每天去给二生家煎药，闲着没事就在前院坐着。这天二生家精神有些好转，坐起来跟大皇上家说话，大皇上家说要给二生家看病，二生家说："不用看了，这个坎儿恐怕过不去了。"大皇上家说："你别瞎寻思。"二生家说："我是心有病啊，我是得了心病。"说着，二生家眼泪就流出来了。大皇上家也流着泪说："你嘛也别想，先把病看好再说。"二生家说："我是该死了，我知道我是该死了，我早就该死了。"大皇上家划拉着二生家的脊梁背说："可别这么说，别这么说。"

大皇上家去城里一趟，她在药店里给二生家买了些药，还让中医开了中药，还买了一公斤洋参。大皇上家把药给二生家送去。大皇上家到二生家来，二生家格外宁静，牛和羊静静地站在南边的树篱笆这边，把树皮都啃掉了。她走过去，抚摸了一下牛，又摸了下羊。三只羊冲她叫了声。大皇上家摸到的是牛和羊的骨头。从这天起，她每天把牛和羊牵到房西的草地上去放。大皇上家说："先把我的煤气灶搬来熬药吧。"二生家说："我生着炉子呢。"大皇上家说："炉子还要侍候它，你这么个病身子，又懒得动。"

说罢，大皇上家叫赵厚生把煤气灶搬过来，大皇上家还说："等大皇上回来，给二生家买个煤气灶。"二生家按着大皇上家说的，每天煎药吃药，病很快就有了转机。

二生家病，正在农忙季节，二生整天在地里，院子里堆满了玉米槌、豆棵和谷捆。二生赶着牛车从地里回来，他坐在门台上，从没问过二生家得了什么病。二生随便做点吃的，也不问二生家吃不吃。二生家想：看样子，他还盼着我死了呢。

二生家这天走出院子，把筐里的草倾在院子里，然后晾开。一抱草给羊，一抱草给牛。那些鸡在草间，啄着草穗。二生家坐在门台上，望着树篱笆南边低低的云，就像一团一团散乱的刚轧好的棉花。她坐着，她感到赵吉庆给她的力量，她之所以活了下来，她还有一个盼头，她还没有走到绝路上啊。她想着在某个上午，她坐在草地上，鲜绿的草叶上洒满了阳光。她就坐着，她听着在玉米地那边大声的吆喝声，牛的叫声，大笑声，大声说话声。男人的声音粗壮而有力，在天空中飘着，就像云。她在这些声音中，辨别着赵吉庆的声音。她听到他的声音了，他在大笑，他的笑声在田野的上空，钻出了若干枝杈，已经开花结果了。

就在这时，大皇上家把门推开，她用浓重的四川口音说："你好啦，生家。”二生家笑着说：“从吃了你给我的药，我就好啦。”大皇上家说：“看着你是好了，你的脸色变过来了，你缓过来啦。”二生家说：“我觉得也有心气了。”二生家把大皇上家叫进门，握着大皇上家的手说：“这回全靠了你，我的病才能好，要不，我这条命就搭进去啦，是你给了我一条命呀。”大皇上家说：“你本来就没大病，你就是整天爱胡思乱想。”二生家这时走近大皇上家，她板着脸对着大皇上家慎重地说：“我想跟二生离婚。”大皇上家听罢，她吃惊地说：“你离了婚，上哪去呀？”

二生家说她再不想在这个封闭的三面环水的地方住下去了。大皇上家说：“我说了这么多话，就不起一点作用吗，你才像一匹走到黑也不回头的驴呢，你个傻家伙，你别放着日子不过胡来。”

二生家说：“就是再苦我也认了，我觉着再也受不下去了。”

到了晚上，大皇上在劝二生，大皇上家在劝二生家，整整的一夜。大皇上和二生坐着小凳子在院子的南边的树篱笆前。大皇上家和二生家铺了一张破席子，坐在屋门口那儿。他们的说话声很低，紧一阵慢一阵，就像刮风。在坑塘里，传来青蛙的呻吟声和大鱼撇脊的水响声。

张老奇家还记起公公用粗重的声音在坑塘边叫狗的声音。就像个大叫驴，他一声声叫过后，声音在水面上飘荡。公公是有名的大盗贼，后来犯了案，案了结后，他一跺脚就走了，就当了兵，后来当了国民党军官儿。她还记得公公离家时的情景，他骑着一头驴子走的，他走时，天上繁星密布。公公在驴脖子上摘下铃铛，转身递给了张老奇。这个铃铛她还放着呢，在她的柜子里呢。张老奇家拿出了一把磨得亮汪汪的铜钥匙，她说："行行，给我把柜子打开。"大皇上打开柜子，一件件往外拿。一包裹衣裳——是张老奇家的寿衣——她让大皇上家和二生家给她换了。她咧嘴苦笑着说："这就沉住气了，死就死呗。"一屋子人都垂立在那儿。张老奇家从里头拿出一个狐狸皮褥子和那个铜铃铛，这是她仅存的可以看得到的记忆，其余的那些都跟烟雾一样，被风吹跑了，一点儿影子都没有了。张老奇家拿过铃铛，晃荡了一下，铃铛发出脆生生的悦耳的声音，跟当年声音一样，她说："已经好多年没有听到这声音了。"大皇上说："你躺下歇会吧娘。"张老奇家的眼里透出恐惧的神情，她说："怪怕的，怕也没用哩。"大皇上蹲到炕上，抱着张老奇家，她就躺在大皇上的怀里，大皇上说："你冷吗？"张老奇家说："不冷。"二生家对大皇上低声说："看着娘的精神头儿，没事儿。"大皇上家冲着二生家的耳朵嚓嚓着说："娘快不行啦。"

二生家凑上去，她拿起铃铛，张老奇家说："给我放下。"二生家放下铃铛，站在那儿，张老奇家又说："你离我远些。"二生家用气得发青的脸看了四周的人，低下头，站到大皇上和二生的背后。

这个杂乱的滋生是非的夏天，树篱笆在疯狂地长着，在树篱笆的缝隙里探出一些杂草，摇摆着笑吟吟地对着这个杂乱的院子，一只小羊蹦跳着跑过去，就把它们啃了。

片刻后，张老奇家发出一声长长的叹息，她往后一仰，躺在炕头上，她说："我要快不行了。"大皇上的鼻子里发出抑制不住的抽搐声，窗外渐渐黑了，树木就像污水一样。他感到最起码有两大滴泪水从他鼻子两边滑过，他看了他娘一眼，他想，这就是人的一辈子。就在此时，他看到张老奇家微笑着转过脸来，对大皇上摆着手说："小子，来。"大皇上把耳朵凑了过去，张老奇家搂着大皇上的脖子，她的嘴里发出嚓嚓声。张老奇家张着嘴是要说什么，她已经说不出来了，她闭上了眼睛，就在大皇上的怀里咽了气。

二生家在婆婆被埋葬的这个夜晚，把小牛子哄睡了，独自坐在窗前，看着窗外山羊的白色影子，想着自己的过去。她的过去就在眼前，她还那么小，就像一棵草那样小。她就像一片幼叶，一只羊走过，用舌头舔了一下，就把它啃掉了，咽进了肚子里。她喂过十几只山羊，这些山羊都有一双无知的眼睛，二生家一直想一只羊在叫唤的时候，那是它在渴望着什么，是对一棵草，或者是一口水的渴望，一只羊不会有更高的渴望，也没有更强烈的欲望。不像人，也不像猫子狗子。她喂过三头牛，两头黑牛，一头白底黑花的牛。她到牛圈里去喂牛，那些牛老是把头弯过来，牛的神情老是带着一种哀怨。而一只鸡就简单多了，它们在院子里飞来跑去，它们老觉得在土里，在柴草里藏着丰盛的晚餐，它们刨啊刨，却刨不到几粒米。二生家的过去是一头牛，她的目光里带的哀怨越来越重了。她还是那个小妮子，就像一只小牛站在树下，或者站在草地上，揉着通红的眼睛。她三岁死了爹，娘走了主儿，跟着奶奶一块长大。

村子是什么样子的，应该是什么，应该不是什么。村子确实是村子，它只是村子，它有一盘大炕，大炕上有一溜被窝卷，有时七个，有时九个。大炕上可以睡三代人，老人，女人，男人，孩子，大姑姐，小叔子，来了客也睡在上头。二生家记得就睡在大炕上，昏暗的油灯，嘁嘁嚓嚓的说话声，呼啸的寒风撕裂了窗纸，再用一团草堵上。到处充满了干草味儿，席下铺的是麦秸，门上挂的是用谷草打的帘子。屋顶铺了高粱秸，高粱叶下垂着，随着空气流动而飘着，上头的塌灰落到了脸上。那盘大炕充满了柔情蜜意。在那盘大炕上，她度过了一个个寒冷的冬日。

二生家的大姑在县城上班，她的大姑夫在县税务局当一个股长。大姑夫总是在这个家揭不开锅时，拿钱来接济这个家。这个家一次次度过苦日子，都靠了这个救星般的大姑和大姑夫，他们总给这个家带来活下去的希望。她心中的大姑夫个子很高，长得很帅，寸头，头发粗硬。她十一岁那年，过年了，她盼着的大姑和大姑夫到奶奶家来，是最热闹的日子。包饺子，说话，咯咯的和哈哈的笑声。这次大姑夫给她带来了发卡，还有两支铅笔。那是红色的印着漂亮白兔子的发卡，大姑夫给她梳头，帮她把发卡戴到头上。她依在大姑夫的怀里，窗外的阳光明亮，灶膛里的火蹿出来，就像狗舌头一样，在漆黑的灶边舔来舔去。

大姑夫拿过镜子给她照了照说："好看吧。"

她说："好看。"

大姑夫说："来，亲亲大姑夫。"她迟疑着。大姑夫把脸伸给她："来啊，亲啊。"她就飞快地在大姑夫硬邦邦的，粗糙的带硬胡茬儿的脸上亲了一下，就逃掉了。她就是喜欢听大姑爽朗的笑声，还有大姑夫带着鼻音的洪亮的声音。夜晚，整个屋子里充满诙谐和明亮的灯光。吃完饺子还要打扑克，打完扑克在一块坐着聊天。最后，把被窝卷依次捯开。她脱了鞋袜，在大炕上跑来跑去。在油灯的影子下的屋子坐满了人。

在这盘大炕上睡着奶奶，爷爷，三姑，大姑，大姑夫，叔叔。她就想闻着大姑夫嘴里的烟味睡觉。她左边是大姑，右边是大姑夫。她好像睡着，又好像在做梦。一只手把她抻过去，是大姑夫，他嘴里浓浓的烟气喷到她脸上，她睡蒙蒙地吸了一口，她心里荡漾着甜蜜的幸福。大姑夫把她拽到他的被窝，她感到大姑夫宽大的胸，和他被烟气浸润过的肉体，她在做梦，她梦到一条大狗在她面前，蹿上来咬她，她拿起棍子，一下下抽打着那条狗。她怎么抽打，那条狗依然张大嘴，冲她吠着。

直到现在，她仍感到有一条狗在跟着她。她一直在做那个梦，她在抽打那条狗。现在回想，从那一夜，一切都注定了，该怎么着不该怎么着，都给她安排好了。每一步，每一个手势，每一句话，每一个神情，她做什么样的事，她遇见什么，都给她安排好了。不管费多少力气，拐弯抹角走多少瞎道，都是注定的，这就是人的宿命。她感到自己稀里糊涂，既没有将来，也没有过去。

大姑跟大姑夫再来时，她听到的依然是大姑爽朗的笑声，和大姑夫的大声说话，好像什么都没有发生过。大姑夫说："来啊，你看我给你带什么来了。"一条丝巾。一条漂亮的丝巾把她诱惑到大姑夫身边。大姑夫给她围上丝巾，还在她脸上狠狠亲了一口。她闻到大姑夫身上那股子香烟气息，她感到他的怀里特别温暖。当大姑夫来抱她，她再一次扎进他的怀里。

那一夜，她睡东墙那儿，挨着爷爷，爷爷挨着奶奶，再往西墙那边是她三姑，她叔，她大姑，她大姑夫。

她长大了，第一个说媒的来了，奶奶就应了下来，她就嫁给了二生。

她知道二生比她大二十多岁，是后来的事情了，张家对她隐瞒了岁数。奶奶这样做是想快些把她嫁出来，像她这样失过身的妮子，有人要就已经不错了。她嫁了后，再没有她大姑和大姑夫的消息，但她常想起他们。她来到张家，二生没有半点温存，他什么都不会，他就只知道傻吃饭傻干活儿。不跟她聊天，甚至不给她一个眼神。

二生从地里回来，已经很累了，往炕上一倒就睡了。二生要是跟她“干事儿”，就把她扒划过去，他说一句：“上去啦。”她嗯一声，他就在她上头鼓捣片刻，她还没有反应过来，他就下来了。她很疼，她对他说过许多次。他听不进去，他想怎么干就怎么干。

他不需要“干事儿”，就把她推到一边。她只好喂她的牛羊，跟牛羊说话。她在草地上，她抓着一把镰刀，经常望着一只羊发呆，她想：一只羊跟一头牛相比是多么卑微啊，尤其是它的叫声啊。

坑塘南边是一片浓密的小树林，挨近坑塘有一片草地，二生家吃罢午饭就到那儿放牛羊。她把羊拴到一处，她解开缰绳，在坑塘边草地上放牛，在这里能看到西边国道上过往的汽车，好像游在水面上似的。在树荫下，二生家倚在一棵树上，她望着天上的白云，阳光很好，洒在草叶上，草叶散发着浓郁的绿色香气，这种香气把她熏得迷迷洋洋，她坐在那儿直打盹儿，快要睡着了。

赵吉庆在二生家的背后，就像一只青蛙似的出现了，他说：“哈，好肥的一头牛。”二生家的身子一抖落，她低声笑着说：“吓我一跳。”二生家站了起来，划拉划拉屁股上的泥土。赵吉庆站在她的牛面前，拍拍牛的脊梁，他阴不唧地笑着说：“二生家，知道吧，不能在苇子边放牛。”二生家说：“我知道，你看，我拽着牛缰绳呢，牛不会啃苇子。”赵吉庆说：“你看看这苇子啃的，你还说……”二生家说：“真不是我的牛啃的，你瞧瞧那是旧茬儿吧。”赵吉庆笑着说：“你也别说啦，旧茬儿也是你的牛啃的，今天我就不罚你了，我要是再看见，我可对你不客气了。”二生家说：“现在的苇子在坑塘里都烂掉了。”赵吉庆说：“烂掉那是公家的事儿，也不是你的事儿。”二生家说：“你怎么转脸不认人啊。”赵吉庆说：“听我一句话吧，你还缺这一把苇子喂牛啊。再说村里人都知道我跟你好，他们看见还以为是我怂恿你哩。”二生家带着些羞怒地说：“你这是怎么说话呢？”赵吉庆嘿嘿笑了，他说：“瞧啊，瞧啊，你的脸蛋都红啦，逗着你玩儿你还真生气啊。”二生家板起脸来说：“你别耍无赖啊，让人看见了失你村长的身份。”赵吉庆再没吭声，他一只手扶着一棵柳树，一只脚脱掉鞋子，贴到另一条腿的小腿肚子上，他说：“跟着我吧，二生家，我让你吃香的喝辣的，我让你享福。”二生家说：“你说得好听。”赵吉庆说：“真事儿啊，不信你试试。”二生家玩着一个草穗儿，她嘻嘻笑着说：“试试，试个屁。”“对啊，试试吧。”赵吉庆嘿嘿笑着。一句话又把二生家逗笑了，两个人对着脸笑了片刻，她说：“你真是没脸没皮。”二生家捻着草穗在手里旋转着，她说：“你是来干什么了？”

赵吉庆四周看了看，见没有人，又往二生家身边凑了凑说：“我从这里过，见你在这里放牛，就过来看看你。”二生家垂着眼睑，她说：“你说得好听，谁知道你打什么鬼主意。”

二生家喜欢闻到牛啃芦苇的气味，真鲜啊。她闻到了赵吉庆身上那带着香烟味儿的男人气，她的心里暖洋洋的，她心里一种想象在升腾着，她琢磨不透这种东西是什么，她眼里所看到的，都那样亲切，她心里暗暗地说：“我的亲娘呀，我这是怎么啦。”她想留住这种感觉，她在捕捉这种感觉。

二生家就松开缰绳，让牛随意吃芦苇。那头牛不久就啃饱了肚子，趴在树荫上，它甩着尾巴，赶着苍蝇。

这个夏天牛长得真肥，可是那头牛真野，也许是吃了芦苇才长这样野，牛身上带着芦苇坚硬的质地。这是个很矛盾的问题，牛吃芦苇长得肥壮，但粗野。牛吃其它草就长得很斯文。芦苇的叶子硬，其它草柔软，也许就是这个道理。二生家看着草地一朵野牵牛花，她想，女人就像花一样，一旦打开绽放，将失去最珍贵的。

接着又是阴雨天气。二生家面对着窗子，窗外是黑黢黢的树篱笆，树篱笆这边的雨在飘着，雨很慢，就像白色的光点划过。在树篱笆外，是雨雾茫茫的田野，田野的上空云很低。有几棵在微风下轻轻摆动着的柳树，以及远处若隐若无的树冠，就像影子一样一动不动。

二生家听到牛蹄子在耳屋里踩着地，雨滴滴在屋檐下，摔出了劈劈啪啪的声音。这个夏季，她喂的第二头大肥牛已经卖了，又买来一头小黑牛，已经生出了犄角，一天能吃掉一筐草呢。二生家想多养两头牛，可是她觉得在张家的日子已经不长了，不知哪一天她将离开这里，过另一种日子。她老觉得另一种日子在一边放着呢，等着她去过呢，那种日子就像开满了花的鲜绿的草地。她就像一只羊，那块草地在等着她呢。她在想那块草地，那块草地无边无沿，她就躺在那块草地上。赵吉庆就是一片草地，大草地上有一片湖水，在湖水边还有一棵大柳树。她老是想到赵吉庆那张脸，和他肉皮上散发的气息，她坐着坐着，一呼吸，就吸到了赵吉庆那股子味儿，她感到心里头热乎乎的。

二生家的羊产了两只小羊羔，她的羊在耳屋里，偶尔还有一声尖细的叫声，这种叫声唤醒她。她已经有四只羊了，两只大羊两只小羊。她要是留恋也是留恋这些羊，她有些离不开它们。还有她像小羊羔一样的孩子。

天暗了下来，一切都模糊了，稀里哗啦富有节奏感的雨还在下着。她一想到二生，就觉得胸口堵得慌，我的老天，我竟然跟一个畜类男人过了这么久啊。

走吧，到哪儿去呢？二生家已经想了很久。到赵吉庆那儿去吧。她这样想过多次。她不自主地想，或者故意去想。那是带着抽搐的愉悦感的甜蜜时刻，许多时刻她都是这样度过的。一个晚上，她哄孩子睡了，就把灯关掉，坐在窗前，望着黑黢黢的树篱笆。

这样到了半夜，一个影子一闪进了屋，啪唧一声摔倒在炕根那儿，随即还听到砰的一声。二生家叫了一声，她蜷曲着身子，往炕里挪了挪。她带着恐惧的声音问："谁？"像打哈欠般的声音："你认不出我了吗？我是二生啊。"二生家说："这么黑，谁能看得清呀。"那个声音不慌不忙地说："天不黑你也没有正儿八经地看过我啊。"二生家把灯拉开，她看到二生那张血乎淋拉的脸从炕根那里探了出来，他说："快，给我弄口水喝吧。"二生家闻到那股子酒气，她惊叫到："你这是怎么啦！"二生说："你还不快些，想渴死我啊。"

二生家出溜到炕下，蹬上鞋子，给二生倒了碗水，二生喝了水，然后泼到地上，他说："这么热的水，想烫死我呀。"二生家又给他舀了一舀子凉水，二生喝下。她把二生扶起来，让他躺在炕上。二生用断断续续的声音说话，二生家听清了一些。二生闭着眼睛，还一句句骂着："我饶不了赵家这些杂种操的！等着我的，这不算完，终有一天……哼！"二生家说："你说的是谁呀？"二生说："除了赵三祥那杂种，还能有谁呀。"二生家跑到院子里，摸到洗脸盆，又摸索着在缸里舀了些水，给二生洗脸。二生推了她一把说："就是鼻子破了，没事儿。"二生家说："怎么满脸是血啊？"二生说："是我抹的，吓唬他们。"

二生脱了上衣，只穿一条裤子躺着。他的身子在哆嗦，他的眼睛望着窗外，他的脸绷着。过了会儿，二生的脸变了过来，他喘了口长气说："给我拿根黄瓜。"二生家就给他拿了黄瓜，二生家把灯拉灭，二生咯嘣咯嘣吃黄瓜的声音在持续着。

雨还没有停，真难熬啊，二生家的心情比这个坏天气还要糟。二生家就在这个恶劣的天气，跟二生提出了离婚这件事儿。二生听了二生家的话，他在炕上站了起来，他一边跺脚，一边用拳头敲着墙壁说："好啊，我费劲把力地干活，房子也盖了，我养着你，你却在家里弄这事儿。离吧，你就离吧，离吧离吧。你想得可倒好，跟我离婚没门，除非我死了。"二生家苦苦求二生，她跟他讲道理，他一句都不想听。二生又拍了几下炕说："我给你说，你要是再提这事儿，我就杀了你，我们都死，我不怕死，我已经死过好几次的人了。"二生家低声说："你吓着孩子啊。"二生依然大声说："我都这样了，我怕嘛。"二生家低声说："你为什么要这样？"二生在黑暗中指着二生家的鼻子说："你离了婚，想跟赵吉庆那个畜生结婚吗？"二生家说："我不想跟谁结婚，我们不是一路人，过不到一块儿呀。"二生说："你分明这么想，你早就有这样的想法，你别把我惹急了，以为我好脾气，欺负着玩儿啊，哼！"二生家说："还不知谁欺负谁呢，我对你说，离不离是我的事，你管不着。"二生打了二生家一巴掌。二生家捂着脸说："好啊，二生，你打我，我不怕你。"二生抓着二生家，又打了两拳，他说："我就是打你，我就是打你！"二生家在他的身下挣扎着，她腾出一只手，在二生脸上打了一拳。两个人在炕上滚打着，小牛子像吹哨子似的叫了一声，然后大哭了起来。二生家回身去哄孩子，二生又在二生家的背上重重地打了几拳，见二生家没有还手，才算罢休。二生家哄着孩子睡了，她用低低的声音说："二生，别以为你有力气。"

天渐渐亮了，窗外雨中的树叶闪着白光，摇摆着。

二生一把抓住了二生家的胳膊说："为了小牛子，跟我好好过日子吧，我求你了，我求你。"二生的手抓进了二生家的肉里。

二生家说：“你放开我，你放开我！”二生只好把她的胳膊放开，他用祈求的目光看着她，他说：“我知道我错了，我有错，可不能全怪我啊。”烦人的雨打着窗子，好像就一直这样下，再也不会停止。就在这个阴雨绵绵的天气，二生披上一块白塑料布，踏着泥泞的路，到地里去了。

二生家早已找赵吉庆商量过几次。她要逃到赵吉庆的姨家去，在张家已经没有她的好儿了。二生家没有一个可存身的亲戚。

下雨的这个上午，雨停了，树叶上已经看不到雨水，看去还很滋润。二生家丢下小牛子走了。二生中午下地回家，院子里静悄悄的，那三只羊还在吃草，筐里还有一筐草，草边还有一把镰刀。他还在想着昨晚上两口子闹气的事儿呢，他一步迈进了屋，往屋里头看去。见小牛子坐在炕上，他面前一小堆糖果，他在格嘣格嘣地嚼着糖，嘴角上流着口水，二生说：“你娘呢？牛子。”小牛子两根沾满唾液的食指合在一起，然后快速离开，他说：“逗逗——飞啦。”二生又饿又累又急，他说：“我问你娘上哪去啦。”

“逗逗——飞啦。”

二生家到后院大皇上家去找，大皇上家说没见着。二生就慌了，他先出了大皇上家的门，他像一匹惊马，先是往村南奔跑，路上飘着薄薄的雾霭，阳光下透着细小的雨滴。他的衣裳湿了，他觉得裆里热乎乎的，死死裹着大腿。他觉得真可怕，急出了尿。

他奔跑着，一直到傍晚。二生被裹在雾里，他往西跑去，他只遇见几个骑车的陌生人，和几辆汽车。那几个人也被裹在雾里，身穿白布裤子和白鞋，二生没多看，往前走去，他感到的雾中影影绰绰有许多影子，那是南村里出殡的人群，二生更觉得恐惧。二生跑着跑着又往家跑，他跑到家，家里还是空荡荡的，只有小牛子在吃糖。他又发疯似的往外跑，他不知往南追，还是往北追。他坐在十字路口。天黑的像墨一样，玉米叶子沙沙响，地里好像有人，二生喊了声："谁？谁呀！"他扒拉着玉米叶子，一边找一边呼喊，没有人回应他。

二生感到有许多手在伸向他，他在玉米叶子间一动不动地站着。他回到道上往家走，他听到汽车声，接着是两团光照了过来，二生用手挡着刺眼的灯光。汽车在二生面前停下，大皇上从车上下来，一手拽过他，把他搡到汽车里。二生叫了一声哥，就大声哭号起来。大皇上一只手扶着二生，一只手把汽车开进了家。大皇上把二生从车上扶下来。

二生坐在大皇上的屋子里，小牛子在堂屋跑来跑去，二生低着头，不吃饭，也不说话。这样过了很多天，二生才开口说话："哥，给我把她找回来吧。"

大皇上说："你找她干吗，那么个人，她走了倒省心了呢。再说谁能找回来啊，哥再给你找个媳妇吧。"大皇上家说："你真死心眼儿，也许你媳妇就在赵吉庆家呢。"二生往外走，他说："我去看看。"大皇上拦住二生，他说："二生，你听话，别去。"二生说："我跟他们拼了。"大皇上说："这不是胡来的事儿。"

第二天，法院传二生去，是他跟他媳妇离婚的事儿。二生拿着传票到了法院，他跟她稀里糊涂地到法庭去了一趟。他从法庭回来，回到家就睡了。小牛子由大皇上家管着。二生不再下地，他一动不动躺在炕上。大皇上和大皇上家来叫他吃饭，他也不去。就这样躺了十几天，法院开庭，二生又去了，二生家和二生就离了婚。二生离了婚回来，大皇上家把他叫去，要给他找个媳妇，二生说："嫂子，你把我看成嘛人啦，我刚离了婚，我哪有心啊。"

在这个夏天，二生的院子里长满了杂草和小树，草木很旺盛，没了膝盖，在草木间还爬着蛇。二生每天两次，从这些草间走过，到地里去。他只是到地里去看看，他不拿锄头，也不背筐，他空手而去，空手而归，什么活都不干。他进了屋，炕上、桌子上和地上一层灰尘，房上和墙壁上挂满了蜘蛛网。二生就在这些灰尘和蜘蛛网间沉睡后再下地，再从地里回来。他很少跟人说话，别人也很少看见他的烟筒里冒出炊烟。四只羊被大皇上卖了，还有那头牛，十一只鸡被大皇上宰了。到了秋天，二生举起了镐头，把院子里的小草和小树刨掉，然后像种地那样耙平，再用木夯砸实。然后拿起了镰刀下地，他把地里的庄稼和草一起割除。

一个午后，大皇上进了二生的门，他们坐在草堆上聊了起来。他们脱了鞋子，在草堆上盘着腿。大皇上说："二生，算了吧，别再想那些乱摊子事儿了。"二生说："我跟赵吉庆完不了，我正在想办法，这个杂种操的，这个不得好死的，这个断子绝孙的。"大皇上说："别想那么多啦，你看看你成什么样子了。"二生说："我就不信那个邪。"大皇上说："还没到时候，你想搞他，搞不倒他，到时候，该他倒了，他就要倒了。"二生说："我就想见牛子娘一面，我问问她，凭什么跟我离婚，我真心对她，她对我这样。还有在法庭上说的那些话，她说阎王爷打着盹让我脱生了个人，她对得住我吗。"大皇上说："现在上哪儿找她去啊，看上去赵吉庆还不想娶她，不知赵吉庆把她捣鼓到哪儿去了。"二生哭了，他说："我就是不甘心啊，我弄不明白。"大皇上把一块手绢递给二生，他说："这么大人了，瞧你这样子。"过了会儿大皇上又说："认了吧，这是命。还是挺直了身子过自个儿的日子，把日子过好了气死他们。"说着，大皇上从他的皮包里掏出一个纸包，他接着说："给你买了件衣裳，你穿上试试，还叫了个推头的，给你理理发。"

二生穿上衣裳。

大皇上笑着说："看看，真是人配衣裳马配鞍，一换上衣裳就变了个人。你该变一变了，别老是受傻累，光知道干活。好吧，我把推头的叫来给你理发，她这就来。”

天很好，就是有点干热，风一吹，嘴唇干裂了，都爆了皮。二生身上出了些汗。二生穿了条短裤，光着膀子，到房后的坑塘里去了。他顺着一棵歪脖子柳树走到坑塘里，然后往下一跳，一个猛子扎到了水中央，又一个猛子扎到坑塘边，他站在水里，水到他肚脐那儿。身上的水在向下滑着，像许多小虫子在身上爬，还有一些瞎眼的鱼碰到他身子上。二生的脸色红润，他一次次钻进水里，他每次都捉住一条小鱼。他的脚踩着一条黑鱼，也许是鲶鱼，还没等他扎进水里，就从脚心里滑出溜地逃掉了。在坑塘北边有几个女人洗衣服，还有几个女人穿着衣裳在水里。东边是一些爷儿们家，赵厚生，赵连城，王广和大皇上，他们在大声笑着，他们的笑声在水面上飞荡着。另一边是女人的低声笑语回应着。王广在那边对二生喊："你过来吧！"

二生也喊："你过来吧！"

王广一个猛子扎下去。二生知道王广朝他这里扎了过来，便往一边走了走。他看到了那一个个泛起的水花，辨别着王广已经扎到那儿了。二生往一边游了游。就在这时，一只手死死地抓住了他的脚，他屏住呼吸扎了下去，他抓住王广，把王广从水面上举了起来，然后摔进水里，溅起了大水花。王广游出水面，他呛了口水，咳嗽着，还在哈哈笑着，二生也哈哈大笑。大皇上这时来叫二生，二生说再玩一会儿。大皇上说："回去吧，有客人来啦。"那边大皇上家冲着他喊："快去吧，二生，有好事儿呢。"二生回了一句："你是千年早知道。"大皇上家咯咯笑着说："有个小媳妇等着你呢，快擦擦鼻子看看去吧！"

二生爬上岸，他身上的水滴滴答答的。二生赤着脚，提着两只鞋子。当水边上的风吹来，他打了个哆嗦，二生起了一身鸡皮疙瘩。他跟着大皇上往家走着，他的上身已经干了，发着乌黑的光。大皇上边走边说："你嫂子去叫去了哩，人家妮子就要来了，她叫王丽丽，我看着不错，是三里庄的，规矩人家出来的，她爹是中学教员，有个哥哥在上大学，还有个妹妹念初中，她本人高中毕业，没考上大学，就到橡胶厂里来上班，才半年多。”

二生到了自己的院子里，换了件衣裳，就到了大皇上这边。还没坐稳，大皇上家领着一个妮子进了门。那妮子进了门，就在院子里停下，站在汽车前看汽车，然后又蹲在花池前看花，还用手指去捅花朵，她把嘴凑到大皇上家耳边，两个人交谈着，并发出哧哧笑声，脸蛋儿都红了。妮子看花，大皇上家就笑着站在那里看着那妮子。过了会儿，那妮子站了起来，大皇上家领着往屋走。

进了屋，大皇上家笑着，把妮子介绍给二生，那妮子低着头坐在床上，她的头还颤抖了两下。那妮子往床上一坐，大皇上跟大皇上家就出了屋，二生也想出屋，被大皇上拦住了，他说：“你屋去坐着吧。”

二生只好回屋，选了地方坐下，两只手就不知往哪儿搁放。那妮子跟二生说话，妮子问：“你怎么不到你哥的厂子里去？”

那妮子就笑笑，不再说话了，就干坐着。那妮子咳嗽一声，二生跟着咳嗽一声，那妮子又顿了顿嗓子，二生也顿了顿嗓子。二生抬起头来，那妮子就冲他笑笑，再抬起头，她还笑。

二生一见这妮子，心就乱跳，见那妮子的大眼睛一扑闪，二生就觉得就像一个猛子扎到深水里，再也浮不到水面一样，他快要憋死了。二生这会儿心跳得厉害，脑子里全乱了，空荡荡的，他感到裆里有些湿，知道自己又尿了，这是他的毛病，便坐在那里一动也不敢动，忍着坐在那里，他哪里还想得出一句话，也不知道说什么。那妮子又坐了片刻，就嘻嘻笑了，她笑罢，就站了起来，撩了门帘出了屋子。那妮子一出门，大皇上家便把她引到西屋去，给她倒了杯水，那妮子在床上坐下，大皇上家坐在她对面，都斜着身子。大皇上家说："我说得没错吧，人品不错。"那妮子没说话，大皇上家又说："你们都谈了些嘛？"

那妮子便红着脸笑了，她说："哪谈了，我说什么，他也不回答我，只是哼呀哎地搪塞，他不是装的，就是个傻子。"

大皇上家说："你这不是冤枉我吗，要是不行，我能给你说吗？二生你不了解，你还不知道我的品性吗？我要是给你说个傻子，迟早还不露了馅儿，谁纸里能包得住火啊。"

那妮子笑着说："我就信你的还不行吗。"

大皇上家说："那我给你做主，就订了吧。"

那妮子点点头，脸蛋儿又红了。那妮子说着要走，大皇上家让大皇上开车去送，那妮子也不推辞。走到院子里，又守着花池说了几句话，便一屁股坐进车里，走了。

二生也是看着那妮子好，那妮子一走，就溜到自己家去，着实地想了一番，他一边想一边找出裤子换。大皇上家来了，一进门，见二生正撅着屁股换裤子，大皇上家退到堂屋，避了片刻，就在屋外说："二生，你看这妮子多好，就像花一样。"

二生在屋里嘿嘿笑着说："嫂子，我就怕配不上她。"

大皇上家说："你怎么啦，长得不比谁差，又能干，再说我们也是数一数二的富户，妮子们恨不得一步到咱家来呢。二生，你愿意吧？"二生抿着嘴笑着说："嫂子，就看人家的啦，只要人家愿意，我没得说。"大皇上家也笑了，她说："我说吧，我早就给你说，媳妇好找，妮子们一堆一蛋地往咱家挤，咱还要挑挑呢。橡胶厂有百十个妮子，好几十个没婆家，我就看着这个妮子还出色，就选了她，你要是愿意，就选个日子娶过来吧。"二生说："我听嫂子的，你说怎么办就怎么办。"

赵三祥坐在赵吉庆对面，他的脸上横一道竖一道全都是伤。赵三祥说："叫徐桂有叫去了，他能把她叫来。"赵吉庆说："我几天不在家，你就闯了这么大的祸。以后注意着点儿，你也该长点心眼了，别这么露骨。讲究点儿方式，别这么打人。你还是想怎么着怎么着，没有点儿大人气儿。"赵三祥把烟灰缸放在赵吉庆面前，他看着赵吉庆那张脸，顺从地说："知道了。"赵吉庆换了一副脸孔笑了，他说："算啦，别想这个了，这事儿过去就过去了，有我呢，别怕。"赵三祥笑了，他说："她还骂我们呢，说你也不是好东西。"赵吉庆嘿嘿笑了，他说："让她说去，在气头上。"徐桂有开着一辆淡绿色的摩托车进了橡胶厂的院子，后边坐着赵厚雪。赵厚雪先下了摩托车，徐桂有把火熄了，跟赵厚雪一前一后往办公室里走。赵吉庆说："她来了，你到里屋避一避吧。"赵三祥点点头，就到里屋去了。赵吉庆等待着，敲门声响了，他绷起了脸说："进吧。"赵厚雪进了门，看了赵吉庆一眼，把头低下，站在门那儿。赵吉庆说："雪，你过来，我有话对你说哩。"

赵厚雪往前走了几步，她看到赵吉庆坐在椅子上，他那张脸看上去比往日小了，赵吉庆冲她皮笑肉不笑的，让她坐在桌子左侧的沙发上。她穿了一件压皱的白上衣，看上去有些小，上头还有一块黄渍。

赵吉庆看了一眼自己的办公室，这间阳面的大房子，足有70平方米。有三扇窗子打开着，从车间里飘过来刺鼻的橡胶臭味儿，一股股往屋子里串着。院子里很冷清，杨树的油光光的叶子泛着白光，在晃动着，就像玻璃一样刺眼。

赵厚雪没有坐，她的眼皮肿了，脸也显得胖多了，赵吉庆说："你怎么穿了这么一件衣裳，别的衣裳呢？"赵厚雪说："我脸都没了，哪还在乎穿什么衣裳呀。"赵吉庆站了起来，他说："你总该换一件干净衣裳啊。今天省里来客人，还要你陪着呢。"赵厚雪说："我今天没空儿。"赵厚雪抽搐了下，她的嘴角往一边歪了歪，她说："赵三祥除了你，他谁不打呀，村里人都说他什么，说是一条见人就咬的疯狗。”赵厚雪抽抽噎噎地哭了。

赵吉庆走过去，给赵厚雪擦了把眼泪，他说：“听说你跟徐桂有从在学校里就不错，等过了这会儿，我给你办一件像样的嫁妆，让他娶你。”赵厚雪说：“我不想嫁给徐桂有那块料。我不要你的嫁妆，我什么都不要，你没别的事儿吧，我该回去了。”赵吉庆说：“你今天就赏个脸，让三祥赔个不是。我打了他，也罚了他，你说怎么着吧？”赵厚雪说：“已经到现在这样了，还能怎么着啊。”赵吉庆脸上露出了一丝笑容说：“这么说你原谅他啦。”赵吉庆一手抚着她的头发，一手抓着她的手说：“好妮儿，你是好妮儿，我会补偿你的，妮儿。我心里也挺难受。可是你偷那两个胶轮干什么哩？”赵厚雪说：“我也不知道在我们家有两个胶皮轮子，我要那个有嘛用呢。”

赵厚雪低着头，她想：我也没吃多少亏，我就是不服赵三祥，这小子糟践了不少女孩，还想占我的便宜。那天我坐在办公桌前抄写一份汇报，赵三祥进来了，他是喝多了。他坐在对面，嬉皮笑脸地跟我说笑，赵三祥把我手中的笔夺了过去，他说：来，跟我说说话。我说：你看我忙着呢。赵三祥说：忙个鸡巴。我气愤地说：别不说人话。赵三祥嘿嘿笑着说：嘛叫人啊，穿着这身皮，都人五人六的，脱了这身衣裳，你看哪还像个样子。你把衣裳脱了让我看看，我看看你还是个人吗。我说：放你娘的屁。赵三祥：你再骂一句。赵三祥就转到桌子这边，一把搂住了我。他说：跟我玩玩儿吧。我推开他说：你别胡来，我要喊啦。赵三祥摔在地上，他坐在那儿低着头说：别给我装，还觉着自个儿是个好货。我过去啪的一声打在他脸上。他先愣了愣，随之嘿嘿笑了，他说：你打我，你不能白打。说着，就爬起来，摇摇晃晃地来抓我，他死死抓住我，我推不开他。他亲我，他嘴里的酒气喷到我的脸上，我挣揣着，他解我的扣子，把手伸进我的怀里，用力抓我的乳房，把我都抓疼了。我一扭脸，牙咬着他手指了。他尖叫了一声，放开我，把手指从我嘴里抽出，疼得甩了几下。然后他打我，把我压在地上，骑在我身上一拳拳地打。我就咬他，拧他，用指盖挖他，我逮着哪是哪。他气急了，他嘴里的酒气直往我脸上喷，他一边喷一边用他的拳头打我，用他的脚踢我。我一看他那可怕的凶样子，我想逃。他挡在门那儿，打过一阵，他一边打一边骂：你个臭不要脸的玩意儿，别人不知道我还不知道，你个婊子加破鞋……第二天，赵三祥派人，在我家搜出了两个胶皮轮子，他是栽赃陷害。他把我捆起来，把我关进那间小仓库里。那间小仓库，关过许多人，我想不到在那里呆了三天。这三天，他每天到那儿去缠我，他说我要应了他，就一了百了。要是答应他，我成什么了。我是赵吉庆的人，我就是死也不答应。他就一次次打我，折磨我。赵厚雪说："我真没偷啊，我不知轮子从哪来的。"赵吉庆说："这个我信，你不会干那种事儿。"赵厚雪说："你要替我做主。"赵吉庆说："算啦，就别提那个了，你也没吃多少亏，他脸上全都是被你咬的和挖的印，脸上全都是伤。"赵厚雪撩起后背的衣裳让赵吉庆看，上头一块一块的紫，前边也撩了起来，肚皮上一大块紫印就像牛蹄子那么大，赵厚雪轻轻拍拍屁股说："这儿还有呢，现在浑身疼得要命，已经三天没睡着觉呢，坐都不能坐。"

赵吉庆说："三祥这个畜生，他怎么这样，你他也敢打，看我不收拾他。"说着他从衣兜里掏出一叠钱，他说："妮儿，这是给你的，算给你点补偿吧。"赵厚雪推了几下，就把钞票抓在手里，她的手往下滑，然后她的手伸进裤兜里，放到里头，再抽出。那叠钞票在她的裤兜儿鼓鼓的。赵厚雪说："你说怎么着吧，我听你的。"赵吉庆说："我说你懂事儿吧，你真懂事儿。"赵吉庆走到窗子那儿，徐桂有还坐在摩托车座上，赵吉庆冲他摆摆手，他从座上下来，向楼上跑来，然后就听到他的脚步声了。徐桂有进来了，他站在门那儿。赵吉庆说：“桂有，你把厚雪送回家吧，让她好好养养。”赵吉庆疼爱地拍拍赵厚雪的头，他说：“妮儿，你愿意养多少天就养多少天，我给你开双工资，这回你高兴了吧。”赵厚雪的脸上露出了一丝笑容，她说：“别把人看扁了，我可不是为了钱。”赵吉庆说：“妮儿，你也真够调皮的，你要不是把三祥惹恼了，他也不会打你。”赵厚雪恼怒地说：“我调皮，你知道他干了些嘛事儿。”赵吉庆把手掌伸出去，往下晃了两晃，他说：“算啦算啦算啦，别提这个啦，好啦妮儿。”赵厚雪再没吱声，跟着徐桂有走了。

赵吉庆看着赵厚雪的后影，松了口气。赵三祥出了屋，他说：“叔，你不能这么对她，你这么对她，好像她有理了。”赵吉庆说：“你不就是心疼那两千块钱，两千块钱堵住她的嘴，别让她告状就好。”赵三祥说：“看看，我们把钱都用在这上头了。”

赵厚生的家在村中的一座普通的房子里，村中的房子密实实的，一家挨着一家。赵厚生的院子里长满了大树和小树。赵厚生家还在过着跟几十年前一样的日子。房子已经旧了，墙也已经被烟熏黑了。

晚上，外边的黑夜像一块胶。赵厚生的饭桌上是阵阵喝粥的声音，朴实的玉米粥香气飞满了整座房子。赵厚生的爹娘都七十多岁了，他们的眼皮已经撩不开了。

赵厚生留着寸头，他那张大胖脸映着整张桌子，小眼睛，厚唇。赵厚生的妻子蜷曲着，低着头喝粥，赵厚生的小子，也已经十八岁了。还有赵厚雪，她坐着，把头垂得很低，两手捧着碗一口一口地喝着。为了节省电，他们点了15瓦的小灯泡。赵厚生擦了把汗，他说：“我不让你到那儿去，你偏去，你说，他们怎么打你了。我给你出气。”

赵厚雪望着窗外黑色的树影，西厢房的门里有幽灵似的影子在闪动，不止一个，她想：我哥不让我到赵吉庆那里去，我去了，我对他说出真相，他这回肯定有垫牙的了，赵厚雪说："他们没有打我。"赵厚生说："我都听说了。"

赵厚雪的眼睛望着窗外，那影子还在闪动，树上好像有一只又黑又大的大鸟抓着粗大的枝干，在死死盯着她，它能看到她的脑子在想什么。她脑子在晃动着，这些影子好像还有一股子气息，这气味儿来了，到了，捕捉到了，又没了，没有感觉了。从什么时候失去的呢？她想躲开那只大鸟的眼睛，她躲不开。那些影子从大脑里溜过，想来就来，想走就走，想的时候，却一片空白，她想：赵吉庆不会娶我，我姓赵，我跟他是一家子，我叫他叔。可是他跟我睡了这么多次。他要是不娶我，我也算破鞋了，他娶那个破鞋二生家，都骂她是狐狸精，她的眼睛看哪个男人一眼，哪个就跑不了，就被她把魂儿勾去了。我觉得不错，到了赵吉庆的办公室工作，他给我的钱不少，我以为他这人不错。我应该对得住他，他让我喝酒，我顺从他，我为了讨好他。他真的对我不错，他抚摩我时，我就能感到他对我是真心的，他喜欢我。我喝多了，那天我心跳得不知怎么着好。我睡在他的屋子里，跟他睡一张床上。他要干那事儿，我就顺从他。从到赵吉庆办公室第一天起，我就感到这事情发生是迟早的事儿，我没有想到这么快就发生了。赵三祥那畜生，他也想沾我，我就是不让他沾。赵吉庆那眼神，他冲我笑的样子，他是看上我了，我想，我的意中人是这样的就不错了。我应该那么干，我欠得太多，他对我不错，他是真心对我好，我看出来了。

赵厚雪说："哥，没那事儿，那是造谣。"赵厚生大声说："雪，你说吧，哥给你出气，我知道你受了气，我是你哥，还是哥疼你。"赵厚生他娘抽抽搭搭地哭了起来，她两手捧着脸说："雪，你干这事儿，让我怎么见人啊。"赵厚生他爹大声说："你滚一边子去，别在这里哭！"赵厚生他娘站了起来，抽搭着，朝里屋走去。赵厚雪抬起了头，她的眼皮都肿了，她的脖子上还有一道青紫的印，那是赵三祥用他的皮带抽打的痕迹，她说："我们不是一家子吗？"赵厚生他爹说："你小孩子家，知道嘛，我们是老家旧户的，据说你爷爷的爷爷那一辈，赵吉庆他家讨饭讨到这里，祖宗收留了他们，再说，是一家子，赵三祥更不该打你。"

"爹，你别掺和了，我问问小雪。"赵厚生说。"雪，你这边屋子里来，我跟你说。"

赵厚生他娘的抽噎声，他爹的叹气声，赵厚雪觉得脑子里塞满了黑色的胶，她说："有话在桌面上不能说呀，还那边屋子里干吗。"赵厚雪把碗一放，不情愿地到西屋去了。赵厚生媳妇说："小雪，你不再吃点儿啊。"赵厚生抽了抽鼻子说："你就在家里来能耐，你从小就这样，你一辈子就这样。"赵厚生也放下碗，到西屋去了。赵厚雪坐在炕上，她的一只脚蹬在面前的一张椅子上。赵厚生进了门，跟赵厚雪并排坐在炕上，赵厚生侧歪着身子看着赵厚雪。他胃里食物的气味儿真往外冒，他打了个浓浓的带着玉米味儿的饱嗝，他说："雪，我早想给你说哩。"赵厚雪说："有嘛话你就说吧。"赵厚生说："这些日子我可听到不少难听的话，说你在赵吉庆的办公室，你受了不少气。他的橡胶厂欺负了不少妮子，你也别瞒着，你说他怎么对待你了。"赵厚雪说："你听这些啊，这是谁啊脏心烂肺地放这虚屁。"赵厚生压低了声音，他说："你说吧，这都怪你自个儿，我问你，你脖子上的伤是怎么回事，还有，你的眼皮都红了。"赵厚雪说："那是我不注意弄的。"赵厚生说："你还瞒着呢，赵三祥说的，他把你关到一间旧仓库里打你，说你偷了他们的橡胶件。赵三祥还说把你弄到看守所去，他说你偷了橡胶件，我了解你，你从不偷东西。"赵厚雪眼圈一红，哭了，她说："哥，你别管。"

赵厚生说："你偷着摸着的到那儿去了，谁也没跟说。你想找个嘛活儿不好找啊，到大皇上的厂子里去也行啊。人家大皇上那人多仁义啊，对人多厚道，又正派，没一点儿乱七八糟的事儿。”赵厚雪哭泣着，她说：“哥，你别管，我求你，你别管我，我就是死你也别管。”赵厚生说：“一会儿让你嫂子跟你说话吧。”赵厚生就退了出来，让他媳妇进了屋。赵厚生媳妇在赵厚雪房子里谈了半天，就出来了，她说：“她光哭，不说话，我没办法。”赵厚生一拍木板炕沿说：“我跟那畜生拼啦。”他说着往外走。赵厚生媳妇拽着他，赵厚雪也拦住了他，抓住了他的胳膊，她说：“这么晚了你干吗去。”赵厚生甩掉她们，说：“你们别管。”

赵厚生媳妇再次抱住了赵厚生，赵厚雪跑去也抱着赵厚生，赵厚生他娘叫了声“我娘哎——”也跑了出来，赵厚生他爹跟在后边，说：“谁也别拦着，让他去！”

赵厚生媳妇和赵厚雪放开赵厚生，赵厚生往门外走去，在他身后是大声的哭叫声。赵厚生出了大门，脚下被绊了下，往南一走，对面是街灯照过来的光。赵厚生从赵吉庆家到赵吉庆的橡胶厂，又从橡胶厂到赵吉庆家，他走了十多次。他气愤的脚踩在地上，地软绵绵的。他没有找到赵吉庆，他的精力消耗得差不多了，他的愤怒也要消失了。他走路缓慢了，他觉得委屈，抽搐了下，差一点哭出来。坐在街前的半块石磨上歇了会儿，一步步想着发生的事儿，想着想着气又来了。他站了起来，沿着街道的第一家饭馆找去，找了一家又一家，最后，他在“李记”酒馆门前看到了赵吉庆的车。他进了酒馆，一间一间地找，他在一个包房里找到了赵吉庆，赵吉庆正跟镇长吴宏涛一起吃饭，桌上还有赵三祥、赵金柱和刘四喜等。赵吉庆一见赵厚生，先是愣了愣，然后笑着说：“你啊，来，快坐。”

赵厚生站到桌前，他指着赵吉庆，他大声叫着：“赵吉庆，你个狗娘养的畜类，你给我出来，我有话对你说！”赵吉庆站了起来，他说：“厚生，你怎么骂人？”赵厚生说：“我还打你呢。”他叫喊着，就往里冲。赵三祥和赵金柱上前拦着，赵厚生上去就给赵三祥一拳头。赵三祥说：“你凭什么打人？”赵厚生像奔跑的牛一样喘着粗气，上去又是一拳，他说：“我打的就是你。”赵三祥朝一边闪去，他这一拳打空了。赵三祥拉着赵厚生，他说：“有话好说，有话好说。”赵厚生骂：“你个杂种！”一拳打去，打在赵三祥的脸上。赵金柱和刘四喜上去拉着，他说：“这是干吗，这是干吗！”赵厚生说：“你们躲开，你们想拉偏架啊，我就让你这一帮的！”刘四喜说：“这是偏架啊！”赵金柱也说：“这是偏架啊！”

三个人拉扯起来，赵三祥在赵金柱身后，一拳又一拳打在赵厚生宽厚的脊背上。

桌子被蹭的摇晃摇晃的，桌上的盘子哗啦哗啦直响，一些落到了地上。赵厚生跟赵三祥、赵金柱、刘四喜三个人打了起来。赵厚生被压在下面，他一用力，从底下钻出来，一阵拳打脚踢，赵三祥趴下了，赵金柱碰到墙上，刘四喜上去抱住了赵厚生。赵三祥和赵金柱又上来，三个人再一次厮打起来。赵吉庆一次次叫喊：“别打，别打！”

赵厚生再一次被压在下边。赵三祥、赵金柱和刘四喜摁着赵厚生。赵吉庆一喊，赵三祥他们一愣，赵厚生反扑过来，四个人又打了起来。吴宏涛给派出所打了电话，派出所长李银飞带着人赶到，把他们拉开，把赵厚生手上戴上铐子。赵厚生大声喊着：“赵吉庆，我操你娘，我饶不了你！”赵三祥说：“你敢怎么着，你还想挨揍。”赵厚生挣了几挣，被派出所的两个人抓着，推着出了“李记” 。赵厚生被放出来了，他在派出所一间杂乱的充满灰尘的屋子里呆了三天。他回到家，急着给赵厚雪找了个婆家，这年腊月里就让她出嫁了。

从“李记”出来，赵吉庆告别了吴宏涛等一帮人，赵三祥跟着到了赵吉庆家。赵吉庆坐在沙发上，眯着眼睛，他的脑子里塞满了乱糟糟的事儿。赵三祥在屋子里，他穿着短裤，他多毛的细瘦的小腿露在外边，他那张瘦脸转过来，对着赵吉庆。他们聊了一会儿今天发生的事儿，赵三祥说："这事儿都怪我，叔，要不挺好的事儿。"赵吉庆说："不怪你。"赵三祥又想起了话题，他说："叔，我看到二生家了，在三串子的饭馆里吃饭呢，她比跟着二生那会儿看上去漂亮多了，气色也好。"赵吉庆说："像张全生那样的人，什么样的女人到他那里都会变丑，都没好下场。"赵三祥说："叔，不能让她在外边了，让她到新房里去吧，新房盖好还没人住呢。"赵吉庆说："你看到今天的事儿了吗，三祥，要好好对这些人，不管你心里怎么想，你要耐着性子，别把他们惹急了。"赵三祥说："我知道了叔，你别不放心叔，我再也干不砸锅了，心里老想着呢。我这么干也是为了你，就是要他们有个怕情。我知道他们都在骂我是一条狗，一条狗就一条狗，反正这个名儿落下了。"赵吉庆说："行啊，你看着怎么办就怎么办吧。"赵三祥说："你寻思我老是把事儿办砸，我也有办好的时候，对吧吉庆叔。咱跟大皇上家的世仇，你还老记着对吧。"赵吉庆说："我没记仇，我根本没拿他张家当回子事儿。"赵三祥说："行行那个当土匪的爷爷听说还活着呢，在台湾，听说有九十多岁了，他爷爷偷鸡摸狗，可把我老爷爷欺负苦了，到他爹这一辈上，还老实些，我爷爷可把他爹治了，书不让他教了，让他晾大粪，还叫他戴高帽子游街，挨了不少揍，可把他折腾苦啦。大皇上和二生眼看说不上媳妇，真没想到风向变了，变天了，他们倒行了，他们真要翻天了。叔，我就是不服，我就想把他们搞垮，真没想到，看着大皇上蔫不唧的，还真成事儿啦。"

这处老宅已经有许多年了，从赵吉庆记事起，就已经翻盖过三次。浓浓的盛夏，院子里有两棵枣树和四棵大榆树，在散发着热烘烘的植物的气体——植物分泌出的味儿。叶子跟叶子撞击着，摩擦着，发出特有的声响。赵吉庆和赵三祥在这座已经旧了的房子里，两个人相对而坐。在这座房子里，赵吉庆家死到了那盘炕上，现在还有她死气沉沉的气息。那个可怜的女人，在那盘炕上倒了三年多，她咽掉最后一口气时，一句遗言都没有，她指着摆满了桌子的盐水和葡萄糖溶液，她指着自己的胳膊说："扎，扎！"这一情景赵吉庆永远也不会忘，他懂她的心，她多想活着啊。赵吉庆躺在床上，他咧着嘴说："坐一会儿腰疼。"赵三祥说："是二生打的对吧，我会给你报仇的，叔。"赵吉庆说："你要记住，你别干没眼力的事儿，你干了，也要像没干的。像你这样，没干，都像是干的。有些人干一辈子坏事儿，却落了一辈子好人。有的人就干了一件坏事，却一辈子洗不清那个污点。"赵三祥说："我知道了叔，我会按着你说的干。"

赵三祥回想：把他家挑拨得离了婚，真够解气的，再让叔娶了二生家，那就更解气。歪打正着，没想到她跟他好了，这个老家伙，一见她就流口水，就什么都不想了。他这么着，早晚有一天，会毁在这个女人身上。记得那天天很黑，赵三祥开始想偷二生的羊，后来发现了猪圈里那头老母猪和那群小猪。他就把猪圈扒开，大猪在树篱笆那儿拱开一条缝，钻了出来，小猪都在后头跟着。干这事儿真过瘾。赵三祥看到二生的猪跑到村南去了，他到家里拿了耗子药，一包玉米，他到了村南，见那群猪还在那儿拱玉米，他把蘸了耗子药的馒头往猪前一撒，猪们都哼哼唧唧地抢着吃呢。这件事现在想想还心跳呢，他怎么干了件那事儿呢，真好玩儿。猪吃了药，又拱了会儿，接二连三地倒下去了，有的还弹蹬了几下腿。他在那儿看着，然后把那些猪弄到一堆，用推车推到二生家的地里，真他娘的，那活儿，整整干了大半夜。干坏事也是件不容易的事儿。隔了十多天，二生家发现了她的猪，坐在地头上哭了很久，还有一帮娘儿们劝呢。真可笑，这是干得最拿手最得意的事儿了。想二生家想了好几年，想来想去到了老家伙手里。老娘儿们，碰都不能碰。她看上他什么了，他的势？他的钱？还是他的长相？他就要老了，她就是看他好。赵三祥已经三十四岁了，还没有一个女人看上他，哪怕是最丑的。看着她们笑眯眯的样子，好像看上了，其实没有，她们假装讨好，想沾点儿光。想想还有什么可干，除了妮子没什么可干的。闲着没事就到车间里遛达，心蹦乱跳的，跟她们说话，她们老是躲避着，这些妮子就是遮遮掩掩的，其实还不是这么回事儿。那些小骚货，看着软和，说话老是带着笑，说话声音也小，到事儿上却一点也不让人，真没想到她们竟然这么难斗。就是找她们的茬儿，挑三拣四，要是不老实，罚她一个月的工资，就老实多了。都心疼钱，接着就温顺多了。一些妮子离开了，一些嫁了，有三个被弄大了肚子。有一些很容易得手，事后给她们点儿小钱就行了，百儿八十的就打发了，就想占点小便宜。有的怎么着也到不了手，让人心里直痒痒。赵三祥对赵吉庆说："我去找她啦叔。"赵吉庆说："去吧，她要是来就让她来。"赵三祥说："叔，我知道了叔。"赵三祥就到街上去找二生家去了。他找到二生家，把她领到赵吉庆的新房，让她住了下来。赵三祥走在大街上，他听到西南角上洋鼓洋号齐鸣，他猜得出是二生又在娶媳妇呢。

夏天还在持续着，雨季的连阴雨也在持续着。赵吉庆在院子里，这种夹杂着胶味儿的雨雾在橡胶厂的院子里弥漫。厂子里偶尔能看到两个胖墩墩妮子的身影。所有的好妮子都到大皇上橡胶厂去了，那边能挣到更多的工资，那边比这边更有安全感。

在这个七月的喧哗雨季，赵吉庆似乎嗅到了浓浓的甜蜜的女人气味儿，这种气味儿使他的心像初生的叶片一样一天又一天舒展开来，身上裹满了露珠儿，如果碰到它，就会溅一脸露水。二生家——现在叫她的本名吧：周淑慧。跟着赵三祥到赵吉庆的新房里来了，她臊不达地进了屋，她穿一件红格格裙子，一件紫红色半截袖衬衣。她的头发和身上湿漉漉的，脸上也显得滋润多了，不像跟着二生的时候，脸色发土，脸上带着尘埃，嘴唇爆开一层皮。

周淑慧已经在赵吉庆的新房里住了十多天，她想：这是在赵家，在赵家跟在张家不一样。她用一天的时间，把这个房间里的尘土扫掉，她干着干着，就抿着嘴笑，赵吉庆给她买来了新床和新铺盖，她偷偷地想：说不定，在这个秋天，就成了赵家的人了。她把房子收拾好，孤零零地呆在这个院子里。院子里没有树木，地上长满了草，她把院子里的草除掉。这个早晨，太阳刚刚出来，她坐在门台上发呆，这时赵吉庆走了进来，她冲他笑了笑，他也笑了笑，都没有说话，他坐在另一个门台上，跟她对着面。周淑慧说："厂子里忙吧？"赵吉庆笑着说："再忙我也得来陪陪你啊，省得你怪寂寞的。"周淑慧嘻嘻笑着说："我已经把房子收拾好啦。"赵吉庆也嘿嘿笑了，他说："我已经看见了。宝红从学校里回来了，你去看看她吧，她会喜欢你的。"周淑慧心里很紧张，她说："行啊，行啊。"他说："去吧，我们一块儿去。"

"行——啊。"

周淑慧就露出了笑脸。她又冲赵吉庆笑笑，她的样子够大方的，她从小生长在一个破村子里，怎么长成这样呢，对，她是想这么着，她老是想，就变成了这个样子。她缓缓地走着，望着高高的厂房，她走起来就像水，她把他淹没了。

周淑慧走出大门，跟赵吉庆走近汽车，周淑慧上了汽车，觉得心里踏实多了。赵吉庆回过头看了她一眼，她看到赵吉庆在冲她笑。天已经黑了下来，汽车就像一条狗似的向前一蹿，就开动了。她坐在上边，美滋滋的，从两边的铺子里照过来明亮的灯光，一些眼睛在看着他们。这些日子很难熬，她觉得就像树梢上成熟的桃子一样，晃荡晃荡的，不知什么时候落地呢。

周淑慧向西一看，她没有看到白汪汪的坑塘，她记起了张家的房子，还有自己的孩子小牛子，她的心突突跳了几下。坑塘就像村子长了一个漂亮的脸蛋儿，树林子就像村子的衣裳。村子里有一片大树林和几小片树林。坑塘和树木经常干扰村里人的思绪，村里人老是想它，坑塘的形状，坑塘边的树木，还有成群的洗衣女人，她们唧唧咕咕说话声和大笑声，还有水，水里的鱼。坑塘和树木的影子以及它们的气息，在夏日挥发着，留在人的记忆里。再就是村西的国道，车辆连续不断，轰轰隆隆，把村子都震动着。村里人闲着的时候，就看那些车，那些车在干什么，那些车从哪儿来，到哪儿去。

周淑慧跟二生离婚后，她没有回娘家去，她奶奶死了，再也没人疼她了，她在赵吉庆的姨家住了两个多月，她熬不住了，就给赵吉庆捎信，赵吉庆让她再住几个月，她实在不想过寄人篱下的日子，就回到了村子。她略微有些发胖了，很多天没有下地了，她的手显得细腻了，她那张脸也白多了。人们看见她从村里出来，穿过树林到地里去，她就像个幽灵似的再从树林里钻出来，出现在村南玉米地间的小道上。可以说周淑慧那张脸和她的身条在村子里是最有特点的，也许正是这一点，使赵吉庆整天想她。在村子人眼里，她是个贱货，破鞋，她坏了村子里多年来良好的村风。可是赵吉庆看着她好啊，是他把她弄坏的。赵吉庆的眼力不错，他不会看走眼。他眯着眼睛，陶醉在对她的回想之中。她的美主要还不是体现在她那一双水汪汪的大眼睛上，而是她那张鼓鼓的脸，她宽阔的额头，她的黑头发，细眉和厚唇，她的笑容里带着一丝狡黠和精明。她跟二生离婚后，这种东西在她身上越来越突出，她变得比过去自信了。她真有意思，当然还是她的神情，她笑着的神情。就像一棵苗，在一块碱地挪到一块沃土上，就撒欢地长，越来越水灵了。她来到这个家，还拿着点儿，就像个小妮子似的扭扭捏捏的。她够水灵的，就像怒放的花。她的声音，她的笑声，她脸蛋儿的颜色，还有她的眼睛。

周淑慧比赵吉庆小三十来岁，他摸了摸她的手说："喂，我给你说，你真想跟着我吗？"

周淑慧说："事情都到这地步了，我还给你闹玩儿吗。"

周淑慧的腿很长，她的大脸盘，她细长的胳膊。过去的脸脏一些，现在干净多了。衣裳也干净了，换了新的，她也爱穿，爱个好儿。身上没有了张家那种酸不唧的带腥气的，腐烂的，还臭烘烘的味儿。她已经在张家那个老腌缸里泡过了，需要一段漫长的时间，经过风吹日晒，那种味儿才能渐渐消失。她的细腿露在外边，她被泡过的细腿，还有她的胳膊。他跟她说过多次，现在穿上了长裙，规矩点儿，别让人再看笑话。他想，我这么做，不算丢人的事儿。大皇上才够丢人了，弟弟把媳妇丢了。大皇上跟赵吉庆他娘长相差不多，穿着白不呲咧的制服，戴着油乎乎的解放帽，穿着露脚趾的鞋子。大皇上他爹，那个瘦高个子，那个教书匠，死在炕头上了。一把骨头，装进棺材里。至于后来的事情，那就复杂多了。

别具一格的芝麻棵，芝麻梭密麻麻的，上头的芝麻花还在开，一副高兴的样子。

这一年不一般，瞧这一年发生了什么事儿。听说大皇上走遍了全国，整整一年，他从这个城市到那个城市，他想把所有的活儿都揽在自己怀里，他大包大揽了。他在北京建了公司，他的四川舅子很卖力气，那个矮小子，跟大皇上家在一起说话，一句都听不清。村里来了一批四川人，他们到大皇上厂子里来打工，大皇上家娘家的当家，亲戚都来了，她恨不得把四川人都弄到村子里来。大皇上那里成了救济院，那小子，本来长得大，现在一胖，块头儿更大了，看上去派头十足。不过心里没玩意儿。

镇子要往青村挪了，这里要成这块土地的中心啦。

午后，下了场小雨。赵吉庆一家欢欢喜喜搬进了新房，他已经跟周淑慧同居了，村里人都知道了，都在念叨这件事儿呢。赵吉庆怏怏不快，他已经陷进这个村子里了，他的厂子也让他脱不开身。赵吉庆害了一场感冒，在床上倒了几天，高烧39℃多，像他这样的岁数，已经受不住这样的折腾。这几天，周淑慧侍候得挺周道，她几乎每时每刻都坐在他面前，如果没有人，她的手抓着他，他感到，是她把他从一个虚无的世界拽出来，他感到真实多了，他用抽噎的声音说："你等着的，我这辈子不干对不住你的事儿。"周淑慧笑笑说："快别这么说了，还是养你的病吧。"赵吉庆说："你跟我成亲，你想要什么？"周淑慧说："我想要一块地，养几只羊。"赵吉庆没说话，他的病好了，就变成了另外一个人。周淑慧觉得老是琢磨不透他，当她提到那块地的时候，赵吉庆说："等以后再说吧。"

这天上午，打过几个响雷，天黑了，又亮了，镇长吴宏涛来了。吴宏涛高个子，黑脸，细胡须，灰头灰脑，一看带着个倒霉样儿，跟媳妇刚离了婚。他进了门，抽抽探探着，拱着腰，像个螳螂，那只脚不知往哪里迈。他把脸转过来，向这边看了一眼，然后低头向这边走，探头探脑地进了屋，咧嘴强笑。

赵三祥说："是吴镇长来啦。"赵吉庆坐在椅子上，他靠着椅背，他说："镇长来了，快坐，坐下吧，来就来罢，还拿酒干吗。"吴宏涛坐在赵吉庆对面，把手放在桌子上，他说："这骨碌道儿真难走，就是从国道上通到村子里这条道上全是泥。"赵吉庆笑着说："道难走不是你也来啦。"吴宏涛说："县里来电话，赵县长要来看看你的橡胶厂。明天早晨，就在'李记'吃吧。"赵吉庆说："好吧。"这时宝红的身影在堂屋里晃了晃，到西屋去了。吴宏涛说："那是宝红吧，上什么学呢？"赵吉庆说："上高三，明年夏天就要考大学了。”吴宏涛嘿嘿笑着讨好说：“这妮子，我听说了，真是孝顺孩子。”赵吉庆说：“还是到馆子里去吧，那里舒坦。”

吴宏涛凑近赵吉庆的耳朵小声说：“我在这个镇上呆了十多年了，跟你相好这么多年，你还不知道我的脾气，行啦，老兄，别拿我当外人，我早就想到你家吃顿饭呢。听说你又盖了新楼。我到张全行那里去了，他今年的税还没有完成一半。他说我给他订的任务多，才三百万，多嘛，他答应明天再交一部分。”赵吉庆说：“别说三百万，就是六百万也不多。”

吴宏涛说：“老哥，今年你的税才交了三万多。”赵吉庆说：“你就是让我交税，差一点儿把我的厂子要垮了，你应该放大政策，这厂子可是镇上的。”吴宏涛说：“行了，老弟，什么也别说了，说出来让人家笑话。”赵吉庆嘿嘿笑了，他指着自己的脑瓜儿说：“笑话个鸡巴。要钱没有，要脑袋有一颗。”吴宏涛说：“你的腰包里鼓鼓的，有许多人告你私吞公款呢，被我压下了。”赵吉庆说：“告吧，我怕嘛。”吴宏涛说：“赵县长就要来了，快把橡胶厂清扫一下，我刚到学校里去了，学校的墙黑黢黢的，粉刷一遍。”赵吉庆说：“先别说那个，我要扩建厂房，要用二百亩地，给你说过多少次了，你想出办法来了吗。”吴宏涛说：“嘿嘿，那个有嘛法儿啊，你要这么大地干吗，想当地主啊。”赵吉庆说：“听说你批给张全行一块地，以为我不知道。”吴宏涛说：“什么，你说什么，我批给张全行地，我有那么大权吗，我凭什么批地，我批一亩地的权都没有。那是人家张全行自己跑的路子，听说用了不少钱呢。”

吴宏涛接过水杯，喝了一口，望着窗外愣神。赵吉庆看了他一眼，低下头：像吴宏涛这样的，就不能拿他当人。在还没挪镇前，就要压着他点儿，还要给他点甜头尝尝。他就像条狗，闻到腥味儿跑过来，眼巴巴地瞅着，要给他块骨头，还要带着些肉的骨头。啃罢骨头，摇着尾巴围着你转，你说什么都听，让干什么就干什么。

周淑慧端了杯水，然后退了出去，吴宏涛冲赵吉庆嘿嘿一笑，他说："不错。"赵吉庆说："她是个苦命人啊。"赵三祥说："叔，亏了你。你已经对她不错了，我把她从火坑里救出来。要不是你，她还不让二生给折腾死啊。那个二生，牛头鳖性的。这小子，听说他娶大皇上胶厂的一个妮子，听说那妮子长得不错。那妮子就没长眼，怎么就看得上他。这妮子都傻透了，还想二生这辈子离了婚，恐怕没有人看上哩。叔，她可瞧不起二生，她的眼眶子可不低啊，她看上你啦。"赵吉庆说："这臭娘儿，嘿嘿，她行。其实她够懂事儿的，挺知道疼人的，也很可怜的，我已经说过了，她从小家里很穷。"赵三祥说："叔，你的心真好。"赵吉庆说："她的脾气不错，跟宝红也不错，开始宝红知道我跟她好了，还哭哭泣泣，现在她们都欢欢喜喜的了，都已经习惯了，已经拿她当自家的人啦。"

赵吉庆想：我这辈子究竟干了些什么，眼看着就要老了，还在这儿兜圈子，有什么劲呢。在村子里，我说了算。一年又一年，真累啊，可是我已经败在张全行的手里。他说："三祥，看看看，晴天了。"

徐桂有进了院子，矮个儿，小瘦黑脸，脸上还有一块黑痣，老徐家的，他爹是个矬子，他娘的个头不矮，是个秃婆子。赵三祥拍拍徐桂有的肩膀说："小子，头一次来吧，还没认错门儿，快来吧，看你当啷着脸，出了什么事儿？"徐桂有进了门，他哭丧着脸进了屋子，吞吞吐吐的好像有话说。赵吉庆说："有什么话就说吧，吴镇长不是外人。"徐桂有说："村长，咱的合同完了。"赵吉庆说："怎么回事儿？"徐桂有抽抽鼻子，用手抹了把，他说："我给那三家厂子打电话，说合同已经订出去了。听说是大皇上订走的。"赵吉庆张大嘴说："大皇上？"徐桂有说："是大皇上。"片刻后，赵吉庆说："大皇上这手真绝，他已经拿走了我们一百多万的合同。他这样挤我们，合同都到了他的手里。客户都到他家去了，还有些熟人呢，真他娘的要血命。”徐桂有的眼圈红了，他说：“你说怎么办呢。”赵吉庆笑着说：“你坐下喝杯水吧，别管那么多了，你已经尽力了。”徐桂有还想说什么，赵吉庆的手摆摆，用命令的语气说：“你的嘴唇都干了，你把这杯水喝了，喝！”

徐桂有看了赵吉庆一眼，低下头，端起杯子，把水喝进肚子，抹了把嘴，向门外走去。

吴宏涛在赵吉庆家吃茶的时候，周淑慧在堂屋里用尖细的嗓子叫了声："来人啦！"赵吉庆向窗外望了一眼，是县农业银行的一个副行长，还有信贷股股长，其余两个是信贷员，跟赵吉庆在一块吃过几顿饭。赵吉庆皱皱眉，心里想："这几个损鸟，真是找上门来的烦事儿。"赵三祥站了起来，迎了出去，他用震耳欲聋的嗓音说："来啦。"说罢就去抓那些手。那几个人都强笑笑，赵三祥说："快进屋吧。"

院子里的狗一阵狂吠，它的嗓子都喊哑了，还在不停地叫，粗声粗韵的。赵吉庆说："坐吧，都坐吧。"看上去那几张脸很亲切，瞪着一双双小眼睛，像一只只小耗子。赵三祥笑着打量着来人，跟他们打交道多了。副行长这个坏种，坏小子，铁杆儿坏蛋。整天板着脸，看上去心里装着的东西可不少，是些什么呢。他的块真不小，肥头大耳朵，往那儿一坐，像一尊佛。信贷股长那小子不错，有个傻乎乎的直正劲儿，整天哈哈傻笑。那个一张大脸盘子的信贷员不行，老是自作聪明，净干讨人嫌不觉的事，不知头青蛋肿。那个尖嘴鼠腮的可挺鬼，弄不清他在想什么，整天笑眯眯的小眼睛，好像在闭着眼，其实都看得到。

信贷股长开口了，他笑着，用温和的语气说："赵村长，橡胶厂怎么样啊？"赵吉庆咧咧嘴说："操他娘，买卖不好干啊，又亏啦。"信贷股长说："怎么听说今年不错啊。"赵吉庆说："那是放屁呢，你别听那个。"信贷股长说："那笔款贷了六年多了，该还上些了吧。"赵吉庆说："我哪有钱啊。"

信贷股长说："赵村长，你知道为你贷款的事儿，我们有多少难处，你再不还，我们都要受处分哩。"赵吉庆有些恼怒地说："你别逼我，你越逼我，我越想不出一点办法。"那位副行长指着赵吉庆笑着说："看看你，欠了钱，真成了大爷了。"赵吉庆顿了片刻，就一把鼻涕一把泪高一声低一声地哭了起来，他一边哭一边说："共产党是我娘，我是共产党的儿，儿花娘的钱不是应该的啊，哪有娘逼儿还债的啊。"那位副行长说："哎，你这是干吗，你怎么要无赖啊。"赵吉庆一句话也不饶，他哭着说："谁要无赖啊，明明是你们逼债，你想要我这条老命啊。现在是要钱没有，要命有一条。"信贷股长苦笑着说："你成豁命党啦。"赵吉庆不哭了，他说："谁啊？"信贷股长说："法庭见。"

赵金柱、赵连城来了，还有徐桂有和周二臣，都围着桌子，赵三祥那一大帮。赵吉庆擤了把鼻涕，带着重重的鼻音说："行啊，那就法庭见吧。"信贷股长说："你要是愿意，行啊。"赵吉庆说："行啊，行啊！"赵吉庆举起杯子，摔在地上，他说："你欺负我，欺负我人老啦。"赵三祥站了起来，一张凶脸对着那些人，他卡着腰大声叫道："干吗，这是干吗！"赵连城、赵金柱那一帮也围着桌子叫："干吗干吗！"赵三祥说："看看在哪块地儿上呢。"赵连城那一帮说："对啊，在哪块地儿上啊！"

信贷股长气得直哆嗦，他的脸都紫了，他说话不敢大声："你真行啊，赵村长，你真有两下子。不是那会儿啦，你当初求我贷款时说得多好啊，跟我论哥儿们，现在你不是坑人吗。你这么办事儿够交情吗。"赵吉庆说："我贷你的款，是瞧得起你，那怪我啊，我是想还你，谁愿意有一屁股账啊，我不是没有吗。"信贷股长说："吴镇长，你都看见了，你给评评。"

吴宏涛说："我可嘛都没听见，我在这里吃茶呢。"那位副行长见势不妙，便给自己圆场，他把双手摊开说："都消消气，消消气。"赵吉庆说："你们来了，想喝酒，我请你们，别给我调皮捣蛋。"那位副行长嘿嘿笑了，他说:“行啦行啦,老兄,好吧,你们先坐着,等你有了抓紧还上,最起码还上利息。”赵吉庆说:“对啊,我有了肯定还。”那位副行长也不敢喘大气,其余的几个在一边站着,更不敢露声色,等副行长说罢,四个人拔腿走人。赵金柱、赵连城这几小子便占了各自的位子坐下,有说有笑,像几条帮了主人的狗,在摇尾巴呢。

吴宏涛说:“老兄,你真行啊,你真有两手啊,我还没看出来。”赵吉庆抿着嘴笑了,他说:“真是的,没钱,让我怎么办,这是逼出来的法儿。”赵吉庆望着吴宏涛,他想:吴宏涛推荐我当镇长,他兴了什么心,也许他是拿着我说事儿。我已经五十多岁了,也就老在这儿了,办好自己的厂子就不错了。有了钱,就什么都有了。那天我跟吴宏涛在饭馆里喝过酒,走出门时,他对我说了这些。他心里想什么,我都知道。我就是给他些钱,让他像狗似的在我面前摇头摆尾的,我就想看他这样顺从的样子,我想看所有人顺从的样子。现在许多人已经顺从了。他妈的张家,还有跟张家在一起的那帮子人。现在,周淑慧到这里来了,张家肯定恨我,恨就恨吧,有许多说不清道不明的事儿。我就是压着他,我就是要比他高出一头,我想赚很多钱,我想把他搞垮。可是张家越来越兴盛了,他的家就像村西的大坑塘一样,不知张家有什么,不知张家想什么,不知张家有多少钱。大皇上见了我,还跟我打招呼。我今天在镇政府院子里还碰见了他。走着走着,一抬头就碰上了他,就鬼使神差地碰到了他。我不想碰到他,可是又想碰到他。我在碰到他时,没有防备,总是冷不丁的。我没来得及整理衣襟,没来得及把想好的话说出来,还有想过多次的神情,还有步履,还有挺直胸膛。他就出现了,他说:“啊,你也来啦?”我说:“啊啊——你干什么?”他说:“我办点事儿,你呢?”我说:“我也办点事儿。”就这样不冷不热的几句,每一次我感到自己败了,被他的眼神,被他的步履,被他说话的声音击败了。跟他比起来,我的声音总是小一些,我提高了嗓门，声音还是小。我故作微笑，故作不在乎。我恰恰表露出的是在乎。

跟吴宏涛在一起就不同了，我真的什么都不在乎。如果在大皇上面前，我有这种神情，这种声音，那会是怎样的一种情景呢？赵家跟张家在村子里将永远是冤家对头。

吴宏涛说："我上次喝多了，我把车开回去，停在镇政府就睡觉了，第二天醒来，见车掉了一大块漆皮，前边的玻璃碎了一半。我都记不清了，我是喝多了，我想不起在哪儿撞了。那破车那个惨样子，没脸再往外边开，就骑摩托车来的。"吴宏涛诉说着，咧着嘴。赵吉庆说："别难过，你要是用车，就用我的。"吴宏涛说："我夜里睡觉，还梦见院子里嘭的一声，接着稀里哗啦汽车就完了，我早晨起来，汽车就成这样子啦，多让人伤心啊。我早就有预感，这辆破车带着一副倒霉相。"赵吉庆说："你还是为建镇政府来的吧，就建在我的橡胶厂东边吧。"两个人在灯光下喊喊嚓嚓说了很久，吴宏涛说："真没想到，这个村子这么复杂。"赵吉庆说："哈哈，鸡不大，杂不少吧！"吴宏涛说："都了不起，一个一个的都有背景。"一声狗吠提醒了吴宏涛，他该走了。赵连城慢吞吞地进了院子，他站在狗那儿，狗舔着他的手，发出呲啦啦的声音。

周淑慧没有准备，等待的日子竟然这样难挨，又等了半个多月，一切都没有迹象。周淑慧跟赵吉庆坐到一起，提到过结婚的事，周淑慧这天对着赵吉庆发牢骚说："总这么着也不行啊，我往这里一坐，当不当正不正的，算什么呢。"赵吉庆说："我现在忙，等过了这几天再说。"周淑慧说："我看着你要变卦。"赵吉庆说："你别闲着没事瞎想，已经到这地步，我再没别的想法。"周淑慧说："你以为我怕你呀，我也是看着怪可怜的，才到这来的。"赵吉庆笑着说："像你这么个好人儿怕谁啊，到哪儿还不是吃香的喝辣的啊。"周淑慧也笑了，她说："你别给我贫呀。"正说着，赵三祥和赵金柱并着肩膀进了屋。赵三祥说："你们在说嘛呢，这么高兴？"周淑慧说："没说嘛。"赵三祥说："没说嘛，瞧你的脸都红了。"赵吉庆板起脸来说："别没大没小地闹。"赵三祥也红着脸，嘿嘿笑着低头坐下。周淑慧说："刚说嘛，我现在闲着怪没意思的，给他当村长的要一块地种种。"赵三祥说："在这里有你吃有你穿，还想那地干吗？"赵吉庆说："说的是啊，她闹着要块地种，现在哪还有地啊。"周淑慧说："你嘛法没有啊，不就是块地嘛。我看见那些叶呀花的，觉得心里那个亮堂啊。已经有些日子没下地了，真怪闷得慌的，我现在头都疼了。"赵金柱说："我还闲着块地，本来想养着，到秋天耩麦子，你要是看得上那块地，你就种吧。"周淑慧说："还是金柱会说话，等有空你领我到那块地看看。"赵金柱说："也没看头，地荒着呢，满地是草。"周淑慧说："地肥吧？"赵金柱说："还算肥，今年的麦子一亩打八百多斤呢。"第二天，周淑慧就到赵金柱的地里去了。周淑慧和赵金柱一前一后地走着，她有一种幸福的预感，她觉得从这天起，她的幸福源源不断地滚滚而来。

早晨的太阳一出，就很毒，周淑慧背了筐，拿了镰刀，她穿了件白上衣，一条淡青色裤子，她往村北的地里一走，她看到丛林、草地和庄稼，她觉得心里头一股暖融融气体在周身蹿来蹿去，身子舒服极了。

他们拐过一条小道，在另一条小道消失的时候，她看到了那块地。那块地上长满了黑绿的草，当她在草丛里走过，草上的露湿打在她身上，一些虫子就像露珠一样跳着，四处飞溅。她蹲下来，摸了一下细长的草叶，她已经有些日子没有割草了。她从筐里拿出镰刀，一把把割起草。赵金柱说："你割草干吗呀？"周淑慧嘻嘻笑着说："喂羊啊。"赵金柱说："你有羊吗？"

周淑慧一屁股坐到湿漉漉的草上，她茫然地望着前边玉米地上空的白云，她说："我有过，我还有过四头牛，还养了一头驴。"赵金柱笑着说：

“你的羊可真肥啊。”周淑慧说：“我还想养。”周淑慧坐在草上，赵金柱蹲在离她两米远的地方看着她，当他的目光掠过他时，他慌忙地避开，把目光移向脚下的草。周淑慧说：“我们订个合同吧，我一年给你多少钱，订几年。”赵金柱说：“我们还用得着那样做吗，你想种就种吧，我不要钱。”周淑慧笑了，她说：“这样行吗？”赵金柱说：“这有什么不行哩。”周淑慧说：“好吧，我今天就开始种这块地，我要种上山芋，正是这个季节。”赵金柱说：“好吧，我去开拖拉机。”

不多时，赵金柱的拖拉机尖叫着，拉着犁耕这块土地。周淑慧抿着嘴跟在后头，在耕过的土地上走着。这块土地渐渐开阔起来，周淑慧想，这块地足有三亩多呢。她蹲下，抓一把泥土，攥成团，她走着走着，脚下一绊，一下子扑倒在地上，她咯咯笑着，坐起来，看着拖拉机从她身边开过。她对赵金柱的拖拉机喊了一句：“我回家拿些吃的去！”就向家走去。她烧了两个茄子，蒸了馒头，包好，回到地里一看，赵金柱已经把地耕完了，他倒在地头的草上睡着了，头上盖着他那件破军绿旧制服。她把他唤醒，让赵金柱把饭吃了。赵金柱坐了起来，揉揉眼睛，也不说什么，用他带着油污的手拿起筷子，抓起馒头大口大口地吃着。

周淑慧看了一眼土地，她觉得自己的心宽阔多了。赵金柱说：“下午我给你耙了，就把山芋秧捂上吧，季节已经晚了。”周淑慧说：“我不能净让你受累啊。”赵金柱说：“不就是干点儿活吗。”周淑慧说：“我怎么谢你呢？”赵金柱说：“也不是外人，别这么说。”赵金柱吃罢饭，坐在那儿，不自主地叹了口气，周淑慧问：“你有难处吗？你看你的脸色不好看，是累的吧？”赵金柱说：“就这么点儿活，累不着我。唉，现在我叔眼里就有一个人啊。”周淑慧说：“你说三祥吧。”赵金柱说：“除了他还有谁，早晚我叔毁到他手里。”接着赵金柱对周淑慧说了赵三祥在厂子里搞女人，还侵吞厂子里的货款，四处玩耍，还有人们受赵三祥的气等等。周淑慧晚上把这件事对赵吉庆一说，赵吉庆说："别听他瞎说，他得不到重用，妒忌三祥。"周淑慧说："我也看着赵三祥办事没谱儿。"赵吉庆说："不就是给你干了两天半活儿吗，你就替他说话。我就不想用他，看在你的面子上，我给他找个活儿吧。"周淑慧说："你这样干太轻率了吧？"赵吉庆说："别拿这个当真。"周淑慧说："我看着他还行。"

从这天起，赵金柱到橡胶厂当了一名保管员。

地北边是一条渠，渠里黑黢黢的污水映着灰白色刺眼的太阳。捂山芋秧的那一天，那块地里来了不少人，赵金柱，赵金柱家，赵连城，赵连城家，刘四喜，刘四喜家，刘石头家等二十多人，一个上午，这帮子人唧唧咯咯嘻嘻哈哈把山芋秧捂上了。水是从刘四喜地里的压机子井抽出来的，男人担水，女人捂秧。

他们一边干活，一边开玩笑，打闹，哼小曲，还在聊村里一些有趣的事情。有一些事情一些话周淑慧还是头一次听到呢，她听到后，品一品，觉得有滋有味儿的，不觉得脸都红了，她惊叹道：我的天呀，真是什么话都有呀！这些手都那样灵巧，干起活来都很熟练。

从这天起，周淑慧每天都到地里去，每天都有人到那块地上去跟她说话，这样难挨的日子过得还快些。不知不觉，山芋秧长出了一片叶子，山芋爬蔓了，山芋叶的背面像彩霞一样，叶脉把这些一块块分开。对周淑慧来说，这些新的希望在滋长着。在这个种山芋的过程中，周淑慧一下子结识了这么多人。她对赵家的人有了新的认识。她在干活的时候，她望着每一张脸，这是多么善良的脸孔啊。赵连城那张嘴很大，他的络腮胡子很旺盛，他刮过的脸发着青色，那看上去松垮的脸上已经有皱纹了，他28岁，他的孩子已经11岁了，他在17岁那年，就辍学娶了媳妇。他看上去很疲惫，当周淑慧每次把目光掉向他，他总是在看着她，冲她笑笑。他看上去很能干，他弄了满身泥点，衬衣都被汗水浸湿了。

在这个季节，浓重的空气使她陶醉了，好像一伸手就能抓一把。空气中飞着一些小虫子，不小心，一呼吸，就能吸到肺里。她在田野里，偶尔还能哼几句小曲。这时，有个人影进了她的地，她听到的第一句就是刺耳的话："你这回可好了，你可有福享啦。"周淑慧抬起头来，是二生，她的脸一下子红了，她说："是你呀？你来干什么？"二生用嘲笑的语气说："是我啊，我从这里路过，我就不能从这里走了吗？"周淑慧说："这是我的地，又不是路。"二生发出嘿嘿瘆人的笑声，他的脸都紫了，手也在发抖，他说："这就是路，我就是想走。"周淑慧说："你走吧，你快走吧。"二生坐在垄埂上，他说："我不走，我坐在这里歇会儿。"周淑慧也气得嘴唇发抖，她说："我跟你已经离婚了，跟你没有任何关系。"二生说："谁说有关系啦。"周淑慧说："那你还跟我说话。"二生说："我跟自个儿说话，我没跟你说话。"周淑慧跺着脚喊："你个无赖！"她喊罢，扛起锄头，抹着泪水，朝村子里去了。她想，她还没有逃出张家，她还在张家的阴影里呢。

赵吉庆的房子还是按着最古老的样子修的，虽然在外边墙皮看上去歪歪瘪咧的，看上去还算气派，里头还是西里间东里间和堂屋，还有两个跨屋。就像鸟就是鸟，鸡就是鸡，驴就是驴，五脏六腑是什么样的，怎么能改变呢。里头的家具很新，都是老样子。赵吉庆也说："就像个土鳖财主的房子。"变不了，都一个德性，这种手病儿。瞧那脏乎乎的大街，七处土房子，垃圾，粪堆，玉米秸垛，废胶，门窗缺边少沿的。

周淑慧从地里回来，她背着筐，手里握了把镰刀，她进了门，便朝南墙的一个破筐走去。在破筐里，是两小绒球似的白兔子。她从筐里掏出一把野菜，把兔子托在掌心，让兔子吃野菜，这时赵吉庆在屋里叫喊："也不看看是什么时候了，你闲心思不少。"

周淑慧把小兔子放进去，放下筐，向厨房走去，接着是泼水的声音。

不久，便传来了呲呲啦啦烧饭的声音。赵吉庆凑了上去，他说："喂，做什么饭啊？"周淑慧用唱歌般的声调说："摊卷卷呀。"赵吉庆打趣儿地说："我以为那些笨手拉脚，土里土气的女人会做这个，这么俊的人儿也会啊。"周淑慧嘻嘻笑着说："你又贫呢。"赵吉庆进了屋，用筷子夹了些，放进嘴里，他说："味儿不错，是你的味儿。"周淑慧说："你饿啦？"赵吉庆说："肚子早就像小鸟似的咕咕叫呢。喂，我对你说，别种那二亩破地了行不行，你有受累的瘾啊。"周淑慧笑笑说："对呀，我是有瘾。"赵吉庆眯着眼睛说："人家两口子都砣离不开秤，秤离不开砣，你看你。"周淑慧哧哧笑着，她的汗水掉进锅里，呲啦一声，她说："多热呀，还不离开这儿。"

两个人说着话，天已经暗了。听到院子里嘭的一声，赵吉庆到院子里，见是一只死狗躺在那儿。周淑慧出了院子，见赵吉庆正用铁锨铲那只死狗，嘴里嘟嘟哝哝地骂着。赵吉庆回过头来说："你回屋去吧。"赵吉庆说着，在枣树下挖了一个坑，把死狗铲到里头埋了。周淑慧惊叫着说："准是二生这个贼羔子，这些天他也不知犯嘛病，整天到地头子那去，也不说话，坐一会儿就走。"赵吉庆说："这小子是贼心不死，我叫派出所的李银飞教训教训他。"周淑慧说："他就坐会儿，你能怎么着呢？"赵吉庆说："这个畜类！不通人性的东西。不让你种你偏种。"周淑慧说："我不怕他，你怕了？"

赵吉庆看了她一眼，嘴里哼了一声。第二天，赵吉庆叫派出所长李银飞到地头，果然见二生坐在一棵柳树下，他戴着个破草帽，在他身边还有一个破筐，一把锋利的镰刀。李银飞看了半天，便上去，他用脚踢了踢二生的破筐说："喂，你干吗哩？"

二生一动不动地坐着，李银飞又踢了下破筐，他说："我问你呢。"二生抬头用蔑视的目光看了一眼，冷笑说："哼！"李银飞抬高了调子说："你别在这里闹事儿，我看了你几天了。"二生说："我犯法了吗？你别跟狗似地看着我。”李银飞踹了那筐两脚，那筐的底就掉了，二生又说：“你把我的筐踢坏了。”李银飞说：“你这叫筐啊，我问你，你在这里站着干吗？”二生发出呼喊般的声音：“我说我的筐！”李银飞用颤抖的声音说：“你要是胡闹，别怪我不客气！”二生的声音更大了：“我的筐！”李银飞说：“你的劲儿真不小。”二生站了起来，他冲着李银飞说：“你别把我惹急了，我什么都干得出。你想想，一个人死都不怕，还能怕嘛哩。”山芋蔓已经把地覆盖了，在山芋叶下，蝈蝈在叫着。李银飞看了一眼周淑慧，他回过头来，不甘示弱地凑了凑说：“张全生，别仗着你哥有钱，你就这么张狂！”二生站到了高岗上，他说：“哼哼，姓李的，你得了什么好啊，你这么卖力，就像条狗似的。”一块黑云刮了过来，把这块地罩上了。他们僵持着，眼睛瞪着眼睛，嘴张着，好像都要咬对方两口才解恨呢，李银飞伸出他又短又粗的手指，指着二生说：“张全生，你赶快离开这儿！”二生抱起了肩胛，露出一副得意的样子，他挑衅般地说：“我就是不走，看你能怎么着我。”周淑慧走了过来，她说：“你们别吵了，你看天上，就要下雨了。”二生冲着周淑慧冷笑了笑，然后转过脸来，用苛毒的目光瞪着李银飞。李银飞说：“好啊，你闹吧，你还闹呢，我要不是看在你哥的面子上，我把你铐到派出所去！”二生说：“你铐啊，你有能耐都用上，不就是你那一套吗，哼哼！”

李银飞嗷地叫了一声，一手掏出了铐子，一手去抓二生。二生顺手一推，李银飞摔在地上。李银飞还紧紧抓着二生，他站起来，给了二生一拳。二生还了一拳，他的脚一绊，李银飞脚下失重，又摔在地上。二生骑在李银飞身上，双手摁着，害得李银飞一点还手之力都没有。周淑慧冲了上来，她用母鸡嚎叫般的嗓子叫道：“二生你个私孩子，你想干吗，操你个亲娘的！”二生听到她的叫声，打了个寒噤，他从李银飞身上起来，抓起筐，沿着小路，撒腿向西跑去。李银飞爬起来，追赶二生，被周淑慧拦住了。李银飞扒开她，刚欲追，打了一个响雷，李银飞愣住了，他看了看天，冲着走远了的二生喊道："你等着我点儿。"回应他的又是一声响雷，他拍拍身上的土，转过脸来跟周淑慧说话："你要是不拦着我，我早把他铐到派出所去了。"周淑慧说："那个有什么用呢，这么个倔种。"李银飞说："你可小心点儿，这小子，可不是好东西。"周淑慧看着李银飞气紫的脸说："天要下雨了，你快回镇上去吧。"

李银飞骑上摩托车走了。周淑慧蹲下来，开始一镰镰地割草，她的手上，已经沾满了黑绿色的草汁。她割过的草地上，散发着浓浓的草味儿。一个又一个的响雷在头顶上炸开，闪电就像锋利的镰刀似的，要把天空割开。山芋叶子和四周的叶子沙沙作响，金龟子挣扎般嗡楞嗡楞响着。稀稀拉拉地下着滴雨，一滴一滴打在她的脖子上，她还在紧一镰慢一镰地割着。她的兔子长大了，又产了一窝小兔子。

这天赵吉庆回家，周淑慧没有在家，赵吉庆去找她，没有找着，他回家，见赵三祥在家门口正在往院子里搬一个麻袋。赵三祥说："叔。我给你买的西瓜，你尝尝，这是最好的西瓜，那块瓜地的瓜让我给包了，不能再卖给别人。"赵吉庆说："我帮你抬。"他上去抬西瓜，赵三祥说："你别动手，我扛得动。"扛到院子里，赵三祥从麻袋里掏出一个西瓜，他说："叔，你看，这个儿长得喜人吧。"拿过菜刀，他将西瓜把切掉，用西瓜把擦了擦刀，就把西瓜切开。他先切一块给赵吉庆，他说："叔，你尝尝这西瓜甜吧。"赵吉庆拿过西瓜，他吃了口说："不赖，三祥，那娘儿们哪去了？"赵三祥说："我刚还看见她在这儿呢。"赵吉庆说："吃完西瓜去找找。"赵三祥扔掉没啃完的西瓜，他说："我这就去找。叔，我说句不中听的，你要看紧点儿，谁知道她心里想些嘛哩。"赵吉庆的脑子嗡的一声，他觉得一下子变得老大，他装作镇静地说："她能到哪儿去呢，一会儿就回来了，你别找了。"赵三祥说："我去看看吧。"

赵三祥去找了，赵吉庆坐在屋里吸烟等她。周淑慧回来，已经十点多了，赵吉庆说："我等你半天了，干什么去啦？"周淑慧说："唉，别问啦。"她焦虑不安地坐着，赵吉庆坐到她身边，他说："我还给你买了条裙子，等你试哩。"说着赵吉庆从塑料袋里抽出裙子，周淑慧看也没看一眼。赵吉庆说："你这是怎么啦？"她的眼泪啪哒啪哒掉在塑料袋上，她说："你说我对他张家怎么啦，他这么欺负我。"赵吉庆说："这回你知道了吧，张家的人都是老阴蛋。"她说："我想见见小牛子，小牛子一见我就冲我脸上吐唾沫，还说我不是他娘，他娘已经死了，埋在村南的荒草坡上。小牛子明明知道我是他娘，他就是不认我。都是张家教的，他们这么教孩子。"赵吉庆说："别哭啦，等再养一个，你就好啦。"她说："我再也不养这小私孩子，我真伤心透了。"

赵三祥没有找到周淑慧，他十一点钟回到赵吉庆家，听到屋里头赵吉庆和周淑慧的说话声，知道没大事儿，就悄悄走了。

周淑慧的脸色看上去有些苍白，她整天坐在一边发愣，好像在想心事。这天晚上刚吃饱饭，周淑慧说有事儿，就出了门。赵吉庆让赵三祥跟着，赵三祥不一会儿就回来了，他说跟着周淑慧转了两条胡同，她一拐就在刘家胡同里不见了。赵吉庆说："这么说她没到张全生家去，肯定在刘家胡同里消失的。"赵三祥说："这个还有假。"赵吉庆说："你说她能到谁家去啊？"赵三祥说："她不爱溜门子，我说不准。"赵吉庆说："走，看看去。"赵吉庆让赵三祥叫上赵金柱、赵连城、刘四喜，出了大门，向刘家胡同走去。赵吉庆借着小卖部的灯光照了腕子上的手表，九点三十分。在李家胡同口站着几个人，嘁嘁喳喳地说着话，赵吉庆看出是赵丙仁和王三怪，再往前走，一条狗在他们中间像一道黑色的光一闪而过。站在刘家胡同口那儿，不知谁家的电视，声音很大，整个村子都能听到。

一股子蒸人的臭气从胡同那边飘了过来，赵吉庆迎着臭气走了过去，他听到一声猫叫。猫叫过后，不知谁喊了一嗓子："杂种操的——"一个男人的声音，声音粗壮而有力。赵三祥说："叔，你就在一边看着吧。我跟赵连城在胡同口那边，刘四喜跟赵金柱在这边，你就在他们这边看着。"说着，赵三祥跟赵连城往北边的胡同口走去。赵吉庆说："真他娘的热，要下雨了。"刘四喜说："天气预报有大雨，天阴得很密，看上去要下雨。"

赵金柱说："憋得上不来气。"赵吉庆说："真他娘的累心，这臭娘儿们，看我不收拾她。"接着打了一个闪，照亮了他们的脸，接着刮起一阵凉风，赵吉庆又说："真痛快，操他娘。"赵金柱问："有几点了。"赵吉庆说："不到十点。"

这时，听到一扇门呀地开了，赵吉庆说："别说话。"刘朝家的门灯亮了，这时，周淑慧出了门，在她身后跟着小牛子和大皇上家。她蹲下跟小牛子说了几句话，转身向这边走来，接着是小牛子的喊声，周淑慧哭声哭韵地说："回家吧。"小牛子号啕大哭。周淑慧又说了句什么，就朝这边走了过来。赵吉庆、赵金柱、刘四喜躲了起来。接着闪电一个接着一个，几个响雷。闪电照亮了晦暗的大街，把一切吞没了。周淑慧把手举起来护着头，向前跑去，她斜斜歪歪的影子在闪电中消失。赵吉庆几个人在后头慢慢走着，接着大雨浇了下来，几秒钟，几个人身上湿透了。赵吉庆随着雷声喊了一句："都回家吧。"接着几个人叽里咕噜四处逃窜，赵吉庆不慌不忙地走着，他在想着一件事儿。在雷电中，他看到徐桂有在"李记"酒馆门口跟赵丙仁说话，他走过去，他划拉了一把脸上的雨水，赵丙仁的影子就没了。他觉着有些可疑，可没往心里去，他说："桂有，我今天让三祥找你，我有事儿想问你。"

徐桂有说："我也听说你找我，有事啊？"赵吉庆说："明天说吧。"徐桂有说："我明天一早就去。"赵吉庆说："下雨啦，快回家吧。"徐桂有说："等雨小一点儿我再走。”赵吉庆说：“看上去这雨一时半会儿的还小不了。”

赵吉庆冒雨回家，周淑慧已经把湿衣裳脱了，换上干衣裳。赵吉庆跑进门，她伸出手想拉他一把。赵吉庆跑进屋，他身上的雨水向下淌，流了一地。周淑慧说：“我回家一看，你没在家，你又没开车，我还纳闷儿呢，你这是上哪去啦？”赵吉庆说：“我还没问你呢，你上哪去啦？”周淑慧吞吞吐吐地说：“我能干吗去啊？”赵吉庆说：“这几天你神情不对，你心里肯定有事儿。”周淑慧说：“我没事，你别多疑，快把衣裳换下来，别着凉。”赵吉庆说：“你上哪去，也不说一声，让我四处找你，你个臭娘儿们，真让人累心。”

周淑慧不再吭气，她帮着他把衣裳脱了，用干毛巾擦他的身子。他已经老了，身上的皮一看就老了，皮肤皱巴巴的，没有一点弹性，也没有光泽。原先还没有发现。她给他擦干，从衣橱里给他拿出衣裳，他的怒气还没有消，他一边穿一边嘟哝：“你这么不懂规矩，我这么多事儿，还要想着你，可你一点儿也不为我想一想，跟个小孩子似的。”周淑慧顺从地说：“我知道了。”赵吉庆一连打了几个喷嚏，他说：“快给我倒杯水来。”

周淑慧把水杯递给赵吉庆，他缓和了些，他让她坐在床上，他一声不吭地倒在床上，他的脚蹬在椅背上，他觉得好多了。窗外的雷声一个接一个，赵吉庆扒着窗子说：“雨下得真大，许多年没下过这么大雨了，院里的水都满了。这场雨，肯定下得沟满壕平。”雨还在狂泻，她听到雨里有什么在尖叫，还听到轰隆隆的声音，好像是谁家的墙倒塌了。赵吉庆说：“你说吧，你想怎么着，你在这里呆着也不是长远之计。”周淑慧说：“你原来可不是这口气，你这是怎么了，你不能说变就变，你可别有别的想法，我就怕出岔儿，我一个女人家，经不起什么了。”赵吉庆说：“臭娘儿们，你真让人够累心的。”周淑慧说：“我让你累嘛心啦？”赵吉庆说：“像你这样的女人，谁知道有什么心啊。我活这么多年了，我嘛不知道啊。你发誓，你一辈子跟我不变心。”周淑慧说：“这个还用得着发誓啊。我知道我跟你干的事儿够丢人的，害臊也没什么用，我只好抹下脸来，硬着头皮，装着跟没事儿人似的跟人说话。我到你家来，已经抹下脸来了，谁爱说什么就说什么。”赵吉庆说：“你告诉我，你去干什么了。”周淑慧说：“我能干什么啊，我去串了个门。”赵吉庆说：“你上哪串门去啦？”周淑慧说：“你别问了。”赵吉庆说：“我就想知道知道。”

赵吉庆突然坐了起来，他抓起枕头投了过去，他叫道：“真没想到，你个臭女人，你这么贱。你跟张家还有什么，没有你什么了，你这么干也是犯傻。你还说什么，我也欺负你，你愿意对谁说就对谁说吧。”周淑慧头垂得很低，她抹着眼泪，她说：“你不能跟小孩子似的，说变脸就变脸啊。”赵吉庆说：“你别哭，我最烦哭，算我没看透你，你这臭女人，你再回到张家去吧，哪好你到哪去吧。”周淑慧说：“你这样说，多难听呀，你是什么难听你说什么，你一点儿也不替我想想，我心里想什么，你就一点儿也不知道吗？”他说：“我替你想想，你替我想了吗！你想谁我知道啊，你整天六神无主，还有好事儿。”周淑慧哭得很痛，她先是哭出了声，然后是抽泣着哭。赵吉庆说：“你哭，我还没死呢。”周淑慧鼻音很重，带着哭调说：“让我死。”赵吉庆站在床上，指着她的鼻子说：“你再哭，你哭，你给我滚。”周淑慧转身就走，她说：“走就走。”赵吉庆说：“你给我站住。”周淑慧又站住了。赵吉庆像雷声似的说：“好啊，好啊！”周淑慧捂着头，看上去她很痛苦。

雷声，闪电，像赵吉庆一样，赵吉庆愤怒的目光看着周淑慧。周淑慧低着头，她哭着说：“我现在明白了，你媳妇怎么会病，是怎么死的。你说话怎么这样不讲道理，你的疑心又这么重，我要是跟你呆久了，我也活不长。”赵吉庆凑上去，给她一掴子，他说：“你也配说我媳妇，你还想跟她比。你跟她比，你就像条母狗。”周淑慧脸上的泪水顺着鼻尖往下滴，她轻轻地哭泣着，她说："你不能这么说我，如果那样，我还不如死呢。"赵吉庆说："你说什么？你说我媳妇的病是我造成的，那么也是我害死她的。"周淑慧说："我可没这么说。"赵吉庆说："我待你这样，你这么对待我啊。"赵吉庆把灯打开，他又说："你给我滚！滚！！"

周淑慧看了一眼下着雨的院子，雷声，闪电，她试着往门外走，把脚又缩了回来，她恐惧地说："我求你，让我在这儿呆到天亮吧。"赵吉庆把身子背过去躺在那儿，他还在生气，腹部起伏着。赵吉庆说："你要是呆你就呆吧，我这里成了你的旅店啦。"

周淑慧披着一件衬衣，只穿了一条内裤坐在堂屋里。她感到这个晚上很冷，蚊子在四周嗡嗡叫，还有几只苍蝇，她坐着，任苍蝇蚊子往她身上落。她的身子有些发抖，她说："我求你，我不想跟你弄僵了。我已经这样了，我还有什么脸从这个家走出去呢，求求你，别这样对待我。我生了气，才说那样的话，不是我的真心话。我对你是真心的，我看着你好，我听了你的，我跟张全生离婚，就想嫁给你。"赵吉庆说："哼，跟我结婚，跟我结婚！"

赵吉庆说罢，把灯关上，就睡了。堂屋的灯亮着，周淑慧坐在灯下，她蜷曲着身子，她的眼睛不眨地望着窗外，雨在下个不停，那几只蚊子还在她周围嗡嗡叫，已经吸了一肚子血。她这是干什么呢，她为什么要这样？雨在哗哗下着，挂钟敲击了三下，雷还在响，她感到了门外黑暗中雷电的凶恶目光。她叹了口气，泪水还是止不住。到了黎明，雨已经小了，雨滴在屋檐下的声音很大。她抱着肩胛，盘算着怎样离开赵家，到哪儿去。她走到橱子前取自己的衣裳，包在一个包袱里。

天已经亮了，窗外还在下着濛濛细雨，雨雾笼罩着院子。在细雨中，她听到邻家的门声和说话声。周淑慧抱起包袱向外走，就在这时，赵吉庆从床上跳起来，几步蹿到周淑慧面前，他抱住她，他说："你怎么这么傻，你这是干什么。”周淑慧说：“你别拦我，让我走。”赵吉庆说：“你真傻，你真傻！”她摇动着身子，想逃脱开。他又说：“你不能走。”

说着，他把她的包袱夺过来，丢到沙发上，又来拽她。她说：“你放开我。”他用力拽她，她抡起手掌，打了赵吉庆一掴子，随着说道：“我就是死也不会受你的气，别以为我像你那个死去的女人一样逆来顺受。”赵吉庆把脸伸向她，他说：“打得好，打得好，再给我一掴子吧，还没有尝到过女人的巴掌哩。”周淑慧说：“你放开我。”赵吉庆说：“我就是不放。”渐渐地，她软了下来，她湿着的睫毛合在了一起。赵吉庆把她拽到屋里，让她坐到床上，他说：“你的身上一点热乎气儿都没啦，快盖上被子暖和暖和吧。”

赵吉庆让她躺下，又给她盖上被子。她顺从地躺下。她叹了口气，眼泪又流了出来。

赵吉庆说：“你也真够拧的，你还不知道啊，男人就怕激火，你要是说句好听的，不就什么都过去了？算了，快别难受啦。”她没吭气，他又说：“看着你这样，我心里真难过。”他又抱着她哭泣着说：“我的脾气不好，你别生我的气，我知道你气坏了。我也很生气，我现在想开了。我知道自己的脾气，你要提醒着我点儿。”她一直没吭声，她在他的怀里，她的身子还很凉。他说：“他娘的这天气，我知道要出事儿。我就怕遇见下大雨的天气，我遇到这种天气就爱发脾气。是我冲动，我就是不想你有别的心，我受不了。”接着他大声带着愤怒说：“你说话啊，这么说你还记恨我，你不说话就是记恨我。”周淑慧说：“我累了，我想安静一会儿。”赵吉庆说：“我就怕人戗我，你以后别再戗着我，尤其在我生气的时候，在我烦的时候，你知道吗？”

周淑慧挠着脑袋点点头。

赵吉庆说：“你真懂事儿，我是想试试你，真没想到你这么懂事儿。你睡吧，早饭我做，等饭熟了我叫你。”

周淑慧平躺在那儿，她不知睡着了，还是没睡着，她一直听着细雨的声音。雷声已经很远了，她闭着眼睛，似乎还能感到刺眼的闪电。她向窗外望了一眼，枣树上的叶子清晰可辨，一片片水汪汪的雨水里还有枣子和枣叶。也许是她的心情不太好。

周淑慧开始不喜欢到大街上去，后来的日子，去得就多了。她就要当官太太了，当官太太的心情就是不一样，她觉得一切都顺了，她再想想过去那样窝窝憋憋的日子，真是狗都不如。她仰脸望了一眼天上的云和空中飞蹿的麻雀，她现在可以人模人样地做人了，那些年真过够了，人不人鬼不鬼的，也许现在就好了，从小到现在，心一直窝憋着，现在伸开了。想想倔种二生，想想那堵树篱笆墙，那算人过的日子啊。周淑慧说话也觉得狂气了，我愿意吃这个，不愿意吃那个；我喜欢这种人，不喜欢那种人；喜欢这块地，不喜欢那块地。在肚子里憋了几百辈子的话，现在终于一吐为快了。都顺着她说呢，对，是啊，嗯，可不呗，真是，啊，行，好。周淑慧是有身分的人啦，她往街上一走，都笑着跟她说话呢，屁话蛋(淡)话的，吃了吗，到哪儿去呀。站下，站在大街上，唯一的一棵槐树。接着赵厚生家站了过来，赵连城家，赵丙仁家，王广家，赵金柱家。越聚越多，唧唧咯咯地闹着，夸她的衣裳呢，夸她的脸蛋儿呢，夸她的鞋子呢，夸她的头发呢。可不一般呢，都是上等货色。大街上一站，多风光啊。那些咸(闲)话蛋(淡)话哪去啦，还有那些白眼，那些刺耳的话。她心里清楚，她还不是村长夫人呢。

这场暴雨过后，坑塘里的水满了，水没了芦苇，周淑慧到地里去，她很想到地里去，她背着筐下地。她拿了锄头，一把镰刀，在一块磨刀石上磨了磨，她把镰刀往筐里一丢，就背起筐下地去了，还真是那么回子事儿。

周淑慧一到村边，就陷进泥泞的小路上，她在地里转了一圈，周淑慧看到张全行的房子，那两座房子就像在一个孤岛上。雨后灿烂的阳光照在青村。雨水把通往那两处房子的路淹没了。房西那块草地也被淹没了，上头停着那辆银白色的轿车，被泡在水里。杜树上长了绿色的杜梨，几只蝴蝶在林间闪动着。她一看到杜梨，她的嘴里就流酸水。她还记得小时候一家人守在一起吃杜梨的情景。现在的人还在吃，杜犁快成熟了，就摘下来，用干草裹着，装到毛罐里。

周淑慧一转身，便看到陷进泥里的大卡车。卡车是昨夜陷进去的，静静地在那儿，一副无奈的样子。这时，一个陌生人从村中走来，他走在泥泞的路上，呼哧呼哧直喘。车上拉的是满满的一车红砖。在陌生人后头跟着村里的一群壮汉。这群壮汉走到卡车前，用肩头扛车。卡车憋得吭哧吭哧老半天，只晃了几下，没动地儿。接着一些人站到车上卸砖，砖碰击的声音在村子和田野之间飞荡。

在坑塘边，长高的芦苇被雨水又吞噬了，只探出苇尖，好像呼喊着挣扎着，想逃出水面透口气。周淑慧站在坑塘边，向大皇上的房子瞥了一眼。在房西还有三只山羊，她曾经养过三只，现在她没有羊，没有牛驴，也没有鸡。她听到羊悦耳的叫声。再往前走，她看到芦苇间一块白光，在白光上边，是漆黑的头发，再细看，是个人坐在那里钓鱼呢。她细看，便看清楚了，是派出所所长李银飞，听说这个人挺凶呢，一个镇的人听了他的名字，都哆嗦几下子呢。周淑慧走上前去，她说："钓了多少鱼啦？"

李银飞没有回头，他摆摆手说："别说话。"

周淑慧看到鱼漂在动。周淑慧说："我在街上，看到坑塘这边白汪汪的，就过来看看。"

说罢，周淑慧把筐从肩上拿下来，站着看鱼漂。她想，等钓到下一条鱼，她就离开这里。当鱼被钓到钩上，鱼吃力地摇晃着身子，不知它是怎样的一种心情。坑塘边散发着淡淡的雨水气息，还有紫泥味儿。一夜雨水把坑塘里的气息冲淡了。在坑塘中，成群的鸭鹅在水里静静地漂在坑塘的波纹里，一晃一摇的，好像波浪再大一些，就把它们摇出坑塘。

太阳照着浑浊的水，水的上边显得很透亮。风吹着她的裙裾和头发，水上的波纹和浪头打在坑塘边上。没有雾，天上只飘着像刚吐出的丝丝缕缕的蚕丝一样的白云。日头在升高，照在人身上，有些发痛。

李银飞转过脸来，他说："跟谁闹别扭了吧。"周淑慧说："我能闹什么别扭。"李银飞说："看你的眼睛都红了，你肯定哭过啦。"周淑慧说："我害眼呢。"李银飞说："你瞒不过我，你的嗓子哑了，你的神情也不对头。"周淑慧笑得很勉强，她说："别瞎扯。"周淑慧在那儿蹲着，不久，她的脚陷进潮湿的一层烂树叶的坑塘边。她往一边挪了挪，跺跺脚，把脚面的树叶跺去，接着一股腐烂的树叶气味儿袭进了她的鼻子。李银飞转过脸来，用一种近似奸笑的神情对着她，过了片刻，他说："喂，赵村长在家吗？"周淑慧说："他一早就到厂子里去了。"李银飞嘿嘿笑着说："快吃你的喜糖了吧。"周淑慧冲他使了个眼色说："鱼咬钩啦。"李银飞的目光还没有离开她，他说："二生又到你的地边去了吗？"周淑慧用气愤的目光对着他，她说："鱼上钩啦！"李银飞嘿嘿笑着，转过脸去用心钓鱼。

在坑塘那边，她看到大皇上家的身影在坑塘边出现。她拿着两个拖把，在浑浊的坑塘里涮了涮，大皇上家抬头看到了她，冲这边喊道："哎，家来坐坐吧！"她的声音在水上漂漂悠悠地就到了周淑慧的耳朵里。

周淑慧回应了一声，她说："不去啦。"眼瞅着她的声音在波纹上漂了过去。大皇上家冲她又摆了摆手，一转身就消失了。

就在这时，李银飞鱼竿一甩，一条三寸长的鲫鱼被挑出水面，然后落在岸上。那条鲫鱼还在蹦着，看到那只鲫鱼被钓上来，周淑慧心咚咚地跳着，一股子绝望的心绪在她身上缠绕着。李银飞跑过去抓鱼，他用手捂了两次没捂到，一着急，就一脚踩去，他的脚抬起，那条鱼浑身抖动着，抖动片刻后便咽气了。

周淑慧看着鱼在坑塘边翻蹦的白光消失，便背着草筐离开了李银飞钓鱼的地方。她听到李银飞还冲她喊了一句："给赵村长说，中午我到家去看他。"

村子里大兴土木，镇子就要挪过来了，一切又重新开始了。村南的路成了一条街。一年之间，镇政府的楼已经盖起来了，还有一家家工厂，就像气吹的一样，都盖起来了。那条大街真长，一眼望不到头，都是两层小楼。村口的老榆树伐掉了，乌鸦巢没有了。几只乌鸦在村子上空飞来飞去，凄婉地叫了几声，从这天起，这块土地上再也见不到乌鸦，它们就永远消失了。南边修一条街，北边还在修，还有两条南北街。店铺挤满了大街。每一家饭馆开业，都要红火几个月。几个月后便关门了。吃饭的人多半都是政府的公务员，欠了不少的账。每天都有饭馆开业，每天都有鞭炮响，每天都有停业的。一个村子有两个世界，南边的街上灯火通明，在夜里都能听到鬼哭狼嚎的卡拉OK。一些房子就修在祖坟上，一些坟墓里头的骨殖挖了出来，重新掩埋，另一些就在那儿，被推平了，在坟墓上盖起新楼。为什么那些嗓子会出那样的声音，那是祖宗们显灵呢，存心让他们变调，祖宗们就借助于他们的嗓子唱出自己的心声。村子里女人们听到那种声音就心烦不拉的。

第二年春天，镇子迁徙的日子里，赶了一次会，立了大集，唱了几场大戏，还演了几场电影。所有的人带着笑容。这个青村一下子就变成青镇了，人们肯定能得到些好处，觉得里头有好处。真热闹啊，一副副激动的面孔。

一些配套的机关，银行，邮政局，电信局，派出所和税务所，还有中学和敬老院。可比过去方便多了。还能看到形形色色当官儿的人，坐上各式各样的汽车，停在酒馆面前，他们谈笑着，一个个腆着大肚子，无所顾忌地从大街上走过。这些神秘人物，都在猜测着：这是谁呀，还有这个那个的，都不一般，不是凡间的人。瞧一张张脸都像阴天，从不笑一笑，好像死了爹一样，欠了二百吊钱似的。还有阔佬儿们仪表不一般，还有衣着怪异的女人，陌生的脸谱轮换着。

大皇上的橡胶厂盖起了一座五层楼，在这块土地上，显得挺乍眼。赵吉庆也不甘示弱，在大皇上的楼房还没有完工时，他也在盖楼，两座五层楼都在村东，赵吉庆的楼房是在第二年春天落成，大皇上是在头一年秋天。村子距国道有一公里，稀稀拉拉盖上了工厂。街道上修上了柏油路（不足三米），这些柏油路通往国道。

一个全新的镇子，年青的，还没有恋爱过的，但萌生过初恋的镇子。还没有学会张扬，还有些粗俗，但它是纯朴的，带着几分羞怯的。青镇就像个怪物，外表上看着阔多了，就像一只绿豆虫一样，外表很好看，内脏很简单。村子里的人都升了一级，都是镇上的人了。

皆大欢喜。他们能看到成群结队的轿车，从镇里开过，弄得大街尘土飞扬。人们的脸孔，街道，楼房和汽车，显得没有丝毫的包容感和宽容感，看上去极不协调。这是一座新兴的镇子，它等待着开发，这儿有没有被污染的土地，有质朴的人群，没有砍伐的丛林，还有碧波荡漾的坑塘。在镇边的国道上，立起了高高的铁架子，铁架子上叠起了牌子，上边写着：青镇欢迎你。它在欢迎谁，那些当官儿的，还是那些富有者，那些轿车，流氓，骗子，妓女，盗贼，还是那些生意人，小商贩，不知道。

在青镇成立的这一年夏天，赵吉庆选了个吉日，跟周淑慧结了婚。婚礼办得挺热闹，大操大办，一共开了一百桌酒席，分三天，客人们等待着通知，电话忙个不停，由十多个人骑着摩托车四处撒喜帖子。人们陆续地来到赵家做客，这是青镇的喜日。有镇上的，县里的，市里的，别的村里的，别的镇的，还有亲戚。赵县长都来了，还有一位副市长，赵县长随了五百块钱的礼。村里人说："赵县长随五百块钱，赵吉庆就要给赵县长五万还不止呢。"一双双贪婪的眼睛，几只老鼠，几条狗，几头猪，什么都有。

几个灶上的，还有厨师，他们是刘三怪，赵丙仁，王广，他们一边干活，一边四处搜寻，不知发现了什么目标。

刘三怪说："赵吉庆这人挺能铺排。"赵丙仁说："听说，收礼就收了十来万块钱呢。"刘三怪说："赵吉庆该多娶几次媳妇。"王广说："他老婆一死，他的时气就来了。"赵丙仁说："来个屁。"王广说："这小子又得了一笔横财。"

把肉和菜装进大塑料袋里捂好，第二天捂臭了。臭肉臭不了油，怎么油都臭了哩。糟蹋了这么多东西，真该死。好啦，凑合着用吧。还有一头病猪，吃了还有生病的呢，听说把赵吉庆告了。赵吉庆不怕告，赵吉庆走路那个稳当劲儿，一看心里就能盛得下事儿。

吉庆家(周淑慧已经娶了，就不能叫人家周淑慧了啦)从跟了赵吉庆，脸蛋儿红扑扑的，脸盘子本来就大，一发福，看着又大多了。她已经不穿紫红色的衣裳了。在这个夏天，人们看着她穿一身白色的衣裳和一身紫色的衣裳。赵吉庆每隔一个月，就拉她进京购物。她成了镇上的第一夫人。在镇子上，她咯咯一笑，全镇人都能听得到。

赵吉庆闲下来，就跟他媳妇坐在一起。吉庆家跟赵吉庆并排坐着的时候，她就在心里发笑，她跟他就像电视里头出现过的狒狒一样，一只老的一只小的。尤其赵吉庆的胳膊搭在她的肩上，或者来勾她的腰的时候，她竟然哧哧笑出了声。他跟她说最粗俗的话，她逃避这些，又享受这些。

对赵吉庆来说，她是一大块胶，他每天要从她身上割除一块，轧成胶件。她就等着让她割，直到把她割完，直到她枯竭为止。这些日子里，他站在院子里，他看上去那样自信。镇子清新的风吹着，都让她赶上了。她感到从没有过的安稳和牢靠，和一阵阵袭来的柔情蜜意，被她吸进肺里，然后到血液里。然后，她就变成赵家的，像赵吉庆那样的人了。

初夏的枣花已经开遍了枝头，蜜蜂在枣树间飞着，并发出嗡嗡声。赵吉庆的气色也好，身子强壮。自从她跟他在一起，他的腰板比原先挺得更直了，他说话的腔调更粗硬，他走路踩的地咚咚直响。她随时都能听到他大嗓门的说话声，她的嘴角泛着一点点得意的微笑。

她一直搞不清，是她上钩了，还是他。是她占了便宜，还是他。她有些沾沾自喜，又有些失望。

她跟赵吉庆结婚那天，她一大早就坐在那张床上，迎接着一帮又一帮客人。她坐了一天，她好像在等待什么。她等了整整一天，她的脑子空落落的。她面对着窗子，对着杂乱的闹哄哄的院子。一些熟悉的人，也有不熟悉的。她看到了大皇上，她没有看到二生。

啊，天气不错，日头照进了屋子，她等待着夜晚的到来，她等待着那只大手来抚摸她。终于夜来了，夜深了，宁静了，那只大手来抚摸她了。她感到这次抚摸跟其他次已经不同，她已经成他的人了。他那只大手蛮横不讲一点道理地把她拽过去，然后在她身上不分主次地乱摸，他嘴里的声音使她觉得大煞风景："你这回达到目的了吧。"她憋着，没吭气儿。他的手在她的胸部停下了，他又说："你到我家来，耍了不少小心眼，以为我不知道。"

她把他的手推开，一下子恼了，她说："合着我是硬着头皮挤进来嫁给你，是个一钱不值的白给的贱货喽。"他说："你怎么老是跟我抬扛，我可没那个意思。看上去你并不高兴，别以为你嫁给了我，就六月的兔子大胆了。”她说：“你想怎么着就怎么着吧，我等着呢。”他说：“今天是什么日子，你的心情这么不好，你在想什么？”她说：“心长在我肚子里，我想什么那是我的事儿。”他说：“你就是想我也没说什么啊，这是人之常情啊。”她说：“我想什么啦？”他说：“那个谁知道啊？”新婚之夜，他跟她是这样斗嘴儿的。她没再说话。她忍着，她朝上躺着，她感到腹部在一次次收紧。接着，她听到了赵吉庆的鼾声，直到天亮，她望着窗外的星星一颗颗减少，渐渐稀疏了，她便摸索着穿衣裳。这样，他们就结束了新婚之夜。就在一夜之间，她的希望破灭了。其实就像一个腐烂西瓜，表面上看挺好看，等把它切开，里头便流出来一股子腐烂的汁，并散发着臭气。

周淑慧再次成了媳妇，她的脑子里还像当妮子一样。

婚后她的脑子很乱，有两次她忘了关客厅的灯，还有一次忘了关煤气灶，让其整整燃烧了半天，她很心疼，她合计，半天的时间能烧多少顿饭，能烧多少水。她没对赵吉庆说这两件事儿，她在心里埋怨赵吉庆什么事儿都不管。

她一直盼望的婚姻没有给她带来更大的希望，她很孤独。赵吉庆跟她的话越来越少了，她想跟他聊一聊，把一肚子苦闷吐出来，对他说出一切，说一些知心话，她真想对他说，她没有机会。他回家，低头坐在餐桌前吃饭，吃罢饭就到一边吸烟，他皱着眉，他坐在距她很远的地方。有一天，她突然发现赵吉庆头上新长出的那层白发，她觉得他比她想的还要老。当他的手在摸她时，她好像遇到了干枯的树枝。即使他眼睛里充满激情，她还是感觉不到他的存在。他跟她结婚后，吵闹成了小菜一碟。还好，他生了气不再打她，而是把盘子碗摔碎，把锅踹烂。他踹烂锅还坐着生气，在拼命吸烟，还要她去哄他。每一次，他都等着她哄，她一句哄他的话，就足以使他脸上的怒气烟消云散。他说：“两个吵一吵不错，这样能白头到老。”她流着眼泪说：“我情愿现在就死，也不愿意吵了。”他跟她吵罢，他就要跟她上床，她一点兴致都没有，他还让她迎合他。她想迎合，但她怎么做也是装出来的。

再说他对她也是早有防备，她不知道他有多少钱，她从没见过他打开保险柜。那个保险柜在那儿，好像是个摆设。她只有这个家的三把钥匙，一把开大门，一把开屋门，一把开大衣柜。其余的都在赵吉庆那里，他一走路，胯间稀里哗啦直响。除了那个保险柜，他还有七个柜子，十二个抽屉，以及赵吉庆厂子里的那些锁。赵吉庆说，在柜子里放着的，是她前妻的东西。对于她来说，那个保险柜是个谜，有一天她说："在这里放着个这个有什么用，还不如把它卖废铁算了。"他说："让它在那儿吧，占不多大地间儿。"

她觉得这个家很荒凉，拥有一个家的钥匙是一个人的尊严。对她来说，那些钥匙就足以证明了赵吉庆对她的感情。她懂得那些钥匙，那些钥匙意味着她有很多的无知的世界，那些门不会为她打开。后来，她简直心灰意冷了，那些柜子橱子，那些锁再漂亮，她也不会看一眼。

从这一天，她塌下心来，开始擦拭屋子的每个角落，洗刷所有的玻璃和陶瓷器皿，她把这个家洗刷去一层。等她清洗完了，她才知道，这个家竟是这样贫穷，七个打不开的柜子，四个三屉桌和打不开的锁，还有的就是新添置的衣柜和床。没有更换彩电和冰箱，这些其实都已经旧了。

她每天把家清扫一遍，直到她劳累了，便坐在沙发上打瞌睡。一些男人来了，一些女人来了，赵宝红来了，她有一句没一句，没心拉肠地跟他们说话。她的说话声很大，她的笑声也很大。她走到大街上，满街的人跟她说话，他们对她就像一个女王，她不加思考地用同一句话回答他们。她想过了多少遍，由周淑慧变成二生家，是一场灾难，由二生家变成周淑慧是另一场灾难，由周淑慧变为吉庆家是一个多悲伤的事儿。随着称呼的更改，她已经不是原来的样子了。吉庆家跟二生家的类属不一样，她的身分不一样了，看上去很富有，可是她还跟过去一样贫穷。作为她这样的女人，注定受一辈子穷。

二生新娶的媳妇穿一件绿色的上衣，一件红裤，她充满青春的曲线柔和地凹凸，似乎还能闻到她身上那股子带着潮湿的甜蜜气味儿，就像披满露珠的草一样。她在草地上放羊，远远地看，她就像一朵正在怒放的野花。一只羊已经啃饱了，已经不怎么用心啃了，她跑过来，羊挣着绳索，在她的小腿上拱着。九点的阳光，空气中飞着金色的像沙一样的颗粒。她蹲下来割草，她的镰刀和着她嘴里小曲的节奏割草。

1998年夏天，三荣也有十九岁了，高中就快毕业了。在这个暑假，张全荣，那个黑瘦的矬小子坐在房前的树下看书，他就像一匹小驴骡子，在那里啃着草地上的嫩草似的。另一个穿白裙子白上衣的妮子，像一只蝴蝶似的，在草地上飞舞着，到三荣面前，她抻起裙边，坐了下来，把身子俯向三荣。二生媳妇偷眼望着，从她的脸上透着一股子诡兮兮的笑意。二生媳妇已经知道，她的小叔子跟镇上有名的才貌双全的，赵吉庆的妮子赵宝红搞对象呢，她还知道赵家跟张家的仇不小呢。

徐桂有从坑塘边向这边绕了过来，他走到二生新娶的媳妇面前，他用低涩而沙哑的声音说："割草呢？"二生媳妇站了起来，笑嘻嘻地说："是你啊，你是来找二生的吗？"徐桂有也笑笑说："是啊，二生哥在家吗？"二生媳妇说："我出来的时候，他还在院子的榆树下编筐呢。"徐桂有说："现在会编筐的人越来越少啦。"二生媳妇说："是呀，现在谁还编这玩意儿啊。"徐桂有一边说，一边跑着去蹬高台子似的房基，然后扶着了那棵杜树，然后绕过树篱，接着是大门的声音。

二生媳妇背起草筐，把羊橛子拔下来，牵着羊回家。

二生媳妇一进门，见二生跟徐桂有在榆树下嘀嘀咕咕咕说话，当她一走近，徐桂有抬起头冲她笑了笑，再不说话了。二生让徐桂有递给他一根条子。徐桂有说："收了边就要编完了吧。"二生说："完啦。"徐桂有凑近二生说："我已经看到那厂房里的一车废胶管，赵吉庆就是用这些胶管以次充好，骗过了不少客户。"二生说："你知道有什么用呢，他干的坏事儿比这个坏的多着呢，谁能弄得倒他呢。"徐桂有说："我就想弄倒他，别的我们没有证据，这个我有。"二生说："你别弄不好，把自个儿搭进去，那家伙可不是好惹的。"徐桂有说："我不怕他。"二生说："我也不怕他，我告了他，越是告，他倒显得很清廉，像是不食人间烟火的神仙哩。"徐桂有说："那是你对赵吉庆了解得太少啦。"两个人聊得很激动，徐桂有说："我做了好几个梦，我把赵吉庆杀了，我把他砍了三刀，他还说话呢，真是噩梦。"二生把编筐的活撂在一边，跟徐桂有站在那里说话："操他娘，他赵家凭嘛。"徐桂有说："等着吧，这几天，我就办这些事儿。我受了这么多委屈不能白受。"二生脸上露出了笑容，他说："要是把赵吉庆告倒，这真是天大的喜事儿。"徐桂有看着二生，出了院子，他说："我赶快走，别让赵家那窝子看见我到这里来，他们会怀疑我。"

二生每天到草地里去割草，回来喂自己那两只羊和一头猪。每个冬天，在他的大院子里有两个小干草垛。随着干草气息的消失，春天接着又来了。他把干草底片打扫到一边，再垛起新的干草垛。他是那样陶醉于割草，当草被割下后，便散发着浓浓的香气，这种香气使他兴奋，刺激着他活着的欲望。

二生媳妇觉得在这个家里渐渐习惯了，她娘家的村子跟这个村子差不多，习俗也是一样的。她觉得在这个家里很合适，她由开始处处提防着，接着慢慢地放开。她就像手里拿着一根橡皮筋儿，她拉得很紧，但她并没有一下子松开，而是一点点松，直到橡皮筋没有一点力量，她才放开。

她就像一只小鸟似的蹦蹦跳跳地烧饭去了。直到现在，已经能听到二生媳妇大声说话和大笑声，还能听到她大声叫猪羊。即使这样，她对妯娌说的每一句话都言听计从，要是大伯子哥，她见了更是倍加小心。如果没有大伯子哥和妯娌，她会像个脱缰的野马，会满地乱跑。她穿着比妯娌要艳丽一些，看上去有些时髦。但从她的发式上，从她的衣裳色调搭配上，还是掩盖不了农村女人的那一些土气。她的膀子圆润，她的身条匀称，她的胸部很高，她的肚皮很白，二生的一双眼睛离不开她，她在他面前跳动着，他在心颤，他克制不住，这情景不知还要持续多久。她跟他睡在一盘炕上，她就是他的梦，她跟他在一起，她沾在了他身上。他脑子里都是她，她就像坑塘一样，就像丛林，就像玉米地。她干活很利落，她在娘家是老大，所以一进门在管家上就很内行，二生对她也很满意。她来到这个家，还没有掉过一滴泪呢。大皇上家跟她的小叔子开玩笑说："你多有福气啊，找了这么个俊媳妇。"二生低着头说："这个还不是亏了嫂子。"大皇上家拿他开玩笑："已经一年多啦，就是一头牛，也该快下崽儿啦，二生，你可要快点儿啊。"二生的脸红了。大皇上家又说："现在都到什么年代了，就是一个小妮子听了这话也不见得脸红，瞧瞧你，快照照镜子去。"二生说："嫂子，你怎么没要孩子呢。"大皇上家说："这个你就别问啦，省得弄得你红脸瘪呲的。"

这个嫂子，其实比二生小十多岁，她老是跟这个小叔子开玩笑，只要是见了，就逗弄他，让小叔子难堪，让他脸上滴滴答答地出汗。

二生的树篱在大街上。二生还在保留着他的树篱，他的树篱已经没有缝隙，树已经长大，过去的缝隙上栽上的新树也已长高。跟树篱在一起的树，一直向上长。一些树已经挤到了一块，皮连着皮，肉连着肉，根连着根，密不透风。树篱笆上开满了牵牛花、丝瓜花和扁豆花。

在一个下雨后的早晨，院子里一片片像镜子似的水汪，照着树篱笆、房子和羊。一大块一大块的黑云铺天盖地地刮过，还有几只麻雀从屋顶上飞过。

在天空刮着黑云的这一刻，一阵摩托车声，李银飞开着跨斗摩托车进了二生的门。李银飞戴着墨镜，穿一身警服，他一进院子，那两只羊对这个不速之客流露出一种恐惧，它们挣扎着，大声叫着。李银飞站在院子中央，卡着腰，冲着屋里喊道："有活的吗？"二生手里端着碗，一边喝粥一边走到门台那儿，抬头看了李银飞一眼，又低下头喝粥。李银飞大声喝道："你长耳朵了吗，我跟你说话呢。"二生抬起头，他的眼睛半闭着，他紧闭着嘴看了李银飞一眼，又过了十多秒钟，他说："我还以为是驴叫呢，是你啊。"

李银飞这时摘下了眼镜，嘿嘿笑道："你小子说话够嘎古的。"他说着往前走了几步，一脚踩在门台上，从兜里掏出烟，在拇指盖上磕了磕，叼在嘴里，他说："你先吃饭，吃完饭我有话对你说。"二生把一口粥咽进肚子，他说："你说吧，说话误不了吃饭。"李银飞说："那好吧，我通知你一声，你的树篱笆在大街上，影响市容，镇政府研究决定，让你把树篱笆拆除。"二生冷笑着说："你这是找事哩，操，我的树篱笆影响市容？"李银飞没有一丝表情，他说："这是镇政府决定。"二生说："是碍着有些人的眼了吧。那天不就是在地里吵了两句，你就来报复我啊。"李银飞威严的冰冷的声音说："你还用得着报复吗？我是通知你一声，限你三天内拆掉，要是不拆罚你。"二生把手里的粥碗摔在李银飞跟前，碗碎了，粥溅了一片，他说："敢——我就让它长着，谁敢动一动，我宰了他。"李银飞在地上那只腿上溅上了粥，他拿了一片玉米叶擦着，他说："二生，你怎么不讲道理。"二生说："道理，什么道理，去你娘的道理吧，别在我这里指手画脚，你给我滚！"李银飞从屁股后头掏出一把乌黑的手枪，他的枪口冲着天举着，他说："二生，我可给你说明了，你别胡来。你跟谁说话啊，我是为政府办事儿哩。"二生说："哼哼，你小子，还有这家伙，别在这里诌，我见过这个，有种拿你手里的东西，往你爹这里打，试试你的枪吧。"他说着拍拍自己胸脯。

李银飞说："好啊，你骂人！"

二生气得牙齿咯咯直叫，他扑了上去，他说："我骂你个杂种，我还打你个私孩子哩。"

二生抱住李银飞，跟李银飞扭在一起。李银飞想脱身，已经来不及了。二生伸出腿去钩李银飞，李银飞差一点摔倒。两个人在那片粥前，脚上都沾满了粥，脚下一滑一滑的。这时李银飞手中的枪响了。那颗子弹射在门板上，穿透了厚厚的门板，在锅台的砖上碰了下，弹在地上。二生媳妇听到枪声，尖叫了声，她跑了出来，她冲着天大叫着："要出人命啦，救命呀！"然后她转过身，抓住李银飞持枪的手，摁在地上，就像拔一棵棉花柴一样，把李银飞手中的枪夺了过来，丢在一边，她的手对着李银飞的脸，上去就是几拳。两个人把李银飞摁在地上。李银飞已经没有反抗的能力，他躺在那片粥上，等着吃他们的拳头。二生媳妇一边打一边大叫，直到二生从李银飞身上起来，她还打呢。二生媳妇也住手了，她跟二生站在那里，李银飞一动不动地躺在泥水里。

李银飞的枪声和二生媳妇的叫喊声，惊动了大皇上和村里的人。先是大皇上和大皇上家来了，然后是村里的人来看热闹，院子里和树篱笆外站满了人。大皇上走到李银飞面前，他蹲下，拾起了那只手枪，用手擦了擦枪上的泥土。他摸着枪口还热呢，他问了声："银飞，你没事儿吧？"李银飞仰着身子倒着，他低声说："我今天算栽到你兄弟的手上啦。"大皇上去拉他的手，他说："快起来吧，有嘛事儿说嘛事儿，别躺在这里，怪丢人的。"李银飞缩回去手，他大声说："你弟弟和弟媳妇打了我，他们打了谁呀，我，一个派出所长，我是什么人啊。”大皇上笑着说：“不管什么人，躺在这里怪不舒服的吧。” 他转过身对二生说：“二生，你这是干吗哩，把李所长弄成这样。”二生嘟哝着说：“他想扒咱的篱笆，想欺负人。”李银飞说：“那可是政府的决定，我是执行公务。”大皇上给二生使了个眼色，让二生和二生媳妇进了屋。大皇上说：“李所长，看地上的粥，快起来吧，有什么事儿好说。”李银飞把头扭向一边说：“你打电话叫吴镇长来，他不来我就不起来。”大皇上说：“银飞，还是起来吧，他来了有什么用啊。”李银飞说：“他不来我就不起来。”大皇上说：“好吧，我给你打电话。”

大皇上给吴宏涛打了电话。李银飞倒着，大皇上站在那儿，干巴巴等了大约两刻钟，吴宏涛来了。吴宏涛一来，李银飞坐了起来，二生和二生媳妇也从屋里出来。李银飞跟吴宏涛还没谈几句，二生和二生媳妇就凑上去，接着就是一场激烈的争吵。吴宏涛抡起了手，一巴掌扇在李银飞脸上，他脸上的肥肉在抖动着，吴宏涛大叫着：“你知道你干了什么吗，给我滚起来！回去我再跟你算账！”李银飞抖动着身子，从黏糊糊的粥上吃力地爬起来，他的背上粘着一团团的粥已经凝固在上边了。大皇上说：“吴镇长，算了，我知道二生错了，别跟他一般见识。”

吴宏涛嘿嘿笑着对大皇上说：“老兄，真对不住你，我走啦。”

大皇上架着李银飞，把他塞进轿车里，轿车哼哼唧唧地当啷着脸走了。吴宏涛骑着摩托车，冲大皇上摆了摆手说：“那天我算领教你啦，你的酒量真大。不过那场儿还不算完，我们晚上见。”

大皇上举起了手，往前走了几步，冲吴宏涛挥了挥，他说：“好吧，晚上‘李记’见。”

二生媳妇开始装着喜欢小牛子，然后就不装了，她就是不愿意看到小牛子，小牛子已经四岁了，他几乎把时间都用在哭泣上。他不让二生媳妇抱一抱，饭烧熟了，抱他吃饭，他坐在桌前，干巴巴望着眼前的饭碗。二生媳妇端起碗喂他，他把碗打翻，弄了二生媳妇一身粥。二生媳妇给他换上新洗的衣裳，他就到泥地上打滚。给他穿上新鞋子，他出门去玩，等他再回来，脚上已经没有鞋子了。二生媳妇问他："你的鞋呢？"他说："不知道。"二生媳妇说："你上哪玩去了？"他说："就在坑塘边上玩呢。"

二生媳妇到坑塘边去看，见一只鞋子在水边上飘着，她用木棍把鞋子捞上来，另一只却找不到了。小牛子脸上沾满鼻涕和泪水，二生媳妇给他擦脸，他就夺过她的手指放进嘴里，差一点把她的手指咬断。她就打了他几巴掌，他就哭泣，这个怪物，除了哭泣什么都不干，不说话，不会笑。

二生媳妇说："你说他像谁呢？"大皇上家说："像他奶奶。"二生媳妇说："我们两个像犯天星儿。"大皇上家说："我也没事儿，把他交给我吧。"小牛子跟大皇上家在一起，就换了一副脸孔，变成听话的孩子，脸上老是带着笑。二生媳妇说："这小牛子，怎么会这个，他会变着法地气人。"大皇上家笑着说："后娘不好当吧。"二生媳妇说："我以为一个小孩子，只要对他好就行了，谁知道这样啊。"

从跟周淑慧离婚，二生再没喂牛，他也想过买一头牛喂着。一天早晨，二生对大皇上说，他梦见满院子牛羊。大皇上知道他的心思，他是想过那种牛羊满圈的日子。二生还在养猪羊，他的猪一般都长不大，他的羊最多产一崽。二生看着羊的肚子不管多大，也是下一崽，二生媳妇除了灶上的那些活和收拾屋子，就是割些草，放那两只瘦羊。

雨后，坑塘里的水涨到草地上，把一些小草都淹没了。二生媳妇蹲在房西的草地上，在草地上有一些水汪，青蛙发出一阵阵狂鸣。二生媳妇见日头就要落了，阵阵风从水面上吹来，把她身上的汗水吹干，她俯下身，一镰紧一镰地割草。她的脚陷进泥里，她从泥里抽出，再次陷进泥里。

赵三祥从那边的小树林绕过来，在二生媳妇面前站下了，他嘿嘿笑着说："瞧这羊瘦的，肚子真不小，怀上羊崽儿啦。"二生媳妇站起来，看了赵三祥一眼，她又看了羊一眼，她的羊真的很瘦。赵三祥又说："我教给你个让羊长肥的办法吧。"二生媳妇说："你是谁？"赵三祥说："你还不知道我啊，我叫赵三祥啊。"

二生媳妇心里想，这就是那个帮着他叔把二生的前妻勾走的坏小子啊。赵三祥站在二生媳妇面前，他抱着肩胛，一只脚支撑着身子，身子倾斜着，他说："嫂子，其实你娘家跟我们家还是亲戚呢。"二生媳妇一边割草一边说："是吗，我可没听见过。"赵三祥又往前凑了凑说："我可知道，我管你娘叫表姑呢，我们两家是老表亲哩。"二生媳妇抬起头，看了赵三祥一眼，她把一把草摁到筐里，她抬起头笑着说："那可是八杆子搂不着的亲戚呀。"赵三祥说："怎么会呀，姑舅亲，辈辈亲，姨娘亲，一辈亲。"二生媳妇说："你除了在这儿说这个，就闲着没别的事儿了吗？"赵三祥说："嫂子长得好，已经出了名儿，我早就想见一见，我整天忙得脱不开身。我早就想跟嫂子说句话，今天正赶上你在这儿，我有一肚子话说呢。"二生媳妇说："我可是忙的一点空都没有呀。"

二生媳妇又割了几镰，她割到了一块瓦片，瓦片一跳，镰刀便割到了手上，她把指头上的泥土抹掉，便看到那道流血的伤口。赵三祥蹲下，抓住二生媳妇的手，他说："哎呀，你看看的，看看，快去上些药吧。"说着就把二生媳妇的手指放进嘴里吮着，弄得他嘴唇上、下巴上全都是血。

二生媳妇厌恶地把手抽出来，她说："这个用不着上药。"她走向一个水汪，蹲下，倾着身子，够着用浑水洗她的手，她洗干净后，就用力捏着伤口，一阵阵钻心般的疼痛向她袭来。她转身去牵羊，她牵着羊往家走，赵三祥说："喂，我能让你的羊长肥，你想听不想听啊。"二生媳妇说："放着你的办法还是你自个用吧。"赵三祥在身后跟着，他说："我还有事儿跟你说呢。"二生媳妇转过头来看了一眼赵三祥，她一边逃似的一边说："你跟二生说去吧。”赵三祥在后边紧跟着。二生媳妇走到门那儿，她转身关门，赵三祥咧着嘴说：“让我进去，我跟你有话说。”二生媳妇说：“那么好吧，你进来跟二生说吧。”赵三祥就要进，二生媳妇的身子堵在门那儿，她笑着说：“我改主意啦，我不让你进。”赵三祥说：“好嫂子，让我进去，喝口凉水也好啊。”二生媳妇打开门，让赵三祥进了院子。赵三祥没有在院子里停留，直接进了屋，站在堂屋那儿。二生媳妇坐在门台上，脱下鞋子，把鞋子里的土倒掉，赵三祥说：“嫂子，你的脚真好看。”二生媳妇笑着说：“你说吧，怎么着才能把羊喂肥。”赵三祥说：“嫂子，你答应我个事儿，我才对你说。”二生媳妇说：“说罢。”赵三祥说：“你屋来。”二生媳妇就进了屋，赵三祥一把搂住她，他说：“嫂子，你可想死我啦。”二生媳妇的胯那儿感到了硬邦邦的东西，她伸手一把抓了过去，然后猛力一拽，她说：“你个该死的畜生！”赵三祥疼的“哎哟哎哟”直叫，他说：“嫂子嫂子嫂子嫂子嫂子，你想把我的蛋拽下来呀！”二生媳妇说：“狗操的玩意儿，你一翘尾巴我就知道你拉什么粪，想在我这里捡便宜，你也不想想。”赵三祥弯着腰蜷曲着身子，双手捂着裆，咧着嘴说：“嫂子，你真狠，快松开。”二生家说：“你个狗杂种，我给你揪下来，省得你到处发坏。”赵三祥说：“嫂子嫂子嫂子！”赵三祥嗷嗷叫得像条狗，他搂她的劲再也没有了，二生媳妇回手又在赵三祥的脸上抓了一把，吐了口唾沫，她说：“别以为谁都能欺负，姑奶奶可不好惹，滚！”赵三祥哭丧着脸，赶紧逃了。二生从地里回来，二生媳妇脸上还有些气。二生问她，她说：“进来一条狗，把一盆子猪食给糟蹋了。”二生说：“谁家的狗啊你生这么大气。”二生媳妇说：“一条大黑狗。”

二生很早就起来了，灰色的雾一团团飘着，树木和庄稼若隐若现。二生跟媳妇下地，他们越过一块豆子地，到他们那块山芋地去。二生媳妇的腿肚上打上了露珠，她的鞋子已经湿了，发出咕唧咕唧的声音。很平静，没有一丝风。她穿了一条红裙子，她走过豆子地时，她的手扯着裙边，她的洁白的大腿露了出来，二生说："你扯这么高干吗，腚都露出来了。"她回头看了一眼自己的身后，她咯咯笑着说："你管啊，我想怎么着就怎么着。"她的笑声在沾满露珠的土地上回荡着。当她走过，豆子地的豆棵在摇晃着。她手持一根带尖的棍子，二生的筐里也有一根形状差不多的棍子。

二生在后头走着，他穿着一件旧白衬衣，一条裤衩，戴着旧草帽，遮着半边脸。他一年四季习惯了戴帽子，他的帽子遮住眼睛。他们的地到了，二生走到自己的山芋地间，开始精心用那根棍子把一根根山芋蔓撩到一边，一些山芋叶翻了过来，露出了清晰的紫色的叶脉。二生说："你看，已经长山芋了。"他蹲下，仔细地看山芋秧下边山芋生长时，看到地已经鼓鼓地拱出了裂纹，就像女人的乳房一样。二生媳妇伸出手指便去抠那个大纹，被他扒拉到一边。那女人坐在地上，笑着说："你干吗呀。"二生说："别，别动。"二生媳妇笑着说："真怪闷得慌，也不知长什么样儿了。"二生说："今年的山芋叶真大，山芋肯定又大又好吃。"二生媳妇拉着尖细的长声说："可——不。"两个人又弯着腰干活。他们这块土地四面环墙，只留了两米多的路。二生转眼看去，他说："到明年也许就长不这么好了，四边不透风，还有厂房遮住阳光，肯定会减产。"二生媳妇说："这是一块死地，你说你拼死拼活地保这块地干吗，你想想，不光不通风透光，你怎么浇地啊。"

二生皱皱眉说："操他娘，真倒霉，嘛事都让我遇上了，真倒霉，这算他娘的什么镇子，可把我改造啦。费了多少劲，我就是不能让他们太得意了。我就是不种，也要留着这块地。"

二生媳妇摇着头，她好像并不懂他的心思，她的眼睛望着他那一双胳膊，长满肌肉，上头长了一层黑色汗毛。他的腿上的毛也很多，他就像个动物，她心里升起一丝丝暖意。她脱掉湿鞋子，赤着脚，她感到了地上沙土的颗粒。二生停下，便看到她那一双像鱼一样的脚，在似水的山芋地里游动着。

接着，太阳出来了，空气里充满细小的水珠，他们呼吸着这些带有水珠的空气。她看了他一眼，他也看了她，她便冲他挤挤眼睛笑了，他也笑了。空气越来越密集和闷热，使人夹在空气里透不过气。二生停了下来，擦了把汗，他回头看去，见她已经远远地落在后边，正坐在田埂上。他呼喊了一声，她就站了起来，他去迎接她，使她的活接近他。她迎了上来，她说："你怎么老是跟着急啊似的。"

二生说："我怎么不急啊，这庄稼种了一年一年的，老是这副德性。还有那些猪羊，看着瞪乎着眼睛，像个懂事儿的似的，你怎么跟它们累心，它们就是不长。"

二生媳妇又咯咯笑出了声，她说："这个你着急有什么用啊。"

二生说："全都怪那个臭娘儿们，把我的家都败坏了，又嫁到当村里，咱的仇家，让我怎么做人哪。"二生媳妇说："你现在娶了我，你还不够得意的，我不比她好吗。"二生说："这个不是要紧的，最要紧的是我丢了脸，我抬不起头。"她不再笑了，她望着他，看他不停地干活。二生把撩断的山芋蔓聚集到一块，他要弄回家，把这些喂他的猪羊。他们一人背着一筐山芋蔓，就回家了。

秋天到了，山芋熟了，秋天的露水在植物的叶子上。薄雾把所有的景致都缠绕在一块。二生推着一辆手推车，二生媳妇背着一个大筐头。太阳还没有出来，他们一边说笑一边往地里走着，手推车发出吱吁声。在田野里，回荡着他们的声音。在他们的脸上，是收获前的喜悦。一只麻雀看着他们飞了过去，落在草地上。山芋地到了，二生看了一眼山芋地，把手推车扔掉了。手推车往前滑行了两米多，就倒在那儿。山芋地坑坑洼洼，被掘出了新土。那些山芋被刨去了多半，剩余的山芋也糟蹋得乱七八糟。所有的山芋秧都被拔掉了，刨出的一些山芋，都铲成了碎块，白花花摆满了地。二生坐在山芋地上，捧着那些被铲碎的山芋，他说："现在没有人偷山芋，这是存心糟践我。"

二生媳妇也说："我的天呀，这么干为了什么啊。"

二生站在山芋地前看了片刻，便开始收拾山芋蔓，他在这块土地上寻找山芋，并刨出来。等把山芋刨完，只刨了两小推车。他推着山芋往外走，歪歪斜斜的，由二生媳妇扶着。他推着推着，把推车往一边一侧歪，他说："这日子不过了。"他气得一屁股坐在地上，双手捂着痛苦的脸，呜呜地哭了起来，他一边哭，还一脚脚踹那些山芋。二生媳妇抱住二生，她说："你生气也没有用啊，那些人还盼着你气死呢。"二生想想倒是，可怎么想他心里也是气。

二生雇了几个人，在这块地上打了个压井，他每天都在那里压水。他把四周的墙前修上深深的垄沟，他就不分昼夜地压水。二生媳妇说："你这么干，不累啊。"二生说："不累。"二生媳妇说："你这样干，是想把人家的墙泡倒啊。"二生说："我就是这样，谁叫他们糟践我啊。"二生媳妇说："你就知道是人家啊。"二生说："我不管。"大皇上家也说："兄弟，不就二亩山芋，能值几个钱。知道你憋着气，别光想那个了，还是想想自个儿的日子吧。"二生说："我不信，不能算完。"

二生就这样一直干到入冬，许多人都看见他在这里压水，没有一个人阻止他。四面墙还牢固地站在那儿。二生喝了酒，手持菜刀，堵着镇政府骂一回，在派出所骂一回，又到赵吉庆门前骂一回。见没人理他，还得意似的骂着。在夜里，还能听到他的叫骂声："我操你亲娘的——赵吉庆！"二生媳妇跟大皇上家在一起割草，二生媳妇说："你看他成什么了，他成个疯子了，镇上都在说他疯了。"大皇上家说："他是憋着一口气呀。”二生媳妇说：“他原先也这样吧？”大皇上家说：“不这样啊，我也不知道，他怎么变成这样了。”二生媳妇说：“我说什么，他都不听，他怎么这样啊。”二生媳妇说着，眼里汪着泪，她又说：“怪不得人家跟他离婚，原来他这样啊。”大皇上家说：“你想跟他离婚呀？”二生媳妇说：“这么着，我觉得没个头儿。我原先想，他跟哥一个娘生的，能差哪里去，谁知道他跟大哥一点也不像。”大皇上家说：“其实他人不错，他一时转不过弯来，过了这阵就好啦。”二生媳妇说：“我算把他看透了，他没个转弯的时候。”

二生回到家，就一个人在炕上闷声不响地坐着。就这样，漫长的时间一天天挨过去了。

初冬季节，二生在那二亩地上垒起了一堵堵矮墙，把那个豁口那里上了一个门。门是用木板钉在一起的，还有一个角铁门框。二生还在里头盖起了一间小房子，在小房子里放了一张破床，那上头放过他爷爷奶奶的尸体，后来就放他爹他娘尸体，他躺在上头一动都不敢动，这张床吱吱呀呀。他每天住在里头，守着自己的地。有一天，二生媳妇到地里来找二生，看到地上已经修上了大棚，大棚里长着鲜嫩的蔬菜。二生看到他媳妇进了门，便去迎她，让她看他种的大棚菜。他说：“猪长了吧？”她说：“没长。”他说：“羊呢？”她说：“卖了。”他说：“卖了就卖了吧，就指望着这块地吧，你看看我种的行吧？”二生媳妇说：“我不稀罕。”二生就拽她，他拽了半天，才把她拽到大棚里，他说：“你看看，看看。”她被拽到大棚里，他笑着，托着嫩绿的菜叶让她看，他说：“你看看，你看看好吧。”她没有看，她说：“我想来问一问，你是回家，还是种你的大棚？”二生说：“你看我就要发财了。”二生媳妇说：“你要是不回去，我就跟你离婚。”二生说：“好啊，我早就知道你有这样的心，就离吧，你离去，我不怕，反正我也就这一锤子买卖了。”二生媳妇就一屁股坐在大棚里，放声大哭了起来。二生说：“别守着菜哭，有话出去说。”她还是哭。他就往外拽她，拽出大棚，他答应她回去。二生媳妇说："那你就别要这块地，跟我做生意去。"二生说："我不做生意，我就种这个。"二生媳妇抽搭着回家去了。大皇上家和大皇上也来大棚劝二生，二生说答应回家去睡，他说："要是回家睡，菜让人家糟蹋了怎么办？"大皇上说："我派个人给你看着还不行吗。"从这天，二生便回家去睡，二生常常睡到半夜，去看他的大棚。他不知什么时候醒来，他醒来就去，他说，他梦见大棚被人糟蹋了，他在梦里呼喊，他问她听到他呼喊了没有。她说没听见。他说："我在梦里呼喊，怎么就发不出声音呢？"二生媳妇说："不知道。"二月的一天，蔬菜已经长成了，收获的季节到了，有黄瓜、茄子、茴香、芹菜。二生在卖他的蔬菜，每天都有菜贩子到他的大棚。这天下午，赵三祥进了二生的小屋子，他要买一些菜，说北京来了客人。二生说："我的菜还没有长好，我不卖。"赵三祥说："你真傻，等长好了，就卖不到现在的价钱了，长也是白长，还不如现在卖的钱多呢。"二生说："我就是不卖。"赵三祥就往大棚里钻，二生就拦在那里。赵三祥说："我看看你的菜。"二生说："我的菜不让你看，我的菜嫌害臊，你一看它就不长了。"赵三祥说："不就是几棵破菜，又不是人，还知道害臊。"二生说："我的菜反正不是没脸没皮。"赵三祥气愤地说："你骂我。"二生说："我敢骂你啊，我在说我的菜。"赵三祥说："去你娘的吧，你以为你的菜是什么，狗鸡巴都不是。"二生说："你再说一句。"赵三祥说："我说了，你怎么着吧。"

二生上去就是一拳，把赵三祥打的鼻子流血。赵三祥捂着鼻子说："哼，你打人，哼，你打人！"赵三祥说着，提着篮子走了。

夜里二生睡在自己的地里，他觉得很恐惧，他还硬撑着，他又不能让他媳妇给他做伴儿，他又怕那个家被贼抄了。二生在夜里很难入眠，他感到有许多带着贼气的眼睛望着他。直到两边厂房的机器停止转动，他还睡不着，越来越静了，两边高高的铁架子上刺眼的灯光照射过来，十分耀眼。二生觉得一缕缕光线在他身上，就像一只只小虫子在他身上爬动着。他起来在屋外站了片刻，天上星星稀疏。他听到一声铁的撞击声沉闷地响了两下，接着是一个人喊了一声，他哆嗦了一下，进了屋，把那扇怎么都关不严的破门关上。他想，就是鬼怪，他也要拼一场，接着，疲劳和困倦战胜了恐惧，他睡着了。

二生在小屋里刚睡着，他被外边的声音惊醒，他侧耳听了听，爬起来。他出了屋，拿手电四处照了照，又照了照门，发现门开了，就朝门那里走，这时几只手把他摁在那儿，他想喊，他的嘴被捂住，然后一股子又咸又臭的东西塞进嘴里，他闻到那东西，吐了口，但被堵在嗓子眼，鼻子呛得很难受。他的双眼被蒙上，被推到一边，接着，他先是头上挨了几拳，接着身上挨了几脚。二生听到噼里啪拉的声音在他的身上响着，过了很久，一阵脚步声远了，接下来平静了。他往前爬着，他摸到自己的大棚了，他往大棚里爬，他想把眼上蒙的东西弄下来，不知是什么，捆得很紧。他嘴里的东西也塞得死死的，害得他干哕了六七次。他爬出大棚，他想往家爬。他爬了一夜，也没爬出他的菜地。他媳妇来送饭，第一眼看到蔬菜大棚的惨景，惊叫了起来。她在两个大棚间，那些被撕碎的塑料膜之间找到了二生，把二生捂眼睛的布解开，把嘴里的东西拿掉，把绳子解开，二生一见是她，便抱着她哭了起来。二生从这个大棚跑到那个大棚，大棚上的塑料膜被撕毁了，一些墙被推倒了，那些蔬菜都被糟蹋了。

二生坐在地上，他哭着说："没好人活啦。"二生媳妇也哭了，她说："跟我回家吧，别种了。"二生媳妇没有把二生劝回家，就回家叫大皇上。大皇上带着赵丙仁和王广把二生架上汽车拉回家。二生在汽车上，哭喊着。大皇上说："不让你种，你偏要种那块破地，你看生出这么多是非。"二生哭着说："哥，我的命苦。"大皇上说："听出是谁来了吗？"二生哭着说："好像是赵三祥。"大皇上说："兴许是他。"二生说："我饶不了他们，这不算完。”大皇上说：“你这些菜能值多少钱，我给你加倍补上还不行。”二生说：“哥，我不成个废人了吗。”大皇上家说：“让你到我厂子里来，你就是给我看看大门也行啊。”二生说：“哥，他们不给我活路，我不活了，我跟他们拼了。”说着他往外撞，要到镇政府去闹。大皇上说：“你还去，上次的人就让你丢尽了，别瞎闹，你多大了，不看看自个儿的岁数。”二生媳妇和大皇上家也劝，大皇上家说：“兄弟，我不该说了，你是烧的，你这么好的媳妇，你又摊上个好哥。你要是吃不上喝不上，你闹闹也罢。我们日子过得好好的，别惹是非了。”

二生坐在门台上，他望着自己那两只长不大的瘦羊。他感到恐惧，他回忆在自己身上发生的事儿，脑子里浮现出许多奇怪的情景。他似乎还能看到那些带着紫色的茎和山芋叶脉，还有他的那些蔬菜，他是心疼那些菜啊，那些菜长着，多水灵啊。接着他眼前是一团绿色，映入他脑瓜儿里的是一些鲜绿的叶子。

二生搞不清自己为什么喜欢这些绿色，没有这些颜色，他觉得日子枯燥得无味儿。他想他就像一棵树，一棵草，也许他就是很规矩的一棵蔬菜，他是按着主人的本意一点点长着。就像人们那样做的，把青嫩的小果子装进塑料模子里，让其在模子里长大，那么就长得跟模子一模一样的畸形果。像蔬菜，像庄稼，就是按着人们的意思长的。如果没有旱涝，人让它们长什么样它们就长什么样。而一棵草就不同了，它是按着自己的意愿长大，它想什么时候长，长几片叶子，什么时候开花，什么时候结果，它想怎么着就怎么着。当他看一棵草的时候，他便想到了一张脸，甚至具体到某一张脸，比如他前妻的脸，他现在媳妇的脸，他嫂子的脸。他不知为什么老是想到女人，想她们的气味儿，她们的声音，她们的这些跟草相同的地方。她们就像草一样，每一个代表着一种，一种草有一种草的形状和气味儿。一棵草的一张脸是它的叶子呢，还是它的茎，还是花？而如果人是一棵草，那一张脸是什么，那么四肢是什么？还有脚趾和手指？

之后他跟他媳妇交谈，他跟她谈了几个夜晚，她终于答应跟他一起去种大棚菜。既然大棚菜对二生来说欲望这样大，她就满足他的欲望。她嫁到这个家，一切就听天由命吧。他们选择一个有白云阳光的好天气，再一次到那块地里，再一次。他跟媳妇把那一堵堵矮墙修好，清理干净，他们把一头猪两只羊卖了，买了些木料和竹棍，还买了塑料膜。他们用十一天的时间，把一个个大棚修好，然后把地翻一遍。他们累了，就在小房子里那张小床上歇着，那张床用铁丝捆绑了，结实多了。二生媳妇跟二生在一起久了，她已经适应了泥土，当一场劳动过后，她的身上、脸上沾满了尘土，她的鞋子里也灌满了泥土。有一天，有几次，她停下手中的活对二生说："我知道你为什么老是愿意到地里来，其实也不错。"她还说："这样种种菜不错。"

沉闷的夏季过去了。秋天来了，一股股凉风把他们身上的汗水吹干，他们就要播种了。二生到哥哥那里要了二百块钱，从城里买来了菜籽。

夫妻二人在种菜上结合起来，她想保持着这种阳光下暖融融的气氛，她不想再换一种样子。她已经静下心来，她开始帮着把菜籽撒到菜畦里，然后把长大的菜苗移栽到另一个菜畦里。这种烦杂的工序给她带来了极大的快乐。当她发现大棚里长出第一枚番茄，她就每天去看望它，她思念那枚番茄，就像一个人对一个人思念一样，她一刻不见就想得慌。她觉得那枚番茄就像一个人的笑脸，一朵花，一棵草一样，能抚平她心灵的伤痛。她说："这是最好的一个西红柿呀。"这枚番茄就像皇后一样，它已经熟透了，泛着妖冶的红光。她说："它是第一个红的。"大棚里蔬菜的香气跟阳光下菜地里不同，也不跟野草和庄稼类同，大棚的蔬菜的气息她能分辨得出。这是单纯的稚嫩的气息。她陶醉在这种气息里，她适应了这种气息。

就在番茄成熟的时候，二生媳妇的肚子在一点点膨大，她让二生摸她鼓起的肚子，二生就用沾满泥土的手摸，弄了她一肚皮泥。她说："我已经闻到孩子的气味了。"他说："我也闻见啦。"

晚秋，几场凉丝丝的秋雨过后，他们把大棚上压上塑料膜。当她进入到大棚里，她说："原来这里另有一番天地。大棚里那样宁静，好像一切静止不动了。"二生走到大棚里，他就来了精神，他就像一个会玩的小孩子，干起活那样起劲儿。

就在一个深秋的上午，二生蹲在大棚里干活。这时来了两个穿绿衣裳的戴大檐帽的警察，两个都是胖子，他分别不出哪一个是哪一个，他们好像是孪生兄弟，他们一个是另一个的影子，他们进入到大棚，走到二生面前板着脸说："你是张全生吗？"

二生说："我忙着呢，有话在这里说。"那个说："你出来不出来？"二生说："我出去干吗去啊？"两个胖子走到二生面前，拿出了手铐，就要往二生腕上扣，二生说："你们凭什么？"那个说："别胡闹，胡闹也是你吃亏。"那两个来拧二生，二生挣揣着，腾出手，给了一个一拳，那个便重重倒在菜地上。二生大叫着："你个畜生，把我的菜给压倒了！"另一个掏出了手枪，他枪口冲上，他说："你敢再闹，我毙了你！"二生说："好啊，你也带着家伙呢，你有种就来吧。"那个说："你小子的嘴还挺硬。"二生说："别拿着吓唬砍草的劲儿来吓唬我。"那个从菜地上爬起来，上来给二生两拳，两个人拧着二生。二生还在挣揣着，并大叫着："你们这些杂种，我饶不了你们！"二生媳妇这时跑过来，她抱着二生，她嘴里是尖细的大叫声："在这里都不得安生，你们欺负人啊！"那个说："你别多嘴，老实点儿！"二生媳妇上去，跟那个厮打起来。那个把二生媳妇推倒在地上。铐子铐到二生的腕子上，二生说："你们欺负我，我跟你们没完。"那个说："到派出所再跟我说这些。"那个说："你真够难缠的，还没见过你这样的呢。"二生说：

“我饶不了你。”那个说:“我就不信治不了你。”那个说:“你知道你犯了什么法了吗?”二生说:“我没有犯。”那个说:“你是个杀人嫌疑犯。”二生说:“你们在胡说些什么?”那个:“老实点儿。”两个夹着二生向大棚外走去。二生走出大棚,他突然挣开,向前跑去。两个人在后边紧追,追上后,把二生绊倒,那个的膝盖压着二生的头,二生低一声高一声地叫骂着。二生被拧着,一步步往前走。二生媳妇在后边跟着,一直跟到镇派出所门口。那个说:“你跟着我们干什么?”二生媳妇说:“你把他带到哪去?”那个说:“这个你管不着。”二生说:“回家吧,别到大棚去。大棚不要了,你在家里等我。”

被压抑的哭声从二生媳妇的嗓子里发出,她一边哭着,一边转过头向西跑去。她在大街上飞跑着,她觉得裙子有些碍事儿,她领口的扣子也有些紧,她的鞋子很重。她越过一个个店铺,越过那些眼睛,她跑回了家,她上气不接下气地把事情的经过报告给大皇上家。大皇上家给大皇上打了电话。二生媳妇见大皇上进门,便迎了上去哭着说:“哥,你救救二生吧,他被派出所的人带走了。”大皇上没吭声,他进了屋,坐在沙发上,才说:“这几天你一直跟二生在一起吗?”二生媳妇说:“一直在啊。”大皇上说:“出事儿了,出人命了,赵三祥死了。”二生媳妇说:“二生真没干,他跟我在一起呢。”大皇上说:“先别急。”大皇上拿起电话,打了两个电话,就开车出门去了。大皇上到深夜还没有回来,大皇上家和二生媳妇对面坐着等着消息,到了十一点,大皇上打来电话,让二生媳妇放心,这边没事儿。

大皇上在电话里对大皇上家说了事情的起因:“赵三祥失踪半月多了,赵吉庆派了人找他,没有找到。前天,有人到树林子里拾柴,看到一推树叶,就往筐里捧,他捧了几捧,就捧到了赵三祥的尸体。”

在这个镇上，乱事儿可多呢，要多少就有多少，谁一出门，说不准就碰上了晦气的事儿。二生媳妇也觉得二生有些倒霉，要不是这样怎么什么事儿都到他头上了呢。二生媳妇记着二生的话，她只在白天到大棚去看看。这天夜里，她掴开被子睡觉，她刚脱完衣裳，把灯关了，她听到屋子里有喘气的声音。她去摸灯绳，就在此时，一双手摁住了她，她挣扎着。她感到了那是个裸着的身子，她跟那人厮打了起来，她在他脸上用指甲狠狠地抠，那人用拳头打，用脚踢，他们从炕上滚到地上。二生家一声接一声地大喊："招贼啦，抓贼啊！"那人把她压在底下，抓着她的双手，另一只手在她身上乱摸，还把身子往她身上贴。二生家挣扎着，她的牙咬住了那个人的手，那个人大叫了声，放开了她，打开门逃掉了。二生家穿了衣裳，去敲大皇上的门，门开了，大皇上家打开门灯，看到她头发一副零乱的样子，差一点叫了起来。大皇上家一把抓住二生媳妇的手，把她拉进屋，这时大皇上也起来了，二生家说了事情的经过。大皇上给派出所打了电话，又给赵丙仁和王广打了电话，让大皇上家陪着二生媳妇到二生的宅子上。二生媳妇打开灯，她看到桌子下有一团东西，拿出来一看，是一件带汗腥的衣裳和一双臭烘烘的鞋子。

第二天，那个人找到了，是赵连城。大皇上叫了派出所的人，把赵连城带进看守所，经过一场痛打，赵连城招认，糟蹋山芋地和大棚都跟他有关，还有赵三祥和赵金柱，徐桂有也跟着干了。录了口供，把他押到城里拘留所。可是第二天，赵连城就出现在大街上了。他还站在大街上，跟一些人说话，一副得意的样子。他满脸全都是划痕，都结了痂，他的手上还裹着绷带。

赵连城本来很丑陋，他布满划痕的脸更难看了。赵金柱、徐桂有、赵连城他们几个在街上说着话，身子一转，就到赵吉庆的橡胶厂去了。

由于没有证据，二生被放了出来。二生是被大皇上接回来的。二生坐在汽车上，在他眼睛里的大街已经变得很陌生，两边是挂着漂亮招牌的店铺，从宽大的窗子里，能看到铺子里漂亮的商品。有一辆轿车跟这一辆擦肩而过，接着是三个衣着时髦的骑摩托车的妮子，她们都留着长发，一辆是黑色的，一辆是红色，一辆是白色。一群涂脂抹粉的女人站在大街上，还有一群光屁股的孩子在喊叫。他的眼睛一直望着窗外，他从小到现在，还没像现在这样仔细地看一眼大街。二生被关押了十多天，他瘦了，头发蓬乱，胡子也长了。二生看到自己树篱的那一刻，他的心就像化成了水，流到地上，在地上向前滚动。

当汽车停下，二生沉了一会儿，才从车上下来。他下了车，他摸着树篱往家走，一些枝枝蹭着他的脸，枝头上的几只麻雀在叫着，他见此情景，眼泪便禁不住流了出来。他觉得自己的院子跟原先不一样了，显得有些苍凉。

此刻，在他脑子里闪现的是童年那些像小鸟一样欢快的日子，还有他爹、他娘和他奶奶。那些麻雀的声音就像他的亲人，向他发出一阵阵呼唤。直到门边，他的手才垂了下来。他进门的那一刻，哇的一声就哭了，他哭着进了屋。他一边哭一边说了在拘留所的经过，还让他媳妇看他身上的伤。二生媳妇看到他脊背上、屁股上、胸膛上和腿上一块块青紫色的印迹已经满了。二生说：“为什么我们张家老是遭受灾难，从爷爷那一辈就这样，爹这辈子也这样，我们为什么呢？”

二生哭罢，他抽咽着对他媳妇说：“你给我做碗捞面吧。”她就给他做了捞面，让他吃了，他睡了。他睡醒后，再没提大棚的事儿。她倒是说了一句：“那么，大棚呢？”他说：“去他娘的吧，光想好不行，就让那块地荒着去吧。”

就在这年夏末，二生被高墙包围着的那块地上草没了大棚的矮墙，长得浓密蓊郁，还开满了鲜花。二生去了一趟，他只瞧了一眼，就往回走，他对她说：“操他娘，那些草真吓人。”他就再不愿意提到那块地。那块地把他征服了，他开始听媳妇的话了，她说什么，他都听着。她站在锅台那儿，她在擦拭一个油碗，她用冷漠的声调说：“大哥让你到厂子里去。”他咧了咧嘴，蹬上鞋子说：“他什么时候说的？”她将要擦拭干净的瓶子，就在此时落地摔得粉碎，她弯下腰，把碎片捡到簸箕里，她用更冷漠的声音说：“昨天说的，你去不去？”

他说：“我去我去。”

二生的鞋子已经穿好了，他又找了件衬衣穿上，一边系扣子一边出了门，他走到院子里，他看到那些树上墨绿色的叶子已经被虫蛀过了，麻麻花花地带着斑点，他听到北边坑塘那儿令人心痛的呼呼风声，他停了下来。二生媳妇出了门，她说：“你要是去就快点儿去吧。”他慢吞吞地往外走去，他的腰已经弯了，看上去一副苍老的样子，她想他才四十多岁，就要成一个小老头儿了。二生走到大门那儿，他停下了，回头看了一眼，他好像忘带什么东西，他犹豫了一下，还是走出门去，随之，他的脚步声也消失了。

一股子凉丝的风从屋檐卷了过来，吹动着屋檐下的玉米叶和树叶。二生媳妇望了一眼天空，天空很高很蓝，一块块淡淡的白云静止地悬在天上。

晚秋的风已经很凉了，太阳把丛林的黄色叶子照得发亮，在阳光下，丛林的每一片叶子，每一条枝干，以及枝叶摇晃的样子显得那样真实。赵吉庆把车停到树林边，抬头望着树枝上黄色的叶子，站了下来。风吹着树上的叶子旋转着飘落。赵连城跟在赵吉庆身后，他们走到一棵大榆树前停了下来，赵连城指着树林的暗处，他说："从这里进去。"

赵吉庆说："已经很久没到这里来了。"

赵连城说："叔，你别看，我怕你受不了。已经没个人样子啦，也许从十多天前，从他失踪那天起，他就死了，在他胳膊肘这儿都露着骨头了，趴满了大绿苍蝇，轰都轰不走。"

赵吉庆说："真够惨的，真没想到他落到这下场。"赵吉庆嗓音沙哑，他咳嗽了几声，掏出手绢，擦擦他布满血丝的眼睛，沉重的脚踩着厚厚的树叶向丛林深处走着。

经过一个土岗，赵连城搀着赵吉庆，赵吉庆皱着眉头望了一下天空，他扶着一棵榆树，他抽了下鼻子，他目光看着秋天的丛林，几片叶子落在他的身上，赵吉庆说："他从小没爹没娘，跟着我长大的。"

赵连城说："他经常对我说，你对他的好呢。"

赵丙仁他爹推着推车，他步履稳健地从南边的大道上走了过来。车上装了满满的一车带着青苞的玉米，赵吉庆转过身看到了他，便说："小心点儿，已经不是那个岁数啦。"

赵丙仁他爹说："是啊，不是那个岁数啦，不行啦，老啦，推着车子就上喘哩。"

赵吉庆说："玉米长得不错啊。"

赵丙仁他爹说："就种了两耧，这玉米是本地种儿，还没串种儿，等磨了糁子，我给你送些去。"

赵吉庆说："好多年没有吃到这种黄灿灿的糁子啦。"赵吉庆看着赵丙仁他爹进了村子，蹒跚的身影在拐角那儿消失。他转过身，又抽了抽鼻子，向树林里走去，他脚下的被踢起的叶子发出悲伤的沙沙声，一些碎叶沾在了他的脚面上。

赵吉庆得知赵三祥失踪后，他派出许多人去找，他打赵三祥的手机，他一次次重拨，从那个早晨开始，他预感要出事儿了。赵吉庆走进林子，他听到树林子里嘭嘭地响着，随着的是土地震动的声音。他往那边走去，见一位老人抡起了镐头，在刨一个树墩。当镐头落下时，嘭嘭声震动着树林。赵吉庆看清了，他是赵金柱的爷爷，此时老人转过脸，冷漠的目光看了赵吉庆一眼。赵吉庆说："你刨这个干吗呢？叔。"他说："烧啊。"赵吉庆说："听说你每天都来刨树墩啊。"老人说："是啊，林子里的树墩多着呢，刨不完。"赵吉庆说："是谁伐了这些树哩？"老人说："谁知道哩，这些树年数都不少啦，你看树墩多大，有一个大树墩，我刨了十多天呢。"赵吉庆摸了摸树墩说："这是棵杜树吧，长了有多少年啦。"老人说："二百年也长不这么大。"赵吉庆说："现在的杜树越来越少了。"老人用迟缓的目光看了一眼那边的丛林，他说："是啊，要绝种儿啦。"他刨了几镐又说："你是来看三祥的吧，他就在那边呢，真是怪可惜的，才这么点儿。"赵吉庆又抽了抽鼻子说："啊——是啊。"赵吉庆说着，把身子转过去，向树林的深处走去。

赵金柱说赵三祥失踪前在张全生的树篱笆前看见过。那是一天中午，赵三祥醉醺醺的，他喝得太多了，他走到二生家院南，冲着树篱笆撒尿，嘴里哼着歪七扭八的小调儿。赵连城他爹说看见赵三祥跟一个人影在村南的小路上往村子走着，那个人好像是二生。赵三祥在树林南停了停，就沿着小路进了树林，那个人也跟着进了树林。赵连城他爹只看了一眼，没往深处想。赵吉庆得知赵三祥的尸体在树林里被发现时，他想到的就是二生，就报了案，把二生逮了起来。

在这个村子里，只有二生对赵三祥有着刻骨的仇恨。没有证据，用了很多办法，二生也没有招供。再说二生的哥大皇上已经买通了派出所，派出所要放人，给赵吉庆打来电话，他就答应了。

赵吉庆在树林边停住了，里头很暗，他的眼睛不适应里头的光线。越走，地上的树叶越厚，踩到上头，觉得整个树林晃悠晃悠的。树林里时阴时明，接着是摆满了树墩的一片小树丛，有榆树、柳树和槐树，接着是一片草地，小草黑绿色的叶子还在长着。赵金柱跑了过来，他呼呼哧哧跑到赵吉庆面前，指着更黑的地方说："他就在那儿。"

赵吉庆想，二生的嫌疑最大，他招不招，赵家跟张家结下的仇，这回又增添了不少。张家的橡胶厂，张家的深宅大院，张家的轿车在大街上开来开去，看上去带着狂气。那树篱笆长着邪里邪气的叶子，还有二生新娶的媳妇那俗气劲儿。二生见着赵吉庆，那双仇恨的眼睛瞪着他。终有一天他会复仇。

张家就像赵吉庆心上的一根刺，这根刺他一点儿办法都没有，直到他带着它走入坟墓，这根刺才在他心头慢慢腐烂。张全生就像条疯狗，随时都能听到他的叫骂声。他已经给张全行打过三次电话，这也算对张家的警告，如果张全生再这样下去，他就要对张全生不客气。在电话里，大皇上说："爷儿们，别跟他一般见识，他是个半傻子，我跟他也是没有办法啊。"赵吉庆说："他比谁都精，他怎么会是傻子呢。"大皇上说："他是傻子，你看他的眼神。"

这时，徐桂有走了过来，他的脸是青灰色的，头低着，把脚底的树叶踏飞起来。他走到赵吉庆面前，站在那儿听他们说话，一边玩着手里一根榆树枝，他把树枝弯成一团，再让它弹开。

赵吉庆划拉一下脸，他的手在徐桂有身上拍了拍，站了起来，他换了个话题说："桂有，听说你又跑了七十多万的合同，到年底我给你记大功。"徐桂有说："我不在乎那个，我就爱干这活儿。"赵吉庆说："你也看出来了，我拿你跟赵三祥差不多一样近。"徐桂有说："我知道。"赵吉庆说："你的脸色可不太好，你病了吗？"徐桂有说："我没有。"赵吉庆说："你可要注意身体，不要累着。"徐桂有点点头，看着赵吉庆的脸色，顺从地站在一边。

就在这时，吉庆家侧侧歪歪的身子进了树林了，随着是低一声高一声的哭嚎，她的哭声就像树叶一样脆弱。树枝摇晃着，树叶飘落了。一些鸟哀啼着，从这个枝头飞到那个枝头。她走到赵吉庆身边，她把捂着嘴的小手绢拿开，她用喊哑了的嗓子说："他在哪里呢？"

赵吉庆说："你来干吗哩？"吉庆家拿着怪腔说："我娘哎，他是咱家的人哪，我不来谁来，我还想给他洗把脸呢。"赵吉庆说："人已经没模样了，你别见了，怪怕的。"吉庆家看到树上和地上是黄色的树叶，就像尸体上盖的黄布一样，这是这块土地的盖尸布啊。赵吉庆说："你回去吧。"吉庆家点了点头，依然站在那儿，赵吉庆催促了两遍，再没说什么。

不久，拉棺材的拖拉机开了过来，停在树林外，几个人抬着进了树林，他们走到赵吉庆面前，把棺材放下。赵金柱说："你看棺材多好，是四五六的，黄花松。"赵吉庆揉着鼻子点点头。赵金柱说："把棺材放哪儿？"赵吉庆说："往里抬一抬，把人装进去，拉到地里就埋了吧。"

这时赵连城跟赵厚生跑了过来，赵连城说："一股子臭味儿，熏鼻子，他身上的肉都烂了，一动就掉一块。"说着赵连城俯下身抓了把树叶，用那把树叶搓掉手上带有臭气的黏乎乎的东西。赵吉庆说:"找床被子,放到被子上。"赵厚生就去找被子。尸体已经在这里十五天了,这十五天,下过一场小雨,树叶在落着,下边的落叶在腐烂着。十多个人抬着棺材在前边走着。

赵吉庆往里走,脚下的树叶发出刺耳的沙沙声更大了,他说:"有多远?"赵连城说:"前面就到了。"赵吉庆说:"这里哪有路啊?"赵连城说:"没路也迷不了路。"

赵吉庆在树林里走着,他的脚踢起树叶,他对树林沙沙的树叶声感到很恐惧。几只鸟从他们面前扑啦啦飞走了,赵吉庆停了下来,他故作镇静地抬头望去。这儿的树很密,看不到一丝天空。眼睛适应过来。他从这棵树摸到下一棵树。赵连城和赵金柱都没有吭声。赵吉庆擦了擦脸上的冷汗,他说:"快到了吧?"

赵金柱说:"你看,前面那个有亮光的地方,像飘着雾的地方就是。"他斜看了赵金柱一眼,赵金柱扶着一棵树,把脸转过来,他说:"叔,这地方我常来,小时候来得更多。在春天还能爬到树上掏鸟蛋。"他指着一棵柳树说:"我还在这棵树上锯过一个锨把。那锨把还在用着哩,这棵树长了,我小时候能搂过来哩,我现在搂不过来啦。你看看,这树上有个洞,我小时候还没有,不知什么时候有的。"赵吉庆听着赵金柱的话,他不再恐惧了。他走到一个有亮光的地方,他说:"这个地方能看见太阳。"

赵金柱说:"原先看不到,伐掉了一棵树,现在能看到了。"赵吉庆眯着眼睛举眼看了看,他看到太阳在枝叶间,枝叶像云一样。他低下头,揉了揉眼睛,赵金柱又说:"前面就要到了,你别到近处去了叔。"

赵吉庆隐约地看到了在树丛间的棺材,他说:"你们可小心点儿,赵三祥从小就跟着我,是我一手把他带大的。"赵吉庆走了几步,他停了下来,不自主地去捂鼻子,他说:"好吧,我们坐在这儿等一会儿。"

接着是四个树墩，是刚伐掉的，白茬儿还鲜着。赵吉庆、赵金柱和赵连城坐在树墩上。赵金柱说："这片树林里，真他娘的，我在这里碰见过王三怪跟刘石头家亲嘴，还看见李六跟王春生家在这里干事呢。还有，我们十多个小子到地里割草，都躲到树林里一玩就是大半天，把裤子褪下来，都坐在树墩上玩儿呢。"

赵吉庆的悲哀的脸上露出了抑制不住的笑容，片刻后便消失了，他陷入了沉思之中。赵连城说："你老是说有好好儿，让我来看，还真看见一次。那天天已经黑了，我有些害怕，两个影子，合到了一起，还没看见是怎么回事儿，就没有了。林子里挺好玩儿呢，你让我跟你来掏鸟蛋，用弹弓打麻雀。我们把麻雀打下来，就和一摊泥，把麻雀裹到泥里，放到树叶里烧，我们把鸟烧熟。剥开泥硬壳，泥巴把麻雀毛都沾了下来。我就是不想吃，那鸟头紫不唧的，还有弹性，就像活的一样，我吓得扔掉，你拾起来，拽上头的肉吃。那次你吃了十二只麻雀。"

赵金柱说："麻雀肉真香，现在我看到麻雀，我就馋得慌，我还留着小时候的弹弓子架呢，我老是想打几只麻雀下酒，老是没时间，也许我现在已经射不准了，我那时百发百中，射到了不少麻雀哩。麻雀被射蒙了，从树上坠落下来，拿在手里，它心还跳呢，麻雀的胆子真小，它的心跳真快。麻雀毛真软和，尤其是肚皮那儿的毛，肚子热乎乎地烫人。"

赵连城说："现在已经不挨饿了，也有肉吃，谁还吃脏不拉唧的麻雀啊，下一辈就尝不到挨饿的滋味儿了，真他娘的，滋味真不好受。"

赵金柱说："你没尝到过，知道嘛，还是麻雀肉好吃。"

赵吉庆坐在那里听着，一言不发，原来他们都到这里来玩儿，这林子原来就这么黑，一直是一些人的天堂。一辈子一辈子人都一样，现在一些毛头小子和小妮子还到这里来呢。

赵金柱说："好了，人都来了，把他裹到被子里，放进棺材里了。"人们抬起了棺材，缓缓地绕过一棵棵树往外走。赵吉庆站起来，跟着这些人往外走，他感到身后一股股凉丝丝的阴风。

走出树林，赵吉庆松了口气。他想：要小心些，我的命别搭上。他看着人们把棺材放到拖拉机上。

赵连城跑过来说："直接拉到地里去啊，还是拉回村？"赵吉庆说："都这样了，拉进村子，往哪放啊，赶紧埋了吧。"赵连城点点头。赵吉庆说："坑打好了吗？"赵金柱在一边点点头说："打好了。"

赵吉庆让人打开棺材，他看了一眼，他撩了一下被子，那股子臭味熏得他赶紧闪开。他让人钉上棺材盖，再摽牢。拖拉机手把拖拉机摇着，坐上去，围着棺材坐了一圈人，赵金柱说："叔，你就别去了。"赵吉庆就捂着脸哭着，嗯了一声。

吉庆家的号啕声震得树枝摇晃了几下，她捂着嘴，歪着头，闭着眼睛，由赵金柱家扶着，赵连城家也凑过来哭。

四周站满了镇上的人，在喊喊喳喳聊着。天阴沉沉的，一阵阵冷风从树林子里刮来，女人们像羽毛似的头发被撩了起来，抖动着。吉庆家的数数叨叨的号啕声刺入赵吉庆的心底，接着另外几个女人随着，哭声在树林边飞荡着，接着一些男人也哭了。拖拉机开动了，吉庆家往那儿挣了几挣，就被赵金柱家和赵连城家拽着了，几个女人跺着脚哭了几声，拍着胯哭了几声后，哭声戛然而止，几个女人掉过头往回走，用沙哑的嗓子交谈着。

拖拉机开走了，在后头有一辆双排、两辆轿车缓缓地跟着，上头拉着乱糟糟的哭声。赵吉庆看着远去的拖拉机，直到在街角那儿消失。这时他看到一阵旋风在他身边旋转着，他看到一些草叶和纸片被吹拂起来，他望着眼前的情景说："我知道是你，你死得屈，走吧，走吧，我会给你报仇。"他的眼泪往眼眶外溢着，他克制着，看了一眼四周，然后他转过身，深一脚浅一脚往自己汽车走去，用模糊的眼睛看着路，他想：他也是一辈子人啊，还没有娶媳妇哩。他要回家大哭一场。他已经很久没有哭了，他打算好了，他怎样哭，在哪个屋里。

这一关算过去了，赵吉庆的头在痛，像有一根针一扎一扎地疼。疼痛扼制了他的悲痛。他回到家，家里没有人。他关上门，一头扎到床上，塌下心来抽泣着，他擦着泪。他哭了片刻，门响了，他就克制着悲痛，用枕巾把眼睛擦干。

吉庆家已经进屋了，她问：“你怎么啦？”赵吉庆鼻音很重地说：“头疼。”吉庆家带着哭腔地说：“我知道你心里不好受，光难受也不管用啊。”她说着，眼泪啪嗒啪嗒地掉在地上。赵吉庆还躺着，他说：“我的头疼死我了。”吉庆家坐在他头前，给他按摩头部，这时他出了一身汗，他不敢动，一动头就痛得厉害。他想，想开些，别找倒楣。吉庆家说：“好点儿了吧，我给你拿些药去。”赵吉庆说：“不用了，我就有这毛病，一会儿过去就好了。”大约过了半个小时，赵吉庆坐了起来，他的脸有些黄，还浸着一层汗珠。吉庆家说：“你饿了吧，我熬了米粥。”他说：“来一碗吧。”她给他端来一碗粥，他喝了口。她的气色不错，她穿着一身黑西装，她圆润的手指把脸前的头发拨到身后。他低下头喝粥，他把粥喝完，她说：“再来一碗吧。”他说：“再来半碗，一勺子就够了。”他喝罢舒了口气说：“刚才没把我难受死，是不是三祥那小子作祟，他死得真是不明不白啊。”她说：“你真是迷信，还信这个。”他说：“我是不信，我觉得有点儿怪。”她说：“你太累了，睡一会儿就好了。”她说着，伸手扶他倒下，用她的手抚摸他的前额。她见他闭上了眼睛，呼吸越来越平缓了，她的手犹豫了下，就离开了。她的手一离开，他就睁开了眼，他说：“你也吃些去吧。”她说：“怪热的，我等一会儿再吃。”他说：“赵三祥真的没了吗？”她点点头。他说：“这人真怪，你说人死了上哪去了呢？”吉庆家的眼一红，眼眶里溢满泪水，她说：“快忘了这些吧，人已经死了。”他说：“你说是谁呢，是谁害了他？”她用手指肚抹了把泪说：“这个谁知道啊，你说说的，这个人有多凶呀。”赵吉庆说：“我老觉得是二生，除了他还能有谁呢。要真是他，这小子就厉害啦。你跟了他这么多年，你还不知道他啊。”吉庆家说：“我哪知道啊。”赵吉庆说：“合着你都不知道，你真是个吃菜货。”

她睁大眼睛站在床前，她看着他，她的神情里透出一丝惊讶。她没有再说什么，接着她到堂屋去了，接着喝粥的声音从堂屋里传来。他睡着了，他睡得很安静，好像大病一场后的身体恢复。窗外是一团黑色，吉庆家穿着高跟皮鞋，咯噔咯噔地在院子里和屋里走来走去的，赵吉庆一点也没有听见。

吉庆家喂的兔子被赵吉庆吃了十多只，还有七只小兔子。吉庆家的地种了玉米，玉米已经收割，只剩下玉米秸戳在那儿。深秋的早晨，她背着筐下地，她要去刨玉米秸，她的筐里还装了一把小镢头。她走到地头，在渠沿上被霜打蔫的蓖麻下，长着墨绿色的小草，吉庆家忍不住蹲下来割草，小草透骨地凉。在她的右边，是一片落尽了叶子的杨树林。水渠在这里拐了个弯，向北去了。她捏着草，用镰刀割草的这一刻，有人在她的背后说：“你真够勤力的啊。”听到这声音，吉庆家激灵一下子把镰刀丢在地上，她回头一看，见是吴宏涛那张圆圆的胖脸在冲她笑着，她也笑着说：“怎么是你呀？”吴宏涛把他那张脸往前凑了凑，用低低的酸味十足的声调说：“对啊，是我啊。”吉庆家用疑惑的目光打量了一眼，她说：“你怎么到这里来了呢？”吴宏涛说：“谁知道啊，走着走着，就到这里来了。抬头一看，见你在这里割草。”吉庆家说：“前边没有路啦，你看看，前面长满了小草，再前面是玉米地。”

吴宏涛笑着，他一副和蔼可亲的脸孔对着她，她便打消了戒备心，站在渠沿上跟他说了几句话，就转身到玉米地里去刨玉米秸。她俯下身子，一手抓着玉米秸，一手抡起小镢头刨，她刨了几棵后，吴宏涛在后面说："让我来帮帮你啊。"

她说："还是让我来吧。"她一下下刨着，他在后面跟着，给她把玉米秸茬上的泥磕掉，再捆成捆。吴宏涛说："你的玉米长得不赖。"吉庆家说："一亩打七百多斤呢。"

刨了大约半个小时，吉庆家身上就出汗了，她的鬓角的头发里冒着热气。她本来觉得不自在，她刨着刨着，就顾不上这些了，她真有些累了。她还在一棵棵刨，要是往日，她会直起腰来缓缓劲。吴宏涛说："累了吧？"她硬撑着说："不累。"吴宏涛去夺她的镢头，他执意要刨，她就松开手。他把镢头夺在手里，俯下身，一气儿刨了十几棵玉米，就呼哧呼哧喘着，他说："我不行了，真成了废物了，已经有几年没干活儿了。"

两个人说着，就坐在畦埂上歇着，两个人聊着话。开始显得有些拘束，过了片刻，两个人就露出了自然的笑容，他们聊着，好像多年的老朋友了。太阳照红了枯败的玉米叶子，天空几抹彩霞，就像沾上血的手，在上头扶了一把，就染上了。这就是秋天，田野在枯萎，在衰败，四处显得空荡荡的。邻家的玉米已经刨了，还有芝麻地。只有棉田里的棉还在开着，但叶子也已改变了颜色，就像穿旧的衣裳一样，缺边少沿，窟窿眼睛的。吴宏涛说："你的手长得真巧，让我给你看看手相啊。"吉庆家说："我不看，我不信那个邪。"吴宏涛说："来吧，让我看看吧。"他说着，蹲在吉庆家面前，把那只不情愿的手抓他手里。吉庆家的手上沾上了露水，吴宏涛用另一只手擦了擦，然后摆弄着她的手，看着看着，吴宏涛惊叫了一声："我说是吧，你看看，你明年有一场灾啊！"吉庆家用恐惧的眼睛看着吴宏涛，她的心剧烈地跳着，她怔怔的，没有说话。

赵宝红挎着淡红色的帆布包，穿一身红色的亮晶晶的衣裳跑进了院子。在她身后跟着像小黑叫驴似的张全荣，张全荣提着宝红的棕色皮箱。宝红跑到门前，停了下来，伸手摘下一颗已经干了的枣子，放进嘴里嚼着。在宝红手里，还有几片干枣叶，她一攥把枣叶攥碎了。赵宝红说："全荣，如果早来一个多月，就能吃到又甜又脆的枣子了。"张全荣笑了笑，宝红又说："你还没尝到过我家的枣子吧，别提有多好吃了。"张全荣跟着宝红进了屋，吉庆家正好跟张全荣碰了个头，她惊喜的声音脱口而出："你来啦。"张全荣打量了一下吉庆家，然后低头默默向西里屋去了。吉庆家站在堂屋里愣了很久，张全荣曾经是她的小叔子呀，他怎么不理她呢。再说，他进这个门，就是她的客人呀。片刻后，她听到西里屋传来的说笑声。

张全荣钻进赵宝红的屋子里嘟嘟哝哝无休止地聊着，还有笑声。张全荣坐在床上，他的腿在床下踢跶踢跶的，两手在两胯间摁着床，一副自在的样子。赵宝红俯在桌子上，她的右手托着脸，她的眼睛在看着张全荣。

"你在想什么？你已经半天没说话了。"张全荣说。

赵宝红说："我在想自个儿是不是个傻妮子。"

她在猜测着他，他也在猜测着她，沉默了片刻，赵宝红嘻嘻笑了，张全荣也抿着嘴笑出了声。一副近视镜架在张全荣的鼻子上，就像架在一根高粱秸上。

聊的是一个艰难而沉重的话题，他们又不能逃避的。那就是两家的世仇。

吉庆家就坐在堂屋里，她等着张全荣出来的那一刻，看她一眼，如果跟她聊上几句话，她的心就安稳了。她听着屋里头的谈话，听他们谈到她了吗。在屋里的，她过去的小叔子，她疼过他，给他做过许多鞋子和衣裳，他吃过好几年她做的饭呢。

大约过了漫长的两个小时，张全荣从那间屋子里慢腾腾走了出来，吉庆家见了，她说："三荣，在这儿吃吧。"

张全荣摇摇头。

吉庆家说："你再坐会儿吧，三荣。"他迟疑了片刻，她等着他说话，他终于开口了，他说："我回家还有事儿哩。"吉庆家拽了下他的胳膊，她说："在这儿吃吧在这儿吃吧，我给你包你最爱吃的韭菜饺子。"他冷漠地回了句："不啦。"吉庆家看到了他的眼神带着痛苦和迷茫，他已经走到了她的面前，并举头看了她一眼，再低下头，吉庆家说："三荣，我想跟你说几句话。"张全荣抬起头来，他的眼睛对着她，他说："你说，我们还有什么可说的呢。"

吉庆家用有些颤抖的声音说："我还能帮你，你跟宝红的事儿，我能说服宝红他爹，我想我还能帮你呀。"张全荣的眼睑垂下，他说："以后说吧。"说罢，他向门外走去，宝红在后边送他，吉庆家追了几步，她用大一些的声音说："我跟你哥，不全是我的错啊。"张全荣的脚步没有再停顿，他用连贯的步履走出院子，甚至没有看跟在他身后的宝红一眼。宝红跟着张全荣出了院子，院子里的空气浓重得使她喘不过气。

吉庆家望着他消失的背影，三荣这匹小叫驴已经长大了。她往回走，她的眼睛模糊。吉庆家一屁股坐在沙发上，她急得眼里的泪水都流了出来。她拿起身边一块坐垫，摔在茶几上，茶几上一个杯子滚落到地上，发出丁铃铃的金属声。吉庆家心疼地把杯子拾起来看了看，杯子完好无损。

这就是青镇，所有的季节都很匆忙，冬天被几阵风一吹，就像一片云似的，一瞬间就无踪影了。然后是春天，它就像一个在大街奔走的俊妮子，还没看清是什么模样，就没影了。接着出汗的滴雨的让人透不过气来的夏天来了。

青镇夏天被杂草、丛林和庄稼包围着。所有的植物散发着浓浓的香气，并肆意地发狂般地长着。在青镇的每一个角落，似乎都能听到来自植物的声音：嘟哝声和叫喊声。兔子的窝通到了坑塘边的芦苇间，鸟也在坑塘的芦苇里坐了窝。那一片浩瀚的芦苇长出了穗子，那些在坑塘前走过的人，望着六月里青青的芦苇。

一些人，当官的、富商、投机者，从城里开着汽车，或者骑着摩托车到坑塘里来钓鱼。坑塘边很潮湿，潮虫子、钱串子、蜈蚣，这些喜欢湿润的家伙在爬动着。这个镇子，他是年青的，不会打扮的，也是鲁莽的，也是爱闯祸的，会堕落的。

夜晚，赵吉庆家发生了一件倒霉的事情：他家那条爱叫的狗被毒死了。那条狗吃了人家扔进院子里的猪肉死的。赵吉庆夜里到院子里看狗，那条狗已经不行了，它睁开眼睛望了望主人，就闭上了眼，弹腿的力气也没有了。赵吉庆看到满院子散落的肉末，那个黎明，镇子里的人听到了赵家那条狗的哀嚎。

镇子显得很宁静，什么都没有发生，一切都在重新开始，一切还像以前一样扯淡，一切还像从前那样赖皮。大街上的人冷漠地走过，一些熟人遇见后，站下来，嘻嘻哈哈地聊着。没有一句正经的，都在说套话儿呢，露精神呢，皮子把子的都上来了。赵吉庆已经成了小镇的笑料了，都在暗暗地聊呢："他搞破鞋不眨眼，他的老婆是个养汉精，他就要遭报应了，他的女儿宝红跟张家那个小黑叫驴好了，三荣说不定是个死孩子哩。"

在这个夏季，吉庆家除了种那块地，她大部分时间在家里等待着。她很苦闷，除了那块地给她带来喜悦，在这个镇子上，她觉得没有好消息，也没有坏消息，还在耐着性子等待着。宝红放假回家，除了跟张家的三荣在一起，根本没有别的事儿。

吉庆家到地里，一帮子娘儿们跟着到地里。她回家，一帮娘儿们跟她看牌，她听到了一些关于宝红跟张家三荣的话。吉庆家听到后暗暗想到："好啊，好啊，借谷子还米，这才是报应呢。"但她嘴上说："别听那些谣言，还是看牌吧。这回可好，我赢了。"

这个夏天热呢。屋里头是什么味儿呀，赵金柱家夹着烟，赵石头家嘴里的口臭，赵连城家放屁呢。没人赢得过刘四喜家。这些臭娘儿们，到这里，这代价也不小啊。都想讨点好处，总要有些好处吧。这可是村长家呀，这可是企业家的家呀。几年间，赵吉庆已经发了，他赚了谁的钱？是谁把她们手里的钱都赢光了，都在受穷呢。借给些吧，再借些，债台高筑的镇子，怎么着也能把日子混过去。她伸出双手去接，一只手送过来的钱。那些手不情愿地伸过来，把那点儿小钱放到她的手里。她把手攥紧，然后把钱一张张叠好，放进衣兜儿里，再把硬钞放到桌子上，挽胳膊捋袖子。开始摸牌。当吉庆家低下头，满桌子上的娘儿们在使眼色，吐舌头，撇嘴。她们看到吉庆家的眼圈红了，她毕竟跟过去的小叔子一锅里抡马勺，过了四五年呢，那四五年，她操了不少心，现在提到这件事儿，她肯定要走心呢。她到茅厕里小解去了，一桌子娘儿们都喊喊嚓嚓地聊上了，就像一群多嘴的鹦鹉——

接着又一个黄昏到了，屋子里暗了，把灯打开。娘儿们不得不散了，回家去迎接归来的爷儿们，给他们做饭打食去。娘儿们的脸色青灰，带着一副倒霉相的，一定是输钱了。她们还是唧唧咯咯笑着，被吉庆家送出了门。

是谁摔了一跤，弄了一屁股土。赵金柱家，还回过头，咯咯地笑呢。那条破裤子，已经穿了三年多。她今天输掉了一条裤子钱，有三十多块呢，心疼呢。

吉庆家把门关了，回到屋子里，把灯关了，倒在炕上，她一边想着赵吉庆，一边想张家的那些人。想着想着，她的气就来了。她的精力还在牌局上呢，她在吃什么牌，出什么牌。假如她不打那张，而是碰另一张，假如她不碰而去摸牌。假如她跟着二生，不跟赵吉庆。假如她不跟赵吉庆，再找一个陌生男人。如果她没嫁到这个村子，而是到别的村子。瞧那些男人，心里没有一个男人，也许还会有，等着吧。二生永远不会行，瞧二生那块料，看上去比赵吉庆还老。赵吉庆已经满头白发了，他隔一个月到理发店染一次发。天一点点地黑了，吉庆家闻到了树上的枣叶的气味从开着的窗子里飘了进来，还有枣花，还有青枣，还有绿头苍蝇的嗡嗡声。她的心乱极了，她觉得有一股子劲没处用，有一股子气没处撒。

门哐啷一声打开，赵吉庆进了院子，她的头皮好像被针刺了一下，直冒火星。她听出了是他的脚步声，她还是一动不动地躺着。赵吉庆进了屋，把灯打开，见屋子里还烟雾弥漫，赵吉庆想，这些臭娘儿们，把屋子弄得这样惨。想罢他把桌子上的纸牌拾起，收起桌子。回头见吉庆家还没有声音，他问了句："吃什么饭啊？"吉庆家还没有动静。赵吉庆说着在她屁股上拍了拍说："别睡了，醒醒。"吉庆家没好气地说："我还以为你像那些人一样，在外边包了二奶，把我晾在这儿，不回来呢。"赵吉庆说：

“你这是说的什么话。”吉庆家说：“对呀，你还有这个家呀，你还有我呀。”赵吉庆说：“你老发脾气，你还不到三十岁，更年期还没有到吧。”吉庆家咬的牙咯咯作响，她说：“更年期，哼，更年期！”她说着坐了起来，脸对着他。赵吉庆说：“你现在就爱生气，这些天就够乱的了，我有多少事儿啊，你还跟我闹。你就闹吧，闹出事儿来就好啦。”吉庆家说：“我跟你闹，谁稀罕跟你闹。”赵吉庆说：“我以为你睡呢，你在这里生我的气啊。”“我生你的气，我敢吗，你是什么人，我是什么人。”赵吉庆生气地说：“对啊，你知道自个是什么人就行。”吉庆家咬着牙说：“我知道，我在你的眼睛里，是一个没人要的烂货，破鞋，婊子。”赵吉庆叹了口气说：“你的脾气变了。”吉庆家说：“是我还是你变心了，我知道你嫌我，我可是只跟你才落下这坏名声，都怪你。”赵吉庆说：“你以为你就那么好，你把自己洗这么清白。”吉庆家拍着床帮说：“我怎么啦，你说我怎么啦！”

“你现在这么大岁数了，也替我想想，其实你们女人最重要的就是自个儿的贞操。”

吉庆家听罢就火了，她坐了起来，她说：“你别给我他娘的说什么贞操，你没资格，你们赵家的贞操让狗吃了。你干的事别以为我不知道，你跟那些娘儿们，跟那些妮子，我早就听说了。你以为我是个女人就好欺负，我跟着你，就敢挡你这个茬儿。我从跟你的那一刻，我什么都没有啦。你整天把我丢在一边，就是你那条狗，你还知道喂喂呢。我是人，不是你赵家的摆设。”赵吉庆说：“我怎么啦，你说。”赵吉庆说：“你别疑神疑鬼的瞎猜疑，这样对你没好处。”赵吉庆坐到床边，就把橡胶厂里的事儿对她说了，他说：“这些天我哪睡过一天囫囵觉啊。”她举头看了一眼，见赵吉庆的眼圈深陷，都灰了，她说：“你不会弄些好货啊，干吗弄这些烂货让人家抓住把柄。”赵吉庆叹了口气说：“不好干。其实沿街这些家子橡胶厂都这么干，也不知是哪个缺爹的，就偏偏像个苍蝇似的叮上我了。”吉庆家说："还能有谁啊。"

赵吉庆说："除了张家还能有谁。"吉庆家说："你是说大皇上，他不会冲着我来的吧，我找他去。"他说："刚平静了些，你别添乱了，你一个女人家还想上天啊。"他想：这臭娘儿们，早晚我要收拾你，等我缓过劲来再说，别以为什么人，到这个家里来都能说说道道。

所有的事都是一步步来的，该着的就要该着。然后，让人渣心的事情就这样奇迹般地来了。又一个阴雨天气，吉庆家在她的玉米地里，衣裳都湿透了，小雨不大，下了一天多了。没有雷声，天阴得很薄，偶尔还能看到被裹在云层里的太阳。她的衣裳紧贴在身上，她的头发一绺一绺的，贴在头皮上，往下滴着雨水。

雨点打在玉米叶子上，啪啪的声音很脆，很轻。吉庆家背着半袋子化肥，钻进了玉米地。她还没有撒一楼，便看到畦埂上站着一个人影，她抬头细看，是二生。二生穿了一件灰衬衣，一条蓝裤，被雨水淋透了，看上去像黑色。二生抱着肩胛，他的脸色发青，他说："我们说说话吧。"吉庆家说："你的化肥撒完啦？"二生说："我没有地了，我的地都让赵吉庆给霸占了。"吉庆家冷笑着说："我家霸占你的地，我家这块地还是借的呢。"

二生再说什么，吉庆家撒化肥，再不想理二生。二生在后边跟着，嘟哝着说个没完，他距她也就有半米远，他的嘴就在她耳边。她撒多快，也甩不掉他，她把化肥袋子扔在地上，化肥撒了一地，她又是气又是心疼，咐咐哧哧地哭了起来，她说："你走吧！"二生说："等着吧，你这就要守活寡了。"吉庆家一下子愣住了，她把撒的化肥连泥带水地捧到袋子里，站起来，看着矮小的已经驮了背的二生，她说："你别在这里上损。"二生说："等不几天，赵吉庆就要完蛋了。他干了这么多坏事儿，早该遭报应了。"吉庆家说："你胡说，他好好地在家里呢。"二生说："你等着瞧，过不几天了。”吉庆家咬着嘴唇说：“你滚！”

二生的嘴里发出嘿嘿的笑声，吉庆家提起化肥，沿着畦埂向玉米地外跑去，二生伸手来拽住她，他说：“我还有许多话要说呢，你不听就走了吗？要是你守了活寡，用得着我，就言语一声，我会帮你的，还像过去一样，你让我干什么我就干什么。”吉庆家大声喊道：“滚开！”二生说：“我可对你说的是真话，一镇的人，也就我为你担心。我可不想占你的半点便宜。谁让我们过去是两口子呢。”吉庆家摇晃着她的手腕说：“放开我，你滚！”

吉庆家瞪着他，使他不得不放开她。她沿着畦埂一步步走去，她走到地边那儿，差一点滑倒。她努力掌握着平衡，一步一滑地越过杨树林，向村子里走去。

赵吉庆这些天老是有这样一种感觉，他老是陷入过去的记忆，他记得坑塘的水里，一步步往前走。坑塘底，这块地原先是硬地，一下大雨，就被淹没了。水底很硬很滑，里头有一些玻璃和瓦砾，他的脚下一滑，就会被这些锋利的东西划破，他小时候被划破过多次。被划破的脚底板先是流血，然后流乳黄色的分泌物。当然还没有下大雨之前的干燥季节，在坑塘里洗澡，坑底是深深的紫泥，这些紫泥没了小腿。对于水，他很无奈，就像对他面前的一切，尽管他撑着，他已经身不由己了。他非常理解这两种季节，旱季和雨季。开始盼雨，一滴水都不下。接着雨来了，就下个没完。

雨季，恼人的雨没完没了，赵吉庆在宝红的西屋，面对面跟她坐着。宝红已经大了，已经是大姑娘了。宝红用温和却带着质问的语气说：“爹，你是用旧胶管翻新后制成产品卖给客户吗？”赵吉庆说：“哪有这事儿啊，没这事儿。”宝红用担忧的目光看着赵吉庆，她说：“我都听说了爹，你厂子出事儿了。”他避开她的眼睛，搪塞说：“没事儿，妮儿，你说能出嘛事啊。那都是造谣。”宝红离他很近，他闻到了她身上的气味儿跟过去已经不同了，已经没有土腥和树叶的味道了，而是被另一种气息所替代。那种城里人特有的香气。宝红说：“你究竟干了什么，我看着你心里有事儿。要是造谣，你怎么还给人送礼呢，爹。”他说：“你不懂这个，等你大了，你就懂了。”赵吉庆跟宝红谈到了橡胶厂，谈到了她的后娘，还谈到了张家。当谈到赵家跟张家的仇时，宝红低着头，望着窗外滴在屋檐下的雨水。宝红说：“爹，跟张家就一辈一辈这样下去了吗？”赵吉庆说：“我不能背叛祖宗。”宝红说：“那你也要我记一辈子？”赵吉庆说：“对啊，你也不要背叛你爹。”就在这时，吉庆家提着那半袋子化肥进了门，赵吉庆和宝红只好把话题结束。吉庆家的身上全都是泥水，赵吉庆迎了上去，把化肥从她手里接过来，她咳嗽了声，他说：“看看你着凉了吧。”吉庆家坐在椅子上，抽抽搭搭地哭了起来。赵吉庆说：“你怎么啦？”吉庆家哭着说：“二生那个畜类，又到地里闹去了。”赵吉庆说：“他打你了吗？”吉庆家说：“他打我，他敢打我，他不打我还不行呢。”

赵吉庆掏出了烟，点着，看着吉庆家哭。吉庆家停了哭，她又呆呆看了他半天，才叹口气，进屋去换衣裳。赵吉庆叹了口气，对张家，他想不出更好的办法来。

过了片刻，赵吉庆对里屋的吉庆家说：“别坐着了，吃饭吧。”吉庆家便走了出来，她的头发擦干了，有些乱，换了干衣裳，衬衣被压出一个个方格，上头还有一片片湿乎乎的雨水。宝红在前面，赵吉庆在中间，吉庆家在后边，他们到餐厅吃饭。宝红很利索地放好桌子，把盛了菜的盘子碟子摆到桌子上，再掀锅盖盛饭，她还不太熟练。吉庆家去端饭，赵吉庆坐在桌前看着宝红。宝红垂着眼皮，好像没看见她的继母，她还是很准确地把碗递到了她手中。

宝红说："爹，赵金柱进拘留所了，他怎么老是被拘留啊，已经是第三次了。"赵吉庆说："快吃吧。"宝红说："听说他这一次的罪过可不轻。"赵吉庆说："造谣，他就在厂子里，今天下午还跟我在一起呢。"

赵吉庆一边吃饭一边思索，是谁告了他。这事儿真不小，赵吉庆四处打点，这次开销真不少，镇里的，县里的，市里的。真累，那个人是谁呢？大皇上不像会干这事儿，二生也干不出这种门道事儿来。

徐桂有和赵连城来了。

赵吉庆望着徐桂有想：什么人都来了，像徐桂有这小子也配进赵家的门，这个穷鬼，靠着赵家发了财，已经盖起了新房，听说他还要戳厂子。徐桂有的脸色不好看，他的心眼儿小，他给橡胶厂跑活真够费心思的。他老是咧着嘴，好像出了什么事儿似的。就是这种人，从小就开始倒霉。在七岁时被狗咬着一次，他到大街上，一条狗就冲着他来了，他没有防备，就咬了他一口。他哭着回家，他娘还呵斥他，说他不看事儿。十一岁被猪咬了一回。他家那头大白猪，它的劲儿真大，四五个人把它摁在那儿。徐桂有也挤在那儿，猪叼住了他的食指，他也是没有防备。那根手指费了很大劲才从猪嘴里拔出来。从那天起，这根手指就不再长了，这根手指很短。后来他大了，跟周家老大打架，周老大把他的耳朵咬下半块。耳朵本来不显眼，少了半块，老是能看到他那半块耳朵。他老是没有防备，还凑得这样近，爱惹事儿，就老倒霉。徐桂有穿一件灰衬衣，一条短裤，一双破人造革凉鞋，断了几根带子。他要是姓赵就好多了。姓赵的也不全行，也有一些孬种，像赵厚生那种人。信得过的人越来越少了。大皇上说镇政府要填那个大坑塘。那要多少土啊，我怎么不知道。吴宏涛，那个贼眉鼠眼的家伙，他通过什么关系登上镇长这个位的。赵吉庆说："你们说说，谁会告我们哩。"徐桂有的脸红了，他低下头，又抬头看看赵吉庆，再低下头，他说："要是我们没捣鬼，也不怕告。"赵吉庆说："我们的产品不好吗，客户都说不错，用得住，还有外观也不错，跟新的有什么区别。”宝红放下饭碗说：“爹，这么说真有这事儿。”赵吉庆说：“你快吃饭吧，别瞎掺和。”赵连城说：“我怎么想也是张家告我们。”赵吉庆说：“对啊，除了他们还有谁啊。”徐桂有不再吱声，他沉默着，低下了头，好像满腹心事。赵吉庆说：“以后别那么干了。这可不是闹着玩的，操他娘，这样折腾下去我们厂可受不了。”赵连城说：“我们太大意了。”坐着坐着，徐桂有抬头看了一眼赵吉庆，又恐慌地低下头。又过了片刻，徐桂有站起来，他说：“叔，我走啦。”

徐桂有走后，第二天，他就到市里去。头两次告状都是他的事儿，这次就明开了，徐桂有再也没到厂子里上班，厂子还欠他两个月的工钱，他也不要了。赵吉庆说：“真没想到，是这小子，他真是个小人，他这人，不知头青蛋肿。就这么几年，就把一个人变了。他到厂子里来，还是个小小子，搬搬弄弄的还行。后来看着他本分，又有跑业务的能力，得到了重用，还让他到了厂部。真没想到，让他算计了。”赵连城去找徐桂有，去了两趟，徐桂有没来，再去请，就找不着人了。

“别拿他当一回事。”赵连城说。“我看透他了，叔。让我收拾他吧，叔。”

赵吉庆说：“别像赵三祥似的，他可作了不少祸，最后落了那样的下场。”赵连城说：“惹急了我，什么都干得出。”赵吉庆说：“干也轮不到你，你这么年轻，日子还长呢。”

市工商局来了十四个人，还有县里的，一辆面包，三辆轿车开进了橡胶厂。赵连城向那些车奔跑过去，跟下车的人握手。赵吉庆坐在办公室里，他不能见他们，不能掉这个价儿。赵连城行了，已经出息了，瞧他的神情，他要赶上赵三祥了，手下就缺这么个人。他冲着这个笑笑，对着那个耳朵说了句什么，又向另一个人跑去。一帮人簇拥着朝这边走过来。赵吉庆在窗前，白纱窗帘后看着他们。他们说笑着，好像没有发生什么事儿。让他们看，没有次品，也没有废胶管，也没有再生胶管，运行得很正常，房屋很规矩，工人很老实。

吴宏涛打来电话，下了诱饵，每个房间里都住一个人，都有一个妮子陪着。十一点，已经有上钩的了。六间屋子里已经睡了，打过电话。试着叫门，没有叫开。让妮子拿钥匙去开门，门上了保险。还有四个，跟妮子聊了会儿，说累了，就睡了。还有四个打麻将，他们要苦战一夜呢。吴宏涛：钱够了吗，在这儿拿些，一人一千块，需要再说。那人：别客气，都是自家人。有三个上钩了，已经足够了。妮子进了门，灯开始是开着的，后来灯灭了。派出所的四个都到了，又叫了四个。吴宏涛一示意，就都冲上去，拿出钥匙，打开灯，把保险链撞断。都光着屁股呢，一副惊慌的样子。那窘相，别提多逗了。吃得真够肥的，就像一摊肉似的大豆虫。那些小妮子太瘦了，身上没有肉。这回苦了她们，她们给青镇立下了大功。这个可不能表彰，怎么说也是婊子。可怜的婊子。拿着相机，拍了几张留作纪念。吴宏涛在暗处看着这些丑态百出的小子，心里高兴极了。他坐在街对面的楼上吃茶。过了一会儿，派出所长李银飞跑来说：吴镇长，逮住两个，你说怎么办。吴宏涛说：这个给我说干吗，我知道啊，该怎么办就怎么办呗。把这两个小子和三个妮子押进了派出所，每人罚款四千。两个小子急出了汗，身上哪带这么多钱呢。有一个还尿了呢，还小呢，不到三十岁，还没经过这场儿呢。那两个老练，他说：这是圈套，圈套。我要找你们吴镇长！李银飞说：老实点儿！吴宏涛一副严肃的面孔，给他们解了围。这天上午，工作组撤出了青镇，败下阵去了，青镇就像个陷阱，他们都陷进来了。回到市里，怎么交代哩。这里什么都没有发生，一切都很正常。老兄，行吧，这回你满意了吧。该怎么赏我呢。吴宏涛就在这天上午，坐进了赵吉庆的办公室，他就像条狗一样摇着尾巴。赵吉庆拿出一个纸包，他说："拿去吧，这是六万。"吴宏涛说："给我钱干吗？"赵吉庆说："拿着吧。"吴宏涛嘿嘿笑着说："看看的，你真客气，也不是外人。真是的，这么客气，嘿嘿。"他把那个纸包丢进自己的公文包里，拉上了拉锁，双手拿着，放到膝间，看着赵吉庆笑，赵吉庆也抿着嘴笑了。

赵连城他们再一次把大批的废胶管拉进厂子，重新加工，到另一个车间里，就成了新产品。废旧产品拉进，新产品拉出。赵吉庆说："最好先不要这样干了。"赵连城说："听蝼蛄叫，就别耩麦子。"赵吉庆说："先听听风头再说。"

没有风，天很热。在天边冒着一层层的热浪，一股股蒸汽在向上升着。在这个夏天，田野里的一切在滋长着。进入雨季后，吉庆家买了两只羊。她把羊领回家，还没喂一个月，那些兔子不知得了什么病，一只一只地死掉了。吉庆家精心地喂那两只羊，这两只羊很娇气，不管怎么喂，它们老是不见长，身上没有肉。

这一天，她牵着羊下地，把羊拴在渠沿那块小杨树林边，就到玉米地里耪地。她耪过三耧，听到一辆汽车在她的地头停下了。她想是赵吉庆来看她的地呢，她心里一高兴，干得更起劲儿了。过了片刻，她听到有人蹭着玉米叶子进了玉米地，她还在一锄一锄地耪。这个人走近了，说了一句："歇会儿吧，别累着。"吉庆家听着声音不对，抬头一看，见是吴宏涛，她笑着说："又是你呀。"吴宏涛说："是我呀，没想到吧。"吉庆家说："啊，你有事儿吗？"吴宏涛笑着说："也不知为什么，我的车一开，就开到这里来了。走着走着，就没路了，就想起你这块地来了。"

吉庆家站直身子，冲吴宏涛笑了笑。吴宏涛跟着吉庆家走出了玉米地，两个人站在渠沿上，你一言我一语地聊了起来，玉米地上空还不时地飘出嘻嘻的笑声。吉庆家蹲在蓖麻下边，她的手抚摸着刚长成形的蓖麻。吴宏涛站在那儿。

吉庆家说："看你的脸色好像是有事儿，瞧你心事重重的。"吴宏涛说："我能想什么呢。"吉庆家说："你们这些老爷儿们家，谁知道想什么呢。"吴宏涛的脸腾地红了，他说："像我这样的正派人，谁能说我什么啊。还是瞧瞧你吧，你心里想什么，以为我猜不到啊。"吉庆家的脸也红了，她说："我看着你也是正派人呀，镇长。"她说着蹲着往渠边挪了挪，她去抓脚下的草，她蹲在那里，低着头。

吴宏涛向她靠过来，吉庆家把他推开，她说："你这是干吗呀。"吴宏涛嘿嘿笑着，来抓她的手："让我再看看你的手啊，你的手长得真巧。"吉庆家又把他推到一边。在渠沿边的斜坡上，她往渠水边挪了挪。当临近渠水，草就越深，草长得已经没了腿肚子，草在划擦着她的皮肤。阳光柔和，微风吹拂起她的头发和衣角。她感到草叶在碰撞，一片草叶上的露珠溅到了另一片上。

吴宏涛说着，向她吹了口气，嘿嘿笑着，他的手握住了她的手。

一天早晨，一些人进了院子，走在最前边的是徐桂有，他听到徐桂有大声说："就是他！"赵吉庆回头看去，徐桂有的右手的食指还指着他。他缓缓地站了起来，他强笑着对着这些人说："坐下喝杯茶吧。"

其中一个说："你是赵吉庆吗。"

"啊——"

说着那人把一张纸铺到茶几上，他说："在上头签个字吧。"赵吉庆看了一眼，他对突如其来的事儿还不适应，就像冷不丁地打了他一搁子，他发着抖拿起了笔，在那张纸上签了字，抬起灰色的脸，看到吉庆家站在屋门框那儿，脸都黄了。赵吉庆说："我犯了什么罪？"其中一个说："制假罪。"赵吉庆说："噢，这个啊，那就拿铐子给我戴上吧。"其中一个说："你老实点儿。"另一个上来，把赵吉庆铐上。赵吉庆这时回头看了一眼徐桂有。徐桂有跟他的眼睛对视的那一刻，徐桂有的头颤动了一下。赵吉庆说："徐桂有，你真有种，你知道吧，你这么做白费。"徐桂有说："我就是这么干，你会想清楚我为什么这么干。我必须这么干。"徐桂有说这些话时，赵吉庆感到了他的刻骨的仇恨。赵吉庆说："你真像条狗，是条不露齿的狗。"徐桂有站在那儿，面对着赵吉庆，他说："我一直想告你，我从今天春天开始告你。今天的人是我叫来的，不错，我恨你，你应该知道我有多恨你。但现在我不是对着你来的，我是对着假货来的。"赵吉庆嘿嘿笑着说："你真是好小子。今天的天儿不赖，我告诉你，桂有，你这辈子要这样下去，你也就这个德性了。"徐桂有说："我也没想好。"赵吉庆说："你小子小心点儿。"徐桂有说："我想这么干，就没想活着。你什么时候正儿八经地搞橡胶厂，你变好了，那我们之间就了结了。"赵吉庆气得发出吭吭声，他说："你个杂种，你……"他的话没有说完，就被两个人拧走了。

赵吉庆被带走了三天，吉庆家等待着他的消息。雨后，吉庆家打扫院子里被雨水打落的枣叶和青枣。她弯腰把枣叶收到簸箕里，再倒进一个破筐里。院子里水泥地还很湿润，还有几洼亮晶晶的水。她直起身子，吸了两口雨后潮湿的空气。她的脸部有些微红，她就像受了惊的猫一样听着外边的动静。宝红站在院子里，她穿一件穿脏了的黑裙子和一件绿底红花的衬衣，她望着在院子上空掠过的一块块黑云彩。

敲门声猛烈地撞击着她们，吉庆家听到了敲门声，她去开门，见站着十多个人在门前。她惊恐地望着这群人。她看到了几个熟悉的身影，其中一个是李银飞，她笑着说："李所长，你们快屋坐吧。"李银飞板着脸说："是上边让我们来的，到家来搜一搜，你可别怪我们。"

吉庆家望着李银飞那张脸，她说："你们请进吧。"李银飞说："我们是来搜查的。"宝红哭着把这帮人拦在那儿，她说："不行，你们出去。"李银飞说："宝红，你要是不配合，那就对不住你了。"宝红大声哭着说："你这条狗，我爹刚被带走，你就欺负我们。"吉庆家去拉宝红，她对着宝红的耳朵说："你闹也没用。"李银飞说："对呀，我也不愿意这么做，我接到命令，迫不得已才来的啊。"宝红坐在门台上，她跺着脚，她撕裂般的尖利的哭声在院子里飞荡。

这些人好像没有听到宝红的哭，他们进了屋子，吉庆家跟在后边，站在柜子和橱子前。

她说:“我打不开,都打不开,我没有钥匙。”李银飞哗啦拿进一串钥匙,在她脸前晃了晃说:“我这里有。”说着,这些人从她身边走过,慢腾腾地进了屋子。接着,从屋子里传来稀里哗啦的声音。吉庆家进了门,她站门口那儿,她看着李银飞走到保险柜前,把手里的钥匙看了一遍,他选中了一个钥匙,没有打开,又选第二把钥匙,第三把,他没有打开。

李银飞擦了擦保险柜上的尘土,坐在保险柜上,把一枚枚钥匙看了个遍,最后又选中了一把,把钥匙插进钥匙孔,打开了,里头黑洞洞的,他摸了一把,什么都没有摸到,他嘟哝一句:“怎么是空的,一片纸都没有。”李银飞转过脸看了吉庆家一眼,他嘿嘿笑着说:“操!真绝。”

接着李银飞跟那些人去打那些柜子和橱子,他所看到的,是散发着霉味儿的破被子和破衣裳。打开所有的橱子,没有找到值钱的东西。吉庆家站在屋子中间,看着乱糟糟的人群。从九点钟到中午,他们先是粗略地翻一遍,再细细地把每床被褥、每件衣裳、每个角落摸一个遍。然后,李银飞走到吉庆家面前,他说:“好啦,你收拾一下吧。”李银飞看到吉庆家带着泪痕的脸发青,他轻轻对着她的耳朵又说:“嫂子,我是身不由己呀,你想想,如果不是我来,那还不翻它三天。”

吉庆家从牙缝里挤出来一句话:“那我要感激你呀。”

李银飞说:“我知道你不会理解我。”说着,李银飞跟这一帮人走出了这个院子,吉庆家望一眼乱糟糟散发着霉味的东西,然后一抱抱往橱子和柜子里塞,她的眼泪往下掉,轻轻的哭泣声在宁静的屋子里飘浮着,跟宝红的哭泣声融到了一起。

难熬的坐卧不安的几天过去了,吴宏涛打来电话,她在电话里强笑着，应和着跟吴宏涛聊了几句。闷热的没有一点指望的夏日，浓密的云使她的院子暗无天日。吉庆家坐在屋子里，她闻着这间屋子里赵吉庆存留的气息。她孤独地在这间屋子里已经呆了很久了，她觉得自己已经腐烂了。没有人来，她也没有到大街上去。

秋天成熟的气息告诉她，秋收的时候就要到了，她在石头上磨着镰刀。就在这天，赵连城送信来：赵吉庆被判八年有期徒刑。她听到后，压抑的悲痛被释放出来，她的大声的号啕声整个镇子的人都听得到。赵连城安慰了她几句就走了。她一边哭一边磨着镰刀，她的泪水摔在磨刀石上。

这天，电话又响了，是吴宏涛的声音。吴宏涛在电话里说要到她这里来看看，她犹豫着，她说："吉庆没在家呀。"吴宏涛在那边说："他没在家，我才给你解解闷啊，我们兄弟一场，这个忙我要帮啊。"

她拿着电话愣了大半天。

吴宏涛是半月后的一个上午来的，像赵吉庆那样坐在沙发上。她预感发生的事情就发生了，这是彼此已经想过多次，许多次想克制和避免的事情。

那是个停电的下午，天闷热得厉害，她在恐惧和热切中等待着。那个下午她老是出汗，她洗了四次身子，她换上了一件她从没有穿过的紫色连衣裙。她把头梳好，看看表已经二点多了。当吴宏涛敲门时，她故意磨蹭了片刻，她给他打开门，便闻到了他的满身酒气。他趺趺撞撞地进了屋，他笑嘻嘻地说："你猜今天我喝了多少，一斤多哩。"看上去，他没有把她的伤心放在眼里，没有丝毫的怜悯。

吴宏涛望着她，嘴角滴了一滴口水，他想：赵吉庆这些年压着我，现在好多了，他可走了，我现在酒量倍增，也许我就要走运了。早看着赵吉庆这么闹就要找倒霉，他太大意了，被手下的那小子涮了。

吴宏涛仰叉着两腿，把衬衣解开，让空调的风吹着他的胸膛，她转脸看了一眼，她就把那些禁忌的念头打消了，她心里说：天啊，别管他娘的那么多了，爱怎么着就怎么着吧。

她从吴宏涛身边走过，吴宏涛伸手拉过她去，她就咯咯笑着坐在了他腿上，他就抱着她，跟她亲嘴。她伸出手在他身上抚摩着，她解他的扣子。她感到了他嘴里带烟味的黏糊糊的唾液，她嘴里发出呓语般的声音："你个坏蛋——你个丧良心的——你个缺爹的——你个坏种——你个私孩子——你个畜生……"

他搂着她，听着她的骂声，嘿嘿笑着用嘴去堵她的嘴，他还说了句："别出声。"她哧哧笑着说："你来呗，来呗。"两个人在沙发上，她偎在他怀里，他去摸她的裙带，他就像解锦囊似的把她解开了……窗外打了个响雷，他们好像没有听到似的。接着密集的雨滴打在地上和枣树上，发出劈啪声。她嘴里发出呓语般的声音："下雨啦。"他也说："下雨啦。"坐垫掉到了沙发下，她看也没有看一眼。她的手指甲在他身上划出了许多印，还洇出了血。在雷雨中，她跟他说着悄悄话。

她哭了，他哄她半天，她不再哭了。他是她的第三个男人，她打心里比较着。

雨声覆盖了所有的声音，他们说话的声音很小。他们挪到床上，他们赤着脚。吉庆家用一块条巾遮着身子，吴宏涛盖着毛巾被。吴宏涛说："可别瞎想。像你这样好的人，到哪儿都有好日子过。"

吴宏涛看着她圆润的膀子，她穿了上衣，蹬上鞋子，在堂屋里把弄乱的沙发收拾好。

吴宏涛说："真的，你真不赖。你毁到赵吉庆手里了。"她说："我看着他挺好的。"吴宏涛说:"好个屁。"吴宏涛说:"你还不知道吧,他糟蹋了多少个妮子啊。赵三祥活着的时候,他们爷儿俩的,赵三祥给他找,那时候他老婆还没死呢。他的办公室有个套间,你不会不知道吧,他在那个套间里干尽了坏事儿。镇上的妮子都跟他有关系,要不徐桂有还不这么狠着心地告他。"吉庆家说:"他跟我结婚后,可再没有这事儿。"吴宏涛说:"这个你又说错了,一直没有断,他想怎么干就怎么干。他只要想,怎么正经的妮子他都能弄到手。"吉庆家说:"你不是糊弄我吧。"吴宏涛说:"我是为你担心啊。"吉庆家说:"他犯了什么案?"吴宏涛说:"我给他瞒着呢,要不瞒着,枪毙他三次他都不冤枉。他制假贩假是小事一桩哩。他贪污村里的钱,他欠的一千多万贷款。十三年前王三怪他爹的死跟他有关,要是落实了,那可是一条人命哩。"

她听了,她就哭了,她哭了很久,他哄她。

下午五点,吴宏涛的酒醒了,他推说还有些事儿,要走,她搂着他,不让走。他执意要走,她就给他穿衣裳。给他穿完衣裳,她拽了盖在吴宏涛身上的毛巾被盖在身上,她说:"我不送你了。"她说着,从自己身上摸出了一把钥匙,递给吴宏涛,她笑嘻嘻地说:"以后常来呀。"吴宏涛接了钥匙,攥在手里。她让吴宏涛给她锁上门。她透过窗子,看着吴宏涛打了把伞,跑进了雨里,他还回过头来望了一眼她的窗子。她看到了他在雨中被淋湿的脸转过来,冲着窗子笑了。

整个下午,她就倒在那张沙发上,她听到有一只猫在堂屋里叫了一声,她望过去,见一只白猫站在茶几上左顾右盼。她走过去,这只猫温顺地看着她,等着她过去抱它。她抱着猫进了屋,喂了她些吃的,这只疲惫的猫便在炕上呼呼噜噜地睡着了。

她想,这只猫多可怜。

她又想，那些不是真的吧，她怎么掉到赵吉庆这个陷阱里来的呢？她想恨赵吉庆，她却恨不起来。她怎么碰到了这么多灾难。想着想着天黑了下来，她起身，觉得头都躺麻木了，她扶着自己的头，她眼里汪着泪想：“就这样混吧，人不人鬼不鬼的，你个可怜的。”她的手还在抚摩着那只猫。

从这天起，这只猫就留在了她身边，她算有了个伴儿。也就是从这天起，吴宏涛每天中午来，三点左右走。有许多人看到吴宏涛到她这儿来，镇上人都传开了。

芦苇老了，芦花开了，芦花给人一种苍凉和孤寂感。芦苇深处老是有动响。坑塘里的水见少了，坑塘里有钓不完的鱼，有一些不上钩的大鱼偶尔游出水面，再沉下水底。

吉庆家感到了来自西南角二生那里的压力，那个大坑塘和坑塘上已经废弃的井。她在想，那边还有个自己亲生的儿子啊。一个大坑塘把他们隔开了。她的梦依然在坑塘的那边，她的儿子吮吸她的奶，他还那么小点儿。

吉庆家在大街上看见过小牛子，他在大街上呼喊着奔跑着，就像匹野驴一样。他渐已长高的个子，和那张又黑又瘦的小黑脸，多像他那个蠢爹啊。

一个没有阳光的闷热的下午，小牛子在坑塘边跟她走了个碰头，他不自主地停下了，她也停下了，她叫他，她说：“牛子，我有事儿要问你。”他的眼睛朝她看了一眼，他的脚迟疑地要往前走。她跑上去，拽住了他，她说：“小牛子，我是你娘啊。”

小牛子抬起头，用愤怒的目光看她一眼，把她的手甩掉，他的嘴里低而有力地说:“破鞋。”

吉庆家叫了声“好哇”便追了上去,前面的坑塘拦住了她。她看到坑塘,她的脚步戛然而止,她看着小牛子向前跑去。

小牛子转过身,沿着坑塘快速奔跑。

她望着他的背影,他走在张家房后的斜坡上时,他的脚在长满野草的斜坡那儿出溜了下,身子侧歪了下,几步跑到坡下去了。她的心往上揪了几下,她喊了声:“你没事儿吧。”他回头看了一眼,他没有回答她。他转过头去,走到那棵杜树下,他双手捂着脸,然后又向前奔跑着,她想,那是她的孩子呀,她猜想他肯定哭了,接着他的身影被房子挡住了。

通往村子里的那个斜斜歪歪的小路已经没有了。人们取土,把小路给取走了。一边是村里人取土,一边是大皇上家取土,都是从那口井开始,一直取到坑塘边。这样,坑塘便连在一起了,坑塘显得又大了许多。坑塘里的水从不会没过那口井。那口井在水里,像浮着的一座坟墓,显得很孤零零的。

大皇上家去年的今天添了个小妮子,她想给小妮子过生日。镇子里非常重视孩子的第一个生日,第一个生日过后,其他的生日就不再提了。村里的祖辈,大皇上和二生,把自己的生日都忘了。小妮子的生日闹腾了三天,过生日时,大皇上抱着妮子站在院子里迎接客人的得意样子,镇上的人都看到啦。

大皇上家这个来自异乡的女人,安静地带着微笑坐在房西的草地上的一棵木头上。她娇小的身子被大皇上的一件上衣裹着,穿一件旧蓝裙子。还像过去一样,两个院子被杂草和水包围着,就像个半岛。大皇上喂了三十三只山羊,她抱着孩子跟山羊在墙西的草地上。三十三只羊在草地上啃草，白花花的一片呢。草地上堆满了木料和树枝，还有二生的两堆肥。在一棵杜树下，有一棵大木料弯曲着身子，就像一条赤裸裸的人身。它的上边有两个杈支着，下边两条根支着，树身悬着，显得很雄壮。一棵树死了这样，一个人死了很快就烂掉了。树皮掉光了，树皮就像人肉一样，木头就像树的骨头。这是棵榆树，真够硬的。大皇上家抱着孩子坐在木头上，她的腿耷拉着，在空气里荡着。她掏出奶子来让妮子吃奶。妮子叼着奶头，并不吮吸，两只眼睛看着那三十三只山羊。两只大山羊一公一母，它们被拴在树根上，它们俯下身，用心地啃吃着草，啃一口，咀嚼后咽进肚子，冲着她们叫唤。她在猜想羊的叫声是什么意思。有时候，她好像能模糊地听懂一些。羊的话在她的脑子里停留片刻，就消失了，就像烟雾一样。地上的草就像动物身上的毛一样柔软，在草地上，几朵花开败了，还有几朵花在盛开，还有几朵含苞待放，红色的黄色的紫色的白色的。当风吹来，这些草便弯动着身子。当风吹过，便直起身子。杜树上长满了绿色的杜梨。一场雨后，空气很湿润，充满草香和泥土气息。在坑塘那边，还吹来一股股水腥味儿。

大皇上家还想养一头驴、一头牛和成群的鸭鹅。她养的三十三只羊很肥，肚子鼓鼓的很贪吃，像怀了羊羔。大皇上家非常喜欢它们，她拿自己当做它们的亲人。大皇上家还抱着新生的羊羔跟两只大羊有一张合影照，她蹲在那儿，她两边是两只大羊。这张合影大皇上带到城里，放大了一张二十一英吋的照片镶进了镜框，挂在了墙上。大皇上非常喜欢她这张照片。

大皇上家已经在这个村子里度过了十一个年头了，她已经三年没有回四川了。她每个星期都要给家里打个电话，再说她的两个哥哥和一个弟弟都在大皇上橡胶厂，这样想娘的念头在凝结着，就像长得疙瘩琉球的树木。眼瞅着，大皇上家见老了。一天的忙碌使她忘记了娘家，只有在冬天的劳动之余，她站在门口那儿，望着远方灰色的天际发呆。她痴痴想，哦，在那边，他们就在那边。坐在到那边的火车上，翻山越岭，两天两夜就到了。那灰色的东西是树木、房屋和大地。到了夏天，这种景象被庄稼挡住了。她望着远方，远方静止着，远方没有变化。

天空很蓝，飘着丝丝缕缕的白云。阳光还不算太强，四周的空气暖融融的，柔软得就像将要凝固的带着黏度的液体。二生媳妇端着一盆脏水出了门，弯腰把水倒掉。她提着盆子走近大皇上家，她的手指触一触小妮子的脸蛋儿说："哟，这么俊啊，真俊，来，来吧，你就来吧，我来抱抱，你看看，这嘴咧的，别哭。"妮子哭了，她把孩子还给大皇上家。

自从赵吉庆坐了牢，大皇上当了村长，大皇上的村长是村子里选举产生的，大皇上当了村长，他做梦时还是赵家的人当村长。赵吉庆他爹，赵吉庆，他们的影子跟着他。他就怕天黑，在夜里，整个村子依然笼罩在赵吉庆的烟雾般的阴影中，他还在受着赵吉庆的压迫。他的心老是压抑着，他每天倒在床上，就睡了，赵吉庆那张脸就出现了。

赵吉庆的笑声，他的喊声。生产队。队长。赵吉庆戴着解放帽，他多年轻啊。这个赵吉庆，他在大皇上头上这么多年，现在一半时间还在他的头上。

"大皇上当了村长，这个村子里就改朝换代了。"

"八年徒刑，这回够他小子毛的喝几壶的啦。"

赵吉庆被判刑，吴宏涛来找过大皇上三趟，他让大皇上兼并赵吉庆的厂子，大皇上死活不同意。吴宏涛说："镇委的决定，你要在这个地盘上干，你就揽起来。已经没收了他的厂子，他欠了两千多万的贷款，这个厂五百万盘给你还不行？”大皇上说：“不行。”吴宏涛说：“就这么定了，不行也行，行也行。再说，你怎么算不透这个账啊，不会让你吃亏。”

大皇上接管了赵吉庆的厂子，他那个厂子还是原班人马，还是那一摊子，让赵连城和赵金柱管了，把账查了一遍，盘清了，用了半个月的时间，然后橡胶厂的机器又转动了。厂子里开始生产大皇上商标的商品。

自从大皇上当了村长，他家里的客人越来越多了。大皇上的妮子过生日这个早晨，就来了许多人。赵金柱家，一块绿色的带暗花的丝绸和三十个鸡蛋，她抓着妮子的手，说了些祝福的话。然后是王广家、赵厚生家、刘四喜家、赵连城家等十几个娘儿们，每一个都夸几句。这些人一直坐在床上，直到日落划拉划拉屁股才走。

真是要什么来什么，什么都有，都是稀罕物，真开了眼了。摸摸捏捏。行行行，这里什么都是好的，在这里是好东西，拿到别处就要掉价儿了。真是要什么来什么。

席不错，馆子里请来的厨子。菜也不错，一盆子一盘子一碟子一碗子的，上满了桌子，菜汁往地上流，狗在桌子下面，舔着流到地上的菜汁。呱唧，呱唧，呱唧呱唧没个完。筷子满桌子挥舞，满盘子扒拉着。

扒拉什么啦，扒拉来扒拉去夹一片芫荽菜叶，唆唆筷子，舔舔碗。味都不错，吃得撑得慌。酒撒到盘子里了，还有烟把子、火柴棍也往盘子里放。这是菜盘子，不是烟灰缸。

都在重复着，那些喝了些葡萄酒的女人，脸蛋儿就像燕子尾花一样红。那些爷儿们也喝多了，大声叫喊着傻笑着：“喝吧喝吧喝吧，哈哈！”女人的香槟和葡萄酒，脸蛋儿都喝出了红晕，在嘴里不停地嘟念着：“嘻嘻嘻，真是要什么来什么。”

乱糟糟的院子，全都是人，女人和孩子，摆满了桌子，一共八张桌子，前院二生那边也摆了六张桌子。日头已经落了，把院子里的灯打开。有几块鲜亮的云彩在院子的上空。刚还打了一个响雷，这妮子也许有来头，兴许是娘娘命儿呢。娘儿们孩子坐下来吃饭，乱抓乱挠，还有一些孩子的哭喊声。嘴都在动着，咯吱咯吱吱，咕唧咕唧唧。上菜啊，上菜。喝香槟和红葡萄酒，还有饮料。真他娘的，大皇上该花些钱了，等了这么多年，才生下那么个小玩意儿，五十多岁，他还要第二胎吗。妮子是外人，将来谁赡受家产呢。二生有两个小子呢。大皇上家，王广家，刘三怪家坐在床上白话。这一大天，说多少话啊，肚子里话多着呢，几辈子也说不完。嘴都累歪了，说话不会拐弯。千年黑万千白的。妮子累了，躺在床上睡了。

1998年8月14日，这是个值得纪念的日子，青镇最喜庆的一刻，大皇上的妮子的生日，也是青镇的生日。

院子里什么人都有，有的娘儿们第一次到这个院子里来，东瞅瞅西瞧瞧，见什么都新奇，还以为这个家里有什么好东西呢，这么平常呀。赵连城家领着两个孩子来吃，走的时候还往兜儿里装满了糖。还有哪，李世杰家还偷了一瓶子酒，出门时肚子鼓鼓溜溜的。都想占便宜，好像这里有很多光沾。

二生媳妇脸部粗糙，大眼睛，黑皮肤，就像黑橡胶那样，带着弹性。当她微笑时，便带出一种鬼兮兮的神秘，她那张脸跟带树篱笆的院子有些般配。她没有喂鸡，什么家畜也没喂。她添了一个儿子，已经三周多。自从有了这个孩子，她对小牛子更不关心。她对大皇上家说："后娘真难当，下辈子说什么也不当。"二生成了个小老头儿，跟二生媳妇不般配。二生在院子里跑来跑去，他的眼睛盯着所有的人。二生媳妇跟大皇上家一比，高出半头。大皇上家成天哄着二生媳妇，大皇上每月要给她些钱，所以她对二生还算顺从。

客人走了，二生把草摊了一院子，二生一遍遍地翻着草，二生媳妇说：“别翻腾这破玩意儿了，快到北院里去吧，都等着你吃饭呢。”二生说：“你说这些草是破玩意儿？”二生媳妇说：“是啊，这一院子能值几个钱呢。你还不是打着割草的幌子，干不光彩的事儿去。”二生说：“你说，我干什么啦，我没有不光彩的。”二生的媳妇：“你自个儿知道。村里人看见你了，你装着割草，还不是想跟那破玩意约会去。我看着你还没忘了那破货，她还在借着种地的幌子勾你的魂儿呢。”二生带着恼怒的语气说：“谁啊，你说谁啊！你早就想找邪茬，你以为我看不出来。”二生媳妇卡着腰说：“也不知谁，哼！”

二生上来抓着她，两个人就厮打了起来。他们摔倒在草上，在草上滚了起来。二生媳妇打了二生几拳，就站了起来看着二生，她抱着肩胛，嘻嘻笑着说：“快起来吧，挺好的日子，别让你搅了。”二生说：“我就躺着，你管不着。”

就在这时，从树篱笆外传来哧哧笑声。二生媳妇望过去，见大皇上家那一帮站在那儿呢。二生媳妇对着二生低低地说：“这回你可露脸了，你看看，篱笆外有十多个娘儿们在看你呢。”二生听了，一咕噜爬了起来，向屋里跑去。然后树篱笆外是一帮娘儿们咯咯的大笑声。二生媳妇跑出院子，除了大皇上家，还有王广家、赵厚生家等，一帮娘儿们笑红了脸颊。女人们到一起，就唧唧咯咯地聊着，她们给这个镇子带来了喜庆色调，到大皇上家玩去，看看大皇上的小妮子去。

十几个娘儿们都到大皇上家去了，二生觉得没趣，坐在门台上，倚着墙吸烟。从门那里走进来矮个子徐桂有，他肩上背着一个行李，一进门他叫了声二生哥，就坐在二生对面的门台上。徐桂有的头发很长，胡子拉碴，衣裳也脏了，他抽着鼻子，他苦笑笑说："我现在没活可干了，媳妇也吹啦。"二生说："你不会到我大哥厂子里来干？"

徐桂有说："你大哥说我心太狠了，我把赵吉庆整垮台，好像是一件见不得人的事儿，现在没有一个人理解我。瞧我混的，人不人鬼不鬼的，灰鼻子灰脸。我心里不后悔，赵吉庆干了那么多坏事儿，他是罪有应得。我在村里呆不下去了，想到城里随便找个活干。"二生说："我给我哥说说，让他把你留下来。"徐桂有说："你也别说了，他是怕惹是非。要是他收留了我，不就落下我们合着整赵吉庆的话把儿了吗。再说我也不想给他添麻烦。"二生说："你到城里去，有亲戚投奔吗？"徐桂有说："没有，我现在还年轻，能找个活儿干，饿不死我。我在镇子里也不会有好下场，赵家那一帮老是想报复我，我躲得过初一，躲不过十五。"二生说："你这就走吗？"徐桂有说："我这就走。"桂有说着，站了起来，把行李放到肩上往外走。二生在后边跟着，他说："让我送送你。"二生说着，推着手推车，让徐桂有把行李放到上头，两个人说着话向院子外边走。二生放下手推车，锁上门，他说："天已经晚啦，还有汽车吗？你不如明天再走。"徐桂有说："还有，是从北崖子村到市里的一趟车。"二生说："那到市里已经很晚了，住的地方都找不到啦。"徐桂有说："随便在马路边、候车室找个地儿就能对付一夜。"二生说："那可真够受罪的。"

他们两个一直往西走着，太阳在西边的薄云中时隐时现，道两旁是深深的玉米地。玉米叶黑绿，已经长出了玉米苞，吐出了红穗。快要到国道那儿了，徐桂有抓着二生的胳膊说："有一件事，我一直藏在心里，我本来不想说，我还是说了吧。"

二生站下，竖着耳朵听徐桂有的话，他的眼睛端详着徐桂有。

徐桂有说："赵三祥是我杀的。"

二生把手里的手推车一下子扔掉，手推车又往前走了几步，然后歪歪斜斜地掉进沟里去了，刚刚下过一场雨，沟里头全都是雨水，徐桂有的行李也掉进了水里。徐桂有把行李从水里捞上来，行李滴滴答答滴着水，上头又是泥又是水，他一屁股坐到地上，他说："这些到城里我可怎么用啊。"

二生说："你看看，只不过湿了层皮，没事儿。"

徐桂有把行李解开一看，见里头的衣裳和被子还没有湿，又捆了起来。这时，那辆公共汽车开了过来，从他们眼前开过。徐桂有一边叫喊一边追赶，那辆车也没有停下。二生看着徐桂有在国道上挥动着手臂，举着他的行李。二生默默地守着沟底的手推车坐着，徐桂有坐到了他身边，他说："都怪你，车已经开走了。"二生转过脸，他的手突然抓住徐桂有，他说："我的天爷爷，怎么会是你呢！"徐桂有说："你没想到吧，我恨他。是我把他骗到树林里，我们在里头喝了酒，我把他灌醉了，我就下手了。"二生说："你别说杀了赵三祥，别对任何人说，你不该对我说。"徐桂有说："我想投案自首，我想了很多天，我拿不定主意。我现在什么都不怕。"二生把声音压得很低，他用凶恶的眼睛盯着徐桂有，他说："你没干，把那个忘了吧，让他烂到心里，你什么都没干。"徐桂有说："我干了。"

两个人并排坐着，面对着滚落在沟里的小推车，直到日落。二生把地上的草叶揪下来，撕碎，再揪下来。带着草香的落日渲染着最后的余晖。在他们的头上飞着像云团似的昆虫，这些昆虫赶不走打不散。玉米地很静，偶尔发出轻轻的咔叭声。在公路上传来高速行驶的汽车胶皮轮子与路面摩擦的声音，汽笛的声音。

太阳将落，大地上还没有一丝凉意。满地的成熟景象。二生背着筐，哼着小曲，寻找着草多的地方。秋日的草都已经结了籽，这些带着油性的黑绿色的草叶，在早秋的微风里抖动着。二生不知不觉地来到了吉庆家的玉米地前，他在渠沿上站着，看着吉庆家的玉米。她的玉米穗儿挺大，玉米叶子伸展着，就像她的脸蛋儿一样。又有很久没有见到她了，她兴许就到地里来了。

二生坐在渠沿上，一棵烟没抽完，吉庆家背着草筐来了，她一见二生，远远愣住了。二生一见吉庆家，站了起来，拍拍屁股上的土，笑着说："玉米槌子长得够大的啊！"吉庆家一动不动地站在远处，她说："你想干什么？"二生说："我不想，我什么都不想，我就是想看看你的玉米地，你的玉米长得真好。"吉庆家缓慢地走到二生身边，她说："你是看我的笑话来的吧。"二生说："我没看你的笑话，你受了赵吉庆的骗，才落到这一步。"吉庆家说："我没受他的骗，是我情愿的。"二生说："你现在还这么想啊，你不恨赵吉庆吗？"吉庆家说："你早就想这么着了对吧，这回你达到目的了对吧，这回你高兴了对吧。"吉庆家站在那儿，低着头，她的脸灰白，没有一丝血色。她的头发干燥而散乱，没有一点油性。她穿了一件米色长袖上衣，一条蓝裤，一双旧黑皮鞋。

二生说："你说话就像吵架。"吉庆家说："这个你还凑合呢。"二生说："我老是想你，老是想我们在一起的那些年，我还没忘了你。你中了魔啦，跑到赵吉庆那里去了。"

"别再翻这本老账啦，让人头疼。"吉庆家眨眨眼，眼圈红了，她揉着眼睛钻进了玉米地。

二生在后边跟着，数叨着，吉庆家一句也不想听。她听到这些，就好像回到了过去那个乱糟糟的阴沉沉的阴雨连绵的日子中了。二生从地这头走到那头，又从那头走到这头。吉庆家说：“你跟我这么老半天，想干什么呢？”二生说：“我想跟你在一起啊，我想帮帮你啊。我老觉着你还跟我一起过，我老是梦见跟你在一起的时候，我老是想到你。”吉庆家说：“你对小牛子教育了些什么，你是不是老说我的坏话，别把那些不三不四的话往他的耳朵里灌。”二生说：“我没说过啊。”吉庆家说：“你心虚了，你就说吧，你存心害我吧。”二生说：“我没那么干。”吉庆家说：“像你这样的人，什么事儿都能干得出。要是有个人心眼儿，你把他领来见见我。”二生说：“我害你，我能像赵吉庆吗，赵吉庆那个坏种。你要是想看小牛子，就家去看吧。”吉庆家说：“我已经出了那个门，我怎么进那个门啊。”

就在二生跟吉庆家在玉米地里争吵的这一刻，从村子里传来了一声尖叫声，像羊的声音一样。吉庆家隐隐听到有个声音在叫她“娘”，吉庆家四周看了看，什么都没有看到，她猜测刚才的声音是玉米叶子摩擦出的声音，还是虫子飞翔的声音，还是来自村里的叫喊声。

随后，连二生也听到了一阵阵尖利的哭叫声。吉庆家突然预感到什么似的，她丢下筐和镰刀，往村子里跑去。

二生在她身后追赶着：“你跑什么啊？”吉庆家没有吭声，她像疯了似的跑进了村子，沿着大街往西跑，然后跑到了坑塘边，她看到坑塘边的树丛里围了一帮人，她从那些散乱的腿间，看到一个女人，守着一团东西在哭，那哭声越来越清晰了：“我的苦命的孩子呀——”

吉庆家拨开人群，她便看到小牛子平躺在草地上，他的身子湿淋淋的，闭着眼睛。吉庆家喃喃地说：“这是怎么啦，这是怎么啦……”

大皇上家回过身来，一头扑到正蹲下的吉庆家怀里，她抱着吉庆家大哭起来。吉庆家这时觉得骨头和肉一下子软了，她就坐在地上，再没有一点儿力气。两个女人都躺倒在草地上。吉庆家伸过手去拽小牛子的手，她爬到小牛子身边，她的头枕在他身上。

二生跑了来，他看到此情景，他叫了一声，跪在地上，摸了摸小牛子的脸蛋儿，然后把吉庆家扒拉到一边，抱起小牛子往家跑。

地上繁衍的芦苇，像尖刀一样刺在吉庆家的脸上，她倒着，她想起来，她没有一点儿力气。大皇上家扶了她几下，她的腿软软的，她站不住。两个壮汉架着她往二生家走，她嘴里是长长的悲哀的呼吸声："我的那命哎——苦哎——我不能进那个门——哎——啊——"

吉庆家被架到了二生的屋子，把她放在挨着北墙的柜子上。给她放了被子和枕头，让她倚着。吉庆家看到二生给小牛子脱了衣裳，盖上了被子，他的手紧紧抓着小牛子。她看到二生媳妇用恐惧的眼神望着屋子里的人。已经七年过去了，这屋子里的一切跟七年前一样，她眼前迷茫的就像在梦境里一样，眼前的景物模糊而没有一点真实感，都像虚幻的影子一样。她只坐在那里喘气，她再没有其他的力气了，她觉得有一种魔力，把她固定住了，使她不能动弹，她觉得自己已经死了。

就在第二天下午，小牛子被埋到了大皇上橡胶厂北边的土岗子上。第三天早晨，吉庆家拿了供品和烧纸，去到小牛子坟上去，远远的，她看到二生坐在坟前。空气中飘着薄雾，二生在雾中就像一个黑点。她走近了，二生抬头看了她一眼，又低下了头。她也没说话，她蹲在坟前，把供品摆上，把烧纸一张张展开，她的眼泪一大滴一大滴滴在纸上。她拿出火柴，她划了十多下，才把烧纸点着，纸呲呲啦啦的连同她的泪水一起燃烧起来，火舌欢快地向上舔着。

"远些，烧着头发了。"二生像鬼魂似的说。

听到二生的声音，她起了身鸡皮疙瘩。吉庆家往后挪了挪，她站了起来，转过身去在薄雾里向村中走去。当她走到大皇上拐角那儿，她回头望了一眼。她看见二生还在那儿，一动不动的。从这天起，那个薄雾中的黑点留在她的脑子里。

傍晚，吴宏涛来了，吉庆家对他诉说了自己心里的悲伤，还哭哭啼啼的。她说："我真是作孽，这事儿都怪我。"她说着，扑到吴宏涛的怀里。在这时，男人的怀抱对她来说比什么都重要，她一句句不停地说："我有罪我有罪我有罪我有罪我有罪我有罪……"

吴宏涛把手指插进她乱糟糟的头发，给她梳理着，他说："这怎么会怪你呢，你还没有梳头哩。"

"还梳头呢，命都不想要了。"她说着，啪哒啪哒的泪水流到他的衬衣上。他掏出手绢，给她擦泪水，他想：跟这个倒霉的女人在一起，别沾上晦气。他这么想着，还一边抚摸她，就像抚摸一只小猫那样抚摸。吴宏涛说："把这个忘了吧。"吉庆家说："我一辈子也忘不了。"吴宏涛说："别磨蹭了，快把你的裙子脱了，一会我还到市里去开会呢。"吉庆家说："你在这时候，真让我干那事儿吗？"吴宏涛说："我来干什么呢？"吉庆家说："我求求你，过几天再说吧。"吴宏涛说："好吧，那我走了。"

她想留他一会儿说说话，吴宏涛推开她走了。就是从这天起，吴宏涛断了跟她来往的念头，一次也不来了。她打电话给他，他说忙过这阵就来看她。她想给吴宏涛道歉，她那天心情太坏了。她没有说，她想，爱怎么着就怎么着去吧。她已经不给吴宏涛打电话了，她想到了，像她这样的人，不会有人理她。这是该着的，这是命。她觉得自己就像一棵树，她已经被蛀空了，只剩下一层皮支撑着。

她独自在这个孤寂的院子里，一天又一天下去了。她不知过了多久，她冷不丁地想起了自己的玉米地，她背起了筐，向地里走去。她在想这块地，想玉米叶，想玉米表露的根，想玉米槌，她觉得眼前的一切真实多了。她想，她除了这块地，就再没什么了。

她走着，看到了树上黄了的叶子，地上飘着一团团寒雾，多半的庄稼已经收割了。看到这些，她加快了脚步走着。太阳已经在雾气中升了起来，林间的小鸟发出悦耳的歌唱般的啼声。路边的小草挂满了露珠，她想，小草肯定凉得乍手。她觉得自己就像打蔫的苗又缓了过来，她的四肢就像草叶一样支棱着，还挺有劲。她越过水渠，就看到了自己那块玉米孤零零可怜巴巴地竖在那儿。

玉米早已成熟了，玉米叶子已经干枯了，干了苞发黄的玉米槌子垂在玉米秸上，已经等了很久。吉庆家走到地头，一穗穗把玉米槌掰下，放到筐里。干了苞的玉米槌很难掰，她只好一穗穗往下拧。

她掰了一筐头又一筐头，她把玉米槌堆到地头，她想给赵金柱捎个信，让他帮着把玉米槌运回家。那么她明天就可以刨玉米秸，再耩上麦子。赵吉庆什么都没有给她留下，她只靠这块地活着了。

她发疯似的干到半头晌，她累了，坐在地头上歇了会儿。她没有多歇，她只喘了几口气，又干了起来，这么一堆活堆在一起，等着她干呢。

吉庆家迎来了一个漫长的孤零零的冬天，冬天寒冷的空气把她的鼻子都冻疼了。一开始就下了一场大雪，雪夜很静，雪光照亮了屋子。寒风吹着门窗，发出不满的嘟哝声。雪打在窗子上，然后堆在窗台上，已经很厚了。吉庆家被恐惧和孤独袭扰着，她倒在被窝里，朝这边躺躺，朝那边躺躺。被窝里一点热乎气都没有，她的身体也像冰一样乍人，她在抖动着。她没有煤生炉子，家里头吃的也很少了，她又不想去借，她不愿意到大街上去，看那些刺骨的冰冷的目光。

夜。落地钟已经敲击了十二下，她朦胧地睡着了。电话响了，吓了她一跳，她惊喜地去摸电话，也许有好消息，已经有三四个月没有好消息，也没有坏消息。她摸到了。“喂，喂，谁——呀？”对方半天没有声音，当她想把电话放下，听对方用粗哑的嗓子侉声野调的，用教训的口气粗野地说：“听说你跟吴宏涛靠着，镇上人都知道了。你可小心点儿，那小子可不是好东西。他就要调走了，你跟他这样得了什么好啊。你还想跟谁靠着，你想养多少汉子啊。”她说：“你——你是谁？”对方说：“别管我是谁，你别把事做得太露骨了，将来遭报应。”她说：“你是谁？”对方是装出来的声调，这声调很尖细：“你在张家干这事行，在赵家不行，你要好好守着这个家。你要再这么干，我宰了你个臭娘儿们。”她说：“我没有干呀。”

对方用苛刻的语气说：“有没有，你自个儿知道，你就看着办吧，你睡不着觉想想吧。”

对方把电话撂了。那几句话在她脑子里重复着。她几次抓起电话，想给吴宏涛打个电话，她看不到那些键，她试着摁了几次都摁错了。她打开灯，按了键，电话通了，那边传来的是一个女人的声音："喂，你是谁啊？"她拿着电话，对方问了好几声，她也没敢吭气。接着电话断了。她一直在握着电话想：这是怎么啦，这些倒霉透了的事儿全都来了。

自从赵吉庆走后，家里一贫如洗，她节省着，手里那点钱很快就用光了。没有人来，屋里头每天都很清静。没有钱，没有吃的。她心里想，你这个村长太太兼董事长太太已经落马了，快丢下你这个臭架子吧。

她熬到了天亮，穿上衣裳，清除院子里的雪，把大门前扫出一条道。赵连城家也出来扫雪，她跟他们打招呼。

这场雪好像把吉庆家覆盖到雪下面了，她觉得周围的人显得那样陌生，她扫完雪，回到院子里。树上的和房上的雪在往下飘着，细细碎碎的像白色的灰尘。

吉庆家决心走出这个家门，去找个活干。她颤抖着身子硬着头皮到大街上去，踏着地上的厚厚的雪，从北方吹来的寒风直往她的衣裳里钻，她穿的衣裳被打透了。她从镇东头走到西头，再从镇西头走到东头，她的鞋子上沾了一层厚厚的雪，她还在吱吱地踩着地上的雪，往前缓缓地走着，打量着街面上的店铺。她发现所有的人都在躲着她，她在雪后的大街上一走，本来人就稀少的大街一下子空荡荡的了。她站下，觉得自己在大街上一走，青镇就多了一点晦气。太阳从云缝里探了探头，阳光很刺眼，太阳一照，她整张脸紧巴巴的，已经凝冻住了。阳光就像坚冰一样凉。她看到街道和房屋都变了颜色，就像一片叶子，已经老了，就像她。她肚子咕咕作响，她想要是再找不到活干，就要挨饿啦。在临近傍晚时，她在"李记"门前停下了，她一头扎进了"李记"酒店，一个穿黑皮夹克的圆脸妮子的笑脸迎了上来:“你想吃点儿什么啊?”吉庆家苦笑着用哆哆嗦嗦的嘴低声说:“你们老板在吗?”妮子眼睛里闪着光,她说:“在啊。”吉庆家的身子抖了两下,嘴里的气往手上哈着,她说:“我找你们老板。”那妮子用惊异的目光打量她一番,她说:“哦,老板啊,你找他有事儿吗?正在里屋睡觉呢,我去看一看醒了没有。”妮子跑着欢快的步子去了,过了一会儿,妮子回去了,她笑着说:“他已经醒了,在里屋呢,你去吧。”她屏着呼吸一步步走着,脸都憋红了,她走进那扇门,一步踩进了那间暖烘烘地带着酒气的屋子,她笑着说:“你看我,来的不是时候。”

“李记”老板肥头大耳,黑乎乎的胖脸滚圆,大肚子,他呼哧呼哧地吹气似的喘着,怔怔地打量了她一眼说:“你有什么事儿吗?”吉庆家的脸滚烫,她说:“啊——我想找个活干干,挣点儿零花钱。”“李记”老板皱着眉瞅着她的脸,她的脸腾地红了,她说:“我知道,像我这么大岁数的在你这里不合适,那就不麻烦你了。”她的脸上有一丝歉意,她刚掉头要走,老板把她叫住了,他说:“你等等,看在老赵的面子上,你觉着合适,你就来吧。”她惊喜地笑了笑说:“那我替吉庆谢谢你啦。”她心想:这回可有救了。吉庆家就站在门框那儿,再回过头,“李记”老板已经穿上了鞋子,站在屋子中央,他高大的身子挡在那儿,塞满了整间屋子,并俯视着她,他说:“你说吧,你想干什么?”她想了片刻说:“我想擦擦桌子扫扫地洗洗盘子碗什么的,别的我也不会。”他皱皱眉头说:“可是我给你多少钱呢?我们这个小馆子,赚不了多少钱。”她说:“你随意给我点儿就行。”两个人沉默了片刻,没有说话,都有些尴尬,她说:“那我走啦。”说罢她走出了那间屋子,她出“李记”时,还冲刚才那妮子笑了笑,她觉得这妮子那张脸很可爱。她出了门,被迎上来的风顶了一下,她打了个寒噤,她的心哆嗦了下。她举眼望了一眼,她便看到了阳光下的雪,她想,这些如果是她的羊群有多好啊,她的这种念头被一股子寒风吹跑了。她一边走一边想:我在干什么事儿啊。她面对“李记”老板，想不出刚才怎样把那些话说出口，她一边走一边想，一大滴泪珠从她的眼睛里滚了出来，滑过冻红的脸颊，摔在雪地上。

第一天上班，她认真梳妆了一番，穿上了那条舍不得穿的羊毛衫，一件铁灰西服，还围了一条红围巾。她望着窗外的朝阳，觉得这是一个好的开始，从赵吉庆走后，她的心情一直很坏，现在好多了。想想“李记”的屋子，觉得心里暖和和的，在那里就不挨冻了，这个冬天就好过多了。她到了“李记”，那个圆脸的妮子把她领到厨房里，指了指那堆盘子，她说：“你先干点活儿吧。”

她冲那妮子笑笑，把西服脱掉，俯下身，麻利地干了起来。厨房很窄小，一共三个厨子和两个帮厨，他们在她屁股后头挤来挤去地走过，用劲蹭着她的屁股，她忍着没有吭声。她觉得自己的过去就像这堆油腻腻的盘子，她一遍遍刷，这些盘子和碗，一次次被弄脏。当她把盘子和碗刷完，已经快到中午了，她的腰累得都直不起来了。这些天来，她头一次没有冻得打哆嗦。

她洗罢盘碗，还要打扫屋子、擦桌子。这些活她都包下了，一共十三间包房，每个包房都乱糟糟的，她必须在十一点前把这些收拾干净。她看到的两个单间里那一片片呕吐物，使她的头胀裂般的疼痛，她一俯身，把早晨喝进肚子的食物都倾了出来，她还在吐，她的胃就要吐出来。她还是坚持着，把这些黏糊糊带着臭气和烂菜味，比粪便还难闻的东西除掉。她先是弄些土撒在上头，再把呕吐物扫进簸箕里。把屋子打扫干净，然后用拖把一次次拖，地刚拖完，就来了客人。她已经跟这些打交道了，她还没有想到，还有这么肮脏的东西。赵吉庆没有喝醉过，有人在她家喝醉了，就到茅厕里吐。她那时觉得不可思议，一个人干吗喝醉啊，到那种肮脏地方去吐。

这样，人们看到一个脏兮兮的女人，头发有些蓬乱，两手粗糙，她每天傍晚从大街上走过，到"李记"去。她穿着又旧又脏的衣服，鞋子也旧了。她就是吉庆家，青镇的人看到她，大都用唾沫啐她：这个不要脸的女人。

她的面部还没有改变，只是这张脸上时常带着污渍。她细腻的皮肤上透着一丝红晕，看上去她比过去还要健康。

这天早晨，她刚起床，她听到敲门的声音。她支棱着耳朵听了片刻，她想，是她的门吗，她的门已经被人忽略了，没有人想起她这个门。可是门还在响着，的确是她的门，还伴着熟悉的带着四川口音的本地话叫嚷着："快开门呀，开门！"

她听出是大皇上家的声音，便跑了出去，把门打开，见大皇上家正站在门外。吉庆家苦笑了笑，把她迎进门，进了屋，让她坐在寒冷的杂乱的堂屋的沙发上。"一点热乎气都没有，你没有生炉子呀。"大皇上家说。

"还没呢，我想过几天再说。"吉庆家说。

"别瞒我了，你手头有些紧吧。"大皇上家用怜悯的目光看着她。

吉庆家没吭声，她强忍着泪水，深深地吸了几口气，咽了口唾沫。她看到大皇上的手向裤兜儿里摸去，在里头拿出一卷钱，大皇上家说："这是四千块钱，你先用着，到时候你给我打电话，我再给你送来。"吉庆家像触了电似的站了起来，她说："这可不行，你快收起来，我有钱，我可用不着你的钱。"大皇上说："我都听说了，你到'李记'去刷盘子去了，你别再干那个啦。"吉庆家说："这个你听说了，我到那儿去是闲着没事儿干，觉得无聊。我一个人在家可闷得慌啦。"大皇上家说："你先拿着这些吧。"吉庆家说："不行，说什么也不行。"

大皇上家把钱放在茶几上，用一个小碟子压上。吉庆家过去，把钱拿起来，就往大皇上家裤兜儿里塞，两个人推搡着，就像在厮打一样。大皇上家说："就算我借的还不行吗？"吉庆家说："我有钱，我干吗借钱呢？"大皇上家的脸上露出了尴尬的神情，她还在强笑着，她说："那好吧，等你用着，你言语一声。"吉庆家喃喃地说："我有钱。"大皇上家转身往外走，她说："那我走啦。"吉庆家说："你坐会儿吧。"

大皇上家抽了抽鼻子，掏出手绢，擦了把，她再没吭声，就向门外走去。吉庆家送走大皇上家，她想要是真有那四千块多好啊，可是她有什么脸去用那个钱呀。

"李记"有个叫刘莉莉的妮子，她是老板的小姨子，跟她的老板娘姐姐争风吃醋，她们争同一张床，跟姐姐经常吵闹。姐姐斗不过她，只好忍气吞声，把那张床让给她。好像这"李记"就是她的了，她在这里发号施令，常对人发脾气。就是老板，她还呵斥过好几次呢。老板娘是个有心机的女人，不哼不哈地把赚的钱都抓在手里。

吉庆家打扫过的地面上有一根火柴棒，刘莉莉像被踩着尾巴的狗一样叫了一声说："你看这是人扫的地吗？"吉庆家走过去，蹲下，把火柴棍捡到手里，刘莉莉说："想干吗，会干吗，不会干给我滚。"刘莉莉把她教训了足足一个小时：你怎么干得这么慢啊，你的手是干什么的啊，真没想到世界上有你这么笨手拉脚的人。

吉庆家抬手擦了把脸上的汗，她本来就不舒服，例假闹得很凶，不知为什么流这么多。干一会儿活就要跑一趟洗手间。她在冒虚汗，头发要湿透了，直往脸上贴，她身体虚弱，她流这么多汗时，她饿得厉害，她克制着，向厨师要块馒头的念头越来越强烈了，但一次次被她打消了。她要是条狗多好，她要是的话，她就会冲厨师摇摇尾巴，他就可以扔给她点儿食物，人毕竟不是狗啊。如果是一条狗，就没有人注意它的长相，它的岁数。一张狗脸从年轻到老看不出什么变化。

吉庆家想找一个跟她能说几句话的人。那个圆脸的穿黑皮夹克的妮子叫刘秀琴，她一直在柜上那儿，是老板娘的外甥女，她在酒馆里很受宠，每天一帮妮子凑到她面前，唧唧咯咯地说笑，嘴里嗑着瓜子，她们把瓜子皮吐得满地，她们那些谈笑也像瓜子皮一样四处飞溅。为了接近她，让她怜悯，让她同情她，她一次次去打扫瓜子皮，跟她打招呼，并冲她微笑。结果她冲她笑了，她已经怜悯她了，她不再往地上吐瓜子皮，她对吉庆家说："你到下午扫一次就行了。"吉庆家笑着说："不行啊，屋里不干净，不能为这个影响生意。"她一副不在乎的样子说："没事儿的，这些客人各有所好。"吉庆家瞅着她的脸说："你懂得真多。"她嘻嘻笑了："嘻嘻，你真逗。"

吉庆家望着过往的客人愣神，认识的不认识的全都不搭理她。不像从前，都给她笑脸，跟她说好听的话。

一个黄昏，吉庆家正在"李记"的大堂里扫地，有个声音在说："哎呀呀，是你啊，你在这里干吗哩？"是吴宏涛，那把笤帚从她的手里掉到地上，她尴尬地强笑着说："是吴镇长啊，你快请吧。"吴宏涛皮笑肉不笑地说："你怎么在这里干呢？"吉庆家的脸红了，她觉得吴宏涛很陌生，她距他是那么遥远，她说："我在这里洗洗盘子扫扫地，我在这里已经干了两个多月了。"吴宏涛说："你看看你看看的，真是的，你怎么上这儿来了呢，你怎么干这个呢，这活可不是你干的，别干了。"吉庆家抹下脸来，她苦笑着说："我也要混碗饭吃啊。"吴宏涛把她领到一个包房，让她坐下，她没有坐，她一直站着。吴宏涛说："我还以为是谁呢，我看了半天，都认不出来了。"吉庆家说："我老了对吧。"吴宏涛说："你怎么会老了呢，你干这个，我心里真过意不去。叫吉庆知道了饶不过我，再说我跟他是弟兄，我脸上也不好看啊。你等着，我给你找个好活儿。"吉庆家感到从这一刻，也许她的境遇就要有所好转了。她怀着极大的希望，跟他聊了很久。她在吴宏涛这里，听到了赵吉庆的一些消息。赵吉庆在上诉，吴宏涛也在替赵吉庆四处奔走。吴宏涛说："吉庆冤啊。"吉庆家说："他有希望吗？"吴宏涛叹了口气说："谁知道啊，办办看吧。"分手时，吴宏涛说："你等我的信儿，我给你找个活儿干。"吉庆家把吴宏涛送走，刘莉莉和小姐们一副羡慕的神情，她们看她的眼神都变了。

她就在家里等吴宏涛的信，推说病了，告了假。她等吴宏涛的信儿，等了十多天，给吴宏涛打过三次电话，吴宏涛老是一句话，让她再等等。半个月过后，她觉得吴宏涛靠不住，她只好回到"李记"。她每天穿一些新一些的衣裳，这些新衣裳已经过时了，她很久没有添置新衣裳了，她觉得这辈子再不会添置新衣裳。

吉庆家的老猫产了一窝小猫，吉庆家为了讨刘莉莉的好，给她带了一只。吉庆家在老板的屋子里找到了她，她说："我给你带来只小猫。"刘莉莉看到一块手绢抖开，里头跳出来一只白色的没有一根杂毛的小猫。小猫转过脸看他们，抖了抖身上的毛，又伸展一下四肢，叫了一声。刘莉莉惊喜地，用爱怜的手去抚摸小猫，她说："你从哪儿弄到的，真好。"吉庆家有些激动地说："我家老猫生的，一共三只，我给你捡了一只最好的，你看好吧。""真是一只好猫。"刘莉莉说，"从今天起，你不用刷盘子扫地了，你陪陪客人，迎迎客人就行了。"吉庆家说："像我这样的人见不得客人，你看我已经老了，还是让我干那个吧。""你怎么不识好歹，让你干你就干。"刘莉莉用生硬的口气说。吉庆家笑笑说："好吧，我干吧，我心里真过意不去。"刘莉莉拍拍吉庆家的手，一副亲昵的神情说："其实你不老，你长得好，看上去才二十五六岁吧。"吉庆家说："瞧你多会说话。"刘莉莉用关心她的口气说："你的脸色还是不太好，你应该多养几天。"赵吉庆家说："我已经好啦，在家里闲着也怪没意思的。"

那些杂乱的客人，什么脏男人都有，油乎乎的一张一张的脸，手也不干净，身上的衣裳带着一股子异味儿，不知多少天没有洗了。菜来啦，摆到桌子上。给客人把酒打开，给客人满上酒，给客人倒茶。走上了这条道，就要走下去，没有别的道。黑脸蛋儿说："是她吗？"白脸蛋儿说："是她。"黑脸蛋儿说："还真是她，我的老天，她怎么落到这下场，真怪可惜的这张脸。"白脸蛋儿说："她来啦，她还笑呢。"黑脸蛋儿说："真是个美人儿，怪不得赵吉庆那小子把她弄到手。把她叫过来逗逗，跟她玩玩儿。"白脸蛋儿说："别动真的，别惹上她。"

先是茶水和瓜子，其次是小碟的凉菜，酒是劣质的，带着一股子甜香气。桌布是新的，下面的桌子已经缺边少沿了。桌子四周围了一帮带着土味的穿着油渍麻花衣裳的男人。所有的眼睛偷偷地瞥着吉庆家。一桌子只有白脸蛋儿和黑脸蛋儿带着头跟吉庆家说话。

白脸蛋儿对着黑脸蛋儿的耳朵悄悄说："小心，赵吉庆可不是好惹的，还有赵家那一帮。"黑脸蛋儿大大方方地对吉庆家说："是你啊，坐这里喝一杯吧。"吉庆家带着一丝羞怯说："我不会喝，没喝过。"黑脸蛋儿说："来吧，坐这儿，有个空位。"吉庆家说："我不能坐，我还要端菜呢。"

"让你坐你就坐。"黑脸蛋儿说，他拉了把吉庆家，她坐下，还想站起来，被摁在了那儿，她不知怎么着好。"你的手真凉，穿这么少，别着凉。你不认识我，我跟吉庆是老伙计了，我叫金云祥，南村儿的。"

吉庆家笑着说："哦，知道啦知道啦，听说过，金村长。"白脸蛋儿说："你跟十年前一样，一点儿没变。"吉庆家说："你拿我开玩笑，我已经老啦。"白脸蛋儿说："都在敬你酒呢，这是三里庄的村长，这个是曹庄的，这个是小刘庄的，这个是五里庄的，都是破村长，都给你敬酒呢。"吉庆家哧哧笑着说："我不行呀，我真不行。"黑脸蛋儿说："怎么不行，我们这帮早就想看看你去。吉庆真是冤枉，像他那种讲义气的人真少，我很敬佩他，你不知道，我们还去监狱里看过他呢。”吉庆家端起杯子，她笑着说：“我替吉庆谢谢你们了，我敬村长们个酒。”白脸蛋儿说：“一看你就是个老手啦，你多内行啊。不能这么着，要一个个敬。”吉庆家说：“好吧，我敬你。”“敬你。”“再敬你。”黑脸蛋儿说：“别光喝酒，吃口菜吧。”吉庆家摸着自己的脑门子，她觉得头胀得厉害，她说：“我觉着不行了。”白脸蛋儿说：“你没事儿，再喝这么多也没事儿。”吉庆家嘻嘻地低声说：“我不行了。”白脸蛋儿说：“头晕也没事儿，一会儿就会过去。”

“不行，我透不过气来，我出去透透风。”她站了起来，又被摁在座位上。她再站起来，又被摁在座位上，她咧着嘴傻笑。瞧这个傻娘儿们，一副傻样子。原来可不这样，赵吉庆一坐牢就都变了。

男人的怪笑声。

吉庆家嘻嘻笑着说：“别闹，跟我闹嘛。”白脸蛋儿说：“别走，你要是走了就没戏了。”“别跟我闹，我是喝多了吧，你们看我是喝多了吧。”她哧哧地笑了，桌上所有的人都嘿嘿笑了。她心里还明白，是喝多了，他们都在笑她。她干哕了一下，她觉得肚子里有个东西在猛烈地往外拱。她站了起来，没有摁她，她侧侧晃晃地往外走。她走出门廊，差一点被门框蹭倒了，她发出咯咯的傻笑，这时几个妮子转过头，在对着她笑，来扶住了她。她觉得眼前的情景很不真实，她恍恍惚惚走到大堂的一张桌子前，坐到一张桌子前。一个人在吃一碗面。她不能吐，她要把所有的东西堵在肚子里，她克制着。她坐了一会儿，感到好多了。

她还要到厨房去端菜呢。她晃晃悠悠进了厨房，她跟厨师说话，她不知说了一句什么，她在想下一句话。她没有想起，她愣在那儿。厨师冲她笑了，她也咧咧嘴笑了。她很开心，酒很好玩，喝多了酒原来是这样的啊。那个桌子上的人在叫她，她不能去了，不能再喝了，现在就够丢丑的了。

吉庆家走进后院，进了一间屋子，见赵连城正坐在那儿抽烟，她不知为什么，见了他就止不住地咯咯笑，她一笑，他也忍不住笑了。

她坐在那儿，赵连城过去扶着她，他说："你喝酒啦婶子。"

吉庆家苦笑着说："他们让我喝，我喝多了。"他拽她，扶着她，她搂着他的脖子。她咯咯大笑着，她的笑声使他发瘆，她想哭，却不自主地发出笑声，她说："你这些日子到哪去啦，怎么老看不见你？"

这个下午真难熬，好不容易等酒劲撤了，她太阳穴这里有根筋一蹦老高。她克制着，强作镇静，她克制不住老是笑，真是难以置信，喝了酒就这样子。她去端菜，她摇摇晃晃地走着，仿佛又回到了过去。满满当当让人眼晕的坑塘，坑塘里黑绿色的芦苇，岸上的树林和草地。她把菜放到桌子上，站在那儿。白脸蛋和黑脸蛋儿再没敢说什么。一桌子人在嘁嘁嚓嚓聊着。

刘莉莉来了，让吉庆家去歇一会儿，把她领到赵连城吃饭的那间屋子里。赵连城扒完了半斤焖饼，打了个饱嗝，抬起头来。吉庆家说："他们说徐桂有死了。"赵连城说："他早该死了。"吉庆家说："说他被害死的。"赵连城说："别管那些闲事儿啦。"吉庆家说："你忙你的去吧，我没事儿，你别看着我了。"赵连城说："你别再干这个了。"吉庆家说："我靠什么活啊，没有人理我，你叔一走，赵金柱就把地要走了。"赵连城说："赵金柱这个狗杂种，从我叔一坐牢他就变心了，他就倒到张家去了。"吉庆家说："徐桂有，你知道徐桂有吧？"赵连城说："你别说话。"

一种阴森森的气息在青镇弥漫了四五天。太阳出来了，那种气息就像雾似的无影无踪了。

这个冬天，青镇被雪覆盖着，吉庆家由此老是想到羊，她想喂一群羊也许能养活自己。她走在雪地上，觉得自己就像一只羊那样。她一边走一边想：要是真有这么多羊该有多好呢。她似乎听到了来自西南角上张家的羊的叫声。她记起了在张家的日子，那个瘪瘪愣愣的二生，那头大牛，那头肥壮的驴，还有那些雪白的羊。她有几次梦到过那些羊，那些雪白的羊在草地上，她蹲在草地上割草。

夜已经很深了，难熬的冬夜又来了，吉庆家在大街上走着，她不想再回到那个家，她感到屋子里有股子阴森森的气息向她袭来。街上的雪车碾人踩，很坚硬，很滑，她的脚下滑了一下，她就倒在地上。她的手摁着雪地，爬了起来，再一步步向前走。她清醒多了，觉得头有些麻木。就在此时，一条狗从她身边走过，她停下了，狗也停下了，相持了片刻，狗绕过她，朝南边去了。天很冷，雪还没有融化的迹象，恐惧，丑恶，污秽和愚昧都被埋在雪的下面。这些东西就像狗似的，随时都可以拱破覆盖的雪，嚎叫着，向她冲来。

吉庆家早晨十点到“李记”，晚上十一点左右回家。她在“李记”酒店里，她跟其他妮子没什么两样。她端盘子，她给客人满酒、倒水地侍候客人，赔着笑脸，她陪客人聊天，陪客人亲嘴，还陪客人睡觉。

每天“李记”都很热闹，“李记”是一条污浊的河。每天都有人把污浊的东西排泄到这里，这里的污浊都凝固了。“李记”的包房，沙发，茶几，大圆桌和椅子。她坐在大圆桌前，客人让她把衣裳撩起来，她就撩起来让他们看她丰满的胸部。这些土里土气的男人，嘴里一股子烟酒味儿，嘴里咽着唾沫，摸了一把，嘿嘿笑着。

这天，她正在陪一帮客人吃饭，派出所的人出动了，把“李记”围了起来。圆桌四周的人像耗子似的四处乱窜。他们把所有的房间搜了个遍，这回真捉住了不少。十三个客人，六个陪客的女人。吉庆家也被抓进了派出所，她用哀求的口气说：“我什么都没干。”

“别废话！你个骚货，我都看见你了，罚两千块钱，交了钱就放人。”

“我真的没……”

“老实点儿，罚四千！”

她不敢再说话了，她战栗着站在院子里，她想跑。她嚷着找李银飞，没有人给她找。最后他们把她用铐子铐在院子里的电线杆上，她就抱着那根电线杆站着。她没有往外拿钱，那钱来之不易。所有的人都交了钱走了，就剩她自个儿了。

她兜儿里只有三百块钱，被派出所的一个黑小子搜了去。她被拘留了一天多。真够丢人的，有许多人看见她被铐在电杆上，还有熟人呢，几个小孩子还跑来用唾沫唾啐她。滋味很不好受，冻得她打哆嗦，快要冻成一块冰了。她冻得吃不住，大声喊着，一声接一声，她的声音传得老远。她的声音越来越低了，她就要完了。

要不是李银飞来了，她会冻死在那个院子里。派出所长叫李银飞戴着一副墨镜出现在她脸前，他嘿嘿说：“是你啊，这是怎么啦？”

吉庆家就像遇见娘家人一样，她伤心地掉泪了，她说：“我什么都没干，你的手下把我抓来，你上哪去啦？”

李银飞说：“我不知道，真没想到出了这事儿。”他说着，掏出钥匙，给她把手铐打开，她就出溜到电杆那儿，她就什么都不知道了。她再醒来，躺在一间屋子里，她看到李银飞守在床边，亮着灯，她说：“你看看，这些狠心的家伙，手都血晕了。”她抽搭抽搭地哭泣起来。他在她手上摸了摸说：“算啦，别哭哭啼啼的啦，起来吧，到这边来一下，有些事儿还要问一问。”

吉庆家跟在李银飞身后，走到一间大屋子里。李银飞让她坐在一个小凳子上。李银飞穿一身警服。一股子煤烟味儿，一个大炉子，炉子里冒着蓝色的火苗。他满脸青灰，胡子刮过后留下的痕迹。他的个子很高，这个大块儿，鹰鼻子，眼睛很大，厚嘴唇。他背着手走到一张桌子前，皮笑肉不笑地对着她。

吉庆家猜了出来，李银飞要亲自审问她。李银飞那张脸阴森可怖地对着她，过了很久，李银飞冷冷地说："你知道你犯了法了吗？"她冻僵的手已经缓了过来，直冒火，还有点刺痒，她说："我没有犯法。"他说："没有犯法？你真是法盲。你都干了些什么，我早就想劝劝你，没有腾出空儿来，你这样做对得住吉庆吗？"她说："我只想混口饭吃，我不想干，他们让我干，他们逼我干。"他说："你说是谁逼你？"许多张脸孔在她脸前浮现，她吞吞吐吐老半天，竟然说不出一个。李银飞说："你说吧。"她说："我说什么呀？"李银飞说："你跟多少男人干过。"她摇摇头，她迷茫的眼睛望着他，没说话。他追问说："都跟谁？一个个说。"她委屈得哭哭啼啼地说："看在吉庆的面子上，就饶了我吧。"李银飞说："你从什么时候到'李记'去的？"她说："刚立冬那天。"他说："听说你干得不错，赚了不少钱吧？"

她哭哭啼啼地说出自从赵吉庆坐牢后她的苦处，她说："真是万不得已，谁放着好日子不过来干这个。"沉默了很久，李银飞说："你拿出两千块钱，我就放了你。"她说："我没钱，我哪来的钱啊？"他嘿嘿笑了："耗你十天半月的你就有钱了。"她说："耗我一年半载也没钱。"

李银飞咽着口唾沫想：真想尝尝她是什么味儿的。她的鼓鼓的胸部和细腻的皮肤刺激了他的欲望，他说："好啊，你不拿钱也可以啊，你让我心软啦。"李银飞走过去，在她后背上捏了把，又在她胸膛上捏了把，抓起了她的手，然后抱起她，到了另一间屋子里，把她放到床上。李银飞嘴里的吭哧声传得老远。吉庆家听到西边不远处发出沉闷的声音。她一动不动地躺在床上，她听到外边还有脚步声。她压抑着，她小声说："你要是来就快点吧。"过了很久，她听到李银飞的腰带哗啦一声，李银飞的吭哧声更大了。他在她身上，压得她喘不过气，他足有二百多斤吧。李银飞长长喘了口气说："从今天起，谁要欺负你，给我说。"吉庆家一动不动地躺在那儿，她静静的，她听到从坑塘那个方向传来了咔吧声，这种声音朦胧的，好像存在，又好像是虚无的，她很久没有听到这种动静了。吉庆家看到李银飞站在窗子那里，他嘴里吸着烟，照着窗子一亮一亮的。这就是李银飞的目的，这是他的计谋，他派人围了“李记”抓了一些人，也把她抓了来，他抓着了她的把柄，她很温顺地到手了。他叫她怎么着，她就怎么着。

十几天后，李银飞提升为副镇长，听说还要提呢。他往大街上一站，墨镜往鼻子上一架，都怕他。这个镇的治安搞得好，全都归功于他。他往哪儿一走，犯罪率就在降低。他有一桩不幸的婚姻，吴宏涛给他在乡下找了个土里土气的媳妇，他还在维持着。他知道怎样面对现实，他每月往家里交工资的一半，他每次回家，媳妇就跟他大吵大闹一场。他已经两个多月没回家了，一年多没跟媳妇同床了。他克制着没有在外边搞女人，就是怕妨碍他的仕途。现在看来搞女人对仕途没多大影响，他就开始搞了。他有时觉得自己是否变坏了，他对自己有些沮丧。他搞女人，都是到市里的酒店里，或者公路饭店。搞女人就像害了毒瘾，有一次就想第二次，就整天想。有一次他熬不住，独自开车沿105国道跑了一百多公里，找了一家公路饭店，经过讨价还价，跟一个妮子睡了。那妮子趁他不备，把腰包掏光了，大约一千三百多，他开车回去的路上，一摸衣兜发现瘪了，里头空了，钱都没了。他心疼那些钱，便找那个妮子报复，便飞车往回开，那个妮子已经逃了，他就掏出手枪，逼着让老板交人。老板交不出人，只好自认倒霉，拿出钱来给他，事情才算个了断。

李银飞第一眼在赵吉庆家看见吉庆家，还是两年前，他老是想她，这次可有机会了。他跟吉庆家，既省钱又不担惊受怕。半月后，他到“李记”去了。他一进门，站在大厅中央，老板娘，刘莉莉，还有几个妮子迎了上来，老板娘说："李镇长，这么多天没来啦，可把人想死啦。"李银飞被簇拥着进了一个套间，他左顾右盼，没有看到吉庆家。就坐在那儿吸烟，跟他说话，他也不吭声，可把老板娘急坏了。

从这天起，吉庆家脸上有了笑容，脸蛋儿也变得红扑扑的了。她走在大街上，已经不在乎人们的脸色，还有人们说话的语气。她跟人说话，也不像从前那样嘟嘟囔囔的在鼻孔里说话，她的声音很响亮，也很脆。许多人说，赵吉庆坐牢后，她什么脸面都不顾了。总之她舒展开了，就像一棵玉米那样，已经长开了，并且在疯长，发出青绿色。她绷直身子走在大街上，一些娘儿们对她亲热地打招呼。

一天上午，"李记"老板把她叫到一间屋，给她拿出了一叠钱，他说："我早就说过，你干这活不合适。"她说："我干得不好吗？"他说："这是给你的一千块钱，以后你就在家，别来了，到时候我让人把钱给你送去。"吉庆家推搡着说："你要是嫌我，我就不再来了，你的钱我不能要。不过你先说明了，我已经尽力了，你要是看着我干得不行，你可以辞我。"老板说："你干得不错，你在这里，我们也挺高兴，我一直觉着你干这个，不适合你的身分。"

冬天在持续着，就是在这个冬天，吴宏涛调走了，他到县里当了管农业的副书记。吉庆家是在吴宏涛走的第二天，接到李银飞打来电话，她才得知这一消息的。天很高很蓝，一股子寒冷的气味。她抱着肩胛在院子里站着，望着枣树上已经干了的零星的枣子。

这时电话声响了，她跑进屋接电话，她听到了熟悉的声音："喂，你有空儿吗？是我啊，我想到你那儿坐会儿去。"

"是你啊，嫂子。"对方是大皇上家的声音，吉庆家听到后，她的泪水差一点流了出来。她利用一刻钟的时间，把屋子草草收拾一遍，梳了头。

吉庆家听到汽车声在她门口停下了，然后就是大皇上家的敲门声。吉庆家把门打开，她一把拽住了大皇上家的手，她的眼睛红了，她抑制不住的泪水啪哒啪哒地流着，伸出双手抱住了大皇上家。

吉庆家把门关上，跟大皇上家进屋，大皇上家说："我昨天才听说，我真没想到日子这么苦。"

"我是活该。"吉庆家说着，抽泣着，低着头对着大皇上家坐着。

大皇上家也拿了手绢不停地擦着眼泪，大皇上家说："我给你带来些吃的。别再到馆子里去了，跟我们一起去放羊吧。"吉庆家说："我不能要，我有钱。"说着大皇上家从兜儿里掏出了一叠钱，她说："这是一万块钱，你用完了再跟我说一声。"

这一次她推大皇上家的手一下，然后就接了，抓在手里。她经过了那一些，她已经放得下自己的架儿。她想：先收下吧，就算借的。

大皇上家说着，跑到大门那儿，把大门打开，让司机把车上的东西搬下来。一袋大米，一袋面，一桶花生油，一桶芝麻油，一箱带鱼，两只鸡，还有一堆塑料袋，里头各装着绿豆、小豆、大豆等。最后，司机拽着一根绳子，不知在往下拉什么。就在这时，一只纯白的山羊不情愿地跳到地上。吉庆家一阵惊喜："是这么个小家伙，我早就想有一只羊呢。"大皇上家说："这是去年秋天我家的大羊产的。"吉庆家说："你让我怎么感激你呢？"大皇上家说："你快别这么说，我还嫌给你的少呢。"吉庆家趴到大皇上家怀里，想痛痛快快哭一场，她哽咽着，把泪水咽进肚子，然后跟大皇上家聊了会儿，大皇上说回家还有事儿，就起身走了。

这样，这个冬天就算过去了。

又一个深秋，满院子的树叶在飞舞着，吉庆家在打扫树叶，那只羊跟在她身后，吃着地上的枣叶。赵吉庆已经在监狱里呆了三年了。赵吉庆坐牢的第一年，吉庆家每月要去看一次，第二年的次数就少了，第三年一次也没有去。她经常接到赵吉庆的信，她浮皮潦草地看了眼，回封信，有时竟忘了回。在她的脑子里，她并不渴望赵吉庆出狱，她想过，他回来干什么呢，他已经老了，工厂没有了，没有这些，也许他就是一个废物。她也不想跟赵吉庆离婚。

这些落叶，就像往事一样，她把它们收进筐里，背到垃圾堆前。当她把树叶塞进筐里，再用手去摁实，她听到树叶破碎的声音。已经下过三场秋雨。在一场秋雨之前，她忘了扫树叶，雨水把树叶沾在水泥面上，特别难扫。

凉爽的午后，院子里两只麻雀在追逐着，唧唧喳喳地闹着，从树枝上跌落到地上，再次飞起。接着有人敲门，她去开门。门开了，宝红穿一件红夹克，一条红裤站在外边，吉庆家惊讶地说："是你啊，宝红，你不是有钥匙吗？"她心里想，我已经有些日子没有见到她了。宝红冰冷的目光看了她一眼，她想，宝红不会知道她跟李银飞的事儿吧，还有她跟吴宏涛的事儿。她在宝红身后，一副殷切的样子。

宝红打量着吉庆家，很平静地说："我的钥匙丢了。"吉庆家去夺宝红手里的皮箱，她说："快进门吧，我给你提着皮箱。"

宝红显得还是从前那样，不过她发现她的身条细了，就像一棵玉米，已经拔节了，她的臀部和胸部已经凹凸出优美的曲线。她那张脸还看上去还没有施粉，也没有用唇膏，但她身上有一股子野不唧的香气。吉庆家吸了口，赶紧闪开，她很不适应这种气味儿。

吉庆家热情地笑着说："你还没有吃饭吧？"宝红说："吃了。"

一进门，门框的蜘蛛网挂到了吉庆家的脸上，她用手抹了一下。她便看到屋子里落满的那层厚厚的尘土，和屋顶上那丁铃当啷飘着的塌灰。

吉庆家站在西屋的门框那儿，她说："你的东西，我没有动，所以没到你这屋里来过。”

宝红皱着眉看了一眼，她说：“灰尘这么厚。”宝红找了个地间，把皮箱放下，然后她找了笤帚，打扫屋子。吉庆家讨好地说：“给你拾掇拾掇呀。”宝红依然用没有一丝情感的语气说：“你忙去吧。”她说：“这回你可要多呆几天，跟我说说话。”宝红说：“我就在这儿住几天。”

宝红钻进屋子里，开始清扫。屋子里飞满了尘土，宝红的身上、脸上、眼睫毛上沾满了尘土。她等着尘土落下，再一次清扫。然后她用脸盆打了些清水，擦拭桌椅。她拿出褥子，铺在床上，然后坐在床上，望着窗外：这就是我的家吗？我的破碎的家，我还记得小时候的大炕，一家人都坐在炕上，炕很坚固，还有一只小狗在炕下，它扒着炕沿，好奇地看着炕上的人。我爷爷常坐在炕头那个位置，靠窗子是我奶奶。我爹坐在炕尾，我娘坐在外边，我挤在他们中间，一炕人都在笑着。小油灯点亮了，油灯端来端去。灯光很温暖，把头贴在土炕上，土炕冒着一缕缕烟气。将来我要一盘大炕，我要在炕上吃饭、睡觉、看书，我还要在那盘大炕上生个可爱的宝宝。饭熟了，放上桌子，吃饭的声音在响着。后来奶奶死了，接着爷爷死，娘死，爹又坐了牢。她孤独地望着窗外，树上稀疏的叶子已经枯干，屋子里阴冷。她从皮箱里拿出一件毛衣穿上。

吉庆家来了，她拿来一床新被子。她说：“你盖这床吧，宝红，我就怕你爹不在家，你感到冷落。”宝红推着那床被子说：“我有被子，我还是盖我的吧。”她抱着被子站在宝红面前，她说：“宝红，快毕业了吧？”宝红说：“还有一年多。”她说：“你还没有棉衣吧，给你些钱，你去买一件吧。”宝红说：“我不穿棉衣。”她说：“买件防寒服吧。”宝红说：“我不穿那个，我不要你的钱，我不要。”她说：“你拿着吧，你不用我的钱还用谁的呢，你也就我这一个近人了吧。”宝红推辞着，钱掉到了地上，散落开，吉庆家去捡，站在那里，宝红说：“我不要，我说不要就不要。”

她一副为难的样子，把钱捡起来，攥着，她说："你用什么你就说，你瘦了，你在学校里吃了不少苦吧。我不知道你的学校，我想给你寄钱，我让连城到你学校去过，你见到他了吗？你别这样，你这样我心里也不好受，快拿着。"

宝红说："见到了。"宝红望着窗外的枣树。她想：那些钱是肮脏的，我已经用了。张全荣帮了我，要不是他，我要多吃很多苦。她在镇上，真是丢尽了人，我真没脸进这个家门。

吉庆家眼圈红了，她去抓宝红的手，她说："你的手真凉，你穿得太单薄了，我先给你找件子衣裳穿上。"

宝红的眼圈也红了，她摇摇头说："我不冷，你别找了，找我也不穿。"她转过脸，去收拾屋子。

吉庆家把被子放到床上，把那六张百元的钞票放到被子上，帮着宝红收拾屋子。她说："晚上我给你包饺子吃。"宝红看了她一眼，没有说话，她静静地坐着，望着窗外的院子。"你去了可早点儿回来，跟我在一块儿吃顿饭吧。"她用请求的口气说。

宝红说："我有事儿，明天再吃饺子吧。"说着，她打开皮箱，从里拿出一个挎包，她把皮箱上了锁。从赵吉庆走后，这个家里头没有一把锁。除了大门上那把锁，宝红皮箱上是这个家里头的第二把锁。

正是拔棉柴的季节，天将黑的时候，灰雾蒙蒙的。又一班汽车开了过来，停在青镇地边的国道上，在地里拔棉花柴的赵连城家和刘三怪看到从车上下来两个人，这两个人在朦胧的傍晚里走着，蹚着阳光下薄薄的雾色。走在前边的是宝红，后边的那个人是谁呢？前边那人扛着一个沉重的行李，肩上还挎着布包。在后边跟着一个剃秃头的男人，白头发已经长出了些，就像收割过的高粱地的高粱茬一样，他胖乎乎的，穿一身新的灰西装，背有些弯曲。

当他走近，人们看清了，那个人就是赵吉庆。此时是晚六点的光景。大皇上家在村西放羊，她看到了他们父女，她叽里咕噜跑回家，大皇上正在门前站着，她对大皇上说："我的老天，是他回来了，不是判八年吗？"大皇上说："你说得是谁？"大皇上家说："赵吉庆呀。"大皇上说："谁知道是怎么回事儿啊，天黑了，快把羊牵回家去吧，你看拉的一片一片的羊粪蛋子，不让你喂你偏喂，已经五十多只了，弄得满院子都是，让你卖，你一只都不卖。"大皇上家笑嘻嘻地说："该给我砌个羊圈了。"大皇上指了指墙西那块草地，他说："就把这一块砌成羊圈吧，可是你上哪放羊去啊？"大皇上家笑着说："你不是常说，人不能让尿憋死吗。"过了片刻，大皇上家又说："赵吉庆多坐两年牢多好啊，三荣跟宝红成了亲再回来也不迟啊。"

赵吉庆走到大皇上家门口，他停了停，他把行李在肩头上往上擩了擩，继续往前走。赵吉庆低着头走，当他走过每一个人，他便扫一眼这个人。他感到浑身骨节发出酸涩的疼痛，发出咔吧声，就像树枝折断的声音。他还是大步地往前走，虽然走起来很吃力。在他记忆里每一条街道还没有变，在灰色的薄雾和烟尘中显得那样破败了，他心里说：是啊，这就是那个镇子吗，这个他想了千万遍的镇子，它才建起来几年啊。

赵吉庆走过几家店铺时，有几个人打量了他一眼，他忽然记起监狱里印着记号的劳改装，他往身上看了一眼，摸了摸，那衣裳已经换了下来，他出狱的时候已经送人了。他不能让村子里人看见，他已经老了。所有的人见了他，都惊讶地看一眼后，便躲开了。

赵吉庆的到来，使这个镇子措手不及。

赵金柱家背着一筐棉花柴走在大街上，赵金柱家见了赵吉庆，差一点儿把筐扔掉，她发出长长的惊叹声："啊——是吉庆叔啊。"赵吉庆说："啊，干活去啦。"赵金柱家嘴里发出嘟哝般的声音："这不是，刚从地里回来吗。"

赵吉庆给赵金柱家说的话就没了下句，赵金柱家只好转身回家。赵吉庆站在那儿愣了片刻，他的脑瓜儿里出现了一片空白，这时宝红提醒他："爹，回家吧。"他掉过头，跟着宝红的影子向前走着。他眼前一片迷茫，幸亏天一下子黑了下来，再见到他的人，都没有看出是他。

赵吉庆看到了街两旁的铺子跟原先一样，一点儿没变。还有"李记"，还有别的眼花缭乱的店铺，老板一张油光光的大脸，他在里头打着哈欠，还有"王家商店"，还有"张家照相馆"等，他抬头望去，见在黑夜里一座八层高楼上闪着灯光。他想：这就是人们所说的大皇上新盖的大楼。

他的楼没有了，他什么都没有了。当他拐进胡同，他闻到了从一家门缝里透过的粥香，他想，可到家了，这就是家味儿啊，已经很久没有闻到这种味儿了。他走到门口，宝红把门推开，他听到门的嗡嗡声，他的心咯噔一下，便剧烈地跳动起来。他抬头看了一眼院子里黑黢黢树木的枝干，上头零零星星的叶子在摇着。

吉庆家在屋里惊叫了声，然后一边号啕一边跑出门来，她扑到吉庆面前，一把抓住赵吉庆的手。赵吉庆感到她的手还像几年前一样凉，他浑身起了层鸡皮疙瘩。尤其听到她的声音，他的骨节更显得生涩。她哭着，跺着脚，她一边说："你个丧了良心的，你还回来呀，你可把我害苦了，把人家一个人丢在这里。"

赵吉庆的手抖动着，伸手抓住了她，他们便一起往屋里走。

吉庆家接过他的行李，她还在他身上捏下一根碎草叶，她说："你是跟宝红一块儿来的吗，宝红去接你去了吧，我一早做好饭，我叫她吃饭，见她屋里没人，我还在为她担心呢。"

吉庆家一遍遍擦着眼泪，她眼里的泪水怎么也流不完，她已经好久没有哭了，就放开哭一次吧。她一边哭一边诉，赵吉庆守着她，还在抓着她的手，他说："你别哭了，我饿了，先弄些吃的。"吉庆家赶紧站了起来，划拉了下屁股，她说："好吧，我去做饭，你说你想吃什么。"赵吉庆笑笑说："吃什么都行，你的模样不错，比我走的时候还有光彩呢。"吉庆家也笑了，打了赵吉庆一拳，她笑着说："你的气色也不错呀。你回来了，这回可好了。"

赵吉庆看了看四周：房子已经旧了，一副破败的样子。屋子里的墙皮已经发黑，还绷出一些小碎纹。家具也旧了，都已经褪色了。他坐在木床上，一动就吱吱呀呀地叫得烦人。院子里多了两只羊，还咩咩地叫呢。还有三只猫，一只大猫和两只小猫。

赵吉庆吃饱饭，半倚着床帮，用手托着头吸烟，他大口大口地吸着，屋子里已经灌满了烟。他匀匀实实地喘了几口气，他眯着眼睛，已经在盘算往前要做的事。他本来想到厂子里看看，他几次都把念头打消了。他信心十足，他有办法，过不了几年，他就要超过大皇上。

他想把厂子从大皇上手里盘回来，要是大皇上不愿意，他就要再办一家厂子。天已经黑了，窗子上爬满了虫子，一些虫子还在拼命地撞着窗子。吉庆家已经刷完了碗，她坐到赵吉庆面前，她的心还在悬腾着。她害怕赵吉庆这种深思的样子，看上去他在想办法来对付她。她一点点地试探着，先是抓着赵吉庆那双手，硬硬的长满了茧子的手，他过去的手细嫩的就像女人手一样。她抓到手，觉得手被刺了下，直想往回抽。她抓着他的手，他也抓着她，她就感觉到了他。他勒住了她的脖子，吃劲地亲起来，他吭哧着，扒她的衣裳，被吉庆家制止了。吉庆家说："你先别，等脱了衣裳再说，别让宝红看见。"还没到八点，两个人就关了灯，那张床就吱吱呀呀地叫开了。赵吉庆那股子阻挡不住的力量一下子发泄出来，撞得床咣当咣当直响，就像闹地震似的，吉庆家说："小点儿劲，你听听这么响，宝红都听到了。"赵吉庆好像没有听到，他就像一头驴似的踢蹬着蹄子。

两个人办完事儿，先是脸朝上躺了很久，接着就不紧不慢地聊了起来。吉庆家说："你说说在牢里头的事儿吧。"赵吉庆说："这个有什么说的。"吉庆家抚摸着赵吉庆身上那松弛的肉，她想，这几年，他可见老了，她说："我知道坐牢的日子不好受。"赵吉庆点了颗烟，他枕着胳膊，袒露着胸脯，大口大口地吸烟，他说："也没什么，在看守所的日子真难熬，到了监狱就好多了。吃得饱，活儿也不是太累。"吉庆家说："你的声音没有过去那样脆生了，也低了。"赵吉庆说："坐牢坐的，过些日子就好了。"吉庆家说："你在牢里害怕了吗？"赵吉庆沉了片刻，他说："我没怕，我最担心你跟我离婚，你没有跟我离婚，我就是感激你这一点儿。像你这样的人，做到这样就不错了。"吉庆家有些激动，她的嗓子有些沙哑："我不能落井下石。"赵吉庆坐了起来，吉庆家给他披上衣裳，她赤着身子躺着，他拍拍她的胯说："别着凉了，盖上被子吧。"吉庆家说："我身上还在冒火呢。快睡吧"赵吉庆说："今晚上睡不着，我太激动了。"吉庆家搂着他的脖子，扶着他躺在枕头上，她说："你不累啊，快闭会儿眼吧。"赵吉庆说："我闭不上眼，就是闭上也跟睁着一样，这几年，他娘的发生了这么多事儿，一看到村子，都翻腾着。"

宝红那边屋子传来咯噔咯噔走路的声音，那边屋子里还亮着灯，从门帘的缝隙里透过来的光，照着赵吉庆那双睁大的眼睛，他的烟吸了一支又一支。

吉庆家在想一件事儿，她犹豫不定，她不时地睁开眼看着赵吉庆的影子，片刻后，吉庆家狠着心，她的手再次抓着他，搂着他的脖子，就像个可怜的小羊似的，带着哭调的声音说："我做了对不住你的事儿。"赵吉庆好像并不在意，他说："哦，我听说了，从现在起别再干了。"吉庆家哭哭啼啼的，她的泪水弄湿了赵吉庆的脸膛，她用饿了很久的，带着祈求般的还带着一丁点儿欲望的声音说："我也不愿意干，我真是没办法。" 赵吉庆的手在她的后背上，他说："别伤心了，真他娘的，我就是不想听你这种哭哭啼啼的声音，我还没死呢。"她哭得很痛："我是为你伤心，你多可怜呀。"赵吉庆说："我挺好的，我回来啦，我还能重操旧业哩。"吉庆家已经不哭了，她鼻音很重地说："你这回要慎重点儿，别让人抓住把柄，你已经经不住什么了。"赵吉庆咬着牙，把嘴里的烟丝吐掉，他说："去他娘的吧，那个徐桂有，我明天就去找他，我还要跟他算账哩。"吉庆家说："怎么，没人对你说吗，他已经死了，去年死的。"赵吉庆说："他死啦？"吉庆家说："已经死了一年多了。"赵吉庆坐直了，他那张在黑暗中的脸对着她，他说："他是怎么死的？听说了吗？"吉庆家吓得直往后躲，她说："不知道，听说是自杀。"赵吉庆说："扯淡。"赵吉庆望了一眼窗外，月亮已经出来了，落地钟敲了十下。他想：肯定是赵连城干的，他到牢里去了十几次，跟他提到徐桂有，他哼哼唧唧地不答话。赵吉庆说："跟我作对，没有好下场，你说对吧。”

赵吉庆在黑暗中吸烟，他的烟燃烧出咝咝声，他被呛了一口，咳嗽了一阵，他吸得很凶。这种吸烟的情景在持续着。吉庆家拿不定他在想什么，这个难熬的夜晚非常可怕，赵吉庆的脾气，不知他会干出什么事来。她躺在那里，屏住呼吸，听着他喘气的声音，看着一闪一闪的香烟头的火光。不知过了多久，赵吉庆说话了，他说：“听说宝红还跟张家那个三死孩子在一起。”

吉庆家赶紧说：“我不知道。”

赵吉庆喷着嘴里的烟气，带着气愤的口气说：“你不知道，你什么不知道啊，你还想撮合这件事儿哩对吧。他张家是什么人家子别人不知道你还不知道，他是在土岗子上捡的，不是私孩子，不是妮子养的，一个活不拉儿的小子，谁这么狠心丢在那里啊。”

吉庆家喘了口长气，声音颤抖着说：“我真不知道。”赵吉庆把被子一撩，又蹬上了裤子，他说：“这个断子绝孙的张家，真没想到他又兴盛起来了。我在监狱里都听到了一些事，这个不省心的妮子。我对宝红说过一百遍了，让她记住赵家跟张家的仇，她就是不听。”

吉庆家说：“你不睡觉又穿上衣裳干吗？”赵吉庆说：“我去看看。”吉庆家说：“听我一句劝吧，张家三荣挺好的。再说你走的日子，我多难啊，我快要活不下去了，是张家给了我钱和吃的，才过上安稳日子。”赵吉庆吐掉烟把说：“什么！你要了他的钱？”吉庆家的声音很低，她说：“是啊，真亏了张家。”赵吉庆说：“呸，多少钱，等过了这几天，你给我送去。你一点儿骨气都没有，就是饿死，也不能要张家的东西。”吉庆家说：“你想还这个情，你还不清。”天已经亮了，赵吉庆已经站在地上，他指着吉庆家说：“放你娘的狗臭屁，原来你心里净这种怪念头啊！”吉庆家看到他冒火的眼睛，不得不把头垂下。

吉庆家也摸索着穿衣裳，在那边屋子里，已经传来了宝红的脚步声，和她哼小调的声音。窗外的羊在叫着，在院子里走动，还扒着窗子，前蹄搭在窗台了，往里头瞧呢。赵吉庆坐在椅子上，他的手里还夹着烟，在牢里已经听说了，吴宏涛和李银飞糟蹋了他的女人。他心里很乱，他没想到自己的仇人又多了两个，吴宏涛和李银飞。

过了很久，赵吉庆说："这三年，你到橡胶厂去过吗？"吉庆家摇摇头说："没去过，那已经不是我们的了。"赵吉庆声音大了起来，他说："被张家霸占啦。"吉庆家不敢看他那张发怒的脸，她低着头说："不是霸占，是人家买下了厂子。"赵吉庆喊叫般的声音，他想让全镇的人都听见，他说："我要把厂子弄回来！"吉庆家说："你回来了就好，先别想橡胶厂了。真没想到，我像在做梦，这么快你就回来了，你就别想别的了。"赵吉庆嘴里发出哼哼的冷笑，他说："你不想我回来是不是，我碍你的眼了对不对？"吉庆家说："你这样说太伤我的心了。"赵吉庆说："我没有罪，那是诬陷我，我是青镇的功臣，要不是我，青镇到不了现在的样子。我走了三年，你看看，除了破旧，看上去镇子变化不大。"吉庆家说："我们这儿没变，可别的地方都变了，东边和西边都修了高楼，就像个小城市似的了。"赵吉庆说："我回来了，我要政府把厂子还给我。"她说："不可能吧，你可别那么想，你受的冤屈还少啊，别再碰那个茬儿啦。现在可不比从前了，没钱没势。再说大皇上接手了你的厂子，你怎么要呢？"赵吉庆说："没钱没势，谁说我没钱没势，等着瞧，过不几天，我把橡胶厂从大皇上手里要回来，还有这个镇子，它是我的。"吉庆家压低了声音，柔声细语地说："可是他会给你吗，人家可是花了五百多万块呢。"赵吉庆站了起来，他跺着脚说："他会给我的，我有钱，我再买回来，你不信走着瞧。"吉庆家吃惊地看着他，她说："你有钱，你有这么多呀。"赵吉庆说："我有，我说有就有。"

赵吉庆回家的第二天早晨，他坐在门台上，一只鞋子趿拉着，另一只脚光着，放在门台上。他的光头又剃了，胡子也刮过了。秋日的阳光晒到他身上，爱说话的麻雀喳喳叫着，他眯眯洋洋的，耳朵里嗡嗡直响，就要睡着了。他睡蒙蒙的，看到宝红穿一身淡青色的衣裳，慢条斯理地进了门。赵吉庆打了个哈欠，看着宝红笑着向他走来。赵吉庆说："宝红，你干吗去啦？"宝红犹豫了片刻，她说："在外边玩了玩儿。"赵吉庆猜疑的目光打量着她说："你去了这么久啊？"宝红笑着说："大街上碰到几个同学，跟他们说了会儿话。"赵吉庆板起了脸，他说："别撒谎了，以为我不知道，我都知道。"宝红低着头想进屋，赵吉庆说："你给我站住！"宝红站在门槛那儿。赵吉庆说："知道你上哪去了，你不是去找那个小贼羔子去了吗。真让人不省心，你还不知道我们之间的仇吗。你找个什么样的不行啊，非找那么个丑八怪，你看到他不堵心吗？你听我说，你赶紧跟那小子断了，你想给我惹祸啊。"

这几天，这个家里沉闷的空气使宝红喘不过气来，她一连几个晚上没有睡好，她没有到张家去，只是在坑塘边跟张全荣碰了个面。跟张全荣聊了一会儿，她的心情本来很好，回到家，一看到赵吉庆这种忧郁的神情，觉得心一下子被堵住了，她想，早一些返校，离开这个令人恼火的家。

赵吉庆说着，蹬上鞋子，他说："到屋里去，我有话跟你说，省得在这里，叫四邻听见，怪现眼的。"赵吉庆走到宝红的屋子里，他坐在床上，把鞋子脱掉，把脚放到床上。他没有穿袜子，他在赤着的脚上划拉着，他说："我老了，你该让我省省心了，你想让我累心累到死啊。"宝红说："你就歇着吧，别管我的事儿了。"赵吉庆说："你说是不是跟张家那小子在一起。"宝红说："在一起呢，怎么啦。"赵吉庆说："怎么着，你想气死我啊，你真想要我的命吗，宝红。"她说："爹，你在说些什么呀，这个扯得上吗。"赵吉庆瞪大眼睛，抓紧拳头，向宝红挥动着，重复了一句："你就是想要我的命，让我死！”宝红说：“爹，你怎么这么说呢。”赵吉庆说：“爹就靠你了，妮儿，听我一句话，别再跟张家那窝子来往了。”宝红说：“爹，我会疼你的。”赵吉庆咬着牙说：“张家那一家子人，就变着法想害我。不会有好结果，到时候，那个三私孩子把你甩了，你哭都来不及。”宝红说：“你别说话这么难听，三荣说将来也会疼你呢，他不错。”赵吉庆大声叫了起来，他说：“将来，将来！去他娘的将来吧！！”他压低了声音，把身子往宝红面前倾着，又说：“这么说你背着我把事儿都订了，我用他疼，哼，我用他疼！我就是找根绳子把自己吊死，我也不会让他疼。这么说你们已经订了，好啊，你就订吧，你不管爹在想什么，好吧，你订去吧，你今天就到张家去吧。”宝红说：“爹，值得吗，生这么大的气。”赵吉庆指着宝红的鼻子说：“我生气，哼，瞧你干了一件什么事儿啊。”

宝红知道再说什么也没有用，就不再吭声，她在玩一把梳子，她的指甲盖划过梳子齿，梳子齿发出悦耳的声音。赵吉庆开始的声音还大些，然后是低声劝说，他最后叹了口气说：“要是你娘活着，这个用不着我操心。”他看着她，他们沉默了很久，他从她的房间里退了出来。一只羊进了屋子，赵吉庆拿起笤帚，狠狠打了羊一下，那只羊拐身跳出门，赵吉庆把那把笤帚投了过去，笤帚摔在羊身上，羊的身子侧歪了下，尖叫了一声，跑到南墙那儿，眼巴巴地看着赵吉庆。

赵吉庆说：“妮儿，好样的男人多得是，张家没有好男人，一点儿血性都没有。再说你看三荣长得那块料，他是捡来的你知道吗，捡的，有好东西吗？”宝红一下下梳理着自己的长发，她用力过猛，梳子断了一个齿，她把那个齿扔到一边，她心里在盘算着行期，买哪一个车次的车票，她想，要是这么闹，明天早晨就走。赵吉庆哀求着说：“爹求你了，跟张家断了吧。”宝红依然梳理着自己的头发，她停下，看了赵吉庆一眼，她说：“好吧，让我想想吧。”赵吉庆说：“我知道你是好妮儿，你听话，你从小就听话。你想想吧，你会想通的，妮儿，听我的，不会吃亏。”

这天中午，李银飞喝了酒，来敲这扇大门。赵吉庆把衣裳穿上，板着脸站到了堂屋里。李银飞进了屋子，一见赵吉庆，心里吃了一惊，他的酒醒了大半，他的身子一晃，差一点摔到屋子里，他的一只大手握住了赵吉庆的手。李银飞把头低下，点了几点，又点了几点，他摘下墨镜，他抬起头，眨着眼睛，片刻后，他的眼睫毛湿了，就眨出了几滴泪，他说：“你受苦罪啦，真是遭罪啊。”赵吉庆哈哈笑着说：“你小子，吃得够肥的，你看我这不是挺好的啊。”李银飞嘿嘿笑着说：“听说你要回来，我是来看看。”赵吉庆指指已经破的有小洞的沙发，他说：“快坐下吧。”李银飞嘿嘿笑着坐下，他说：“你的气色不错。”赵吉庆用带着几分嘲笑的口气说：“听说你升大官儿了，混得不错啊。”李银飞说：“那个管嘛用啊。你瞧瞧我胖了，披了一身肉。”赵吉庆说：“再变也知道你是嘛变的。怎么没用啊，我可听说了不少你的事儿。”李银飞笑笑说：“我能干那事儿嘛。”赵吉庆觉得心猛跳了几下，好像就静止不动了，他觉得憋得慌，接着缓慢地跳着，他坐在那里有气无力地跟李银飞说话。李银飞掏出了烟，递给赵吉庆一支，他叼了一支，又掏出打火机，捧着火给赵吉庆打着，他还是跟三年前一样，一副顺从的样子。他低着头吸烟，他说：“一晃好几年过去了，真是没有的事儿。”赵吉庆吸着烟，他的嘴唇抖动着，他说：“我是冤枉的。”李银飞说：“这个我还不知道，我给你平反昭雪，让全镇的人都知道，你是冤枉的。”

吉庆家一声不响地坐在里屋，赵吉庆让她沏杯水，她就低着头沏了水，她看看李银飞，她的脸腾地红了，手抖动了一下，差一点儿把水杯递空了，她又看了看赵吉庆的脸色，笑了笑，一副窘相。

李银飞磕磕烟灰，他沉了片刻说：“在镇上就两个人对我有恩，第一个是你，第二个是吴宏涛。吴宏涛到了县城，混得还不赖，当了副县长，你没见着他，他官架子可大多啦。”

赵吉庆说：“我要看看他的官架子哩。”

太阳照到了屋子里，阳光下灰尘在飞扬着，李银飞叹了口气，他说：“吴宏涛走的时候哭了，他说离不开这里的乡亲。还有你不清不白的算是哪一锅哩。他现在当了副县长，也是有职无权，想给青镇办点儿事都很难哩。他老是放不开，干事缩手缩脚。”

赵吉庆把李银飞送走，他拿出电话机，把电话机上的尘埃擦掉，他给赵连城打电话。电话打通了，对方听到了他的声音，传来了惊喜的声音。赵吉庆嘿嘿笑着说：“连城啊，是我啊，我是你叔啊，你听出来了吧……你来了再说吧，是有些事儿……好啊，好啊，你快来吧，我等着你哩。”五分钟，赵连城来了，赵连城坐在他面前，赵吉庆说：“这几年，你够累心的，瞧你的脸上都有皱纹了。”赵连城笑着说：“你说我的抬头纹，从二十多岁就有了。”赵吉庆说：“我没别人了，我就指望你了。”赵连城说：“叔，你说吧，你让我干什么。”赵吉庆说：“我已经老了，我感到自己老了。”赵连城说：“你看见了吧，叔。我还没给你学舌呢，没有一个好东西，都没良心，你一走，都一屁股坐到张家那边去了。赵金柱更不是好东西，你回来了，看他能怎么着。”赵吉庆说：“我都听说了，他是赵家的败类。”赵连城说：“他整天在大皇上那里，大皇上什么事儿都让他干。”赵吉庆说：“先别说这个了，我想问问现在厂子里的事儿。”赵连城说：“厂子一直维持着，大皇上说过，回来就把这个厂子还给你，他知道你很快就会回来，他知道你要弄回厂子。厂子什么都不少，也不多，还跟原先一样。”赵吉庆说：“都以为我完了，我还没有完，走着瞧！这么说大皇上这小子还知趣儿。”赵连城说：“大皇上还不是怕你，跟他斗了这么多年，他是斗败了的鸡。可是叔，你还要那个破厂子干吗？”赵吉庆说：“那个厂子是我的。”赵连城说：

“有五百万，就能建起一座新厂。”赵吉庆说：“这个你慢慢就会懂了。”

赵吉庆跟赵连城到大皇上家去，两个人一前一后，像有急事的样子。赵吉庆跟赵三祥就这么走过，他觉得赵连城就是赵三祥，他甚至比赵三祥还会办事儿。跟赵三祥比，看上去他不张扬，干事利落而快捷，他表面上对每个人都不错，他低头哈腰地说：“叔，你看我这么干行了吧。”他对所有的人都这样。赵三祥就不一样，从不会低头哈腰，还干了些显鼻子显眼的事儿。

他们出了门往西拐，再往南拐，然后往西拐。对他来说，这条路还是那样熟悉。这条路已经旧了，柏油已经剥落了，坑坑洼洼，裂呲八纹的，没一处好地方。这路是谁修的，才几年啊，就成这个样子。两边的铺子已经旧了，都旧了，就要老了。走到坑塘那儿，赵吉庆在一座房后，走过一个崖子，他看了一眼坑塘。坑塘好像又大了，几只鸭子和几只鹅在水中的芦苇间游着。坑塘里的水是青绿色，泛着清澈的波纹。赵吉庆转过身，便看到张家那棵粗大的杜树，这棵杜树从大皇上他爷爷活着的时候就已经有了。杜树上的叶子都红了，在地上，是落下的已经干了的黑杜梨，和红色和黄色的叶子。赵吉庆看了一眼树身，已经很粗了，能做独木菜板呢，现在这样的树就要绝种了。他走到大皇上家门那儿，他看到了那一群雪白的羊，他站在那里数，羊在走动着，他没有数清楚，然后进了大皇上的门。大皇上家那条狗看了他一眼，把头转回去。还是那条狗，不会叫，从没咬过人，跟大皇上一样，它心里想什么，永远也猜不到。

赵吉庆刚走到院子中央，大皇上跑出屋门迎他，伸出双手来拉他的手，他说：“是你啊，真没想到是你。”赵吉庆笑着说：“你觉着意外啦。”大皇上说：“这么快就见面了，快进屋吧，你来也不打个电话，我正要到城里去办事儿呢。”赵吉庆说：“我不进屋去了，就站在这里说吧。”大皇上说：“也行。”赵吉庆说：“我的厂子在你手里？”大皇上嘿嘿笑着说：“你不歇两天，还少得了你的厂子啊。”赵吉庆看着大皇上，他真胖多了，肥白大胖，瞧他的脸滋润的，满面红光，一瞧就挺得意，带着富贵样子。这几年他不在，大皇上肯定多赚了不少。就这几年，赵家吃了不少亏，一下子落到张家后头了。赵吉庆说：“这么说厂子你还给我留着呢，你五百万买下的对吗？”大皇上说：“说五百万，实际上没用那么多，这个连城都知道，都是他经手办的。”赵吉庆说：“好吧，那厂子归我了，我先给你一半钱，其余的那些账我先该着，等厂子盈了利，我就还你。”大皇上说：“你先歇几天，我会把厂子交给你，还有村长的位子。”赵吉庆说：“别，那个村长还是你当吧。”大皇上说：“还是还给你吧，那是你的，在我肩上真够重的，在你肩上就看不出什么来。”赵吉庆嘿嘿笑着说：“也是累心对吧。”大皇上说：“那么你还有什么事儿吗？有事就到屋里聊，这里可不是谈事儿的地方啊。”赵吉庆说：“我这就走，你什么时候把厂子盘给我？”大皇上说：“你要是现在有空，我现在就盘给你。”赵吉庆激动地说：“那我就多谢啦，真没想到，你这么通情达理。”大皇上说：“现在你就跟着我去办交接，费不多大事儿，连城都知道，对吧连城？”赵连城笑着点点头说：“对对。”大皇上说：“走吧，去看看厂子吧。”赵吉庆犹豫了片刻说：“好吧。”

赵吉庆先翻了翻这几年的账，橡胶厂这几年没盈没亏，大皇上真是高手。从这天起，青镇又姓赵了。青镇就像个站在风中，衣衫破旧的少女那样可怜。张家只管自己的生意，从不管镇子是什么样。应该再一次规划青镇了。这座楼已经旧了，墙壁黑黢黢的，地板已经翘了起来。

赵吉庆站在窗子那里，看了一眼橡胶厂的全貌，本来是新的，一转眼都这样了。他站在五楼上，向南还能看到那一大片树林，树林一派灰色，上头的叶子已经落光了。一些人到林子里去扫树叶，他们把树叶卖给大皇上家，一毛五分钱一斤。这些树叶被大皇上堆进了两间仓房。过冬的羊就吃这些树叶。赵吉庆还能看到大皇上那座高大的八层楼。那是这块地上最高的楼了，县城都没有这么高的楼。橡胶厂院子里的那一排排杨树已经长大了，在深秋季节，树上的叶子已经落了，他在想象着夏日树木旺盛的景象。在楼下的杨树，已经长到四层楼这么高。

总之，赵吉庆觉得一切又重新开始了，橡胶厂该修一修，大街需要改造，一切都要从头来。他觉得再一次回到过去了，有很多事儿等着他呢，他身上又有了用不完的劲儿。在青镇上空的太阳跟过去没有什么两样，透过玻璃，他看到太阳旁边还有一个像月亮一样的银影。赵吉庆想，全变了，他用一种嘲笑的目光看着面前的一切。

自从赵吉庆回家后，吉庆家看上去比过去还要守规矩，说话的声音很柔和，又很低，脸上带着笑容。赵吉庆早晨起来，他便感到早晨暖融融的阳光，和滴着朝露的尚未落尽枣叶的枣树上柔和的光钱，他心头弥漫着的柔情升腾着，他对她说话也比过去柔和多了，他给她的也是笑脸，他尽量忘记那些烦恼和忧伤，还有那些仇恨。

吉庆家这天坐在太阳下切山芋干，再把一片片流着奶汁般的山芋干用绳子串起来，晾到晾衣绳上。她说要是再不切开晾干，就要烂了。一转身，赵吉庆就能看到她认真切山芋干的样子，并听到菜刀与菜板碰击出格噔声。吉庆家穿一件洗的得发白的棕色衣裳，衣裳有些发皱，看上去她也给人一种陈旧感。她已经塌下心来，她心里想，别再出什么差错了，只要赵吉庆不嫌她，跟赵吉庆过穷日子，即使赵吉庆再老，就听天由命吧。

在树枝间，飘着一朵白云，天很蓝，太阳晒的她眯洋洋的，吉庆家一边切着，直要打瞌睡。她切得每一片都很薄，这些山芋片在阳光下像瓷一样的透亮，她把一片放进嘴里，吃了起来。在她的嘴角上，一滴白色的山芋汁滴到她的裤子上。

第二天早晨，天阴着，天上一块黑一块白的抹布似的一层层云包裹着大地。站在院子里，还能感到零零星星地飘落几滴雨。宝红要走了，赵吉庆执意要送他的女儿上汽车，他的脸色让吉庆家吃了一惊。就是坐监回来，他的脸色也没有这么难看呢。他一夜都没有合眼，叹了一夜的长气，这个漫长的夜就是这么度过的。

吉庆家说："你别为这个操心啦，眼下你还是想想自己的日子吧。"赵吉庆说："宝红是个懂事儿的妮子，她会想过来的。"吉庆家说："对呀，她这么大了，都懂了，她又不是没脑子。"赵吉庆说："你说她能看得上张家那小子，她不会这么没眼力吧。"吉庆家说："这个我可不知道。"赵吉庆说："等她再回家，给她找个婆家，她就会安分了。"吉庆家没哼声，赵吉庆又说："我觉得见过这么多小子，还没有一个能配得上宝红的哩。"吉庆家还是没哼声，赵吉庆说："你怎么不说话，你也替我想想办法啊，你总不能像外人一样看我的笑话吧。"吉庆家说："你别瞎想了。"赵吉庆说："那你就替我给宝红找个婆家。"吉庆家说："我要是给她找，她还不跺着脚骂我，说我发坏。"她说，"妮子也大了，她的事儿不用你管，你也管不了。"赵吉庆说："你个娘儿们，你嘛都不懂。"吉庆家晃着手里的笤帚，生气地说："我是不懂，就你懂，你什么都是行家。"赵吉庆说："你不是不知道，她跟张家那小崽子在一起呢。"她说："我说你管不了，再说跟他在一起也挺好啊，张家算个好人家呢。"赵吉庆家脑子里是她跟李银飞在一起的情景，他回手打了她一个嘴巴子，他说："你看看我管了管不了！我要让张家看看，我还是那个赵吉庆，哼。""你的脾气变了，跟从前不一样了。"她揉着自己的嘴巴说。赵吉庆大声喊着："你说什么，我变了，是我变了还是你变了？"她又摇摇头。他上去一掴子，就像鞭子那样响，他说："你个骚货，全都怪你，你个烂货。"她呜呜地哭了起来，她说："我就是烂货，我是烂货，你跟我离婚吧。"赵吉庆咬着牙说："你个婊子养的，我知道你想跟我离婚，你跟我离吧，那样我更心净。”她哭着说：“好吧，那就离吧。”

赵吉庆上去抓着她的头发提了起来，然后朝一边一摔，她的头便磕在茶几的玻璃上，一滴血慢慢在额头那里洇了出来，滴到茶几的玻璃上。他再抓着她的头发，把她拽起来，让她的脸朝着他，他看着她，他转念想：曾经那样疯狂地跟她好，她也是，怎么到时候就变了呢。

她的手擦了一把头发里流到额头上的血。他的手松开，让她的头歪过去，让她坐在沙发上，他说：“我已经这样了，我什么都不怕。”她还在哭，他怒气就要消了，他抱过她的头，看头上的伤势。磕破了像玉米粒般的小口，还起了个包。他抱着她的头说：“走，到街上，我给你看看去。”她说：“还流血吗？”他说：“不流血了。”她说：“不去不去。”他说：“给你抹点药。”说着他拿出紫药水给她涂上，她疼得直皱眉。

就是这一夜，赵吉庆做出一副心疼她的样子，轻轻地去摸她的伤。他说：“还疼吗？”她皱着眉说：“疼一点儿。”“我也不想那么干，我憋不住，我心里不好受，就那么干了，我真对不住你。”他抓着她的手说。“我知道，我都知道。”她又哭了。

他说：“来吧，来钻被窝吧。”她就顺从地，把自己的身子，顺进了他的被子，她闻到了他身上那股子浓浓的烟油子味儿，他闻到的是，她头发里那股子血腥味儿。但她还是温柔地在他身上抚摸，去亲他，去抱他。她心里却在想，这个老不死的东西。但这一次，她感到一切又开始了，她再一次回到了腐朽的陈旧的过去之中了。好像在闷热的天气，她站在玉米地里，给玉米施化肥时，她所触到一片片黑绿色的玉米叶。在这时，她打心里萌生一种渴望，她懵懂地说：“我们再喂几只羊吧。”

宝红觉得赵吉庆是从一个早晨老的，他确实老了，他的眼角上出现了细碎的皱纹，和头上像雪一样的白发。宝红回学校去，赵吉庆送她上路，赵吉庆在后头替宝红扛着行李。宝红在后头看着，她的心咯噔一下子，从他走路，从表及里，从上到下，透着一股子陈腐的老朽样子。她在回忆他的过去的声音和走路的样子。宝红的脸上透着郁闷和焦虑，她抽搐了一下，把挎包往肩上提了提。

天依然灰雾蒙蒙的，往西一拐，赵吉庆便看到张家的房子，张全生铁灰色的树篱笆。透过篱笆的缝隙，他看到张全生站在院子里望着天空发呆。张全生已经在树篱那边看到了他，那一双带着仇视像狗一样，具有穿透力的目光透过树篱笆，直射向他。赵吉庆把头掉向一边，装着没有看到，他一直往西走去。

赵吉庆没话找话地问宝红："几点的汽车？"宝红答了一声："七点多。"赵吉庆说："看上去要闹天了，你带的衣裳多吗？"宝红说："带了。"

赵吉庆跟在宝红的后头走着，眼睛不眨地看着她的后影。他感到有些冷，走到国道边，他把宝红的皮箱放在路边还发着墨绿的小草上，小草上的露珠把皮箱底部打湿了。他站在那里，并不去眺望远方开来的汽车，而是看着宝红，他说："妮儿，爹盼你早些回来。"宝红点点头。他的身子微微有些抖，他穿着一件灰不唧的夹克，他说："给我写信。"

宝红说："用不着写信，很快就要放寒假了。"

赵吉庆还想说下一句，汽车已经开到了他们身边。他提着行李往车门那里跑，塞进汽车门里。宝红蹬上汽车，汽车开动的那一刻，宝红把汽车窗子打开，把脸探出来，她的一只手也伸了出来，向他挥动着，她用带着哭腔的声音说："爹，你回去吧。"此刻他的心都要碎了，这是他平生头一回遇见这情景。他不知要做些什么，他往前跨了一大步，想抓住宝红挥动的手，在一刹那，他看到了宝红流泪的那张脸，他喊了一声："妮儿，你下来，你下来吧，跟爹回家。"

汽车开动了，他看到宝红的脸越来越小，那只手臂就像玉米叶一样摇摆着，在他眼前消失。他不知道宝红是否听到了他的声音，他在那里看了片刻，他望着灰色的原野，和原野上尚未拔刨的玉米秸和棉花柴。他想了片刻，便回头往家走，他的脑子里一片空白，就像空荡荡的旷野一样。那些被霜打的草，那些落光了叶子的树。

赵连城家、刘四喜家、刘石头家这一帮子娘儿们来了，她们悄悄地试探性地进了这扇大门，见吉庆家还像原先那样的笑脸，她们便放下心来。回到过去了，接着是些心跳的着魔般的看牌的日子。

赢了。

输了。

一些爷儿们也来了，又像从前那样坐在一起熬夜了，赵吉庆，赵连城、赵金柱、刘四喜等，坐了一大屋子人，床上、椅子上、小凳子上，都坐了人。吉庆家一见赵金柱就说："金柱啊，好久不见你啦。"赵金柱的脸红了，他说："嘿嘿，是有些日子了。"吉庆家撇着她冷嘲的嘴巴说："你还来呀，我还以为你不再登这个门子了呢。"赵金柱脸上的汗都出来了，他嘿嘿强笑着说："婶子，我这不是来了吗。"吉庆家用刺耳的声音说："哼，听说你的日子可混好啦。"赵金柱低下头，再没答话。赵吉庆说："你个娘儿们，你快一边子去吧，我们在说事儿呢。"吉庆家盯了赵金柱片刻说："金柱，过一会儿，我还有话对你说呢。"

赵金柱的头更低了，一把一把擦着脸上的汗。

爷儿们聊外村的事儿，镇上的事儿。丑事儿美事儿。坏事儿好事儿。赚钱的事和赔钱的事儿。赵吉庆的精力已经不如从前了，他一边坐一边打盹儿。要是有事，他不得不靠浓茶撑着。堂屋里是男人们，都坐在沙发上和椅子上，他们喝茶吸烟聊天。女人们在东屋，地上一张桌子，床上一张桌子，桌子上放着硬钞，她们嘴里的话就像这些零钞，唧唧咯咯唧唧咯咯，在桌子上乱蹦着。

吉庆家把一把硬币塞进衣兜里，她说："我输了二十多块。"说着她站了起来，走到堂屋，去到厨房里烧壶水。

男人们合计着橡胶厂的事儿。就这样坐了一天又一天，橡胶厂还是没有起色。直到第二年院子里的榆树再次长出榆钱，赵连城从城里回来，带来了好消息，说有一项新业务，搞铁塔，就是通信塔。

赵吉庆发出了得意的嘿嘿笑声，他说："对呀，我也想别的出路，我们不能在一棵树上吊死。"

可是一切还是从头开始，赵吉庆坐着火车到市里买了身名牌西装，把光头剃亮，穿上新皮鞋，他就上路了。由市长介绍给省长秘书，省长秘书介绍到信息产业部，就跟信息部一个副部长搭了桥，订了两个铁塔。半个月，大功告成了。送了三十多万块钱的礼，舍不得孩子套不住狼。送啊，小钱换大钱。还不能高兴得太早，还要试一试。还真行。从这里起步吧，青镇，已经改行了，赚钱的路子不单是黑色的软不唧的带弹力的橡胶，出卖肉体也赚不了几个大子儿。还是这铁家伙，铁的，一敲当当响的家伙。把散件做好，镀上锌，再拉到客户那里组装起来，一手交钱一手交货。客户都是有钱的家伙，国有企业。一年下来，他们盈利三百多万。赵吉庆对吉庆家说："操他娘，这才入门，真没想到钱这么好赚，转悠了这么多年，才到这条道上。"

在闷热的夏季，空气再一次凝固了，黏稠的迈不开步子。赵吉庆像从前那样了，懒洋洋地走在厂子里。他在想着怎样翻修厂房，更新设备。等不几年，他就要超过张家。

吉庆家满脸红光，给赵吉庆做了几道菜。赵吉庆不像从前了，家里的箱箱柜柜都加了锁，这些锁吉庆家都有钥匙，她感到很富有，哪怕这些箱子柜子里头空荡荡的。就这样干到1999年，赵吉庆就阔了，他再一次扩大了厂房，更新了设备，他没有建办公楼。他把旧办公楼装饰一新，里头有客房，会议厅，展览厅，办公室等。展览厅里摆满了奖状，奖杯，产品模型，他跟北京的一些官儿们照的相。建的厂房很大，天蓝色的，都是钢板。自己的钢材搭起的。里头空荡荡的，七百万买了套设备，在一个角落里显得孤零零的那样可怜。

到哪个城市，都能看到青镇生产的通信塔，坐着火车都能看得到。真没想到，真打开了，那是赵家的铁塔啊。

好了，又接管了这个镇子，大皇上把它交给了他，一切归为赵家，看看一草一木，都姓赵了。李银飞给他打过十多次电话，他才装着勉强答应接这个烂摊子。

“赵金柱背叛过你，不能用。你走后，他就把那块地要回去了，还有当年收的玉米。要不我也不会那么惨。”

“你真是娘儿们，这个你别管。”

如果是现在，那点儿事不会坐牢。小心些，家贼难防啊。不怕贼偷，就怕贼想。李银飞要调走，给县里打个电话，不能让他走，让他在这里呆到老。他过去是条狗，现在是条狗，趴着是条狗，站起来还是条狗。

吉庆家多勤劳，她已经知错了，她能知错认错就行了。她真够忙的，忙坏了。给爷儿们沏茶呢。她满头大汗，头发垂着，还有一绺粘在脸上。她真出了不少力，还想出了不少管厂子的点子呢。他老了，她还年轻。他不行了，她还行。她每天都到厂子里去，还在厂子里指手画脚呢。

“歇会儿吧，别忙了。”

一想到她干的那些事儿，心就堵得慌。不想想那个，老是想到。她就像一只小羊，时刻听着动静，看他的脸色。他的脸色有变，她就吓得坐在床上出汗。不能安慰她，对她这样的女人，就要这样。不能再离婚了，这样显得多厚道多宽容啊。她仗着脸好，看着可怜兮兮的，恨不起来。

1999年初春，大皇上把墙西的废弃地已经垫平了，有六亩多，他在上面建起了羊圈。羊圈是低矮一伸手就能摸到屋顶的屋子，屋子里头很宽敞，还打了一根根柱子。羊圈是按着大皇上家设想搭成的，那些散乱的羊挤满了羊圈，羊一排排地到栏边吃干草。二生用手推车往圈里推干草，他把干草用杈送到羊嘴边。大皇上家和二生媳妇把羊粪堆成堆。羊粪在南墙那儿，已经堆成小山了，这些都是干草和干树叶变成的粪便。二生还穿着棉衣，他一边铲着干草，一边打着瞌睡，听着院子里两个女人一边干活儿，一边像蜜蜂似的说着悄悄话，听着若隐若现，时远时近。

大皇上家铲着羊粪说："这个羊圈还显着小，我要建一个更大的羊圈呢。"二生媳妇停下手中的活，抱着铁锨说："再多我们人手不够了。"大皇上家说："我们可以雇几个人。"二生听到这句话，他把推干草的手推车放下，他站在大皇上家和二生媳妇中间，他说："不用雇人，我能行啊。"大皇上家说："看你累的，再累你就要吃不住了。"二生说："我行啊，你看看我行吧。"二生媳妇说："每天都有羊要下崽儿，已经顾不过来了。"羊圈前的这个大院子里，是十几个干草垛。院子里回荡着他们的说笑声，阳光透过云缝，照到羊圈里。初春的风旋起了院子里的干草叶和树叶，裹着浓浓的羊膻气，在院子里滚动着。还有两个装干树叶的高大的库房，里头堆满的干树叶已经被羊吃的还有一个底片。

圈里的羊已经到了七百多只，这些羊吃饱了，它们的目光相互望着，沉片刻，就相互轻轻呼唤几声，那温柔的目光充满了整个羊圈，还有那轻声的像女人般的叫唤声。所有的羊都是圈养，羊的饲料是杂草和树叶，一部分是二生、二生媳妇和大皇上家在地里割的，另一部分是收的干草。干草两毛一斤，树叶一毛五分钱一斤。

大皇上家说："再过一个月，羊就能吃到鲜草了。"二生说："已经钻出了草芽，草坡上绿乎乎的怪好看的。"大皇上家说："我给你们透个底儿，你跟二生帮着我看管这些羊，等赚了钱，两家按五五分成。"二生媳妇说："我不要那么多。"二生说："怎么着都行。"大皇上家说："我怎么说就怎么办。"

初春，冷风刮个不停。大皇上家叫了声："快来啊，又产崽儿啦。"二生和二生媳妇跑进羊圈。大皇上家从羊圈里出来，她双手湿乎乎的，见到了大皇上，她说："快给我拿床棉被，那床旧的，羊已经产了两只小崽，真没想到天这么冷。"大皇上家拿到被子，跑到羊圈里，羊已经把小羊身上舔干净了，她把沉甸甸的被子盖在带着腥味儿的，湿漉漉的两只小羊身上。大皇上跟在大皇上家后头，大皇上家用她带着四川口音的本地话对大皇上说："你要把羊放到被子上，把它们裹起来。你看小羊还在发抖呢。"大皇上说："你应该卖掉一些老羊。"

大皇上家也说："是该卖掉一些了。"

黑云笼罩而无雨的干燥的四月，风吹着杜树，杜树已经长出了花骨朵，浓密的树冠就像一团云彩。就是在这个下午，矮小子三荣回来了，他就要毕业了，他已经二十六岁，一张小黑瘦脸，嘴四周长着密匝匝的小胡子。他这次是为了跟赵家宝红成亲的事会来的，他跟宝红已经合计好了，怎样来对付这个充满仇恨的青镇，还有赵家，还有张家。三荣把行李放到堂屋里，被热情的嫂子接过去，就坐在门台上，望着院子里的榆树和枣树。大皇上家悄悄地对大皇上说："三荣已经不小了，你当哥的，不问问他的亲事儿。"大皇上笑着说："还会有别人啊，肯定跟赵家的妮子赵宝红。他也是不知趣，他在城里成亲多好啊。"大皇上家笑着说："那可是个俊妮子呀，三荣看着话都不多，他是怎么把她弄到手的？"大皇上说："你懂个屁，要是真跟那妮子，三荣又给我们闯祸啦，赵家可不是好惹的。"大皇上走出门，递给三荣一个剃须刀，让他把胡子刮掉，拿出一副跟三荣谈判的架势，坐在另一个门台上，跟张全荣脸对着脸。三荣接过剃须刀，却没有剃胡子，把剃须刀放到一边。大皇上望着三荣枯黄的脸孔。这个从荒坡上一捡家来就赖了巴唧的三荣，现在身子还是挺弱，但他终于长大成人了。

大皇上试探的口气开场白："你准备留在城里啦。"张全荣直着嗓子说："那你说我还能到哪去啊。"大皇上带着微笑说："你要是没有顺心的活儿，你就回家来干。"张全荣也笑笑说："城里有那么多事儿等着我呢。"大皇上只好直着问："你还想跟赵家的宝红成亲吗？"张全荣站了起来，他弯腰对着大皇上，把双手摊开说："你说我跟谁呢。"大皇上也站了起来，俯首望着张全荣那张黑脸，他说："爹要是活着，能让我们下辈子人流着赵家的血吗。那是爹说的，你要是跟他在一起，我不反对。"张全荣说："我看出来了，你不反对，但并不赞同。你们心里存有偏见，你不说我也知道。我觉得人不能凭姓氏分好歹。再说跟赵家的仇早该一笔勾销啦。"大皇上压低自己的语气，但他的话还是带着棱角，使人觉得格楞，他说："你掐指数一数赵家的人，你数一数，你能说，赵家的血是干净的吗，爹就这样说过多次。"张全荣的声音有些发抖，他说："大哥，我知道你，你的眼睛容不得赵家人，宝红跟赵家的人是有区别的啊。"大皇上嘿嘿笑了，他拍拍张全荣的肩膀说："你想娶就娶吧，我说什么啦，你快别这么多废话了。"

张全荣又坐到门台上，他低着头说："我跟宝红在村子里，就跟做贼似的，就凭这个，我在村子里一天也呆不下去。"大皇上有些生气地说：

“你去呀，你乐意上哪去就上哪去。”这时大皇上家进了屋，她说：“你们哥儿俩在吵什么呢，三荣刚回来，让他进屋歇会儿吧。”大皇上用平缓的语气说：“我们没吵。”大皇上家说：“你的嗓门这么大，全镇的人都听到了。”张全荣对大皇上家说：“我要跟她定亲，我要让全镇的人都知道，我要堂堂正正地在这里把她娶过来。”大皇上的语气里带着克制不住的恼怒，他说：“好吧，你娶吧，你看着办吧，你当嫂子的疼他，你就给他办喜事儿吧。”大皇上家笑眯眯地说：“这是一件大喜事儿，我今天就是想管管。三荣，什么时候把媳妇领家来让我看看啊。”张全荣抬头看了一眼大皇上家，又低下头说：“你们订吧，我听你们的。”大皇上家说：“你说吧，你的事儿。可是你跟哪家的妮子定亲呢？”张全荣那张黑脸有些红了，他说：“大嫂，你不是知道吗？”大皇上家说：“我知道什么呀，我真不知道。”张全荣那张小黑脸便发出紫红，鼻尖上滴了一滴汗水，他说：“就是宝红啊，嫂子。”大皇上家那发自内心的笑声飞出了院子，大皇上家说：“宝红在哪呢？”三荣说：“就在她家里呢。”大皇上家用逗弄的语气嘻嘻笑着说：“你还不快领来，让我看看呀，我还要给她见面礼呢，我的这钱在柜子里都放得发霉了。”

赵宝红提着她的皮箱进了院子，吉庆家跑出院子迎接她。吉庆家用热情的口气对着宝红，她嘴里带着玉米味儿的气体溅到了宝红的脸上，她说：“宝红，我跟你爹刚还念叨你呢。”宝红笑了笑，吉庆家瞧着宝红那张脸进屋，她想：就这么几年，宝红出落成一个美人儿。宝红进了自己的屋子，把皮箱放在床上，坐了下来。吉庆家坐在她对面的椅子上，她又说：“你饿了吧，宝红？”宝红摇摇头。宝红用一身牛仔装裹在她细瘦的身子上，她那张小窄脸上的一对令人心动的大眼睛扑闪扑闪的，她那张忧伤的脸，不知她在想什么。接着宝红的叹气声震动着吉庆家的心，吉庆家想劝说她，又不知从哪儿开始也不知过了多久，她想缓和一下沉闷的空气，用讨好的煽情的苦笑对着她，她的眼睛里溢着汪汪的泪水，显得她的眼睛很亮。吉庆家说："你爹到城里去了，他就要回来了。"宝红看了她一眼，接着她跟宝红谈起了一些事儿，她说："你瞧瞧，村子里什么邪事儿都出，赵厚生的妹妹赵厚雪在村南的林子里吊死了。听说她临死的前一天，她到橡胶厂找过你爹，两个人在橡胶厂里吵了一架，都说她的死跟你爹有关，赵厚生想跟你爹打一场官司，他已经上诉了，没有证据，所以刚过去。"

宝红说："你别给我提村子里这些烂事儿。"

吉庆家接着说："你爹说他先跟徐桂有搞过对象，又跟赵三祥好过，还怀了赵三祥的孩子，后来她不知为什么出嫁了。她出嫁后，在婆家不顺心，这天回到村子里，还领着一个妮子呢。"吉庆家然后转过一个话题说："你是跟三荣一块儿来的吧。"

宝红点点头。

吉庆家往她身边凑了凑说："你爹这些日子老在为这件事儿生气呢，要不你说跟三荣断了。你爹这些日子老是爱喝闷酒，烟也吸得猛。我觉得很害怕。你爹说过不止一次，你要是跟张家成亲，他就死。"宝红说："我才不信这个呢，别拿这个吓我，他就想自个儿，开口闭口就是赵家赵家！"吉庆家说："你听我一句吧，你要是跟三荣好，你就在城里暗暗地好，别在村子里跟三荣在一起，他真的受不了，要是真这样，他就要疯了。"宝红声音大了，她说："我就要明着跟我爹谈开，他会想通的。"吉庆家用颤栗的语气说："你别，你千万别。"宝红说："我跟我爹谈，还轮不着你来教训我。"吉庆家的脸色一下子红了，然后又白了，她说："我是为你们爷儿俩好啊，宝红。"宝红的脸转了过去，她对着墙说："我的事儿你别掺和。"宝红的声音还没落地，赵吉庆进了门，他喊了一声："是宝红回来啦？"

新的一天又开始了，四月的春风带着一股子清冷，太阳静止在东边的大地上，似乎还能听到它瞌睡后的哈欠声。土地上第一个人影出现了，接着是第二个第三个，这些影子像繁星一样密布在平缓的没有一点皱褶的土地上。二生和二生媳妇开着一辆装着满满玉米秸的拖拉机，摇摇晃晃地进了街。二生开着拖拉机，他看到了一团像朝阳似的影子，一晃进了大皇上的门。二生吃惊地看着，他的拖拉机不知为什么，缓缓地开到了崖子下面去了，然后挡在一棵柳树上。二生媳妇尖叫了声，她被甩出了车，她一把抱住了那棵柳树。二生下了拖拉机，把他媳妇从柳树上接下来。二生媳妇的脸吓紫了，她尖叫着说："我的亲娘，你是怎么开的车呀！"二生弯过身子说："小声点儿，你没看见，赵吉庆的妮子到大哥的院子里去了吗。"二生媳妇叉着腰气愤地说："去了又怎么着，去了又怎么着。"二生说："说不定她快成了咱张家的媳妇啦。"二生媳妇说："那又怎么着，那又怎么着。"他们两个一边吵架，一边把玉米秸从拖拉机上往下卸。

那个像朝阳一样的红色的影子就是宝红，她毫不迟疑地一步迈进了张家。她长成大妮子后，这是第一次进这个家门。再过些天，说不定她就是张家的媳妇了。

宝红穿一身红色的衣裳，羞怯怯地进了院子，张家院子里带着一股子羊膻气。她往村子这边一拐，就闻到了那股子羊膻和羊粪味儿。她的肩上挎着一个小挎包，她的手里还提着一个布包，那是给张家带来的礼物，里头装的是小妮子的一身衣裳和几块巧克力。她进入这个院子，觉得这个院子有些乱，但一种新鲜感，她深深吸了两口气。她那带着羞怯笑容的脸孔在院子里一露，大皇上家从屋里跑出了院子，她伸出两只手，看上去要把宝红捧在两手里一样，她说："哟，你自个儿来了，三荣，还不来接一接。"三荣低着头，装作没听到。大皇上家上去一把抓住了她的手，歪着头看了半天，她转过身对大伙儿说："瞧呀，快瞧呀，她多俊啊。"

宝红的脸腾地红了，她抿着嘴，把头扭到一边，咧开嘴，露出了两排白色的小牙。宝红进屋的那一刻，大皇上和三荣也已站到了堂屋。

大皇上家赶紧拉着宝红进了东屋，让宝红坐下。宝红坐下，抹了把脸上的汗水。她的眼睛布满了血丝，看上去已经哭过了。昨天宝红跟她爹吵了几句，两个人争到半夜。二生媳妇也来了，她刚从羊圈里出来，她身上带着一股子羊膻味儿。现在就准备吧，没有别人，就这一家，吃顿饭。

三个女人，在一起唧唧喳喳，就像欢快的麻雀，把一切都淹没了。好吧，都预备齐了。大皇上家说："知道你来，宰了一只羊，那一半你拿回家去吧。"

"我不拿。"

大皇上家笑着说："你后娘对你不错吧？"宝红想了想说："我不知道。"大皇上家说："她可是个软肠子人啊，就是没有主心骨儿。那个苦命人，她已经不错了，独自一人守着家好几年，真够可怜的。要是她对你不好，跟我说，我找她算账。"阳光照在她们的笑脸上，一张张脸红扑扑的。菜都切好了，在盘子里，端出来，在锅里蒸一蒸就行。还要炒两个菜。二生也来了，二生一身草渣，他也从羊圈里来。他一来就坐在门槛子上吸烟，他吸了三支烟后，便站起身，进了屋，见了宝红，冲宝红笑着说："来啦啊。"宝红抬头看了一眼他的样子，她的脸腾地红了，她问了句："干什么活呢？"二生说："喂羊呢。"二生媳妇也说："那些小羊真好。"二生和二生媳妇没有说拖拉机开到崖子下的事，那辆拖拉机还在崖子那儿斜歪着呢。把门关上，就这几口子，吃顿团圆饭。把菜摆上，都坐下。大皇上家笑着说："你坐这座吧宝红，现在你还是客人呢。"大皇上摆出尊长的架子，他说："别客气别客气，快吃吧，宝红。"宝红笑嘻嘻地说："我不会客气。"刚拿起筷子，只听外边嘭嘭的敲门声很重。大皇上喊了声："谁啊？"外边没有吭声，嘎的一声，是砖头砸门的声音。大皇上又问了一句："谁啊？"外边是赵吉庆的声音："谁，开门看看就知道了。"宝红说："我爹。"大皇上家说："你快躲一躲吧。"大皇上去开门，大皇上家把宝红藏西屋里。赵吉庆进了门，他的脸色发青，指着大皇上的脸，用嘶哑的声音，用尽了全部的力气，他带有弹力的硬邦邦的声音大声说："快把人交出来！"大皇上的脸也黄了，他沉默了片刻，非常沉稳地慢腾腾地用很低的声音回答赵吉庆的话，他说："交谁啊？"赵吉庆还是用同样的口气说："别装嘛了，宝红！"大皇上依然用他缓慢的语气说："你别瞎闹，你要闹出个好歹儿来，可怎么着啊。"赵吉庆愤怒地说："我看见她进了这个门，你别跟我玩这花活。"大皇上笑着说："谁啊进这个门？"赵吉庆说："你说的，我就在你家门台上坐三天三夜，看你能把人藏到哪去。"大皇上说："你别要赖。"赵吉庆愤怒的脸铁青，他说着坐在门台上，他掏出了烟，拿出打火机，哆嗦着，打了二十多下也没打着，他又摇了摇，也没打着。这时宝红走出屋子，她说："爹，你别生气，爹，你先回家吧爹，我这就走。"赵吉庆说："跟我回家，我什么也不说了。"宝红说："爹，你别生气。"赵吉庆说："跟我一块儿回去。"宝红说："我等一会儿就走。"大皇上掏出打火机，打着，凑到赵吉庆面前，他笑着说："别生气，生这么大气有什么用呢。"赵吉庆伸手，把大皇上手中的打火机打掉，他说："大皇上啊大皇上，你小子肚子里有什么，我还不知道。"大皇上没有回答他的话，他俯下身子，去捡打火机。赵吉庆说："你家是什么心啊，想让我们家败人亡吗，你干这么缺德事儿，对你有什么好啊。"大皇上拼命揉了揉他的大鼻子，他说："你这是怎么说的，我能那么干吗。"赵吉庆划拉了他那头白发，抹了一下前额说："你别给我装傻充愣，你嘛不知道啊。"大皇上露出了微笑。赵吉庆在他的笑容里，看到了他的父辈那张脸，他心里说：这就是张家，他不会改。赵吉庆说："宝红，你这个不懂事的东西，快给我回家。"宝红说："你先回家吧，我这就走。"赵吉庆说："你给我回家。"赵吉庆上来抓住宝红就往外走，三荣上去拦着，他说："叔，你放开她。"赵吉庆冷笑着说："你给我滚开。"张全荣说:“你别这么霸道,她是你的女儿,你对她也要尊重。”赵吉庆说:“你真长学问啦,哼哼。你是什么心,什么人,我嘛不知道啊。你给我滚开,别拦着我的路。”张全荣说:“你不能把她带走。”赵吉庆鼻子里发出哼哼声,他说:“你胎毛还没干呢,敢在我眼前说话。”张全荣拦着,被赵吉庆推倒在地,赵吉庆说:“看了吗,你就是这么大劲儿啊。”宝红哭喊着:“三荣,你快躲开吧。”大皇上拽着张全荣,这些眼睛愣愣地看着赵吉庆把宝红领着出了大门。大皇上用胳膊揽着张全荣,他说:“你看见了吗,我就知道会出这一锅,他不会甘心,就看你的了,看你怎么把宝红从他的手里弄到手。”张全荣看了一眼大皇上,又看了一眼二生他们,他的眼睛急红了,他说:“哥,你别拽着我,让我去。”大皇上说:“你别给我惹事儿。你弄的这事儿,我说不行吧不行吧,你偏这么干,哼!”二生媳妇说:“哥,别生气了。”二生添油加醋地说:“随便在哪儿找个妮子都比她强。”二生媳妇说:“你别多嘴。”大皇上家说:“咱们快着吃饭吧。”几口人坐下来吃饭,那种沉闷的令人压抑的气氛无法打破。大伙儿吃了几口草草收场。只有二生吃得肚圆,他吃罢饭,喘着粗气到羊圈去看羊,还要想办法把拖拉机从崖子那儿弄上来。二生擦擦嘴说:“说不定,这会儿羊又下崽儿了。”赵金柱来了,大皇上让赵金柱打听消息,问宝红还能不能来,顺便把订礼捎去。赵金柱说:“订礼我不给捎,还是当面交给宝红。”大约过了两个小时,赵金柱来了,他问过宝红,“她说什么也不收,要跟三荣一刀两断。”大皇上说:“这么说宝红变心了。”赵金柱说:“我叔病了,从你这里回去,他就病倒了。”大皇上说:“什么病?”

“听说是脑溢血,已经拉到县城去了,宝红和我婶子都去了,看上去病得不轻,有人看见宝红跟我婶子哭红了眼睛。”大皇上说:“他怎么说病就病了呢。”

大皇上家、二生媳妇和三荣在一起。大皇上家和二生媳妇开始收拾房屋，她们跟小叔子聊起了跟赵家的亲事儿。二生媳妇说赵吉庆这一病，不知什么时候好，宝红那妮子心一软，这桩婚事成不了，让三荣别等了，城里的姑娘多得是，随便找一个得了。两个嫂子连讥带刺的把三荣挖苦了一番，三荣的脸红一阵灰一阵，老是擦额头上的汗。大皇上家把所有盘子里的食物折到一个盆子里，然后把盘子摞起来，堆到一处，稀里哗啦地刷着那些油乎乎的盘子，一边逗着她的小叔子。二生媳妇也加油加醋地说着小叔子。不久，两妯娌把盘子洗好，放到橱子里，再把地打扫一遍。当他们干完活，见三荣还坐在门槛上。整个上午，三荣一声不吭地坐着。妯娌两个再不说话了，为他担心起来。

大皇上家说："快屋去吧，房檐底下的风冲。"二生媳妇也哄，两个人拽着哄着，把三荣弄到屋里。三荣往炕上一坐，掉着泪说："嫂子，我这是弄得什么事儿。"大皇上家说："兄弟，别哭。"三荣呼哧呼哧地哭着说："为什么她爹这样啊，要不是看在宝红的面子上，我饶不了他，他霸占我嫂子的事儿，我还没跟他算账呢。"听了这话，二生媳妇的脸上泛起两朵红晕。大皇上家说："这么说你也是记仇啊。"三荣的眼睛里闪着泪花，他说："他越是这样，我就是想娶宝红，就娶。"大皇上家说："三荣，你真喜欢宝红，还是为了报仇才跟宝红好的啊？"三荣说："我早就跟宝红好，这个谁不知道啊。"二生媳妇说："对，就这么办，就是娶她。"大皇上家说："看你两片子嘴咧的，还大老爷儿们呢。"二生媳妇给他拿了毛巾，递到他又黑又瘦的手里，让他把泪擦干净，她说："我还没看见你哭过呢。"大皇上家说："你哥不早就说了吗，两家有世仇。你哥瞧不起赵家，你看着赵家的妮子好，你哥也没说不好。"三荣说："他也是偏见。"三荣不再哭了，他还在抽泣着，眼里含着泪花。大皇上家说："我还没看见过，一个妮子把一个小子害得这么哭呢。"二生媳妇也说："多好的妮子啊，哭几场也值。"三荣扑哧笑了。大皇上家说："你看你看，笑了笑了。"三荣止不住嘿嘿笑着说："你们跟我闹嘛。"大皇上家说："你一个老爷儿们家，谁跟你闹了。"三荣捂着脸，趴在床上笑个不止。两个妯娌趁势上去，你一下我一下，直捅他的痒处，使他笑得上不来气。

大皇上家和二生媳妇见三荣好了，就让他跟她们到羊圈去看羊。大皇上家和二生媳妇在前边走，三荣在后边跟着。往西一拐，进了门，便看到成群成队的羊在院子里吃草。院子里只有两个大草垛。院子里一层羊粪蛋子，二生把这些羊粪蛋用锹铲成了堆堆的。他们一走进去，羊就冲着他们叫，叫罢就低头吃草。二生铲罢羊粪，就坐在羊堆里编一个草筐，他已经编了三个。往前，草就要长出来了，就要用得着这些筐了。这时两只公羊在抵架，它们跳跃起来，撞击着犄角。两只憨直的羊斗了几回，便低下头吃草。阳光很好，地上的干草一踩上去，就成了碎末。

到了傍晚，确切的消息来了。赵吉庆病得很重，已经昏迷不醒，他就是能治好，也成了半身瘫痪。这个消息是大皇上在橡胶厂听人说的，他回来再把这个消息给全家人说。听到这个消息，张家的人老半天没说话。

第三天，三荣被大皇上送走了。三荣用通红的眼睛，还有颤抖的下唇跟大哥告别。当大皇上看到他的迷茫的目光，觉得有些可怕。在上车时，大皇上说："你真愿意娶宝红，哥给你想办法。"

三荣用带有哭腔的声音说："哥，这事儿你管不了，谁都管不了。""放心吧，三荣，只要我想办，还没有我办不成的事儿呢。"

接着一切都宁静下来了，好像什么事儿都没有发生过。二生清理出羊圈那个大院子，他把羊粪堆到一起，已经像山那样一大堆，他撒出话去，一车羊粪换一车干草，许多人来拉他的羊粪。这些羊粪顽固的好像不会腐烂，当它们散开，还是清晰的一粒一粒的，只是表面上失去了光泽。

羊圈通往坑塘那边有一个小门，有时候，自来水断了，二生就担些坑塘里的水让羊喝。在留这个门的时候，大皇上曾经说过，留这个门是个祸害。五月，从那个小门里出去，就能看到绿色的水，在水边长满了小草，芦苇也已经长到一拃多高。在坑塘里游着鸭子和鹅，一些漂亮的小鸟在水边觅食。在坑塘那边，还有一些垂钓的人。树又发出嫩黄的芽。二生穿着露着脚趾的鞋子，披着一件蓝夹克坐在坑塘边，他觉得浑身的骨头都发软了，就像树枝那样，被春风一吹，摆来摆去。一阵阵带着甜味儿的风从水面上吹来，二生以为这是镇上最干净的风了。在他身边有三只洁白的小羊，这三只小羊才生下来十多天，它们蹦蹦跳跳地在草间嬉戏。他听到一个声音："好小子，在这里干吗啦。"他回头一看，是赵连城。二生顿时起了戒心，他是赵吉庆的人，他到这里，肯定想打什么坏主意，他看着赵连城，没吱声。赵连城坐下来，从兜里掏出烟，递给他一支。他不想接那支烟，他看到那支烟，有些眼馋，所以就伸过手，把烟接了过来。当赵连城给他把烟点着，气氛就缓和多了。赵连城说着从一个人造革兜里，拿出钓竿，一边跟二生说着话，一边钓鱼。

二生说："你这么说话能钓着鱼吗？"说话间，赵连城把鱼竿一甩，便钓上一只银白色乱蹦乱跳的鲫鱼。赵连城说："我很久没钓着黑鱼了。"二生说："坑塘里有黑鱼吗？"赵连城说："去年夏天我看见有一条大黑鱼游到水面上来，那条大黑鱼没有人能钓得上来，真是他娘的滑头，成鱼精了。"赵连城说着，把鱼装进一个塑料袋里，往身后看了一眼，那个窄窄的不足一米的小门。二生不再说话，两只眼睛盯着鱼漂。赵连城说："你哥呢？"二生说："在家呢。"赵连城说："我钓了鱼，到你家喝酒去。"二生说："我哥戒酒了。"赵连城看了他一眼，冷笑着说："看你怕的，吓唬你哩。""我哥真戒酒了。"

"昨天我还看见他在'李记'喝酒呢。我知道你哥架子越来越大，就是县长找他喝酒，也是件难事啊。”

就在赵连城钓鱼的这个晚上，这个小门被人撬开了，羊群沿着小门，经过坑塘的斜坡，走到南边的街上，往东去了。二生睡得正香，他听到羊蹄声，他醒来，赤着身子追了出来，见坑塘的斜坡上已经站满了羊，正在往南走呢。二生觉得裆里一下子湿了，身上出了一身汗。二生顾不上这些，大声叫喊着，向南跑去，他奔命往前跑，摔了两个跟头，他爬了起来，他一直上了坑塘，在南边大街上往东一拐，街上全都是羊。他追到最前边，把羊往回赶，没有鞭子，天又黑，他费了很大的劲，也没把羊赶回羊圈。他大声叫着，他的叫喊声惊醒了熟睡的人，听了半天，也不知街上在干什么。直到第二天天亮，几个起得早的人帮忙，才帮着这个只穿一件内裤的二生，把羊全部赶到圈里。他们看到了他那身骨头架子，胸部一条条肋骨分明，腿也很细。

二生没有穿衣裳，他急着去数那些羊。这些羊用受惊的眼神看着他，在跑动着，使他费了不少劲。二生把羊数了三遍，确认少了二十二只。他坐在羊前，心疼得又是叫骂又是跺脚，然后坐在羊圈里呜呜哭了起来。大皇上、大皇上家和二生媳妇听到他的哭声，赶来了，他把丢羊的事儿说了一遍，大皇上家说：“不就二十只羊吗。”二生媳妇说：“你这样的男人，说哭就哭。”二生说：“要不是我，这些羊还不都丢了，我要是知道是谁，我饶不了他。”大皇上听到这些，他说：“已经有几年没有这种蹊跷事儿了，别再提了，真让人怪心烦。”二生听了他的话，没吱声。他开始喂羊，用筐头去装干树叶。他把树叶倒给羊的时候，他对大皇上说：“昨天赵连城来钓鱼，他看了好几次这扇小门。”大皇上带着怒气说：“我不是说了吗，不让你提这事儿。”

这件事过后，二生把门垒上了，这样，他给羊担水，就要多走一些路。他担水时，赵丙仁看到他呲牙咧嘴的样子，和吭吭哧哧的声音，就笑着说："喂，别太累了，留着点儿劲儿晚上用。"他听到这话，心里老是升腾着一股子仇恨，那劲没处使。他转过身对赵丙仁说："干这点儿活算什么，老子有的是力气。"赵丙仁："敢这么说，你还行吗。"二生把担子放下，红着脸对赵丙仁说："把你媳妇弄来试试啊。"赵丙仁说："不是开句玩笑吗，怎么急眼了，有你这么说话的吗。"二生说："怎么说话，你别让我着急，惹急了我，揍扁你。"

赵丙仁笑着，掉头到大皇上家去了。在身后，一帮娘们儿嘻嘻笑了起来，他回头看去，见赵金柱家、赵厚生家、王广家正在坑塘边苇丛里洗衣裳。他担起水，灰溜溜地逃了，他想了很长时间，觉得不能在那些娘儿们面前说那些话，可是他不知道她们就在芦苇丛里啊，她们就像一群鸟儿，当风刮歪了芦苇，这些娘儿们便在芦苇间显现。

这种单调乏味的日子，就像干涸的渠道一样，雨季来临，有那么一渠底水，只有几尾小鱼和虾来搅浑水，这些小鱼虾从没有长大过，就被人捕了下酒。可是还是年年长，不会断绝，好像越来越多。像这样没用的浅水渠在村子四周很多。这种水渠没有给青镇的风情带来半点光彩。这种水渠是人为的障碍，要在渠上修一座座桥。这些渠里流的水是黑水，就像这块土地上的伤疤。当走过渠时，便有一种沮丧之感，啊，这就是我们的土地！这一道道渠给我们带来了什么呢？而渠床和堤岸上，种着树木，蓖麻，长着繁盛的草。这些草木在夏日疯长着，气势不可阻挡，可怕的墨绿色的叶子和茎露出恶毒的品性，哪怕是一棵曾经是柔弱的看似善良的草，看上去也是那样可怕。尤其走到这些草丛面前，一些人就要避开它们。有时候，在夏日渠岸上站着，观望着这些条渠，这些条人工渠，如果它们有生命，它们是否也想成为一条大河？渠里的水，是否也有流向大海的欲望？而每一块土地都想变成湿地，这种对繁荣的向往就是一棵草也会有。丰饶的草木，成群的野生动物和鸟类。这块土地曾经是一块湿地，这里曾经有野生动物，有成群的鸟，有繁盛的草木。二生小时候，四周的地里全都是水汪，这些土地踩上去，就晃动着，时间长了，脚就陷进去了。那时候多半种了高粱，高粱地里的水汪一群群鱼在游着。现在的地都干了，已经很多日子没下雨了，现在已经干透了，就像一块坯那样硬。夕阳泛着红晕，就像老女人那张害羞的脸一样，当她经历了整个过程，用手遮面，在偷偷地瞧着什么呢。

二生像蜗牛似的在爬一棵榆树，他的身子在蠕动着。他爬到高处，用镰刀在削榆枝，树下的羊吃着榆树枝上的叶子。在南边的公路上，赵金柱、大皇上、王三怪和赵厚生聊着。

四个月后，已经到了酷夏，树上知了尖利的数叨声，还有呼喊的声音。赵吉庆穿着带油渍的衣裳，他扶着墙，一点点往前挪着，到大街上来了。他见了那些在树荫下凉快的人笑了笑，他想把他弯曲的身子站直。最近他感到自己的身体在恢复，他心情很好，他对自己信心十足。他往大街上一站，感到人们对他的笑容跟过去不一样了，人们说话的语气也大得吓人。过去，这些人哪个敢跟他这么大声说话呀。他对这些人都是有过恩啊，他对他们都不错啊，他们干吗对他这样呢？如果没有他赵吉庆，青镇哪来的今天啊。他跟几个人说了几句话，便往回走，他想回去吃药，他觉得自己能恢复到过去的那种样子，他需要他们用从前一样的笑脸对他笑，从前一样的语气跟他说话。如果这样，他就要像过去那样有精力对付他们。当然对他们好跟对他们不好是一样的，都是对付他们的一种办法。在回家的路上，他扶着墙，他努力不扶墙。他离开墙摇摇晃晃走了几步。他不得不借助于墙走路。他许多次从这墙前走过，还没有一次扶过墙呢。当他的手触到墙的那一刻，他感到这堵墙那样粗糙。他抬头望了一眼，这是刘三怪家的墙和赵金柱家的墙。就在这时，吉庆家出了门，她说：“你看看你，不让你出来，你偏出来，等你好了，有你出来的空儿。”赵吉庆狠狠给了她一个白眼，他说：“你把家收拾干净啦，你就出来？”吉庆家说：“还有个干净啊，这样的家，谁也不行，干脆也别收拾了。”

赵吉庆用讥嘲的带着几分怒气的声音低声说：“你这能耐见长，你看着我不行了是不是，敢跟我顶嘴。”吉庆家也用同样讥嘲带有几分怒气的尖尖的嗓子说：“我侍候了你这么多日子，你就要好了，谁长能耐了，还不是你长能耐了，你刚还说呢，怎么报答我，怎么对我好，这会儿又忘了。”赵吉庆用气愤的口气说：“别他娘的给我现世了，你快给我滚回家吧。”

吉庆家说：“你看你，说来就来了，你还这么大气。”赵吉庆说：“等回家我再跟你算账，你这个臭血娘儿们。”吉庆家走近他，用她沾上面粉的手去扶持他，还用她那张脸冲他笑了笑。她扶着他，一步步向家走去，她说：“知道你这么可恨，还不如不把你救过来呢。”赵吉庆叫喊着说：“是呀，你救我干吗呢，让我那样睡死不挺好，别让我再看见你，倒心静了。”吉庆家看到他那张铁青脸皮，和闪着黑光的眼睛，她不得不垂下头。回到家，赵吉庆上了床，他说：“这个身子，沉得就像块坯。”他躺着，看着她把包袱一个个解开，再一个个包上，放进橱子里。她已经打开十多个包袱，又都包上。一抖落这些包袱，屋里头弥漫着一股子陈旧的臭气。赵吉庆说：“你就整天抖落这个，也不知这里头有个嘛。”她说：“你不是让我归置一下吗。”赵吉庆说：“有你这么磨蹭的啊。”她说：“你老是急，你嘛都管，这不是娘儿们家的事儿吗。”

宝红到卫生院给赵吉庆请医生去了，她回到了这个院子，苍白的脸在阴沉沉的天气里显得那样瘦小。她穿一件淡青色的风衣，一双黑皮鞋。她的头发留长了，还扎起一个辫子。她的后脑勺那儿零碎的头发间，透着她白色的干净的皮肤。当她走到这个死寂的使她透不过气来的院子，感到皮肤都皱巴巴的。她在门那儿停下，喊了一声爹。她等着，她等到赵吉庆答应了一声，她放心了，已经证实了他还活着，她眼眶里的泪水便溢了出来。她抹了把，向屋子里走去。从堂屋的落地钟传来的钟声，跟心脏一个节拍。钟声那嗡嗡的回声，在院子里回荡。她跟着这个节拍进了屋子。她进了屋，迎面扑来的是一股子陈腐气息，她在堂屋里愣了下，她想：已经有多久了。宝红走进赵吉庆的屋子，她说："爹，你好些了吧。"赵吉庆说："好多了。"吉庆家笑着说："你看看，他好多了是不是。"宝红进了屋，当她看到他爹那张带着笑容的脸，她说："爹，看着你是好多啦爹。"赵吉庆扭过头对吉庆家说："快把这堆破烂装进橱子里去吧。"吉庆家说："等会儿，我还没弄好呢。"赵吉庆说："先塞到里头去，有空儿了再说。"吉庆家把乱糟糟一团团的旧衣和旧被单子塞到橱子里，就去做饭了。

赵吉庆坐在门台上，他在磨刀石上磨一把菜刀，这把菜刀已经有许多天没有磨了。赵吉庆从早晨一直磨到中午。他磨几下，就用拇指试试。他磨罢刀刃，又磨刀上那些锈，直到把刀磨亮。他磨好刀，他的眼睛望着院子里那只羊。吉庆家说："一把刀磨这么半天。"赵吉庆说："磨快了，把那只羊宰了吃肉。"吉庆家说："那只羊已经怀上羊崽儿啦。"

磨完刀，赵吉庆要到地里去看看。五月温和的阳光照在赵吉庆的脸上，他伸手抓着一根棍子拄着。吉庆家说跟他一起去，他说想独自遛一遛。有人看到赵吉庆到他死去的媳妇坟上去了，他还到"李记"吃过饭，由赵连城陪着。他到厂子去了一趟，他没有到车间去，只到了办公室。然后他坐在玉米地里，看着玉米苗被风刮着起伏的样子。他满嘴酒气地对着玉米地，沉默片刻，他就自言自语地说句话。接着他记起了有一天，他急急忙忙地赶路，他的腿那样有力，他的脚落在地上，踩的大地发出咚咚的声音。干燥的土路很硬，路两旁是繁茂的野草，草间开满了各种颜色的花。两旁的玉米地和豆子地发出一股子成熟的香气。又一茬苜蓿花开了，里头成群的蝈蝈齐鸣。他急于赶路，他只是在赶路，他觉得这么走了一辈子，就要走到尽头了。

赵吉庆建起了这个通信设备厂，厂子里的活挺忙。接着镇上又建起了十多家通信设备厂。赵吉庆往大街上一走，就能看到三角铁和字型铁。所有的车都在拉角铁和工字铁，所有的工厂里堆满了铁，铁的敲击声震荡着青镇。随着铁的敲击声，赵吉庆觉得自己的脑子就像沙漏一样，脑汁就要流光了。他的脑子里空荡荡的，他望着青绿色的玉米苗，想着自己的过去，自己的童年，他觉得一切都这样模糊。天上一片片灰白色的云彩，笼罩着玉米地，显得空气有些浑浊。一些女人在玉米地里锄地。

他回到家，家里的门锁着，吉庆家和宝红都没在家，他觉得这个家里发生了一件事，他想了想，什么也记不起来，就掏出钥匙，打开门。他躺在床上，烦躁的困意来了，他觉得不得不睡去。

从赵吉庆得病后，吉庆家经常偷偷打电话，有一次赵吉庆看到了，问她给谁打电话，她说是来的电话，不知道对方是谁。赵吉庆打量着她，看着她那不自在的神情，断定她心里有鬼。赵吉庆住院的那些日子，吉庆家回来取了回衣裳，在取衣裳的那天上午，跟她相约的李银飞来了。从这天起，她跟李银飞来往甚密。她老是找理由出去，赵吉庆对她起了疑心。吉庆家守着床上的赵吉庆，她在想着那天发生的事儿：李银飞到县城去看赵吉庆，他在病床前站了会儿，就走了。吉庆家送他，她把他送到医院门口，在那些乱糟糟的人群间，李银飞凑近她的耳朵说：这么多天，你就不想我吗？吉庆家臊的脸红了，她说：你快走吧。李银飞说：你对赵吉庆说回家拿衣裳，我去找你。吉庆家没说话。李银飞说：你说啊，这么说你不愿意，你已经把我忘了。吉庆家在犹豫着。李银飞说：你快说。吉庆家说：好吧。她借故去回家拿换洗衣裳。回到家，给李银飞打了电话。李银飞说：我还以为他要死呢，他死了多好啊，那样你就有一大笔遗产，你就成个富婆啦。吉庆家说：你的心真狠。李银飞说：你不这么想吗。吉庆家没有吱声。

赵吉庆醒来，天已经黑了，他闻到了一股子葱花炝锅的气味儿，吉庆家坐在他身边，葱花味是她身上的。他还听到了宝红在院子里走动着。他浑身发酸，他咬着牙坐了起来，看到一个圆滚的人进了院子，他一进院子，赵吉庆就看出是李银飞。

李银飞跟宝红打招呼，进了屋，跟赵吉庆聊了些套话，吉庆家已经做熟了饭，进了屋，跟李银飞打了招呼。李银飞说："你的通信设备厂不能没有人管，我看着就让赵金柱帮你吧。"赵吉庆脸一下子青了，他说："怎么，你想怎么着。"李银飞说："他是你当家的侄子啊，对你也不错。"赵吉庆大声说："我还没死呢，我就是死，打幡过继也轮不着他。"吉庆家也说："你怎么看上那个势利小人，那个杂种！"李银飞说："你们有话慢慢说，我这不是跟你商量吗。"赵吉庆说："你小子那个心我还不知道，你已经捞得不少了，还不够啊。你到你家看看，看什么不是我给你的，赵金柱给你多少啊，你这么孝敬他。"李银飞说："你怎么说话啊，我不是说说吗，也是为了你好，你还不是想怎么着就怎么着，你不是想再扩大厂子吗，我想好了，镇政府那座楼看着也旧了，我正在给财政打报告，把镇政府挪到坑塘边上去。"赵吉庆气愤地说："胡说八道，你给财政要钱，还不是从我们这里搜刮，你们这些人，谁还不知道谁。你别到这来放这虚屁。"李银飞嘿嘿笑着说："那是那是，嘿嘿。"赵吉庆说："我已经想好啦，厂子让我宝红管，让赵连城帮着。"李银飞说："我还不知道，你早就有打算啦，好啊，不错啊。"

窗外黑了，赵吉庆伸了伸腿，换了一种方式坐着，他咬着牙，他感到身上酸涩涩的，他把目光从窗子那里扭到李银飞这边，他说："你在这里吃饭吧。"李银飞笑着，托托他的墨镜说："行啊。"

吉庆家把桌子放到床上，她扭头见了李银飞，笑得很不自然，她的嘴角落抖动了几下，头晃动着，把头转向一边。赵吉庆和李银飞还在聊着厂子里的事儿，他们聊了很久。

吉庆家喝着粥，偷眼看看赵吉庆，再看看李银飞。赵吉庆盯了吉庆家一眼，她只好低头，慢慢地喝粥。

宝红心里很矛盾，她滋生着一股子憎恨的情绪。她就像钟摆那样犹豫不定地摇摆着，她觉得在这个家里，她的骨头就像散了架。她坐在床上，想着张全荣他们之间的一些事情，过去的和现在的。有几次她出了大门，走到大街上去，她又返了回来，她觉得自己怎么变得做什么都犹犹豫豫的。她坐在床上，把辫子解开，再束上，她没有照镜子，没有用梳子，一个下午她都在干这件事儿。她觉得受着煎熬，她又不得不在这个家里守下去，等待着赵吉庆的病情好转。医生对她说的一些话使她有些绝望，她必须在这个家里多呆一些时间，跟这个聊不到一起的爹在一起。她守着赵吉庆，她只是默默地坐着，闻着他的老朽气和药味儿，还有他那张脸。他的目光，她都要避开。他在输液的时候，她不是在他床前守候，而是在堂屋里，注视着液体一滴一滴地滴到赵吉庆的血液里。在医院里那些天，她不得不守护在他的床前，他第三天醒过来，看到她的那一刻，把手伸过来紧紧抓着她，她起了身鸡皮疙瘩。她心里克制着这种感觉，忍受着他那只干瘪的手。她觉得这种情绪不应该有，这是她的亲爹啊，她本来是要好好爱他的，不知为什么会这样。她用回忆一些事例来抵消这种情绪，想他对她的那些好处，他的养育之恩。她想这种感觉是否跟她与张全荣的事有关，回答是的确有这种成分，但不全是。赵吉庆出院后，她就用到卫生院拿药的空儿，到张家跟张全荣见上一面，她只能说三五分钟，如果时间长了，他会猜疑她的。她想，在青镇，她见张全荣一面，还像偷情一样。这段暗无天日的日子让她绝望。

赵吉庆的身体神奇般地恢复过来，虽然不像从前那样行走自如，一切都能自理了，他闲着，还跟一帮子人打打麻将牌，聊聊天什么的，这样，一家人的心都松了下来。

这天晚上，赵吉庆听见宝红的脚步走出了院子，赵吉庆看着宝红向大门那儿走去。赵吉庆大声喊道："宝红，你给我回来！"不管赵吉庆在后边怎么喊，宝红装作没听见似的，就开了大门走了。赵吉庆吃力地打了个滚，他说："我的鞋呢，给我鞋。"赵吉庆赤着脚站在地上，吉庆家给他穿了鞋子，他就扶着床往外走。

吉庆家说："我把宝红叫回来吧。"他大声说："你叫啊！"她转身向外跑去，赵吉庆跟在后边，他找了把铁锨，他拄着铁锨往外走。他走到院子中央，啪唧一声，摔到地上。吉庆家又往回跑。她扶起他，她说："还是回屋吧。"他没吭声，她扶他进屋。他走进屋里，坐在那张沙发上，他的眼睛模糊了，他说："完啦，全完了。"吉庆家给他把手上的泥擦掉，她说："摔疼了吗？"他把裤腿挽起来，她便看到，他膝盖那儿掉了一层皮，都血晕了。她说："怎么办？叫医生看看。"他说："没事儿。"

他说罢，让吉庆家给他关上灯，他就躺在那儿。他絮絮叨叨地说话：从前，他爷爷是一个老革命，他爹也是老党员。他爷爷的嗓门，在村子里一喊，全村人都打哆嗦，他爹的嗓子也不错，到他这一辈儿，嗓子就不行了。然后又说到了宝红。

赵吉庆说："你说她是真的要跟西南角儿上的成亲吗，她真是中邪啦。"吉庆家说："要是管不了就算了，你还看不出来吗，她的身子有些笨，她看上去怀孕了。"赵吉庆说："你胡说，她会干那种事儿。我看着还跟从前一样，她不会那样干。"吉庆家说："西南角儿上撒出风来，说她已经怀上了，就要跟三荣成亲了。"赵吉庆说："你听哪个杂种说的，那是造谣呢。我的妮子我知道，她是个规矩的妮子，做什么都有分寸。"吉庆家说："听我一句吧，我觉着宝红跟着张家的人吃不了多少亏。”赵吉庆在黑暗中大声说：“放你娘的狗屁，这是你他娘的说的人话吗！”吉庆家用同样的口吻说：“你别这么固执，你应该想开些。”赵吉庆说：“我是要想开。”他吸着烟，把一个坐垫摔过去，一边大骂：“你这个贱货，你个婊子！全都怪你，要是你贤惠一些，宝红也到不了今天。我要是不坐牢，也不会出这种事儿。你知道张家那些坏种吗，就是要摁着他们点儿，要不摁着他们，就要翻了天。说真话，就是宝红死，我也认了，她就是找个讨饭的男人，也不能跟着他张家。”吉庆家低低地咳嗽了声，她哀求着说：“你要小心，你的病，别再闹起来。”

一切都在发展，该苍老的苍老了，该生长的还在生长，一些事物稳定下来了，一些还在摇摆不定。落地钟滴答响着，不知过了多久，门响了。宝红的影子到了院子，她试探着犹豫着迈进了屋子，就在这时，赵吉庆把灯打开。灯很亮，宝红把手伸到额头那儿，用手遮住强烈的灯光。赵吉庆说：“你是不是到西南角上去了，你还回来干吗？”宝红说：“爹，你还没睡啊。”赵吉庆说：“你说，你是不是去了？”宝红说：“我去了。”赵吉庆说：“你真想要我的命，你们的事不会等我的病好利索了再说啊。”宝红说：“你的病已经恢复得挺好了。”赵吉庆说：“宝红，你是不是就要嫁到西南角儿上去啦。”宝红说：“爹，我的事儿你不用管啦。”赵吉庆说：“我是你爹。”宝红说：“爹，你别管了，你就当我死了吧。”赵吉庆压低了声音说：“你死，我死！”赵吉庆坐了起来，他哆嗦着手指着宝红，他张大了嘴，他嘴里的声音更低了，他说：“你已经变了，你已经不是原来那个宝红了。宝红，我不再说什么了，你应该好好想一想。”宝红低头站在那儿，灯光照着她苍白的脸孔，她说：“爹，你叫我怎么办呢？”赵吉庆说：“我知道啊，你弄得这事儿。”

两个人都低着头，一个低头站着，一个低头坐着，赵吉庆点燃了一支烟，他想：都是这个社会闹的，是谁把她教唆成这个样子的。如果她不上大学，也不会闹到这地步。到处乱七八糟，尘埃纷飞，白色的塑料袋在天空飘着。工厂里的黑烟，大皇上橡胶厂的气味儿越来越浓了。他站了起来，向宝红的屋子里走去。他推了推门，宝红的门关着，他叫了两声："宝红，宝红！"他听到从里头传出来的是低低的抽泣声。他说："宝红，我有话对你说。宝红，你让我说完这些话，你想怎么着都行，爹不拦你。"

没有声音。

这漫长的一夜随着落地钟的滴答声过去了。

第二天，宝红收拾东西要走，赵吉庆拽着她的包，不让她走，宝红丢下包，转身走了。赵吉庆多伤心，真没想到，长着长着就成了这个样子。就是这个上午，赵吉庆走到宝红的屋子里，他坐在那儿。屋里头很整洁，显得空荡荡的。他躺在宝红的床上，他似乎感到了宝红的气息，他想：这就是宝红啊，他拿着像他命一样的宝红，今天她丢下他走了，也许她再也不回来了。使他纳闷的是，宝红走出屋子里，他没有发怒，他非常平和地看了她一眼。他看着她离开了这个院子。

赵吉庆喝了两口粥，他说到镇政府去一趟。吉庆家说："你到政府干吗？"赵吉庆说："我找李银飞那贼羔子去，说人话不干人事儿，他在干预厂子里的事儿，他想插手，他算个什么玩意儿。"赵吉庆换了一身新的灰西装，刮了胡子，还让吉庆家洗了头。他的白头发已经染过，显得很年轻，他在穿衣镜前，站直了对吉庆家说："你看看，这小伙儿还像当年一样帅对吧。"吉庆家哧哧笑着说："可不呗。"赵吉庆说："你看了吗。"吉庆家这才探过头来看了一眼，她说："你这样捯饬嘛。"赵吉庆脸上带着从前那样傲慢的又不经心的笑容，他说："这个你别管。"吉庆家说："看着像新女婿似的。"赵吉庆说："纯粹放屁，有这么满脸皱纹的新女婿啊。"吉庆家说：

“现在多大的新女婿没有啊。”赵吉庆嘿嘿笑着说：“还别说，真像新女婿似的。”

他走到院子里，站了片刻，然后到车库门前，他打开车库的门。他的笑声，使吉庆家感到发瘆，她把手指伸进头发中，挠了几下。他已经有四个多月没开车了。他从车库里开出车，用一块抹布抹去车上的灰尘。这点儿活儿，把他累出了一身汗。他坐上车，看了看油表，然后启动。那辆车就像他一样，侧侧晃晃地，像拄着拐似的出了大门。从这个下午，赵吉庆就失踪了，他的灵魂和肉体一起在青镇人的眼睛里消失了。

2001年夏季，大皇上在村东盖起了新的羊圈。

这是2002年早秋的一个早晨，大皇上家和二生媳妇，还有二生、王广和刘三怪赶着羊群从街上走过。镇上的人都能听到轰轰隆隆的奔跑声。领头的是一只公羊，足有一头白驴那样高大。从它头上那两只尖而大的犄角谁都能分辨得出，那是一只巨大的公羊，在镇上是独一无二的，也是罕见的。去年春天，二生领着这只羊在草地上，这个大家伙还用它的犄角抵伤过一个过路人，大皇上还赔了两千多块钱医药费呢。真没想到，张家还留着这只公羊，好家伙，两千块钱，买几只公羊啊。两边的店铺的窗帘拉开了，露出了窥视的目光。羊群像潮水一样向东奔去，掀起滚滚的尘土。这时赵金柱正在街上走，他突然陷入羊群之中，他有几次差一点儿被蹭倒，他抬头问大皇上家："往哪儿赶啊？"

大皇上家用她带着四川口音的本地话大声喊："我在东边给它们砌了新羊圈，我要把羊赶到那儿去。"赵金柱说："这一大帮羊，有多少只啊？"大皇上家用她带四川口音的本地话说："两千七百三十四只。"赵金柱说："好家伙，真够多的。"大皇上家说："我要喂到五千只。"

赵金柱还嚷了一声，他的叫嚷声被羊的叫唤声和奔跑声覆盖了。

（完）

图书在版编目（CIP）数据

像羊那样叫唤 / 丁庆中著 . -- 北京 : 北京时代华文书局 , 2015.8
ISBN 978-7-5699-0484-0

Ⅰ . ①像⋯ Ⅱ . ①丁⋯ Ⅲ . ①长篇小说－中国－当代 Ⅳ . ① I247.5

中国版本图书馆 CIP 数据核字 (2015) 第 194317 号

像羊那样叫唤

著　　者 | 丁庆中

出 版 人 | 田海明　杨红卫
责任编辑 | 王　水
责任校对 | 尚　蕾
装帧设计 | 新艺书
责任印制 | 刘　银　訾　敬　范玉洁

出版发行 | 时代出版传媒股份有限公司 http://www.press-mart.com
北京时代华文书局 http://www.bjsdsj.com.cn
北京市东城区安定门外大街 136 号皇城国际大厦 A 座 8 楼
邮编: 100011　电话: 010 - 64267120　64267397
印　　刷 | 北京中印联印务有限公司　010-87331056
（如发现印装质量问题，请与印刷厂联系调换）
开　　本 | 880×1230mm　1/32
印　　张 | 9
字　　数 | 250 千字
版　　次 | 2015 年 10 月第 1 版　　2015 年 10 月第 1 次印刷
书　　号 | ISBN 978-7-5699-0484-0

定　　价 | 29.80 元